Seerosennacht

Zauber der Elemente
Band 3

Daphne Unruh

Roman

1. Auflage

10413 Berlin, Postfach 580343
daphne.unruh@online.de
Cover: Mike Beuke www.coolcad.de
Illustrationen: Daphne Unruh
Lektorat: Gisa Marehn, Lara Elmenhorst
Korrektorat: Michael Wehran, Robin Rudolph
ISBN-13: 978-1500415327
ISBN-10: 1500415324

www.zauber–der–elemente.de

Prolog

Ich schließe die Augen und sehe alles vor mir wie in einem Film: das unwirkliche Blau des Himmels, die leuchtend roten Stämme der Bäume und die singenden Blüten, die ringsum durch die Luft schwirren und sich auf mein Haar setzen. Tiefrot brennen die Salamander, das helle Lachen der Sylphen hallt durch den magischen Wald, weit unten schweben die Engel über Berlin, und niemand kann jemals so schön sein wie die Undinen, wenn sie aus dem Wasser steigen und in der Sonne schimmern.

Ich habe herausgefunden, dass die Welt größer, wärmer und farbenfroher ist, als sie erscheint. Doch jetzt ist die Realität nur noch eine Geschichte, von der ich die letzten Bilder sehe, weil sie gleich abbricht.

Der Gedanke tut weh, und noch etwas anderes, etwas an meinem Arm. Ein Stich. Ich will vergessen, bevor man mir das Vergessen aufzwingen kann. Doch würde das einen Unterschied machen? Ich werde eine große Lücke in meiner Erinnerung haben. Gleich! Wird dann alles wieder so wie früher? Werde ich dieselben guten Freunde noch einmal finden? Bekommt jeder im Leben nur eine Chance oder doch zwei …?

Panisch reiße ich die Augen auf. Alles ist schwarz. Wo bin ich? Ist etwas passiert? Es kommt mir so vor, als hätte ich ein Stück Zeit verloren. Ein kleines? Oder ein großes? Habe ich einen Filmriss? Wer ist überhaupt *Ich*?

Ganz hinten, am Rande der Dunkelheit, taucht etwas auf. Es kommt näher. Ein Schriftzug. Nacheinander werden die Buchstaben deutlich.

G.R.E.T.E.

Ein Name. Grete. Das bin ich! Ja, ich weiß es. Jetzt spüre ich mich auch, eine Haarsträhne im Gesicht, Schweiß auf der Stirn, eiskalte Hände und Füße.

Das düstere Nichts vor meinen Lidern beginnt sich aufzuhellen. Konturen treten hervor. Ich blinzle. Ein Zimmer, ein Fenster, blauer Himmel, Kinderlachen und das Geräusch eines Autos, die Welt. Sie kehrt zurück. Ich weiß, dass ich nicht krank bin, aber Fieber habe. Dass ich nicht gestorben bin, sondern lebe. Und dass ich etwas enorm Wichtiges verloren habe. Nur kann ich mich nicht erinnern, was?

Teil I

1. Kapitel

Wie immer saß meine Mutter, Emma, beim flackernden Schein einiger Kerzen vor den undichten Fenstern auf ihrem Sofa und las ein Buch, als ich zur Tür hereinschaute und ihr gute Nacht wünschte. Mein Vater Viktor war in Toms Kneipe und würde sicher erst nach Mitternacht und wieder mal betrunken nach Hause kommen. Ich hoffte, dass er nicht über den ganzen Krempel im Flur stolpern und lauthals über die Sammelmanie meiner Mutter fluchen würde, so dass ich wieder wach davon wurde.

Mit einem unruhigen Gefühl schloss ich meine Zimmertür und legte mich ins Bett. Alles vibrierte in mir. Ich hatte Hunger, unermesslichen Hunger, und zwar auf Thunfisch – am besten einen ganzen im Stück. Ich biss die Zähne zusammen und drehte mich zur Wand. Fahl schien der Mond herein. Unten im Hof miaute eine Katze. Wahrscheinlich die einäugige, rote, die dort in einer Mauernische ihr Junges versteckte. Seltsam, dass sie es im Winter bekommen hatte.

Eine bleierne Müdigkeit drückte mir die Augenlider zu, als setzte plötzlich die Wirkung irgendeiner Droge ein. Einen kurzen Moment überlegte ich, runter zu Neve zu gehen. Sie war vor einer Weile in eine der leer stehenden Wohnungen unseres alten, heruntergekommenen Hauses gezogen und hatte gesagt, ich sollte sofort kommen, wenn meine Träume sich veränderten. Neve war seltsam, aber ich mochte sie, auch wenn sie glaubte, sich um mich kümmern zu müssen. Ich wusste nicht, wer von uns mehr Probleme hatte, sie oder ich. Vielleicht wir beide gleich viele. Jedenfalls – nein, ich würde nicht zu ihr gehen. Ich kam allein klar.

Kurz darauf schlief ich ein und träumte erneut einen Traum, der mit jedem Mal unheimlicher wurde. Ich befand mich im Keller unseres Hauses, der halb unter Wasser stand. Eine Stimme befahl mir, umgehend zu dem bläulichen Leuchten hinabzutauchen und das Wasser durch die Nase einzuatmen.

Ich spürte seine Nässe, ich spürte seine Kälte, es lief mir den Rachen hinunter, ich bekam Atemnot.

Stopp!

Niemand konnte mich zwingen zu ertrinken. Plötzlich befahl die Stimme: *Wach auf, Grete, und geh in den Keller. Heute Nacht, jetzt, sofort!*

»Nein!«, schrie ich und saß senkrecht in meinem Bett. Mein Herz wummerte wie verrückt, als wollte es aus meinem Brustkorb springen. So hatte der Traum noch nie geendet. Sonst war ich immer hochgeschreckt, wenn die Atemnot begann. Ich wusste, dass ich der Stimme zu folgen hatte. Verdammt, ich musste in den Keller. Auch wenn ich gar nicht wollte! Es war ein unwiderstehlicher Drang.

Ich sprang auf.

Alles ging so schnell. Wie ferngesteuert stolperte ich meinen Füßen hinterher, die hinaus in den Flur und hinab in den Keller wollten. Ich griff nach dem Wollpullover, der über der Stuhllehne hing, und zog ihn mir über das Nachthemd, während ich versuchte, mich mit aller Kraft am Türrahmen festzuhalten. Ich wehrte mich gegen den Kurs, den etwas in mir vorgab, griff nach sämtlichen Dingen, die mir in die Quere kamen – das waren bei der Sammelsucht meiner Mutter eine Menge – und riss alles um.

Viktor und Emma wachten von dem Lärm auf und erschienen im Flur.

»Was machst du hier, mitten in der Nacht?«, schimpfte Viktor.

Ich hatte furchtbare Angst und war gleichzeitig wütend.

»Kein Mensch kann hier atmen. Ich halte das nicht mehr aus!« Ich fühlte mich entsetzlich und ließ es an meinen Eltern aus, obwohl sie keinerlei Schuld an meinem Zustand traf. Erneut riss ich einen Stapel Kisten um.

Viktor flippte aus und drohte damit, die Polizei zu alarmieren, weil ich bereits seit Wochen verrückt spielte und er nun befürchtete, ich würde abhauen und mir etwas antun. Kurz dachte ich selbst, vielleicht könnte die mir helfen. Aber natürlich könnte sie das nicht!

Zu einer Begegnung mit der Polizei kam mir der Keller jetzt sogar wie das kleinere Übel vor. Aber Neve hatte gesagt, ich musste frei sein, durfte nicht in einer Zelle oder einem Krankenzimmer festsitzen, wenn es losging! Ich musste zu ihr! War es nicht am einfachsten, ihr zu glauben, dass mein Zustand mich nichts weiter als in ein Fantasieland bringen wollte?

In Nachthemd und Pullover und nur mit Wollsocken an den Füßen gab ich dem Drang nach und verließ die Wohnung, ohne

Emmas Flehen zu beachten, bei Minusgraden so doch bitte nicht rauszugehen.

In der Schwärze des Treppenhauses waberte etwas milchig Weißes auf mich zu, nahm dicht vor mir menschliche Konturen an und versetzte mir einen Schock, als ich Neve erkannte.

»Los schnell«, trieb sie mich an.

Ich hatte Angst vor ihr, wollte weg, möglichst weit weg von dem ganzen Spuk und diesem unheilvollen Keller, der von mir verlangte, in ihm zu ertrinken. Doch dessen ungeachtet folgte ich Neve wie hypnotisiert in ihre Wohnung und sackte in ihrem Zimmer auf den Fußboden, während sie die Tür im Flur leise schloss.

»Pff, du kannst mir nicht helfen«, stieß ich hervor.

»Doch, das kann ich. Sag mir, was du geträumt hast.«

»Ich hab meinen Tod geträumt und er ist schwarz«, antwortete ich ehrlich. Aber sie war mit meiner Antwort nicht zufrieden.

Ich hatte den Eindruck, der Drang, dem Traum zu folgen, ließe in Neves Gegenwart nach und schöpfte neue Hoffnung. Vielleicht war das der richtige Moment, um ihm zu entkommen. Neve würde mich nicht zurückhalten können, sie war viel kleiner und schwächer als ich. Sie wusste das und statt zu versuchen mich festzuhalten, bot sie mir erstaunlicherweise ein paar Klamotten an. Hastig zog ich eine Strumpfhose, einen Filzrock und einen weißen Mantel über.

Von draußen drangen jetzt Polizeisirenen herauf. Krass, mein Vater hatte tatsächlich die Polizei gerufen! Ich hörte, wie ein Auto vor dem Haus hielt. Das Blaulicht flimmerte durch die Fenster. Ich lief zur Wohnungstür und lauschte. Im Flur waren schwere Schritte zu hören, dann Stimmen der Polizisten und meines Vaters. Bald darauf verließen die Polizisten wieder das Haus und das Auto fuhr ab.

Neve schob mir ein paar Stiefel hin, die ich bereitwillig anzog.

»Und nu hau meinetwegen ab, oder warte, bis ich mir selbst was übergezogen habe«, sagte sie und verschwand in ihrem Zimmer.

Aber ich hatte es mir anders überlegt und wartete. Sollte Neve mich doch zu dem Hochhaus am Alexanderplatz bringen. Dann konnte ich sehen, was sie anstellte, ob sie wirklich in den Himmel abhob. Und wenn ja, würde ich immer noch zum Keller zurückkehren und darauf vertrauen können.

Wir stiegen leise die Stufen zum Dachboden hinauf und kletterten über das Dach, weil Neve aus dem Fenster geschaut und gesehen hatte, dass einer der Polizisten geblieben war und vor unserem Haus auf und ab lief. Meiner nervigen Höhenangst trotzend kroch ich Neve hinterher zu der Luke eines Nebenhauses. Von dort gelangten wir unbemerkt hinunter auf die Straße. Ein Taxi brachte uns zu einem hässlichen Plattenbau, noch aus DDR–Zeiten, am Alexanderplatz.

Der Pförtner im Eingangsbereich grüßte Neve. War er etwa ein Eingeweihter?

Und wieder ging es nach oben. Ich sah lieber nicht zu, wie viele Etagen die Anzeige im Fahrstuhl zählte, jedenfalls irgendwas weit über zehn. Oben angekommen liefen wir einen Flur entlang und eine Treppe hinauf, an deren Ende eine schwere Eisentür auf das Dach des himmelhohen Hauses führte.

Ein eisiger Wind wehte uns entgegen. O je, schon ein paar Meter weiter endete das Dach, und das ohne jegliches Geländer. Gleich neben der Tür ging ich in die Hocke und kauerte mich an die Wand. Keinen Schritt würde ich weiter tun. Niemals. Auch wenn Neve noch so starke Zaubermittel anwenden würde.

Ich musste ihr sagen, dass ich etwas ganz anderes geträumt hatte – von einem Wasserdurchgang, nicht von einem Ätherflug. Jetzt! Aber stattdessen bat ich sie, mir zuerst den Abflug vorzumachen. Sie ließ sich darauf ein und spazierte seelenruhig auf den Rand des Daches zu.

Vor Schreck vergaß ich zu atmen.

Zur Hölle, sie wollte wirklich ...

»Tu es nicht!«, versuchte ich zu schreien, aber meine Kehle war wie zugeschnürt. Der Wind peitschte mir ins Gesicht, und dann sprang sie. Sprang einfach hinein in den Himmel und verschwand.

»Neve! Neve?«, kreischte ich erschrocken und probierte irgendwo Halt an der Betonwand zu finden. Gleichzeitig wollte ich aufstehen und nachsehen, ob sie unten auf der Straße lag, aber meine Höhenangst machte es unmöglich. Diese Macke war vollkommen überflüssig, aber ich wurde sie einfach nicht los, obwohl ich immer wieder auf Dächer stieg, um sie mir endlich abzutrainieren.

Ich war mir sicher, dass der Wind mich über das Dachsims pusten würde, sobald ich mich auch nur einen Zentimeter von der Mauer entfernte. Und dann würde ich in die Tiefe fallen, genau wie Neve.

»Ich bin hier. Alles in Ordnung«, erscholl Neves Stimme aus einem Nirgendwo. Aus der Luft, aus den Wolken, aus dem Nichts. Sie klang lieblich und gelassen.

»Komm zurück!«, wimmerte ich.

Da tauchte sie wieder am Rand des Daches auf, kam auf mich zu und lächelte. Ich raufte mir die Haare. Zur Hölle mit dem Teufel!

Die ganze Zeit wusste ich, dass sie nicht der Typ war, der lügen konnte. Nein, sie log nicht. Da war ich mir sicher. Trotzdem, was sollte man denn denken, wenn einem jemand mit Engelsmiene weismachen wollte, hinter dieser lauten, nervigen Stadt voller Menschen, von denen ich neunundneunzig Komma fünf Prozent nie näher kennenlernen wollte, würde es einen Zauberwald geben, eine andere Welt, eine Welt, in der man frei war von dieser und trotzdem nicht tot? Das war zu verrückt.

»O Mann, wie hast du das gemacht? Es ist also wahr. Es ist ...«, ich richtete mich mühsam auf, darauf bedacht, mein Schlottern am ganzen Körper zu unterdrücken.

»Komm, du schaffst das auch ...«, versuchte Neve mich zu ermutigen – diese liebe, aber gleichzeitig wunderliche Person, die vor einer Weile in meinem Leben aufgetaucht war und behauptete, nicht ganz von dieser Welt zu sein.

»Nein, ich ...«

Ich musste in den Keller, sofort. Jede Zelle in mir schrie danach. Auf keinen Fall durfte ich von diesem Hochhaus springen. Das war nicht mein Weg. Ich hatte Neve nur ausgehorcht, was sie mir weismachen wollte über angebliche Ätherwege durch den Himmel, hinein in eine magische Blase. In Wirklichkeit hatte ich immer von düsterem Gemäuer oder einem Schacht und schwarzem Wasser geträumt, was mich einsaugen wollte. Am Anfang war es mir tatsächlich vorgekommen, als würde ich von großer Höhe hineinfallen oder mich im Sturzflug einem Moorloch nähern. Aber bald war deutlich geworden, dass meine Träume nichts mit irgendeiner Form von Fliegen zu tun hatten. Ich musste es Neve sagen, aber ich konnte nicht.

»Komm.«

Neve griff nach meiner Hand. Ich entriss sie ihr, stemmte panisch die schwere Tür auf und polterte die Treppe hinunter. Keine Zeit, etwas zu erklären – der Drang schlug über mir zusammen wie die Welle eines Tsunamis.

Die Türen des Fahrstuhls schlossen sich quälend langsam. Ich lauschte, ob Neve mir folgte. Gott sei Dank, sie tat es nicht. Dann rauschte die Kabine nach unten und ich zählte die Sekunden.

Endlich kam sie im Erdgeschoss an, tat einen Ruck und schien dann eine Ewigkeit zu verharren, ehe sich die Türen öffneten.

Was Neve mir auf dem Dach vorgezaubert hatte, saß mir tief in den Knochen. Gleichzeitig kribbelte es in meinen Füßen. Sie wussten, wo sie hinzulaufen hatten. Und ich rannte los. Schemenhaft zog die nächtliche Stadt mit verzerrten Lichtern links und rechts an mir vorbei. Mein Gehirn arbeitete auf Hochtouren.

Alles geschah, wie Neve es *prophezeit* hatte. Meine Träume gewannen mit der Zeit an Deutlichkeit. Irgendwann hatte ich begriffen, dass die dunklen Gewölbe den Keller in unserem Haus meinten. Vorgestern zwangen sie mich zum ersten Mal dazu hinabzusteigen. Mit Gänsehaut hatte ich das Leuchten unter der Wasseroberfläche beobachtet. Als würde es irgendwo eine Lichtquelle geben. Dabei konnte das nicht sein. Jedenfalls nicht unter normalen Umständen.

Aber es handelte sich schließlich nicht um normale Umstände. Nach allem, was passiert war, *wollte* ich es glauben: In unserem Keller wartete der Ausweg aus einem Leben, das mir wie eine Sackgasse vorkam.

Ich näherte mich der Wetterstraße und riskierte einen vorsichtigen Blick um die Ecke. Das Glück war auf meiner Seite. Der Polizist, der vor unserem Haus auf Patrouille gegangen war, hatte wohl aufgegeben. Ich eilte auf den Eingang zu, stemmte die massive Tür auf und hoffte nur eins: niemandem zu begegnen.

Sofort umfing mich die kalte und modrige Luft des Hauseingangs. Feuchter Geruch zog aus dem Keller herauf. In den oberen Stockwerken ging eine Wohnungstür. Das konnten nur Tom aus der vierten Etage oder meine Eltern sein. Eilig stieg ich die Kellertreppe hinab und lief geradewegs in das sich auf dem Boden kräuselnde Wasser hinein. Ich staunte, wie gleichgültig ich dabei war. Keine Angst, kein Zaudern und auch die niedrigen Temperaturen, die dieses Wasser besitzen musste, empfand ich nicht. Ich spürte nichts, weder die Kälte noch die Nässe. Das Wasser umspülte erst meine Knie, dann meine Hüften, dann die Schultern. Als es mir bis zum Kinn reichte, brach sich mächtige Angst in mir Bahn und alles in mir flehte, umkehren zu dürfen. Gleichzeitig registrierte ich, dass es sich nicht wie Wasser, sondern eher wie Watte anfühlte. Weich und leicht. Im Hausflur erklangen Stimmen. Mein Vater? Meine Mutter? Tom? Ich wollte zu ihnen, doch das tückische Wasser riss mich erbarmungslos in die Tiefe.

Ich sah das bläuliche Licht vor mir auf und ab tanzen und glaubte, es würde auf mich zuschwimmen wie ein Alien. Mir wurde schwindlig, weil ich nicht atmete. Meine Güte, ich musste doch atmen! Ich ruderte rückwärts, doch der Boden rutschte unter meinen Füßen weg. Das Licht vollführte immer wildere Kreisel vor meinen Augen. Ich begann mich in einem Strudel zu drehen, immer schneller und schneller, und wusste: Eine Rückkehr war unmöglich.

Was danach kam, ähnelte einer Fieberfantasie. Das blaue Licht vor mir wechselte erst in einen glimmenden Grünton, dann wurde es leuchtend gelb und dann golden. Ich trieb durch klares Wasser. Es sah aus, als schwömme ich durch eine gläserne Ader. Ich atmete nicht, aber das machte nichts. Wahrscheinlich war ich tot und es störte mich nicht mehr. Außerhalb der durchsichtigen Röhre erblickte ich eine Wüstenstadt auf weißem Sand und glaubte zu erkennen: Ich war das Wasser, das die Stadt mit ihren mächtigen Palmenalleen und in der heißen Sonne flirrenden Wolkenkratzern bewässerte. So verhielt sich das also. Das Wasser besaß mein Bewusstsein. Ich war zu Wasser geworden. Als müsste ich über meine weitere Existenz und Bestimmung nicht mehr wissen, schaltete ich ab.

2. Kapitel

Ein hässliches Geräusch und ein unangenehmes Prickeln im ganzen Körper holten mich zurück in die Wirklichkeit und machten mir schlagartig deutlich, dass überhaupt nichts so war, wie ich es mir zusammenfantasiert hatte. Ich war weder tot noch bewusstes Wasser, und ich rauschte auch nicht mehr durch eine Wüstenstadt.

Stattdessen lag ich auf irgendetwas Weichem, mir taten alle Knochen weh und in meiner Nase brannte es so unangenehm, dass ich dauernd niesen musste. Das Niesen brachte mich endgültig wieder zur Besinnung.

Ich öffnete vorsichtig die Augen, doch ich konnte nichts sehen! Um mich herum war es stockfinster. Wo war ich? Ich versuchte mich aufzurappeln, aber ich besaß keinerlei Kraft. Ich befühlte den Boden: Moos, dicht und samtig wie ein Kissen. Ich tastete nach meinen Klamotten: Wollpullover und Nachthemd. Mantel und Schuhe von Neve und meine Socken musste ich verloren haben. Mir fiel auf, dass meine Sachen völlig trocken waren. Ahnungsvoll griff ich in meine Haare. Auch trocken. Wie zur Hölle konnte das sein? Ich war doch in das Wasser gestiegen, das unseren Keller halb überschwemmte! Oder … verdammt, was hatte ich geträumt und was war wahr?

Irgendwas landete auf meiner Nase und ich wischte es erschrocken weg. Reglos blieb das Etwas auf meinem Schoß liegen. Zuerst dachte ich, es handelte sich um eine weiße Motte. Aber es war kein Tier. Es war eine gewöhnliche Blüte. Gewöhnlich? Sie schimmerte schwach – wie ein Glühwürmchen. Dann verlosch sie.

Die magische Welt. War ich tatsächlich …? War ich angekommen? Aber wo blieb dann Neve? In meinem Traum hatte sie mich stets aus dem Wasser gerettet.

Ich ließ mich in das Moos sinken und schloss die Augen. Ein leises Plätschern, ganz in der Nähe, drang in mein Bewusstsein. Ach ja, die Quelle. Jetzt fiel sie mir wieder ein. Ich war in einem Becken mit intensiv blau schimmerndem Wasser aufgetaucht, das von dort über eine Felsenlandschaft sprang und in einen Fluss mündete. Hier befand sich also der Ursprung des schwachen, blauen Schimmers im Keller. Die Erinnerung, wie ich an Land gekommen war, blieb dagegen verschwunden. Ich suchte danach, kramte angestrengt in meinem Gedächtnis, aber meine Gedanken ließen sich nicht greifen, sondern verwandelten sich in Nebel. Das Plätschern wurde leiser und leiser, dafür trat ein anderes Geräusch in den Vordergrund. Es klang ebenfalls angenehm, sehr angenehm. Wie eine schnurrende Katze. Vielleicht war es sogar eine.

***

»Grete! Grete, wach auf!«, vernahm ich eine vertraute Stimme an meinem Ohr. Das war, das klang nach … Neve. Neve! Ich versuchte die Augen zu öffnen. Meine Lider fühlten sich bleischwer an.

»Da bist du ja endlich«, brachte ich mühsam hervor.

Neve bestürmte mich mit Fragen, warum ich sie erwartet hatte, wo ich hergekommen war und vor allem wie? Ich fand kaum Kraft ihr zu antworten. Sie befreite mich von unzähligen weißen Blüten, die mich bedeckten wie ein Vlies, und befühlte meine Kleidung. Ich sah, wie die rote, einäugige Katze aus unserem Hof an meinen Beinen schnupperte, und dachte: *Es passt zu ihr, dass sie kein normales Tier ist.* Ein kleines Kätzchen sprang hinter ihr hervor, gab ein hohes Miau von sich und begann, mit meinen Zehen zu spielen. Doch ich spürte nichts, weil sie trotz meiner trockenen Kleidung blau vor Kälte waren.

Neve griff mir unter die Arme und zog mich in die Sonne. Sie flößte mir Quellwasser ein und fütterte mich mit sogenannten Rotbeeren, von denen ich angeblich wieder fit würde. Kurz darauf war ich tatsächlich in der Lage, mich aufzurichten und ihr zu folgen.

***

Eine gefühlte Ewigkeit später lag ich, eingehüllt in eine dunkelrote Wolldecke und von vielen Kissen gestützt auf einer Liege und bestaunte das jährliche *Fest der Elemente*. Ich schaute abwechselnd auf das Spektakel, das sich vor dem weit geöffneten Fenster wie auf einer Leinwand abspielte, und auf die Flämmchen, die über die Decke huschten, um meine Füße zu wärmen.

Stundenlang war Neve mit mir durch diesen verzauberten Wald

geirrt. Irgendwie gab es Probleme mit dem richtigen Weg, obwohl sie sich auskannte. In meinem Kopf steckten so viele Fragen, dass sie sich gegenseitig behinderten und keine den Ausgang fand. Mein Herz dagegen wurde von einem eindeutigen Gefühl beherrscht, das sich wohlig in mir breitmachte: *Erleichterung*.

Ich war erleichtert, dass ich hierhergefunden hatte, weil dadurch alles, was mich belastete, von meinen Schultern abfiel. Ich musste nicht mehr zur Schule! Ich musste nicht mehr versuchen, ein *normaler* Teenager zu sein, der in sein Umfeld passte! Und ich musste mich nicht mehr um meine Eltern kümmern.

Als nicht nur mich die letzten Kräfte verließen, sondern auch Neve nicht mehr konnte, fand uns ein seltsamer Kauz namens Pio und brachte uns zur Akademie. Ich hatte keine Ahnung, ob er mitgeholfen hatte, mich das letzte Stück zu tragen – er mochte es nicht, Menschen anzufassen – oder ob sich Neve woanders Hilfe geholt hatte. Genau am Rand des Tales, in dem sich die kleinen Häuschen der Studenten und die Akademie der Elemente befanden, war ich ohnmächtig geworden.

Und nun lag ich hier, warm eingehüllt, in der ersten Etage der Akademie, neben mir Neve und ein Tisch voller Köstlichkeiten, und wohnte einem ganz und gar märchenhaften Fest bei. Ich fühlte mich, als wäre ich angekommen und am richtigen Platz. Gleichzeitig erschien alles beunruhigend unwirklich.

Ich schaute auf die magische Wundervorführung am glitzernden Nachthimmel, aber mir fielen immer wieder die Augen zu. Es half nichts, ich musste das Nachdenken und auch das Essen auf morgen verschieben. Morgen, da sollte der Rat der magischen Akademie mich ausfragen und über mein weiteres Schicksal entscheiden. Ich hatte seine Mitglieder, die jeweils eines der Elemente vertraten, vorhin auf der Bühne gesehen. Eine strahlend schöne Frau, eine Hexe, einen runzeligen Gnom, einen Grufti und einen coolen Typen mit einem Piercing in der Unterlippe. Konnte man denen trauen? Dass es in so einer märchenhaften Welt so etwas wie eine Schule und Lehrer gab, bereitete mir ehrlich gesagt Unbehagen. Nun ja, immerhin sahen sie nicht wie ein Schulrat aus, versuchte ich mich zu beruhigen, und fiel bald darauf in einen tiefen und erholsamen Schlaf.

3. Kapitel

Ich war aufgeregt bis zum Gehtnichtmehr, biss fest die Zähne zusammen, setzte ein gleichmütiges Gesicht auf, damit es niemand merkte, und stocherte mit einem Stöckchen in der blauen Flamme des Feuers herum, um das wir alle saßen: Neve, die Ratsmitglieder und ich.

Sie diskutierten eifrig darüber, ob ich nun Fähigkeiten des Äthers oder des Wassers ausbildete, und wer daraufhin die Mentorenschaft für mich übernehmen sollte. Ich checkte die Anwesenden.

Erde–Marco und Feuer–Ranja wirkten recht locker. Auch wenn Ranja ein bisschen dick auftrug mit ihrem Hexenlook. Wasser–Sulannia schien eine kluge Frau zu sein. Den knotigen Jolly fand ich zu altbacken und Äther–Kim, gegen diesen *schwarzen Engel* verspürte ich eine spontane Abneigung.

»Ich bin ebenfalls dafür, dass Grete in die Obhut von Sulannia gehört«, vernahm ich Jolly. Er klang, als hätte er den Hammer für die endgültige Entscheidung in der Tasche.

Seine oberlehrerhafte Art ging mir auf den Wecker. Der Ton, in dem er mich über meinen Weg in die magische Blase ausfragte, reizte mich. »Wolkenkratzer? Beschreibe sie genauer! … Das können keine Halluzinationen gewesen sein! … Gretes Sachen waren trocken! Alles normal! Die Wahl des Durchgangs ist ausschlaggebend! … Ich plädiere für Wasser.« Er erinnerte mich an einen Mathelehrer am Gymnasium, der beim Militär besser aufgehoben gewesen wäre.

Obwohl er recht hatte – ich fühlte mich viel mehr wie Wasser, auch wenn meine anfänglichen Träume das Element Äther nahelegten – wollte ich ihm widersprechen und sagte: »Und ich darf nicht mitreden, wie ich mich am meisten fühle?«

Sein erstauntes Funkeln in den Augen verschaffte mir Genugtuung.

»Wie fühlst du dich denn am meisten?«, fragte er gönnerisch.

Äther, lag mir auf der Zunge. Doch dann fing ich einen Blick von dieser Grufti–Kim auf, die die Äther–Begabten ausbildete, und sagte doch lieber:

»*Wasser*.«

Jolly sog scharf Luft ein, während Ranja schmunzelte.

Nicht Kims unterkühlte Ausstrahlung war es, die mich dazu bewog, sondern der düster funkelnde Blitz, der von mir zu ihr zuckte, als sie mir direkt in die Augen sah. Er versetzte mich in Aufruhr und schien nichts Gutes zu verheißen. Allerdings nahm niemand Notiz davon. Hatte vielleicht nur ich den Blitz zwischen uns gesehen und die anderen nicht? An ihren Gesichtern ließ es sich leider nicht ablesen.

Jedenfalls, Kim wollte ich nicht als Mentorin haben.

Der Rat beschloss einhellig, dass ich *Wasser* war. Ich war erleichtert und entspannte mich ein wenig.

»Bleibt noch die Frage, bei wem sie wohnen soll«, überlegte Ranja.

Wo ich wohnen sollte? Ich sah zu Neve hinüber. War es nicht klar, dass ich bei ihr unterkommen würde?

»Warum? Grete kann bei mir wohnen. Kira ist ausgezogen«, erklärte Neve und klang erschrocken.

»Ich halte das nicht für die beste Lösung, Neve. Du hast zurzeit genug Anderes um die Ohren«, gab Ranja zu bedenken und warf ihr einen entschiedenen Blick zu. Neve widersprach, aber Ranja erinnerte Neve daran, dass sie keine Kapazität für einen neuen Schützling hätte und sich um sich selbst kümmern müsste. Ja, Neve hatte ein paar Probleme, das war mir auch schon aufgefallen. Sie haderte mit dem Leben und musste irgendwas auf die Reihe kriegen.

Eine Weile sahen sich die Ratsmitglieder stumm an und wechselten Blicke. Tauschten sie telepathische Nachrichten aus? Ich suchte nach einer Antwort in Neves Gesicht. Doch Neve schien mit ihren Gedanken woanders zu sein und biss auf ihrer Lippe herum.

Und dann sagte Ranja: »Der Rat hat entschieden, dass du bei Kim wohnen wirst.«

Was? Ich sollte bei diesem Grufti mit den schwarzen Blitzen einziehen? Das war ja noch schlimmer, als sie zur Mentorin zu bekommen! Trotzdem riss ich mich zusammen, ließ mir meinen Schreck nicht anmerken und nickte gleichmütig. Ich wollte nicht wie ein jammerndes Schulmädchen dastehen, das Angst vor der neuen Lehrerin hat. Dann würde ich eben herausfinden, warum mir diese Person solch ein Unbehagen bereitete und danach würde ich die

Sache schon lösen.

Die Ratssitzung wurde beendet. Nacheinander verabschiedeten sich die Mitglieder von mir mit guten Wünschen, dass ich mich weiter erholte und mich schnell einfand in der neuen Welt. Neve versicherte mir, dass ich jederzeit zu ihr kommen könnte, wenn ich Probleme hätte. Am liebsten hätte ich sie umarmt, aber mit solchen Dingen tat ich mich schwer. Also sagte ich nur: »Ist gut«, und lächelte.

Übrig blieben Kim und ich. Sie lud mich mit einer Handbewegung ein, ihr zu folgen.

Ich ging Kim hinterher und beschloss, meine spontane Ablehnung wegzudrücken und das Positive an ihr zu sehen, sie zu betrachten, als sähe ich sie zum ersten Mal. Manchmal half das gegen Aversionen, zu denen ich bei Fremden ehrlich gesagt schnell neigte.

Eigentlich sah sie gar nicht wie ein Grufti aus, sondern eher wie eine Gothicbraut. Gruftis waren für mich alt, düster und schmuddelig. Gothics jugendlich, geheimnisvoll und ästhetisch. Eine ähnliche Schwarz–Phase hatte ich schließlich auch schon hinter mir.

Kim wirkte erwachsen, fast weise, obwohl sie ein junges Gesicht besaß. Ich schätzte sie auf dreißig, wusste aber bereits von Neve, dass man in der magischen Welt nicht alterte und Leute durchaus viel älter sein konnten, als sie aussahen.

Okay, sie war ein Ratsmitglied, sicher nicht umsonst in den erlauchten Kreis gewählt, sie hatte sich in der Beratung mir gegenüber neutral verhalten, und bis auf diesen fiesen Blitz gab es bisher keinerlei Grund, sie abzulehnen.

»Wir bleiben am Waldrand. Der Weg ist zwar länger als der durch den Wald, aber wegen der möglichen Verschiebungen ist es sicherer«, erklärte Kim, ohne sich umzudrehen.

Ich inspizierte ihren rasierten Haaransatz im Nacken und bewunderte ihren schwanengleichen Hals, während ich ihr artig folgte. Wie ein Leuchtfeuer funkte zum wiederholten Mal die Erkenntnis durch meinen Kopf: Himmel, alles ist anders als bisher! Mein jetziges Leben hatte kaum noch etwas mit meinem bisherigen gemeinsam. Alles war verändert, neu, verrückt, umgekrempelt, auf den Kopf gestellt und in sich durchgedreht. Vor mir ging beispielsweise keine gewöhnliche Frau, sondern eine Frau, die sich unsichtbar machen und fliegen konnte. Was ich von Neve wusste, sie hatte mich über die verschiedenen Fähigkeiten der Ratsmitglieder aufgeklärt.

Ich war Alice im Wunderland, oder genauer: eine gewöhnliche

Schülerin in einer magischen Blase. Sobald der geringste Zweifel daran aufkam, musste ich nur an das *Fest der Elemente* denken und schon verschwand er. Ich hatte sie gesehen, die Elementarwesen. Diese Welt existierte. Sie war wahr. Und falls ich es nicht glaubte, brauchte ich nur die Bäume neben mir zu berühren, die teilweise in einem unwirklichen Karminrot leuchteten. Oder die glitzernden Kieselsteine unter meinen Füßen aufzusammeln. Oder die Licht emittierenden Blüten, die überall durch die Luft wirbelten, aufzufangen. Ein ungeheures Glücksgefühl durchströmte mich. Ich kam mir vor, als hätte ich ein Zauberland mit unfassbaren Möglichkeiten betreten.

»Grete«, drang mein Name zu mir durch und riss mich aus meinen Gedanken. Kim wartete in einiger Entfernung und rief nach mir. Ich hatte nicht bemerkt, wie ich stehen geblieben war und herabschwebende Blüten mit den Händen auffing.

Ich ließ die Blüten fallen und räusperte mich, während ich mich erneut in Bewegung setzte. Kim sollte nicht merken, wie mich alles überwältigte.

»Grete«, rief sie wieder, »Bitte bleibe dicht bei mir. Du hast bereits von den Verschiebungen gehört und ich möchte nicht, dass wir uns verlieren.«

Ich holte tief Luft – puh, sie war schlimmer als meine Grundschullehrerin –, schloss zu ihr auf und blieb einen halben Schritt hinter ihr.

Einige Minuten später erreichten wir Kims Haus. Leider hatte ich es mir genau so vorgestellt: als ein Haus, das kalt und abweisend wirkte, ein Gebäude, was mir nicht gefiel. Es sah aus wie ein Quader und besaß weder ein normales Spitzdach noch herkömmliche Fenster. Die Vorderfront war vollständig verglast.

Wir betraten die riesige schwarz geflieste Terrasse. Auf ihr stand nichts weiter als ein kleiner Tisch aus weißem Marmor, direkt neben der Eingangstür, die Kim mit einem Zahlencode öffnete.

Drinnen machte das Haus den gleichen kühlen Eindruck wie von außen. Weiß gekalkte Wände, die kein einziges Bild schmückte. An Mobiliar gab es nur das Nötigste: eine Küchenzeile, weißglänzend, die so aufgeräumt wirkte, als wäre sie ein Ausstellungsstück in einem Einrichtungshaus. Auf der rechten Seite stand ein Sofa, erstaunlicherweise bezogen mit weißem Stoff, ich hätte Leder erwartet. Und links befand sich ein Esstisch mit zwei Stühlen, auf dem ebenfalls nichts herumstand.

Kims Wohnung stellte das komplette Gegenprogramm zu meinem Zuhause dar. So oft hatte ich mir gewünscht, dass ich eines Tages aufwachen würde und nur noch mein Bett stünde in der Wohnung. Der ganze Kram, den meine Mutter bis unter die Decke ansammelte, wäre verschwunden. Aber meine Mutter hielt an jedem Ding fest, das sie in die Finger bekam. Als wäre sie ein riesiger, alles anziehender Magnet. Oder als wäre der Sauerstoff nicht in der Luft, sondern in den Dingen, so dass man deshalb nicht genug davon aufbewahren konnte. Ich war mir sicher, dass sie noch nie etwas in ihrem Leben weggeschmissen hatte.

»Du kannst in der Küche kochen, essen, was da ist. Da hinten ist ein WC, aber du hast in der ersten Etage neben deinem Zimmer auch ein eigenes Bad.« Kim zeigte in einen kleinen Flur neben der Küchenzeile.

Ich nickte und folgte ihr die Treppe hinauf nach oben. Dort gab es zwei Türen, eine zum Badezimmer und eine führte in mein Zimmer. Ich trat ein und sah mich um. Wie erwartet war dieser Raum ebenfalls nur mit dem Nötigsten ausgestattet. Einem Bett aus weißem Stahlrohr mit einem weißen Überwurf, einem Tisch, einem Stuhl, einem weißen Kleiderschrank mit einem Spiegel und einem grauen Bettvorleger. Über die komplette Vorderfront des Zimmers erstreckte sich die Glaswand. So stellte ich mir ein Apartment in einem Wolkenkratzerhotel vor: edel, zweckmäßig, unpersönlich.

Ich seufzte und presste die Lippen aufeinander, um den Seufzer zu unterdrücken. Die Möbel waren allesamt hochwertig. Ich hatte mich noch nie in solch einer Residenz aus edlen Materialien aufgehalten. So viel Geld, um sich derartige Luxusunterkünfte leisten zu können, und sei es nur im Urlaub, würden meine Eltern niemals besitzen. Okay, dabei verpassten sie nichts.

»Hier schläfst du gut und hier lernst du gut«, bestimmte Kim, und es klang wie eine strenge Antwort auf meinen Seufzer. Sie ging zu dem Tisch, auf dem sogar etwas lag: ein Buch. Oder eher ein elektronischer Reader. Kim klappte ihn auf und hielt ihn mir hin. Erstaunlicherweise besaß er Bildschirme auf beiden Seiten. Links las ich:

Aus den fünf Elementen
Erde, Wasser, Feuer, Wind und Raum
entstehen alle Welten und alle Körper der Wesen …

Kim erklärte mir, dass ich damit Zugang zu den Millionen Büchern und Chroniken der magischen Welt hatte und dieses Buch immer bei mir tragen sollte. Besonders, wenn ich am Ende meiner Ausbildung Zugang zum Reise-Almanach erhalten würde und das Reisen in andere magische Blasen erlernte. Dann galt es, die richtigen Reisepflanzen zu bestimmen, mit deren Hilfe man in der magischen Zielblase ankam. Kim klappte das Buch zu und legte es an seinen Platz zurück, ehe ich den Text auf der linken Seite zu Ende lesen konnte. Sie ging hinüber zum Kleiderschrank und öffnete ihn.

»Wechselkleidung. Hosen, Blusen, Wäsche. Alles vorhanden«, sie musterte mich von oben bis unten, »vielleicht nicht dein Stil.« Ich kam mir plötzlich schäbig vor. Ich trug Klamotten, die Neve mir gebracht hatte: ein Paar abgetragene Schlauchjeans, ein rot–lila gestreiftes Shirt und Chucks. Neve hatte genau meinen Geschmack getroffen.

In Kims Schrank hingen hellblaue Jeans, knielange Röcke und verschiedenfarbige Blusen. Nichts davon würde ich unter normalen Umständen anziehen.

»Nein, nicht mein Stil«, bestätigte ich und klang zu vorwurfsvoll. Kim kannte mich schließlich noch nicht. »Aber ist okay«, gab ich nach.

Einige Augenblicke standen wir uns schweigend gegenüber. Ich fühlte mich unwohl. Kim schien vor meinen Augen zu verschwimmen, und da zeigte er sich wieder, ein schwarzfunkelnder Blitz oder Schweif, der zwischen mir und ihr aufzuckte. Erschrocken stolperte ich zwei Schritte rückwärts, stieß gegen das Bett hinter mir und kam dort zum Sitzen.

»Ich verstehe, du bist müde«, deutete Kim.

»Nein, ich …«

»Aber wir sind noch nicht fertig«, unterbrach sie mich. »Ich möchte dich bitten, noch einmal mit nach unten zu kommen, damit ich dir eine Einweisung geben kann, was du an diesem Ort beachten musst.«

Der Blitz war wieder verschwunden. Kim schien ihn nicht bemerkt zu haben. Oder doch? Vielleicht handelte es sich um irgendeine magische Entladung? Kims Art hielt mich ab, sie zu fragen. Lieber würde ich mich erst mal bei Neve erkundigen.

Wir setzten uns unten an den Esstisch. Kim stellte mir ein Glas Milch hin, ohne mich zu fragen, ob mir Milch schmeckte. Ich mochte Milch nicht und rührte sie nicht an. Kim sagte nichts dazu.

Ich starrte auf ihren Mund, der sich immerzu bewegte, und bekam höchstens die Hälfte von dem mit, was sie predigte. Sie betete einen umfassenden Katalog von Verhaltensregeln und Verboten herunter. Besonders die Reihe von Dingen, die Studenten der magischen Akademie *nicht* durften, schien endlos: Keine Kräuter aus dem Wald kosten, es könnten Reisekräuter sein. Nie ohne einen Mentor in die Nähe der Durchgänge gehen, sie waren gefährlich, solange man nicht die Legitimation besaß, sie zu benutzen. Vorsicht mit den Elementarwesen! Sie waren unberechenbar, solange man nicht mit ihnen umgehen konnte. Auf keinen Fall die Übungsräume der Akademie ohne Mentor betreten. Nicht länger als bis Mitternacht von Zuhause fortbleiben. Und derzeit durfte man sich nur im Tal bewegen und nur in Begleitung eines Lehrers in den Wald gehen. Die Verschiebungen, die der Rat zu ergründen versuchte, verursachten Wege, die sich willkürlich verlängerten oder in die falsche Richtung führten. Dabei bestand die Gefahr, sich tagelang zu verirren.

»Grete, hörst du mir zu?« Die Lautstärke, mit der sie fragte, signalisierte mir, dass sie bemerkt hatte, dass ich mit meinen Gedanken woanders war.

»Ja, tue ich.« Ich hatte keinen Schimmer, was sie in den letzten Minuten gesagt hatte. Nur soviel, dass es um die Ausbildung ging und was ich wann lernen würde. Aber das würde ich doch alles noch mitkriegen! Außerdem, ehrlich gesagt: Die Akademie interessierte mich nicht besonders – Stundenpläne, Mentoren, Abschlüsse. Ich war froh, dem Schulkram entkommen zu sein. Das passte nicht in eine so wunderbare Welt wie diese. Stattdessen konnte ich es kaum erwarten, mich allein auf Erkundungstour in den Wald zu begeben – Verbote und Verschiebungen hin oder her. Kim hatte mich mit ihrem Verhaltenskatalog erst so richtig neugierig gemacht.

»Kannst du meine letzten Sätze bitte noch einmal wiederholen?« Sie ließ nicht locker.

Ich ignorierte die Frage. Das war mir jetzt echt zu schulmäßig. Stattdessen stellte ich eine Gegenfrage. »Warum darf Tim, der Freund von Kira, in die magische Welt? Ich hab ihn auf dem *Fest der Elemente* gesehen. Er ist ein normaler Typ ohne jegliche Begabung.«

»Du hast meine Frage nicht beantwortet!«, beharrte Kim.

»Ich weiß, aber ich kann nicht zuhören, weil ich selbst Fragen habe, die mich zu sehr beschäftigen. Ich brauche Antworten.«

Ich hielt Kims Blick stand. Kim atmete tief durch und lehnte sich zurück.

»Er ist eine Ausnahme. Ausnahmen gibt es überall im Leben. Denk an dein eigenes. Denke darüber nach, wo du mit Ausnahmen in Berührung gekommen bist.«

»Ausnahmen bestätigen die Regel – ist mir klar. Trotzdem«, murrte ich, weil Kims Antwort mir zu richtig vorkam. »Irgendwas muss besonders an Tim sein im Vergleich zu anderen Leuten.«

»Er hat schon immer an eine Welt hinter der Welt geglaubt.« Sie sagte das in einem seltsamen Tonfall. Wusste sie, dass ich, bevor der Spuk losging, an nichts geglaubt hatte?

Ich hatte keine Ahnung, was Kim über mich wissen konnte, und sah an ihr vorbei aus dem riesigen Fenster, durch die das Glitzern von Büschen, an denen knallbunte Früchte wuchsen, hereindrang, während sich weiße Blüten auf ihnen absetzten.

»E–Mails an deine Angehörigen kannst du bei Pio, der euch im Wald gefunden hat, schreiben«, fuhr Kim fort, »immer mittags zwischen eins und zwei. Aber ich rate dir …«

»Ich werde an niemanden E–Mails verschicken«, unterbrach ich sie.

»Gut.«

»Ich weiß nicht, ob das gut ist.«

Kim reagierte nicht darauf und erhob sich.

»Falls du den Teil vorhin verpasst hast: Morgen kannst du dich noch ein wenig ausruhen. Übermorgen um zehn hast du dein erstes Seminar bei deiner Mentorin Sulannia.«

»Die wichtigen Dinge sind mir nicht entgangen.« Ich erhob mich ebenfalls. Mist, ich konnte mal wieder meinen Mund nicht halten. Kims Augen blitzten mich an, aber dann senkte sie schnell ihre Lider. Mir kam der Gedanke, dass sie mich vielleicht auch nicht leiden konnte.

»Tut mir leid, hab ich nicht so gemeint. Ich …«, versuchte ich mich zu entschuldigen.

»Schon gut. Du bist müde«, erklärte Kim mein Verhalten.

»Okay.« Ich ging zur Treppe.

»Nimm dir etwas zu trinken mit hoch«, schlug sie vor.

»Ich kann Milch nicht ausstehen.«

»Im Kühlschrank gibt es genug anderes. Sei einfach selbstständig.«

Sie klang abweisend. Auf einmal glaubte ich zu wissen, warum sie so distanziert war.

»Du machst das nicht gern, mit Studenten und so. Du magst

nicht, wenn sie bei dir wohnen, stimmt's?« Ich sah sie an.

»Es gehört zu meinen Aufgaben.«

»Trotzdem hast du keinen Bock auf Untermieter.«

Ich nahm mir eine Flasche Orangensaft aus dem Kühlschrank.

»Gute Nacht«, wünschte Kim, ohne auf meine Bemerkung zu reagieren, und verschwand in einer Tür, die ich bisher überhaupt nicht bemerkt hatte. Wahrscheinlich verbarg sich dahinter ihr Zimmer. Sie hatte es mir nicht gezeigt.

4. Kapitel

Ich lag in diesem trostlosen Zimmer und schaute durch die überdimensionierte Glasscheibe in die nächtliche Schwärze. Vor einer Weile hatten die Blüten draußen aufgehört zu glimmen. Es musste weit nach Mitternacht sein, aber der Schlaf wollte nicht kommen.

Immer wieder ging mir alles durch den Kopf: Der Tauchgang durch die Wasserröhre, wie mich Neve gefunden hatte und wir stundenlang durch den magischen Wald geirrt waren, das *Fest der Elemente*, schließlich die Befragung durch den Rat und nun mein neues Zuhause. Was würde ich mit alldem anfangen? Auf jeden Fall nicht nach lauter Verboten leben. Das hatte ich lange genug getan. Meine Mutter tat mir leid, weil sie immer so viel Angst um mich gehabt hatte, und nun war ich komplett verschwunden. Aber gleichzeitig fühlte ich mich ungeheuer befreit. Mir ging es so gut, wie lange nicht mehr.

Mein Vater tat mir ebenfalls leid, obwohl er mir gestohlen bleiben konnte. Ich war wütend auf ihn, weil er nichts auf die Reihe kriegte. Niemals wollte ich so wie er werden, aber auch nie wie meine Mutter, die vor allem Angst hatte, was sich außerhalb ihrer Wohnung abspielte.

Ach, aber warum dachte ich dauernd an meine Eltern? So oft hatte ich mich weggewünscht. Einfach nur weg. Von allem. Und dieser Wunsch war in Erfüllung gegangen.

Ich würde endlich mein Ding machen, soviel stand fest.

Zuerst musste ich eine andere Unterkunft finden. In diesem Krankenhauszimmer würde ich es keine Woche aushalten. Erstaunlich eigentlich, dass Grufti–Kim so viele weiße Möbel besaß. Wie auch immer – irgendeinen Weg musste es geben. Das hier war eine magische Akademie und kein Internat für Schwererziehbare.

Vielleicht sollte ich mit Ranja sprechen, oder diesem Marco. Die waren mir auf Anhieb sympathisch gewesen. Andererseits, ich verhandelte nicht gerne mit »Autoritäten«. Am besten, ich redete noch einmal mit Neve.

Die letzten Sekunden, bevor ich endlich in einen tiefen und traumlosen Schlaf fiel, dachte ich an Luisa. Sie war schon in der zwölften Klasse und wir hatten einen jahrgangsübergreifenden Fotokurs zusammen gemacht. Das erste Mädchen am Gymnasium, das ich mochte, und das, obwohl Luisa Psychologin werden wollte! Aber ich fand cool, dass sie genau wusste, wofür sie auf die Welt gekommen war, und alles dafür tat.

Kira war Luisas beste Freundin und befand sich inzwischen hier, während Luisa glaubte, sie wäre in Indien. Nachdem Kira sie quasi über Nacht im Stich gelassen hatte, hatte Luisa sich mit mir befreundet und nun war ich ebenfalls plötzlich abgetaucht und hier gelandet. Das war schon fies. Vielleicht sollte ich wenigstens Luisa eine E–Mail schreiben. Aber darin konnte ich ihr nicht die Wahrheit sagen. Sie würde mir keinen Buchstaben glauben. Und ich hasste es, Leute zu belügen. Mist …

5. Kapitel

»Der Rat denkt sich was dabei, wenn sie dich bei Kim wohnen lassen. Deswegen wird an der Entscheidung nichts zu rütteln sein,« sagte Neve und stellte mir einen Erdbeershake hin.

»Aber was?«

»Ich habe keine Ahnung. Jedenfalls, Kim ist in Ordnung, glaub mir. Sie wirkt etwas abweisend. Doch in Wirklichkeit …« Neve hielt inne, lächelte und sah mich komisch an.

»Was ist?«, begehrte ich auf. Ich mochte es nicht, wenn mich jemand auf so eine wissende Art anglotzte.

»Wie soll ich sagen; eigentlich ist sie ähnlich, na ja … unzugänglich wie du«, druckste Neve herum.

»Pff.« Alles in mir versteifte sich. Ich schüttete meinen Erdbeershake hinunter und stand auf. »Ich muss jetzt gehen.«

Neve berührte meinen Arm. »Tut mir leid. Das habe ich nicht so gemeint …«

Ich schubste ihren Arm weg. »Schon gut.«

»Wirklich?«

Ich wusste, dass Neve die Letzte war, die irgendwas böse meinte. Trotzdem sagte ich schnippisch: »Besser, als so ’n Angsthase zu sein wie du!«

Neve zuckte mit den Augenlidern, aber hörte nicht auf, zu lächeln. Sofort bereute ich, was ich gesagt hatte. So war das oft. Sie hatte recht. Ich war abweisend, obwohl ich es gar nicht sein wollte. Aber irgendwas in mir … Eigentlich sollte ich mich entschuldigen, aber mein Mund war wie zugenäht. Ich drehte mich um und verließ ihr Haus.

»Wünsche dir einen schönen ersten Tag an der Akademie!«, rief sie mir freundlich hinterher.

***

Ich lief den Weg hinunter ins Tal und ärgerte mich. Nicht nur darüber, dass ich bei Kim bleiben musste. Sondern vor allem, dass ich Neve als Angsthasen bezeichnet hatte. In Wirklichkeit verstand ich zu gut, dass sie vor dem Leben in der realen Welt zurückschreckte. Und sich nicht in den Richtigen zu verknallen war auch kein Zuckerschlecken. Zum Glück hatte sie inzwischen gemerkt, dass Tom, der Barkeeper, überhaupt nicht zu ihr passte und Janus, dem das Antiquariat gehörte, perfekt für sie war. Das hatte ich sofort kapiert, keine Ahnung, wieso. Aber für mich war es ja auch leicht. Ich war nicht verliebt und mit Blindheit geschlagen wie Neve.

Wenn ich ehrlich war, hatte ich Schiss vorm Verliebtsein. Zumindest, wenn man sich nicht den Richtigen aussuchte. Hoffentlich passierte mir das nie. An meiner Schule war es jedenfalls leicht gewesen, nicht in diese Falle zu tappen. Da waren ausschließlich Vollpfosten unterwegs.

Wie auch immer, hoffentlich kamen Neve und Janus zusammen. Nur ob Neve sich an ihn rantraute? Kompliziert war sie auf jeden Fall, aber trotzdem kein Angsthase. Im Gegenteil: Sie war mutig. Und so sanft und lieb. Insgeheim bewunderte ich sie. Wenn alle Menschen so sein würden, wäre die Welt ein Ort des Friedens. Aber bei mir fing es ja schon an. Wenn Neve eine Feder war, dann war ich ein Drahtbesen. Ich würde nie wie sie sein können, selbst wenn ich es wollte. Es musste schön sein, wenn einen alle mochten, weil man auf sie wie ein Engel wirkte.

Dummerweise hatte ich vergessen, sie nach den Blitzen zu fragen. Aber vielleicht war es auch ein Vorteil, es allein herauszufinden.

»Grete?«, riss mich eine klare und sehr frauliche Stimme aus meinen Gedanken. Ohne es zu merken, war ich bereits an der Akademie angekommen und spürte, wie mir mein Wollpullover am Rücken klebte. Ich besaß noch kein Vertrauen darin, dass es hier viel wärmer war als im winterlichen Berlin, und hatte mich viel zu dick angezogen.

Sulannia stand vor mir auf den Stufen und wartete bereits auf mich.

»Hallo«, grüßte ich sie.

Links und rechts liefen Studenten an mir vorbei, die Sulannia ebenfalls grüßten und durch die Drehtür im Inneren des Gebäudes verschwanden.

Sulannia machte eine Geste, ihr zu folgen.

Wir liefen die Treppe hinauf in den ersten Stock. Dort befand sich ein Flur mit einigen massiv wirkenden Türen.

An einer mit der Aufschrift *Wasser* blieben wir stehen. Sulannia öffnete sie mit einem kompliziert aussehenden Schlüssel und wir traten ein. Das war der Übungsraum für das Element Wasser. Was ich vor mir sah, verblüffte mich. Der Raum besaß normalen Dielenboden, der jedoch abschüssig war. Etwa bis auf die Mitte des Raumes schwappte Wasser, das bis zur Fensterfront immer tiefer wurde.

«Wow, wo führt das hin?«, fragte ich.

»Nirgendwohin. Trotzdem ist es ganz hinten sehr tief. Man muss schon schwimmen können.«

Sie hockte sich hin und befühlte die Wasseroberfläche. Dann erhob sie sich wieder und betätigte neben der Tür ein Bord mit Knöpfen.

»Ich stelle es noch ein wenig wärmer.«

Sie wandte sich wieder zu mir um und sah mich an. Was für blaue Augen sie hatte! Und sie besaßen die gleiche Farbe wie ihr Kleid. Sulannia sah von allen am unwirklichsten aus. Besonders, wie ihre langen Haare um sie flossen, als wären sie lebendig.

»In den Übungsräumen gibt es keine Elementarwesen, so dass du nichts befürchten musst. Es geht allein darum herauszufinden, welchen Stand deine Fähigkeiten haben und ob eventuell weitere besondere Fähigkeiten in dir schlummern.«

»Was tun die Elementarwesen denn? Wird man von ihnen etwa umgebracht?«

Sulannias deutliches Nicken verblüffte mich.

»Solange du dein Element nicht beherrschst und nicht befugt bist, deinen Durchgang zu passieren, können sie dich eliminieren, ja.«

Puuh, dass es so ernst war, war mir noch nicht klar gewesen. Ich räusperte mich.

»Und woher wissen die Elementarwesen, wann man den Durchgang benutzen darf? Zeigt man später jedes Mal sein Abschlusszeugnis vor?«

Sulannia schmunzelte. »Nein, der Rat erteilt die Erlaubnis, wenn du deine Ausbildung abgeschlossen hast und dein Element beherrschst. Die Elementarwesen werden via Quantenkommunikation informiert. Sie wissen, ob du passieren darfst oder nicht, sobald du dich den Durchgängen näherst. Außerdem spüren sie, ob du mit ihnen umgehen kannst. Das nächste

Mal gehen wir zum See, dann wirst du verstehen, was ich meine.«

Sulannia stieg in das Wasser und gab mir ein Zeichen, ihr zu folgen. Es war nach wie vor seltsam, in voller Bekleidung ins Wasser zu gehen. Wieder blieb ich trocken. Die Nässe drang nicht zu meiner Haut durch, als würde ich einen Gummianzug tragen.

Wir standen bis zu den Schultern im Wasser.

»Lass mal sehen«, sagte Sulannia, nahm meine Hand und befühlte meinen Ärmel.

»Hm, okay, du hast diesen Schutzfilm. Das haben nur Wasserbegabte. Jetzt tauche unter und probiere aus, wie es mit dem Atmen funktioniert. Du hast schon einmal unter Wasser geatmet, als du durch den Durchgang gekommen bist. Mach es dir jetzt bewusst.«

Sulannia ließ sich im Schneidersitz auf dem Boden des Beckens nieder. Ihre Haare stiegen zu allen Seiten auf wie die Schlangen der Medusa. Ich tat es ihr nach, sah mich um und staunte. Hier unten verlor sich das vermeintliche Wasserbecken zu allen Seiten in endlose Tiefen. Wie war das möglich? Wir befanden uns doch in einem kleinen Raum der magischen Akademie. Wohin führten die felsigen Gänge, die ich sehen konnte? Sulannia folgte meinem Blick und lächelte.

»Erstaunlich«, hörte ich sie sagen und sah, wie kleine Bläschen Restluft vor ihrem Mund aufstiegen. »Du hast dich beim Übergang vom Einatmen der Luft zum Einatmen von Wasser nicht einmal verschluckt.«

Stimmt, es kam mir vollkommen natürlich vor, Wasser durch die Nase in meine Lungen zu ziehen. Es fühlte sich gut an, fast besser als Luft.

»Versuch, etwas zu sagen. Es funktioniert ganz normal wie an der Luft. Das Wasser fließt nur durch deine Nase. Es dringt nicht in deinen Mund ein, genauso wenig, wie es deine Kleidung durchnässt.«

Ich nickte, aber brauchte einen Moment, um meinen Mund zu öffnen.

»Ich versuch's«, brachte ich hervor. Und es funktionierte tadellos. Meine Stimme hallte durch das Wasser und klang höher als normal.

»Okay, hervorragend. Du beherrschst die Basis jedes Wasserbegabten. Und alles klappt auf Anhieb bei dir. Du scheinst sehr talentiert zu sein«, antwortete Sulannia.

Mir wurde dadurch so richtig bewusst, was es bedeutete, besondere Begabungen zu besitzen. Ein Gefühl von Überlegenheit wallte kurz in mir auf. Nie wieder müsste ich mich in der realen Welt vor jemandem, der mich herablassend behandelte, schwach fühlen. Denn ich trug ein mächtiges Geheimnis in mir.

»Lass uns einige Bahnen ziehen. Ich beobachte dich dabei und schaue, ob mir etwas Besonderes auffällt.«

Wir schwammen auf das Gewölbe zu.

Das Gestein schimmerte in mehreren Farben. Ehrfürchtig spähte ich in einen der Gänge. Und wenn man sich darin verirrte?

»Schwimm ruhig hinein. In Wahrheit handelt es sich um die Außenmauer des Akademiegebäudes. Nur kommen dir die Poren des Gesteins riesig groß vor. Du findest immer wieder hinaus in das Becken.«

Und schon verschwand Sulannia in einem dieser Tunnel und tauchte in dem daneben wieder auf. Ich tat das Gleiche, wählte einen rot schimmernden Eingang und befand mich einige Momente später wieder bei Sulannia.

»Warte«, sagte sie und prüfte meinen Pullover und meine Hose. Ich beobachtete, dass sie kleine Luftbläschen untersuchte, die sich hier und da gebildet hatten. Die meisten lösten sich schnell auf und trudelten an die Oberfläche. Oder Sulannia zerteilte sie zwischen ihren Fingern in unzählige kleine Bläschen, die kaum noch zu erkennen waren. Nur eine, die sich an meinem rechten Handgelenk befand, wollte sich nicht lösen und auch nicht zerstören lassen. Sulannia machte ein ernstes Gesicht, während sie immer stärker auf meinem Handgelenk herumdrückte.

»Was ist damit?«, wollte ich wissen.

Sie ließ von mir ab.

»Das könnte ein Zeichen einer Sonderbegabung sein.«

»Was für einer?«

»Es gibt verschiedene. Wir werden das beobachten.«

»Welche?«

»Wir werden es beobachten«, wiederholte Sulannia und versuchte ein letztes Mal, die Blase zu entfernen. Augenscheinlich wollte sie mir nicht sagen, was sie alles bedeuten könnte. Das gefiel mir nicht. Ich stieß mich vom Boden ab, tauchte auf und hob die Arme.

»Stopp, warte!«, hörte ich Sulannia unter mir rufen. Sobald meine Handgelenke nicht mehr mit Wasser bedeckt waren, geschah, was ich vermutet hatte: Die Blase löste sich an der Luft auf.

Sulannia tauchte neben mir an die Oberfläche, während ich so tat, als würde ich meine Haare ordnen. Erneut besah sie sich die Stelle, an der die Blase gewesen war.

»Jetzt ist sie verschwunden«, bemerkte ich.

»Schade. Aber macht nichts. Ich schau mir das beim nächsten Mal wieder an.«

Wir stiegen aus dem Wasser. Kein einziger Tropfen war von unserer Kleidung aufgesaugt worden. Mein Pulli und meine Hose fühlten sich warm und wie frisch gebügelt an. Es würde noch eine Weile dauern, bis ich mich daran gewöhnt hätte.

Sulannia wirkte nachdenklich. Oder verriet sie etwa nichts über meine Blase, weil sie selbst nicht wusste, was sie bedeutete und erst irgendwo nachlesen musste? Meine Neugier war jedenfalls geweckt.

»Deine Grundfähigkeiten sind bereits voll da. Das nächste Mal üben wir im See. Du wirst Bekanntschaft mit den Elementarwesen des Wassers machen.«

»Okay. War das heut alles?«

»Fast.« Sulannia ging zur Tür und öffnete sie.

»Wir testen jetzt noch die Rauchsäulenfähigkeit. Würdest du mitkommen?«

»Die *was*?«

Wir traten auf den Flur und Sulannia schloss die Tür ab.

»Es handelt sich um eine Fähigkeit, die wir lange Zeit nicht beachtet haben, was sich leider negativ ausgewirkt hat. Deswegen testen wir jeden Neuankömmling darauf.«

»Negativ? Wie, negativ?«

Wir gingen den Flur entlang und Ranja schloss eine Tür auf, die keine Bezeichnung trug.

»Das ist zunächst unerheblich.«

Unerheblich? Doch, das war erheblich. Zumindest für mich. Ich konnte es nicht leiden, wenn andere darüber entschieden, was ich zu wissen hatte und was nicht. Erwachsene taten so was dauernd und es machte mich regelmäßig wütend. Aber ich hielt an mich. Ich achtete Sulannia und wollte es mir nicht mit ihr verscherzen.

Dieser Raum war sehr klein, fast nur eine Besenkammer. Sulannia schloss ihn hinter uns. Durch ein kleines Fenster fiel ein Streifen Sonnenlicht auf einen rustikalen Tisch aus Holz, auf dem zehn bis zwanzig weiße Kerzen standen.

»Du kannst mir helfen sie anzuzünden.« Sulannia reichte mir eine Schachtel Streichhölzer und nahm sich selbst auch eine.

Als alle Kerzen brannten, sollte ich sie wieder auspusten. Sulannia half mir. Im Nu war das Zimmer verqualmt und der vertraute Geruch von verbranntem Docht und Wachs stieg mir in die Nase.

Ich dachte an meine Mutter, bei der immer Kerzen brannten und mich in Sorge versetzten, dass irgendwann eine umkippen würde, während sie schlief, und all ihre Bücherstapel, Notizhefte und Zeitschriftenpacken in einem Flammenmeer aufgingen.

»Versuch, den Rauch in dich aufzunehmen und zu ihm zu werden«, verlangte Sulannia. »Atme ihn ein und atme ihn wieder aus.« Sulannia schloss die Augen und machte es mir vor.

Ich tat es ihr nach, auch wenn mir nicht klar war, was das Ganze sollte. Beim dritten Mal Ausatmen kam es mir vor, als würde ich viel mehr Rauch von mir geben, als ich aufgenommen hatte.

»Ja, gut so, mach weiter.«

Ich atmete ein und aus, ein und aus. Der Rauch wurde immer mehr und immer mehr, obwohl sich der Kerzenrauch längst verzogen haben musste.

»Okay, stopp!« Sulannia berührte mich an der Schulter und ich hielt die Luft an. Sie hustete, öffnete das Fenster und dann die Tür. Mir wurde schwindelig. »Ganz normal weiteratmen«, wies sie mich an. Ich japste nach Luft und hatte Panik, dass ich weiter Rauchwolken ausstieß, aber es hörte auf, als mein Atem endlich wieder regelmäßig kam.

»Was, was hat das zu bedeuten?«

»Du brauchst keine Angst zu haben. Es sieht danach aus, dass du Potenzial zur Rauchsäulenfähigkeit besitzt. Sie kommt selten vor, aber sie ist sehr mächtig. Ich hatte so etwas bereits vermutet, weil dein Element wegen deiner ätheraffinen Träume nicht von Anfang an eindeutig war. Sonderbegabungen treten dann öfter auf.

Ich trage dich für morgen um zehn für eine Übung mit Leonard Frey ein, der sich mit dieser Fähigkeit gut auskennt. Er wird dir alles Weitere erklären und dich gegebenenfalls darin ausbilden.«

Sulannia schloss das Fenster wieder. Der Rauch war gänzlich verflogen. Sie lächelte mich an. »Genug für heute. Du hast dich sehr gut gemacht für den ersten Tag. Ich weiß, das ist alles überwältigend, manchmal auch unheimlich oder beängstigend. Aber du wirst dich schnell an alles gewöhnen und dir irgendwann ein Leben ohne deine Fähigkeiten nicht mehr vorstellen können, ganz sicher.«

»Ja«, sagte ich und fühlte mich tief erschöpft, als hätte ich einen Triathlon hinter mich gebracht.

»Am besten, du gehst ins Akademie–Café und stärkst dich mit Elses Köstlichkeiten. Weißt du, wo es ist?«

Ich schüttelte den Kopf.

»Im Keller unten. Komm, ich bring dich hin.«

6. Kapitel

»Ach, unser neues Mädchen«, begrüßte mich Else und wischte sich die Hände an ihrer weißen Schürze trocken, die sie über einem blauen Kleid mit weißen Punkten trug.

»Komm, setz dich hier vorne hin. Ich bringe dir eine kräftige Hühnersuppe und frisch gebackenes Brot. Bestimmt hast du nach deinem ersten Tag so richtig Hunger.«

Sie schob mich zu einem Holztisch in einer Nische neben der Küchentür.

»Hühnersuppe – was rede ich, viel mehr wird dir nach Fischsuppe sein, oder?«

Fisch! Sofort lief mir das Wasser im Mund zusammen. Bis vor einigen Wochen hatte ich Fisch noch verabscheut, aber dann fingen die Wassersymptome an und die Fischstäbchen bei Luisa im Kühlfach wurden zum Gegenstand meiner sehnsüchtigsten Träume.

Ich nickte. Else reichte das aus. Sie war scheinbar ein Mensch, mit dem man nicht viele Worte wechseln musste. Deshalb mochte ich sie auf Anhieb, auch wenn sie mir aufmunternd die Wange tätschelte, nachdem ich mich gesetzt hatte.

Zwei Minuten später stand ein großer, dampfender und köstlich duftender Teller vor mir und dazu ein riesiger Korb mit Brot.

Ich löffelte meine Suppe und sah mich ein bisschen um. An einigen Tischen saßen Studenten und unterhielten sich. Sie sahen alle ganz normal aus. Schwer vorstellbar, dass sie hier waren, weil sie irgendwelche Dinge tun konnten, die in der normalen Welt als unmöglich galten. Die meisten schienen ungefähr so alt wie ich oder auch ein bis zwei Jahre älter. Was waren ihre Geschichten? Wie waren sie hierhergekommen? Wie ging es ihnen mit allem? Ich wollte sie kennenlernen und gleichzeitig fürchtete ich mich davor, weil ich in so was kein Profi war.

Drei Studenten, zwei Typen und ein Mädchen, betraten das Café und steuerten auf die Küche zu. Es gab eine große Durchreiche, auf der Else Speisen und Teller hingestellt hatte.

Der eine Typ war schmächtig und sah mit seiner runden Nickelbrille und dem wirren Haar aus wie ein zerstreuter Professor. Der zweite, größere Typ war mir etwas zu cool. Die drei stürzten sich auf das Büffet und baten Else, ihnen einen Teller Hühnersuppe zu bringen. Das Mädchen mit langen schwarzen Haaren und spitzer Nase wählte einen kleinen Teller und tat sich viel Gemüse auf. Ich versuchte, ihnen ihre Elemente anzusehen, aber ihr Äußeres verriet nichts dazu. Das Mädchen suchte nach einem Tisch und schaute zu mir herüber. Unsere Blicke trafen sich. Sie zögerte. Dann kam sie näher.

»Hallo, du bist neu, nicht wahr?«

»Hi«, antwortete ich und versuchte, nicht abweisend zu klingen.

»Ich bin Marie. Könnten wir uns vielleicht zu dir setzen?« Sie lächelte freundlich.

»Hmh«, brachte ich hervor. Marie zog sich einen Stuhl heran und setzte sich. Die beiden Typen folgten ihr und setzten sich ebenfalls.

»Hi«, sagte der große Typ, sah mich kurz an und fing sogleich an, Essen in sich hineinzuschaufeln.

»Hallo«, begrüßte mich der andere und lächelte.

»Hallo.«

Sie schienen schon länger hier zu sein. Sie verhielten sich so selbstverständlich mit allem.

»Das ist Kay.« Marie wies auf den großen Typen. »Und das ist Jonas, unser Professorchen.« Sie tätschelte ihn an der Schulter.

»Dachte ich mir«, entfuhr es mir.

»Was?«, fragte Kay erstaunt.

»Das mit dem Professor.«

»Hoffe, das sollte ein Kompliment sein«, sagte Jonas.

»Klar war das eins«, antwortete Kay an meiner Stelle. Es klang etwas großspurig.

»Und du?«, fragte mich Marie.

»Was?«

»Na, wie du heißt?« Sie lächelte mich weiterhin sehr freundlich an, obwohl ich ruppig geklungen hatte.

»Grete.«

»So hieß meine Oma. Hi, Grete.« Kay erhob sein Glas und prostete mir zu. War das freundlich gemeint oder wollte er mich aufziehen? Ich verzog keine Miene, und Kay kümmerte sich wieder um sein Essen.

»Sorry, wir fallen so über dich her, dabei bist du bestimmt noch geschockt, überhaupt hier zu sein. Aber das geht bald vorbei, glaub mir.« Marie nickte mir aufmunternd zu und dann wechselte sie das Thema, wahrscheinlich um mich aus dem Fokus der Aufmerksamkeit zu ziehen. »Boah, ich bin so aufgeregt, wenn's zum ersten Mal auf Reisen geht.«

»Ich auch. Das ist physikalisch so was von unmöglich, sag ich euch!« Jonas fuhr sich durch sein wirres Haar.

»Ach, Professorchen! Das musst du doch langsam mal geschluckt haben, das ist eben Magie! Ich denke, es wird cool. Obwohl, Shanghai oder Tokio hätte ich noch cooler gefunden«, sagte Kay.

»Kannst du doch später überall noch hin! Ich finde, La Palma reicht für den Anfang. Ich bin schon so gespannt auf die Urblase von Europa. Soll völlig anders aussehen als hier.«

Ich hörte ihnen zu, während ich an dem Apfelsaft nippte, den Else mir gebracht hatte. Kim hatte bereits was von Kräutern und Reisen angedeutet. Nun erfuhr ich, wie das genauer funktionierte. Man musste nur eine Handvoll von dem richtigen Kraut essen und schon rannte man durch ein Zeitloch und kam am Wunschort heraus. Wow, ich wollte auch reisen. Endlich die Welt sehen und das auf so eine einfache Weise. Quasi kostenlos. Mit meinen Eltern war ich nie auch nur aus Deutschland hinausgekommen. Ich wusste jetzt schon, das Reiseseminar würde mein Lieblingsseminar werden. Schade nur, dass man es erst am Schluss der Ausbildung absolvieren konnte.

»Grete, guck nicht so dramatisch. Irgendwann kannst du auch reisen. Die Zeit vergeht schneller als du denkst«, versuchte Kay mich auf eine unnachahmlich lässige Art zu trösten. Ich verdrehte die Augen. Mochte ich den Kerl oder nicht? Ich war mir noch nicht sicher.

Plötzlich zuckte etwas zwischen Kay und Marie. Wieder so ein Blitz. Nur war er diesmal nicht schwarz oder besaß die gerade Form eines Balkens, sondern pink und an den Außenseiten verwischt, als hätte ihn jemand mit Aquarellfarben in die Luft gemalt.

Ich schaute zwischen den beiden hin und her und beobachtete den Blitz. Was war das?

»Hey Grete? Was ist? Stimmt irgendwas nicht?«, fragte Marie.

»Jetzt guckt sie, als hätte sie den Leibhaftigen gesehen«, lästerte Kay. Ich reagierte nicht.

»Mann, Kay, hör auf«, rief Marie ihn zur Ordnung. Zu mir gewandt entschuldigte sie sich für ihn. »Der ist nicht so, wie er tut. In

Wirklichkeit überspielt er nur seine Panik vor fremden Mädchen.«

»Pff«, machte Kay. Ich sah ihn an und lächelte. Er lächelte verlegen zurück. Okay, der Typ war in Ordnung.

Der Blitz zwischen ihm und Marie verschwand unmerklich und lautlos wie ein Regenbogen.

»Am besten Grete, du schaffst dir zuerst einen Wunschort. Das ist fast so cool wie Reisen durch magische Blasen«, schlug Kay versöhnlich vor.

»Einen Wunschort?«

Die drei erklärten mir, was ein Wunschort war und wie man ihn entstehen ließ. Hammer, das klang so was von großartig, dass ich Lust bekam, es gleich nach dem Essen auszuprobieren.

Ich trank meinen Saft aus und erhob mich.

»Ich werd' gehen. Nett, euch kennengelernt zu haben.«

»Was bist du eigentlich für ein Element?«, wollte Marie noch wissen.

»Wasser. Und ihr?«

Ich erfuhr, dass Marie und Jonas Erde waren und Kay Luft.

»Bestimmt machen wir mal ein paar Übungen zusammen«, meinte Jonas.

»Aber die meisten Übungen machst du sicher mit Fabian. Der ist auch Wasser.« Marie zeigte auf einen Typen, der am anderen Ende des Akademie–Cafés Suppe löffelte und mit seinen feuerroten Locken überhaupt nicht nach Wasser aussah.

»Tschüss Grete«, Kay hielt mir förmlich seine Hand hin. Ich ignorierte sie und gab Marie und Jonas stattdessen High Five. Dann grinste ich ihn an.

»Nur, weil ich wie deine Oma heiße, brauchst du mich noch lange nicht so zu behandeln, als wäre ich aus dem vorigen Jahrhundert.« Ich klopfte ihm auf die Schulter und zwinkerte ihm zu. Er sah mich verdattert an. Die Leute hielten mich am Anfang oft für schüchtern. Dabei war ich das nicht. Ich ließ mir nur gern Zeit. Wenn man schwieg, redeten die anderen automatisch mehr. So bekam man schneller mit, wer vor einem stand.

Ich hatte mich schon zwei Schritte vom Tisch entfernt, drehte mich aber noch einmal um und fragte:

»Sagt mal, ich sehe öfter so Blitze zwischen den Leuten. Was bedeutet das?«

»Blitze?«, fragte Kay.

»Ja. In verschiedenen Farben. Schwarz, grau, pink …«

Kay und Marie zogen fragende Gesichter und ihre Blicke wanderten automatisch zu Jonas, als wüsste er immer alles, und Jonas übernahm prompt die Antwort:

»Nee, noch nie gesehen. Deswegen, tippe ich, könnte das ein Zeichen für eine besondere Fähigkeit sein. Frag am besten deine Mentorin.«

***

Nein, meine Mentorin würde ich nicht fragen. Umso mehr wollte ich jetzt meine besonderen Fähigkeiten für mich behalten. Am besten, ich fand auch alleine raus, was es mit der Blase am Handgelenk auf sich hatte. Es konnte immer gut sein, anderen ein Stück voraus zu sein, besonders wenn es sich um Autoritäten wie Eltern, Lehrer oder Ratsmitglieder handelte.

Doch zuerst interessierte mich dieser Lieblingsort, den man sich allein schaffen konnte. Marie hatte erklärt, dass ihn niemand finden könnte, außer der Rat vielleicht im Notfall, jedoch wäre es auch für seine Mitglieder schwierig. Das gefiel mir. Es klang wie ein eigenes Zimmer, in das niemand hereinplatzen konnte. Perfekt!

Wenn das funktionierte, konnte ich dann nicht auch gleich dort wohnen?

Zuerst steuerte ich auf den Wald zu. Irgendeinen besonderen Stein oder Baum wollte ich mir aussuchen und von dort den Weg zu meinem Lieblingsort beginnen. Verbote und Verschiebungen interessierten mich nicht. Doch dann hielt ich inne. Wäre es nicht schlauer, den *Eingang* dort zu wählen, wo ich ihn erstens immer schnell erreichte, und zweitens, wo ihn niemand vermutete?

Ich machte kehrt und lief zurück. Der Weg zu meinem Wunschort sollte genau hinter Kims Haus beginnen. Dort erstreckte sich ein weithin dichtes Brombeergestrüpp. Dem konnte man sich vom Wald her nähern, ohne vom Haus aus gesehen zu werden.

Auf dem Weg dorthin dachte ich über die Blitze nach. Sie erzeugten Gefühle in mir. Bei Kim waren sie negativ, abweisend und düster. Bei Kay und Marie dagegen hatte der Blitz die jähe Erkenntnis begleitet, die beiden seien ineinander verknallt, wussten es selbst nur noch nicht. Mitzukriegen, was zwischen Leuten so abging, darin war ich schon immer gut. Vielleicht wurde dieses Talent in der magischen Welt durch Blitze sichtbar und wuchs sich weiter aus? Aber was bedeutete dann der Blitz zwischen mir und Kim? Einfach, dass wir uns hassten? Oder war da noch mehr? Vielleicht besaß Kim auch ein dunkles Geheimnis und ich musste es nur aufdecken, um sie loszuwerden?

Das Brombeergestrüpp tauchte vor mir auf. Ich spähte zum Haus hinüber. Man konnte nur ein Stück vom Dach hinter Büschen und Bäumen erkennen. Gut so.

Zuerst pflückte ich eine Frucht ab, die, groß wie ein Klarapfel, zusammen mit vielen anderen zwischen riesigen Stacheln hing. Sie erinnerten mich an die Rotbeeren, mit denen Neve mich aufgepäppelt hatte. Und wenn das ganze magische Ding aus einem heimlichen Atomtest entstanden war, nur niemand wusste davon? Ich schmunzelte. Das erklärte natürlich nicht das horrende Alter einiger Ratsmitglieder. Ich aß die Monsterbeere auf. Pappsatt suchte ich mir danach eine Stelle, an der man ein Stück weit in das Gestrüpp eindringen konnte, ohne sich komplett die Haut an den Dornen aufzuschlitzen.

Ich schloss die Augen, konzentrierte mich, so wie Marie es beschrieben hatte, und versuchte mir meinen Lieblingsort möglichst detailreich vorzustellen.

Er schillerte bunt und vielfältig wie eine Spielzeugkiste. Er war ein Haus mit drei Türmen, mehreren Terrassen, vielen Treppen, verschiedenen Türen und Gängen, die von Zimmer zu Zimmer, zu einer Gruft, einem Atrium unter freiem Himmel, einem Springbrunnen, Sitzecken unter Felsvorhängen und zu meterhohen Panoramafenstern führten. Das Haus besaß viele Fenster in verschiedenen Formen und Farben. In den Zimmern befanden sich Regale mit den schönsten Dingen bis unter die Decke. Man konnte sich nicht sattsehen an den unzähligen wunderbaren Sachen. Aber es war nicht zu voll oder unordentlich und mit unbrauchbarem Zeug verstellt wie die Wohnung meiner Eltern. Es sah alles wunderhübsch aus, so bunt, so inspirierend.

Ein Brennen holte mich aus meiner Vision. »Au!«, rief ich aus, spürte was Warmes an meinen Fingern und riss die Augen auf: Blut. Ich hatte mich an einem Dorn verletzt. Aber das rückte sofort in den Hintergrund angesichts dessen, was vor mir erschien:

Das Haus!

Glitzernd wie ein Schatz, bunt wie ein Malkasten und verwinkelt wie ein Schloss an der Loire. Wow! Es war echt! Musste echt sein!

Ich lief auf die zweiflügelige, grüne Eingangstür zu. Links und rechts blühten Blumen aller Jahreszeiten und kletterten teilweise an den Wänden hinauf wie bei Dornröschen. Ein berauschender Duft lag in der Luft.

Ich trat ein und rief: »Ist hier jemand?«, aber niemand antwortete mir. Die Dielen im Eingangsbereich waren mit rotem Lack gestrichen. Links stand ein Flügel, rechts ging eine Treppe hinauf. Überall hingen wunderschöne Ölbilder in goldenen Rahmen an der Wand. Da war noch viel mehr als das, was ich mir bewusst vorgestellt hatte. Abgefahren!

Ich begann laut zu singen und tänzelte durch die Zimmer. Jedes besaß eine andere Tapete, einen anderen Anstrich, andersfarbige Dielen, einige kleine oder nur ein großes Fenster, einen verschnörkelten Balkon und alle Arten Möbel, die ich jemals irgendwo gesehen und die mir gefallen hatten. Dazu alle Bücher, die ich auf meinen vielen Streifzügen durchs Kulturkaufhaus gekauft hätte, hätte ich Geld gehabt, und so viele kunstvoll geknüpfte Wollteppiche, an den Wänden oder auf dem Fußboden, wie in einem Teppichlager.

Ich warf ein Grammofon an, strich über die Saiten einer Harfe und rief in einen Turm mit einer Wendeltreppe hinauf. Die Zimmer waren nicht groß, zwischen den Fluren führten Treppen hinauf und hinab, wobei es keine ordentlichen Etagen gab und sich auch die Fenster nicht in einheitlicher Höhe befanden.

Ich kletterte den höchsten der drei Türme hinauf und blickte hinaus.

Mein Wunderschloss war umgeben von Blumen, die an einen Ring aus Brombeerbüschen grenzten. Rundherum erstreckte sich ein rosafarbenes Himmelszelt. Vom magischen Wald weit und breit nichts zu sehen und auch nichts von der Akademie und ihren Häuschen. Völlig verrückt. Ob man in diesen Himmel meiner Fantasie ein Loch piken und zur magischen Blase hindurchschauen konnte? Ich kicherte, stieg wieder hinab und legte eine neue Schellackplatte auf das Grammofon. Ein Walzer schwang durchs Haus. Dann suchte ich den Raum auf, der sich unter der Kuppel befinden musste, die ich von oben neben dem Atrium entdeckt hatte. Drei Treppen hoch, eine kleine Stiege nach links, einen murmelbahnartigen Gang noch ein bisschen höher und da war er: ein runder Raum, der im Gegensatz zu den anderen Zimmern ziemlich groß und, bis auf ein eisernes Bettgestell mit weißer Spitzenbettwäsche in der Mitte, vollkommen leer war. Die Fenster gingen zu allen Seiten und überall schien die Sonne herein, als würde es sie jeweils im Norden, Süden, Osten und Westen geben.

Ich setzte mich auf das Bett und prüfte die Federung. Perfekt! Zufrieden ließ ich mich in die weißen Kissen fallen und schaute hinauf an die Decke aus unzähligen bunten Karos. Ob sich die Kuppel wie in einer Sternwarte öffnen und ich mit dem Bett dem Mond einen Besuch abstatten konnte? Ich seufzte. Hier schien nichts unmöglich.

Auf der gegenüberliegenden Seite an der Wand entdeckte ich einen Drehknopf, den man nur mit übersteigerter, magischer Sehkraft wahrnehmen konnte. Eine Geheimtür? Ich sprang wieder auf und drehte den Knopf. Dahinter öffnete sich jedoch kein Gang, sondern ein gut befüllter Kleiderschrank! Wow, lauter coole Sachen! Hatte ich mir das auch gewünscht? Es sah ganz so aus. Damit war das Problem mit Kim und ihren Blusen und braven Stoffhosen wohl gelöst.

Hier würde ich bleiben. Klare Sache. Ich brauchte Kim nicht. Von hier aus konnte ich genauso zu den Seminaren gehen. Wer sollte was dagegen haben?

Nur eines hatte ich wohl beim Wünschen vergessen, wie ich einige Stunden später bemerkte, nachdem ich mich umgezogen, auf dem Flügel geklimpert und in diversen Büchern geschmökert hatte: In dem Haus gab es weder etwas zu essen noch zu trinken. Vielleicht war das so, weil es ein Fantasiehaus war? Denn ein Badezimmer hatte ich auch nicht entdeckt. Egal, ich konnte auch ohne diese Dinge auskommen. Waschen konnte ich mich am Fluss oder im See, auf Toilette gehen in der Akademie und zu essen ließ sich sicher etwas von dort mitnehmen.

Der rosafarbene Himmel wechselte in ein tiefes Violett. In der magischen Blase wurde es Nacht. Mich scherte nicht, ob Kim auf mich wartete. Vielleicht tat sie das nicht mal. Ich konnte auch morgen noch Bescheid geben, dass ich umgezogen war.

7. Kapitel

»Wo warst du? Wir haben dich die halbe Nacht gesucht«, wetterte Kim durch die Eingangshalle der Akademie, als sie mich durch die Drehtür kommen sah. Ich war mit Leonard für unsere erste Übung verabredet, und sie schien extra meinetwegen gekommen zu sein. Zuerst hatte ich Sorge in ihrem Gesicht gelesen, dann Erleichterung, mich zu sehen, trotzdem klang sie jetzt wütend.

»Guten Morgen«, antwortete ich betont ruhig, um der Situation die Schärfe zu nehmen. Kims stahlblaue Augen durchbohrten mich.

»Ich habe mir einen Lieblingsort geschaffen und dann dort übernachtet«, erklärte ich unschuldig. Ich hatte ja auch wirklich nichts verbrochen.

»Es ist nicht erlaubt, einfach irgendwo anders zu übernachten!« Kim war aufgebracht.

»Davon habe ich nichts gewusst«, ich hielt meine Stimme weiterhin ruhig. Die Ruhige war die Stärkere.

Kim blieb allerdings ebenfalls ruhig, ihre Augen ließen mich jedoch nicht los.

»Weil du nicht zugehört hast! Glaubst du, meine Einweisung am ersten Tag habe ich aus Spaß gemacht? Studenten dürfen grundsätzlich nicht an ihren Lieblingsorten übernachten und haben auch sonst bis Mitternacht zu Hause zu sein, solange sie nicht so weit sind, allein zu leben. Du befindest dich unter meiner Obhut und ich bin für dich verantwortlich. Wenn etwas geschieht, geht es auf mich zurück. Wie es aussieht, hast du das noch nicht verstanden.«

Zuerst wollte ich aufbegehren, aber je zickiger sie klang, desto mehr schaltete ich ab. Es war für mich eindeutig, dass sie mich aus irgendeinem Grund nicht ausstehen konnte. Normalerweise hätte ich mich entschuldigt. Natürlich verstand ich, was das Problem war. Aber es verletzte mich, ihre Abneigung zu spüren, und so zuckte ich nur mit den Schultern und schaltete auf stur.

»Auf mich braucht niemand aufzupassen. Von meinem

Lieblingsort komme ich genauso gut zu den Seminaren wie von deinem Haus.«

Kim holte tief Luft.

»Deine Meinung zu den Regeln an der Akademie interessiert mich reichlich wenig. Der Rat hat sie sich nicht zum Spaß ausgedacht. Ich verlange, dass du dich zukünftig abmeldest, wenn du den Abend woanders verbringst, und du hast vor Mitternacht zu Hause zu sein. Haben wir uns verstanden?«

Ich hielt ihrem Blick stand, grübelte über den Blauton ihrer Augen nach und schwieg.

»Stör ich?«, erklang plötzlich eine tiefe und melodische Stimme hinter mir. Ich drehte mich um und blickte in ein Paar Augen, die so grün waren, wie Kims Augen blau. Allerdings schauten sie viel freundlicher, auch wenn sie etwas Abgründiges besaßen. Zu den Augen gehörte ein Typ, der ungefähr einen Kopf größer als ich war. Er hatte schwarze Haare, die ihm bis zum Kinn reichten. Einige Strähnen hingen ihm verwegen ins Gesicht.

»Du bist Grete«, stellte er fest.

Ehe ich antworten konnte, sagte Kim streng: »Noch einen Moment bitte, Leonard!«

Das war Leonard Frey? Ich hatte mir unter dem Namen eher einen gemächlichen Mittfünfziger mit Bauch vorgestellt. Der hier sah dagegen aus, als wäre er vor Kurzem selbst noch Student gewesen. Oder als wäre er einem Manga entsprungen. Er hatte ein grünes Stirnband umgebunden. Seine Haut war unglaublich glatt, die Gesichtszüge sehr fein und trotzdem markant, seine Schultern breit, aber dennoch war er schlank und bewegte sich geschmeidig. Er trug schwarze Röhrenjeans, ein schwarzes Muskelshirt und darüber eine Lederjacke. Eigentlich sah er, was die Klamottenfarbe anging, Kim gar nicht so unähnlich. Jedoch besaß er eine völlig andere Ausstrahlung.

»Hey, Leo«, vernahm ich eine nächste vertraute Stimme. Kira tauchte neben uns auf und lächelte Leo an. Kim begrüßte sie mit einem freundlichen, aber förmlichen »Guten Morgen.«

»Hi!« Leo lächelte zurück. Irgendwas … Und dann ging es los. Blitze zuckten durch die Halle. Zuerst sah ich einen roten in schnellem Zickzack, der mitten in Leos Brust einschlug. Das Rot blendete so sehr, dass ich die Augen zusammenkniff. Gleichzeitig traf mich ein schwarzer Blitz. Der musste von Kim sein. Dann war da noch einer, dunkelgrau mit roten Punkten, wie Qualm oder Lava–

Asche. Er wurde von Kims Kopf eingesogen. Danach wieder ein roter Blitz, der aber viel weniger leuchtete, etwas durchsichtiger wirkte. Von dem wurde Kira getroffen. Ich schlug schützend meine Arme vor die Brust, wollte noch mehr sehen, aber meine Augen brannten. Also kniff ich sie zusammen und rieb sie mit den Händen.

»Alles in Ordnung?«, hörte ich Leonards Stimme dicht an meinem Ohr.

Jemand packte mich am Oberarm und befahl: »Setz dich hin!« Das war Kims Stimme. Sie zog mich auf die Treppenstufen. Ich spürte den kühlen Stein unter meinem Hintern. Vorsichtig öffnete ich wieder die Augen. Mein Atem ging schnell. Vor mir hockte Kira und machte ein besorgtes Gesicht. Neben mir saß Kim und hielt immer noch meinen Oberarm in einem strengen Griff.

»Das tut weh«, beschwerte ich mich, entzog ihr meinen Arm und rieb ihn mit der Hand. Kim entschuldigte sich. Leonard stand hinter Kira und sah auf mich herab. Ich fixierte die silberne Schnalle seines Gürtels. Zwei ineinander verschlungene Salamander. Das sah cool aus. Okay, ganz ruhig, die Blitze waren verschwunden.

»Sorry«, brachte ich hervor, »mir war nur kurz schwindelig.«

»Schon gut, das hängt mit den Fähigkeiten zusammen. Deswegen sollte immer jemand in deiner Nähe sein, besonders am Anfang. Du siehst …«, setzte Kim zu einer Erklärung an, die sie gleich in eine Belehrung packen wollte.

»Nein! Schwindelanfälle hatte ich schon immer. Die gehen vorbei und ich kippe wegen so was auch nicht um.«

Ich sprang auf, um zu beweisen, dass mit mir alles in bester Ordnung war. Schließlich saß mir nur das Blitzgewitter in den Knochen. Was zum Teufel ging hier vor? Die roten Blitze – Kim, Kira, Leo – sie hatten miteinander zu tun. Irgendwelche Verstrickungen. Wer war in wen verknallt? Und was bedeutete der Ascheblitz dazwischen?

Okay, den schwarzen kannte ich, das war Kims und meiner. Aber die anderen ... hier ging einiges ab. Und Kim war darin verstrickt – der beherrschte Eisengel – HA, von wegen!

Kim bewegte ihre Lippen. Dann sah ich, wie sie sich umdrehte und die Akademie verließ. Hatte sie etwas gesagt? Ich hatte tatsächlich keine Ahnung. Leonard stand immer noch da, wo er stand. Kira erhob sich ebenfalls und beobachtete mich immer noch skeptisch.

»Geht's dir wirklich wieder gut?«

»Klar.«
»Stress mit Kim?«, fragte sie weiter.
»Geht schon.«
Kira nickte wissend.
»Okay, ich muss los. Du weißt, wo du hinmusst?«
Ich sah zu Leo hinüber.
»Sie ist heute bei mir.«
»Oh, vielleicht Rauchsäule?«
Leo nickte und blickte Kira komisch an. Welcher Blitz war zwischen ihnen gewesen, der knallrote?
»Vielleicht«, antwortete Leo.
»Na, dann schönen Tag euch.« Kira ging die Treppen hinauf.
Ich blickte ihr nach. Sie hatte sich so verändert, meine Güte. An der Schule war sie so unscheinbar gewesen, und jetzt … Sie war nur ein knappes Jahr älter als ich, aber sie wirkte so erwachsen.
Leonard und ich blieben allein zurück. Ich stand eine Stufe höher und somit auf Augenhöhe mit ihm. An irgendwen erinnerte er mich.
»Okay, gehen wir. Wir müssen ein Stück in den Wald, aber nicht weit. Pio ist informiert, er holt uns raus, falls wir uns verirren sollten.«
Seine Stimme versetzte meine Zellen in eigenartige Schwingungen. Oder wurde mir jetzt doch schwindelig? Mit dem Typen stimmte ebenfalls irgendwas nicht, genau wie mit Kim. Gehörte zu den beiden vielleicht der knallrote Blitz, der einem glatt das Augenlicht wegätzen konnte?

8. Kapitel

Wir liefen nebeneinander den Weg zum Waldrand hinauf. Leonard drehte sich zu mir. Er besaß dieses schiefe Lächeln, was viele Frauen wahnsinnig attraktiv finden. Zumindest stand das immer in Liebesromanen. Dabei ging ein Mundwinkel höher als der andere, und das war's auch schon. Okay, vielleicht sah das neckischer aus, als wenn sich beide Mundwinkel gleich weit nach oben zogen? Aber ein echtes Schönheitsmerkmal war das für mich nicht.

»Ist irgendwas?«, fragte er mich, während wir die ersten Bäume erreichten. Ich hatte zu lange auf seine Mundwinkel gestarrt. *Nix*, wollte ich sagen, aber stattdessen kam:

»Ich glaub schon, aber …«, ich dachte an die Blitze zwischen ihm, Kim und Kira. »… das ist meine Sache.«

»Muss ich das jetzt verstehen?«, hakte er nach.

Mist, ich hätte meine Klappe halten sollen. Aber das mit den Blitzen beschäftigte mich zu sehr. Vielleicht wusste Leo Näheres, aber, ach …

»Nein«, antwortete ich.

»Würd' mich aber interessieren«, versuchte er es weiter.

Oder sollte ich testen, ob ich die Blitze richtig deutete?

»Zwischen dir und Kim und Kira laufen irgendwelche Dinger.«

Leonard zog die Augenbrauen zusammen und schwieg. In seinem Gesicht arbeitete es. Das hieß, ich lag richtig. Die Blitze verrieten eindeutig etwas über Beziehungen. Dann räusperte er sich und sagte:

»Ah, verstehe, du willst dich interessant machen.«

Was? Was war denn das für eine blöde Antwort? Ich wollte mich widersetzen, aber das wäre dumm und würde mir nicht weiterhelfen. Also ignorierte ich seine Bemerkung und sagte:

»In eine bist du verliebt und in eine warst du es, stimmt's?«

Ich sah Leonards Kiefer mahlen. Nervös strich er sich eine schwarze Haarsträhne hinter das Ohr. Sein Haar besaß einen besonderen Glanz. Benutzte er irgendein Gel oder hatte das mit seinen magischen Fähigkeiten zu tun? Welches Element war er überhaupt?

»Ist das der Tratsch, den man als Neuling an der Akademie als Erstes mitbekommt?«, fragte er und klang dabei genervt.

»Ich habe keine Ahnung. Tut mir leid, dass ich so blöd gefragt habe. Eigentlich interessiert mich das alles nicht die Bohne!«

Ich strich meine Haare über die Schultern und ließ ihm den Vortritt, weil der Weg zu einem Pfad wurde, auf dem man nicht mehr nebeneinander gehen konnte. Aber Leo blieb stehen, kniff die Augen zusammen und musterte mich.

»Wär auch 'ne ziemlich plumpe Anmache sonst, würde ich sagen.«

»Was?«

»Andererseits, du bist hübsch. Eigentlich schade, dass es keine ist.«

»Was?«, wiederholte ich. Hatte der Typ ne Meise? Wie arrogant war der eigentlich?

Leo verschränkte die Arme vor der Brust, sah mich noch einen Moment amüsiert an und dann lachte er los. Lachte einfach über das ganze Gesicht. Ich hatte keinen Schimmer, was ich von alldem halten sollte. Lachte er mich etwa aus? Nein, sein Gesicht war ein einziges, strahlendes Lächeln und dazu hochinfektiös. Obwohl ich Wut in mir aufbranden spürte, lächelte ich zurück, grinste immer mehr, konnte nicht aufhören damit!

Etwas Seltsames geschah. Irgendwas zwischen uns entstand, eine Energie, die von mir zu ihm strahlte und von ihm zu mir und sich zu einer Einheit verband. Ich lächelte sein Lächeln und er meins! Ich kannte ihn schon lange und er mich! Wir waren … wir sind … wir würden … ein feuerroter Blitz schoss aus seiner Brust auf mich zu und traf mich voll in meiner Mitte. Plötzlich sah ich rot, nur noch rot. So intensiv. Nein!

Ich kniff die Augen zusammen, weil es blendete, taumelte zurück, fand Halt hinter mir und hielt mich fest. Es war ein Baum. Kurz darauf spürte ich Leonards warme Hand an meiner Schulter.

»Hey, hey, alles in Ordnung? Ist dir schlecht?«

»Nein!«, rief ich und schlug seine Hand weg. »Nein!«, wiederholte ich und ging in Angriffshaltung über.

»Schon gut, ist ja gut!« Leonard hob abwehrend die Hände.

Ich entspannte mich ein wenig, als ich sah, wie erschrocken er wirkte. Er hatte den Blitz weder gesehen noch gespürt, keine Frage.

»Welches Element bist du?«, fragte ich ihn.

»Feuer«, antwortete er.

»Schlägst du manchmal Flammen oder so was?«

Während ich die Frage stellte, spürte ich ein Kribbeln an den Schläfen. Schweiß rann an mir herunter, weil mir furchtbar warm war. Ich wischte ihn weg.

»Nein, das hat nichts mit mir zu tun. Du hast nur einen Hitzeanfall. Kommt die ersten Tage öfter vor und hat mit der Veränderung deiner Körperfunktionen zu tun, aber du gewöhnst dich schnell hier ein und dann hört das auf.«

Ich nickte, obwohl ich wusste, dass er Schwachsinn redete. Ich spürte, dass der Blitz etwas anderes bedeutete. Und ich begriff, auch der grellrote von vorhin hatte weder zu Kim noch zu Kira gehört, sondern zu mir. Zu mir und diesem Leonard. Irgendwas verband uns, was Starkes, und brachte alle Alarmglocken in mir zum Schrillen.

Leonard beobachtete mich. Ich ließ den Baum los und straffte mich.

»Können wir weiter?« Er klang ungeduldig.

»Können wir.«

»Okay.«

Den Rest des Weges sprachen wir nicht mehr miteinander. Leonard ging voraus und ich folgte ihm.

Einige Minuten später lichtete sich der Wald und gab den Eingang zu einer Felshöhle frei. Leonard ging hinein und ich folgte ihm. Drinnen begannen kleine Flammen über seine Jacke zu huschen und erhellten das Gewölbe. Den Effekt kannte ich schon von der Wolldecke, in die man mich beim *Fest der Elemente* gehüllt hatte.

In der Mitte der Gruft blieb Leonard stehen und drehte sich um.

»Wir sind da. Du brauchst keine Angst zu haben. Der Test geht schnell.«

Wieso sollte ich Angst haben? Und wieso sollte es mir wichtig sein, dass der Test schnell ging?

»Das ist mir gleich«, antwortete ich wahrheitsgemäß, aber Leo reagierte nicht darauf. Er zündete mit den Händen einige Fackeln an, die ringsum im Gestein steckten, irgendwie mit seinen bloßen Fingern, ohne Streichholz oder Feuerzeug. Ich sah fasziniert zu. Dann legte er seine Jacke, die aufgehört hatte zu brennen, auf eins der großen Fässer, die überall standen und in denen offenbar Obst gelagert wurde, und kam wieder zu mir. Er wirkte distanziert und er sah zum zweiten Mal auf die Uhr, die er am Handgelenk trug.

»Okay, stell dich vor mich und krieg keinen Schreck. Ich zeige dir, wie man sich in eine Rauchsäule verwandelt. Präge dir den Ablauf genau ein. Wenn du die Fähigkeit besitzt, musst du deine Verwandlung imaginieren, dich darauf konzentrieren, und dann wird es dir nach und nach selbst gelingen.«

Ich sagte nichts und starrte ihn nur an. Mir fiel ein, an wen er mich erinnerte. Natürlich! An Hauro, den Zauberer aus *Das wandelnde Schloss*, einem Animationsfilm von Hayao Miyazaki. Als Kind hatte ich oft in meinem Zimmer gelegen und mir vorgestellt, er würde kommen und mich abholen, so wie das Mädchen Sophie im Film, und in eine andere Welt bringen. Seltsam …

»Hör zu, Grete. Ich habe nicht ewig Zeit!«, drang Leonard in meine Gedanken. Blödmann! Nein, er war kein Hauro. Hauro hätte Sophie nie so angefahren. Ich verzog keine Miene und hielt seinem Blick stand.

»Los gehts …« Leonard schloss die Augen und konzentrierte sich. Jeder Muskel in seinem Gesicht spannte sich dabei an. Er begann vor mir zu verschwimmen, wurde unscharf, milchig. Ich zwinkerte, als müsste ich wieder scharfstellen, was ich sah. Aber das ging nicht. Leonard löste sich auf.

Gänsehaut erfasste mich. Seine Füße und Waden verschwanden in weißgrauem Rauch, nein sie wurden dazu. Dann verwandelte sich nach und nach sein gesamter Körper, von unten nach oben. Am Ende verwischten die Konturen seines Gesichtes. Seine schwarzen Haare wurden weiß, als alterten sie in Windeseile. Am Ende waberte eine Qualmgestalt vor mir mit dunklen Flecken da, wo einmal der Mund, die Nase und die Augen gewesen waren.

»Hallo?«, sprach ich den Nebel mit menschlicher Gestalt an und drückte meine Angst weg. Das war Leonard, ich wusste das doch.

»Hast du dir alles genau eingeprägt?«

Seine Stimme jagte mir einen Schauer über den Rücken. Sie klang nicht mehr tief und melodiös, sondern wie eine Variante von Darth Vader. Teufel noch mal, ich wollte mich irgendwo festhalten.

Die Rauchgestalt bewegte sich zum Glück ein Stück von mir weg, hüllte ein Fass ein, ließ es wieder frei, bewegte sich dann jedoch erneut auf mich zu. Ich wich zurück, weil ich auf keinen Fall darin verschwinden wollte, aber die Rauchsäule machte kurz vor mir halt und ließ etwas fallen. Eine apfelgroße Blaubeere kullerte vor meine Füße.

»Heb sie auf«, sagte Darth Vader. Ich bückte mich hastig. Als ich mich mit der Frucht aufrichtete, stand Leonard wieder vor mir, während sich Restschwaden von Nebel um ihn herum verflüchtigten. Ich starrte ihn ehrfürchtig an.

»Jetzt hat es dir doch die Sprache verschlagen«, bemerkte er amüsiert.

»Na ja, so was sieht man nicht alle Tage.« Ich zuckte mit den Schultern und unterdrückte das Vibrieren, das die Aufregung durch meinen Körper jagte.

»Du hast verstanden, wozu die Rauchsäulenfähigkeit gut ist?«, fragte Leonard und nahm mir die Frucht ab.

»Ähm, ja, man kann damit wohl Dinge einhüllen und rumschleppen«.

»Nicht nur Dinge, auch Menschen.«

»Menschen?«

»Oder Tiere, wie du willst, das üben wir später. Vorausgesetzt, du besitzt diese Fähigkeit.«

Er fragte mich nach meinen Erfahrungen mit Sulannia. Ich berichtete ihm davon.

»Gut, dann bist du jetzt dran. Konzentrier dich. Stell dir vor, mit dir passiert das Gleiche wie mit mir. Geh den Ablauf innerlich durch, jedes einzelne Bild. Bei den Füßen musst du anfangen.«

Ich verspürte Angst, mich aufzulösen. Gleichzeitig wollte ich es können. Es war abgefahren, und wenn man damit sogar Menschen entführen konnte – unvorstellbar. Ich schloss die Augen und versuchte alles, was ich soeben beobachtet hatte, genau vor mir zu sehen. Meine Füße, wie sie zu Rauch werden, dann meine Beine, mein Körper, meine Arme, mein Gesicht.

»Gut, sehr gut«, sagte Leonard. »Jetzt mach die Augen auf.«

Ich öffnete sie … und sah mich nicht mehr. Unter mir war nur Qualm. Ich griff nach meinem Gesicht, aber da war nichts. Und meine Hand, sie war ein Qualmgebilde, als wäre ich gerade dem Schornstein eines Heizkraftwerkes entstiegen. Ich stieß einen Schrei aus. Er klang schrill, verzerrt, überhaupt nicht nach mir! Panik erfasste mich.

»Psst!«, zischte es. »Ruhig, ruhig! Du machst das wunderbar. Und so schnell ist es dir gelungen, erstaunlich!« Leo stand vor mir und lächelte. Ich liebe sein Lächeln, schoss es mir durch den Kopf – der sich in Rauch aufgelöst hatte. Krass!!

Leonard hielt mir die Frucht hin.

»Und jetzt versuche, die einzuhüllen und festzuhalten.«

Ich griff mit meinen Rauchhänden nach der Frucht, aber bekam sie nicht zu fassen. Sie fiel auf den Boden.

Leonard hob sie auf. »Versuch es noch mal.« Ich griff erneut danach. Aber sie fiel wieder runter.

»Konzentrier dich.« Er hielt mir die Frucht ein weiteres Mal hin. Und sie landete ein weiteres Mal auf dem Boden.

»Hm, wir probieren was anders. Komm hier herüber. Hüll das Fass ein und versuche, dir selbst eine Blaubeere zu nehmen. Lass dir so viel Zeit, wie du brauchst.«

Ich setzte mich in Bewegung, tat ein paar Schritte, als hätte ich Beine. Ich bewegte mich auf das Fass zu und im Grunde durch es hindurch. Ich sah an mir herunter. Da war Rauch, rund um das Fass. Es machte den Eindruck, als schwebte mein Geist über dem Fass. Ich spähte hinein. Es war randvoll mit Früchten. In den Nebenfässern befanden sich ebenfalls Blaubeeren. Ich erkannte von hier aus einen Durchgang in eine weitere Gruft, die voller Fässer stand, und begriff, dass hier große Blaubeervorräte gelagert wurden.

Angestrengt versuchte ich, nach einer Frucht zu greifen, sie hochzuziehen, irgendwie, aber sie entglitt mir wieder. Instinktiv drückte ich sie gegen meinen nicht vorhandenen Bauch und schob sie somit in mich hinein. Einen Moment kam es mir so vor, als wäre sie jetzt überhaupt nicht mehr da, aber dann plumpste sie neben das Fass.

»Hast du eine?«, fragte Leonard.

»Nein«, seufzte ich und sah Leonard an. Meine Stimme klang grauenhaft. Ich wollte nicht, dass er mich so hörte, dabei konnte mir das doch schnurz sein.

Leonard rieb sich das Kinn. »Das ist seltsam. Du hast dich spielend leicht in eine Rauchsäule verwandelt. Das ist sonst die eigentliche Schwierigkeit. Aber sobald das funktioniert, ist es kein Problem, was einzuhüllen und zu transportieren. Versuch es noch mal.«

Ich probierte es, suchte mir eine neue Blaubeere aus, aber schaffte es wieder nur, sie kurz anzuheben.

»Es geht nicht.«

»Könnte sein, dass die Rauchfähigkeit was anderes bei dir bedeutet.«

»Wie, was anderes?«

Er machte eine wegwerfende Handbewegung, als wäre es ihm zu aufwendig, mir das zu erklären.

»Egal. Stell dir jetzt vor, dass du dich im Spiegel siehst, so, wie du heute aussiehst und gekleidet bist.«

»Warum?«

»Ich nehme mal an, du willst nicht so bleiben?«

Ich sollte mich also zurückverwandeln. Das hätte er ja auch direkt sagen können.

Ich tat wie geheißen. Mein Körper kribbelte. Das Kribbeln wurde zu einem Piken. Doch bevor es unangenehme Dimensionen annahm, hörte es auf. Ich sah an mir herunter und war wieder da. Leonard wedelte die letzten Rauchschwaden weg.

»Gut gemacht. Wie fühlst du dich?«

»Äh, gut.« Ich lächelte ihn an. Stolz durchströmte mich und ich konnte es kaum verbergen. Mann, das war alles so unglaublich. Das war …

Leonard zog seine Lederjacke über und legte die bloße Hand über die Fackeln, um sie zu löschen.

»Hören wir schon auf?«

»Es ist genug. Du hast diese Fähigkeit nicht.«

»Aber ich …« Ich war so verdutzt, dass mir keine passende Antwort einfiel.

Im Schein der letzten noch brennenden Fackel griff ich nach der Blaubeere, die mir vorhin danebengefallen war, um sie zurück in das Fass zu tun, und staunte. Huch? Was war das? Die Blaubeere war auf einmal schwer wie ein Stein. Ich betastete sie, während es für einen Moment stockdunkel wurde, ehe wieder kleine Flammen über Leonards Jacke züngelten und den Raum in ein unheimliches Dunkelrot tauchten. Tatsächlich, die Beere war nicht mehr weich wie eine Frucht, sie fühlte sich glatt und kühl wie Steingut an.

»Komm«, drängte Leonard und betrat den Gang nach draußen. Warum war er so ungeduldig? Er schien überhaupt nicht bei der Sache zu sein. Ich ließ die versteinerte Beere unbemerkt in meine Tasche gleiten. Ich würde sie mir später noch einmal genauer ansehen.

»Wann treffen wir uns das nächste Mal?«, fragte ich ihn, als wir durch den Wald zurück zur Akademie liefen.

»Es gibt kein nächstes Mal. Ich werde Sulannia berichten, dass du keine Rauchsäulenfähigkeit besitzt. Sie wird sich darum kümmern, warum du dich trotzdem in Rauch verwandeln kannst.«

Leonards Antwort versetzte mir einen Stich. Ich wollte ein weiteres Seminar mit ihm haben! Und ich fand es noch überhaupt nicht klar, dass ich keine Rauchsäulenfähigkeit ausbilden würde.

»Kann es sein, dass du keine Lust hast, diese Seminare zu geben?«

Er blieb kurz stehen und blitzte mich an. Dann lief er schneller weiter.

»Stimmt, ich hab eigentlich Wichtigeres zu tun. Aber das hat nichts damit zu tun, dass ich dir leider keine Rauchsäulenfähigkeit anhexen kann. Ich werde das Ergebnis Sulannia mitteilen.«

Sein Kommentar klang endgültig, keine weitere Diskussion.

An einer Weggabelung blieb er stehen.

»Ich muss los. Durch die Bäume siehst du schon das Tal, kannst es nicht verfehlen.« Er zeigte in die Richtung, wo es hell durch die Baumstämme schien, und machte Anstalten, sich von mir zu entfernen.

»Wo willst du hin?«

Er antwortete nicht auf meine Frage, hob stattdessen die Hand zum Gruß und begab sich eilig auf den Weg. Ich sah ihm nach. Was hatte er in den Tiefen des Waldes zu suchen, während es bereits dämmerte?

Dann fiel es mir ein: Wahrscheinlich wollte er zu einem Durchgang, in die Realwelt. Das verursachte ein komisches Gefühl in mir. Nicht nur, weil er nach Berlin konnte, sondern … *Wichtigeres* zu tun hatte, das hatte er in einem seltsamen Tonfall gesagt. Dieser Typ besaß ein Geheimnis. Sogleich reifte in mir ein Entschluss: Ich musste mehr über ihn herauszufinden.

9. Kapitel

Für einen Moment war ich versucht, zu den Brombeerbüschen abzubiegen und meinen Lieblingsort aufzusuchen, statt brav nach Hause zu gehen. Aber dann steuerte ich auf Kims Granitblock zu, auch wenn sich in mir alles gegen das kahle Zimmer sträubte, das mich erwartete. Ich durfte es mir mit Kim nicht verscherzen und mir noch mehr Ärger einhandeln. Zu schnell würde es mit meiner neu gewonnenen Freiheit wieder vorbei sein. So viel Vernunft musste ich aufbringen, auch wenn es mir schwerfiel.

Kim werkelte in der Küche. Ich begrüßte sie und erwartete, dass sie das Gespräch von heute Vormittag wieder aufnahm, aber nichts dergleichen geschah. Sie wies auf den Tisch, der für zwei Personen gedeckt war.

»Ich dachte, du wirst hungrig sein nach deinem Tag mit Leonard.«

Ich zögerte einen Moment. Eigentlich wollte ich jetzt alleine sein und mir die Blaubeere noch einmal ansehen, vielleicht ausprobieren, ob ich meine Verwandlung in Rauch alleine hinbekommen könnte. Aber Hunger verspürte ich ebenfalls, großen sogar. Und als ich die Lachsfilets in der Pfanne sah, die Kim zum Tisch brachte, nahm ich mir sofort einen Stuhl und setzte mich.

»Danke, dass du für mich gekocht hast«, sagte ich.

Kim schaute mich skeptisch an, wandte dann wieder den Blick ab und verteilte die Filets auf unseren Tellern. Es gab Nudeln und Sahnesoße dazu. Lecker!

»Was ist herausgekommen bei Leo?«, fragte sie.

»Wahrscheinlich habe ich die Fähigkeit nicht.«

»Nicht?«

Kim schien davon ausgegangen zu sein, dass ich sie besaß.

»Glaubt Leo, aber ich bin nicht sicher. Er schien mir nervös und nicht recht bei der Sache. Kam mir so vor, als wollte er mich loswerden. Am Schluss ist er in den Wald zu den Durchgängen und hat mich alleine zurückgeschickt«, berichtete ich.

Kim zog die Augenbrauen zusammen.

»Das darf aber nicht sein. Alle Lehrer haben die Anweisung, ihre Schüler sicher wieder ins Tal zu bringen. Ich werde mit ihm reden.«

»O nein, nein«, verteidigte ich ihn. »Er hat mich schon noch bis zum Waldrand gebracht. Ich konnte die Akademie bereits sehen.«

Kim forschte in meinem Gesicht, ob ich die Wahrheit sagte.

»Er … Wohnt dieser Leonard eigentlich in der magischen Blase oder in Berlin?«

»Leo hat gerade erst seinen Abschluss an der Akademie gemacht und wohnt hier, aber er kümmert sich um jemanden in Berlin, der gelöscht wurde.«

»Tatsächlich?« Von Gelöschten hatte mir Neve berichtet. Das klang unheimlich. Tim, dem Freund von Kira, wäre es auch beinahe passiert, weil er als Normalo in die magische Welt eingedrungen war. Aber Kira hatte ihn gerettet. Ziemlich beeindruckende Sache. So viel Courage hätte ich ihr nie zugetraut. Die magische Welt konnte einen wohl ziemlich verändern.

»Was ist passiert?«

»Es ist eine längere Geschichte. Jedenfalls ist der Gelöschte wie ein Vater für Leonard und Leonard ist für ihn wie ein Sohn.«

Ich hätte nicht gedacht, dass Kim mir die Hintergründe erzählen würde, aber sie tat es. Sie war irgendwie zugänglicher heute. Sie klärte mich auf, dass es einen Geheimbund gegeben hatte und der Gelöschte – Jerome hieß er – ihn damals gegründet hatte. Leonard war ebenfalls darin verstrickt gewesen und fast auch Kira. Die Pläne des Geheimbundes hätten beinahe die magische Blase zerstört, und Kiras Vater hatte einen nicht unbedeutenden Anteil daran gehabt.

Mir ging ein Licht auf. Ich wusste, dass es einen Wohnungsbrand am Wasserturm gegeben hatte und irgendwann hatte ich durch den Schultratsch erfahren, dass es sich um die Wohnung von Kiras Eltern handelte, deren Tochter angeblich nach Indien abgehauen war. Da erst war mir aufgefallen, dass ich das unscheinbare Mädchen aus der Zwölften schon lange nicht mehr gesehen hatte.

Mir fielen die Blitze von heute Morgen wieder ein.

»Kira und Leo, waren die mal irgendwie ein Paar?«

»Ja, aber nur kurzzeitig.« Okay, dann hatte der durchsichtige rote Blitz zu den beiden gehört.

»Was ist jetzt? Sind sie Freunde?«

»Sie verstehen sich, aber ich glaube, Leo trauert ihr noch nach.«

Etwas in Kims Stimme ließ mich aufhorchen.

»Und du?«, fragte ich spontan.

Kim antwortete nicht und kaute auf ihren Nudeln, als hätte ich nichts gesagt.

Mist! Wie sollte ich es anstellen? Ich wusste, dass der Ascheblitz mit ihr und Leonard zu tun haben musste, aber ich wollte den Beweis.

»Du trauerst Leonard nach, stimmt's?«, spekulierte ich in die Stille hinein und sah sie an.

Kim hörte auf zu kauen.

»Wer erzählt so etwas?«

»Niemand, ich höre es an deiner Stimme.«

Kim legte ihre Gabel auf den Tellerrand, dass es klirrte, und fixierte mich streng.

»Das sind Dinge, die dich nichts angehen. Du bist ziemlich vorlaut.« Sie seufzte. »Aber wahrscheinlich habe ich selbst zu viel getratscht.«

Ihre Worte verletzten mich. Schnippisch gab ich zurück:

»Ich fand es recht nett, dass du dich ein bisschen mit mir unterhalten hast und nicht nur Regeln und Verbote auf mich niederprasseln.«

Die freundliche Stimmung, die beim Essen geherrscht hatte, war zerstört. Es herrschte wieder unangenehme Kälte zwischen uns.

Kim kniff die Lippen zusammen.

»Ich kann dir nur raten, sieh dich vor bei Leonard! Offenbar scheint er dich zu faszinieren. Ich halte ihn nach wie vor für eine Gefahr, auch wenn er sich angeblich gewandelt haben soll. Ich war damals für seine Löschung gewesen, aber die restlichen Mitglieder befanden, dass er Einsicht zeigte, und haben ihm eine zweite Chance gegeben.«

Kim räumte lautstark das Geschirr zusammen und transportierte es zur Spüle. Ich saß regungslos am Tisch und ließ ihre Worte bei mir ankommen. Hatte Kim ihn aus persönlichen Gründen löschen wollen? Oder lag sie mit ihrer Einschätzung als Einzige richtig? Ich meine, es war schon seltsam, dass der Gelöschte, der einmal in dunkle Machenschaften verwickelt gewesen war, immer noch so eine enge Beziehung zu Leonard besaß, und Leonard, trotz seiner angeblichen Bekehrung, wohl an ihm hing.

Ich erhob mich ebenfalls, nahm die leeren Gläser und erklärte:

»Leonard hat dir das Herz gebrochen und du bist immer noch verletzt. Und das tut mir leid. Aber es stimmt, dass es mich nichts angeht. Und ich, ich stehe nicht auf solche Typen, die sich interessant machen wollen«, erklärte ich nachdrücklich, während ich die Gläser ins Spülbecken stellte, mich umdrehte und zur Treppe lief. Dabei sah ich Kim kein einziges Mal an, weil ich mir sicher war, dass meine Worte saßen.

»Grete!«, rief sie herrisch, als ich hinauf in mein Zimmer gehen wollte. Ich blieb stehen, aber drehte mich nicht um.

»Der magische Wald ist seit heute für alle gesperrt. Nur wer die Durchgänge benutzt, darf den magischen Wald noch betreten. Die Verschiebungen sind zu gefährlich geworden. Bitte halte auch du dich an das Verbot. Hast du mich verstanden? Ich wünsche eine gute Nacht.«

Und dann ging sie in Richtung ihres Zimmers und verschwand.

Gleichgültig zuckte ich mit den Schultern. Sie war und blieb ein Eisblock, der zwischendrin nur so tat, als wenn er auftaute. Wir würden nicht miteinander klarkommen. Ich nahm mir vor, ihr in Zukunft aus dem Weg zu gehen.

***

Ich lag auf meinem Bett, starrte an die kahlen Wände und wog die Blaubeere in der Hand. Sie sah immer noch genauso aus wie eine frische Frucht, aber augenscheinlich hatte ich sie versteinert. Leonard schien nicht zu wissen, dass man im Qualmzustand irgendwie Dinge versteinern konnte. War ich vielleicht die Einzige, die so was draufhatte?

Hätte er mich nicht so abgewimmelt, hätte ich ihm davon erzählt. Aber nun würde ich es für mich behalten. Inzwischen war mir klar, dass das Regelwerk in der magischen Welt genauso engmaschig war wie in der Realwelt. Um sich trotzdem als freier Mensch zu fühlen, musste man sein eigenes Ding machen.

Ich wollte das Ganze noch einmal allein probieren. Morgen war Samstag, keine Seminare. Am besten an meinem Lieblingsort.

Bevor ich einschlief, dachte ich darüber nach, was ich herausgefunden hatte: Kira war mal in Leonard verknallt gewesen. Kim hatte er das Herz gebrochen. Und ich? Leonard war nicht der Hauro meiner Träume. Er war ein Weiberheld. Ich hatte bei dem

Typen keinen Bock auf knallrote Blitze, so viel stand fest! Sie mussten also etwas anderes bedeuten. Vielleicht … ja … das könnte einen Sinn ergeben: Ich war womöglich die, die ihm auf die Schliche kam. Inzwischen brannte ich darauf, sein Geheimnis zu ergründen, und zwar glutrot!

10. Kapitel

Als sich am nächsten Morgen das Sonnenlicht in der großen Glasscheibe meines Zimmers brach und lauter Regenbögen an die weißen Wände zauberte, wusste ich, was ich brauchte: Sprühfarben! Ich würde die Wände gestalten. Am besten mit Blitzen, die durcheinanderzuckten. Alle Blitze, die mir begegneten. Dann konnte ich sie mir immer wieder ansehen und überlegen, was sie genau bedeuten könnten. Ob Kim etwas dagegen hatte? Sollte ich sie fragen? Und wenn sie Nein sagte? Ach was, es war mein Zimmer. Und mit seinem eigenen Zimmer konnte man schließlich tun und lassen, was man wollte.

Ich stand auf und sah, wie Kim gerade über die Terrasse lief und den Weg Richtung Akademie einschlug. Ich war allein und würde ihr nicht in der Küche begegnen. Wunderbar.

Zuerst besorgte ich mir eine Schere und begab mich damit zu meinem Kleiderschrank. Leider hatte ich auf dem Weg aus meinem Lieblingshaus feststellen müssen, dass sich die coolen Klamotten, die ich dort in einer Kammer entdeckt hatte, nicht in die magische Blase mitnehmen ließen. Der Wunschort war eben nur ausgedacht.

Also holte ich eine Bluse raus, schnitt die spießigen Bündchen ab und die Knöpfe und zog sie über ein schwarzes Shirt. Eine schwarze Stoffhose schnitt ich auf Dreiviertellänge und trennte hinten die aufgesetzten Taschen mit den Silberknöpfen ab. Ich betrachtete mich im Spiegel. Okay, das sah schon besser aus.

Ich frühstückte Rührei mit Toast, kochte mir dazu einen großen Pott Kaffee und schaute dem Blütentaumel draußen vor dem Fenster zu, während ich aß. Ehe mich zum hundertsten Mal der Unglauben darüber einholen konnte, wo ich gelandet war, sprang ich auf, räumte alles weg und … hm, wenn ich sturmfrei hatte, konnte ich das mit dem Rauch doch auch gleich hier probieren.

Ich stellte mich mitten in den Raum, schloss die Augen und

konzentrierte mich … Was, wenn es nicht klappte und irgendwas mit meinem Körper schief ging? Ich öffnete die Augen und sah an mir herab. Bisher hatte sich nichts verändert. Aber was sollte schon passieren? Wenn, dann konnte Kim mich, oder was von mir übrig geblieben war, immerhin hier finden.

Okay, von vorn, Konzentration! Ich presste die Augenlider aufeinander und stellte mir detailliert vor, wie erst meine Füße, dann die Beine, dann der Rumpf, die Arme und zum Schluss mein Kopf zu dickem, weißem Rauch wurden. Es pikte auf der Haut und es ziepte in meinen Eingeweiden. Hatte es beim ersten Mal auch so geziept? Das Piken wurde schlimmer, das Ziepen schwächer. Und dann war beides weg. War ich noch da? Hatte es geklappt? Und wenn ich nun die Augen öffnete und nur noch halb existierte? Ich hielt sie geschlossen und versuchte, mich zu betasten. Aber da war nichts. Forschend griff ich durch mich hindurch und öffnete die Augen. Himmel und Hölle sei Dank, es hatte geklappt!

Ich waberte durch den Raum, beobachtete fasziniert, wie sich meine *Finger* wie Nebelschlieren im Raum verloren. Zuerst hüllte ich einen Löffel ein, den ich beim Abräumen auf dem Tisch vergessen hatte. Hui, ich konnte ihn sogar halten. Als er mir dann doch herunterfiel, zerbrach er, zerbröselte in lauter kleine Stücke aus Stein.

Okay, was anderes musste her. Ich nahm die Tasse, in der sich noch ein Schluck Kaffee befand. Sie war bereits aus Steingut und blieb es auch. Nur der Kaffee – er verwandelte sich in eine geleeartige Masse, die springen konnte wie ein Flummi. Abgefahren!

Ich qualmte hinaus auf die Terrasse. In Kims Haus wollte ich nicht weiter herumprobieren, sonst fiel es noch auf.

Draußen rieselten einige Blüten durch mich hindurch, und als sie auf dem Boden landeten, waren sie zu Glas geworden. Nicht alles wurde also zu Stein. Interessant!

Ich umfing einige Blätter, die von einem Busch herabgerieselt waren. Sie verwandelten sich in recht festen Leinenstoff. Mit organischen Dingen oder Flüssigkeiten gingen also andere Verwandlungsprozesse vor sich.

Gut, das genügte fürs Erste. Ich würde das nächste Mal an meinem Lieblingsort weiterprobieren. Noch hatte ich keine Idee, wozu diese Fähigkeit gut sein konnte, aber darauf würde ich bestimmt noch kommen.

Wenn ich nun keine Schwierigkeiten bei der Rückverwandlung bekam, hatte ich die Sache im Griff.

Ich konzentrierte mich, sah mich mit meinem inneren Auge an, wie ich mich heute früh im Spiegel gesehen hatte, spürte das stärker werdende Piken am gesamten Körper ... und fand in meine körperliche Gestalt zurück. Ohne jegliche Probleme. Fein! Das war ja alles ganz einfach!

Ich wankte ein wenig benommen über die Terrasse, blickte um mich, ob mich jemand beobachtet hatte, – aber niemand befand sich in der Nähe. Zufrieden blinzelte ich in die Sonne. Was für ein herrlicher Tag!

***

»Oh, die sind cool!«

Ich stopfte die letzten zwei Spraydosen, die Else mir reichte, in meinen Rucksack. Gelb, rot, grün, blau, schwarz, silbern und pink. Damit ließ sich was anfangen.

»Und du zeigst mir das Kunstwerk, wenn es fertig ist?!«

»Ja, mach ich.«

Ich lächelte sie an. Else fragte nicht näher nach, was ich mit den Farben vorhatte. Sie hatte sie mir einfach gegeben. Nun eilte sie noch einmal über den Hof in die Küche und kam kurze Zeit später mit einem eingepackten Hefezopf wieder.

»Ist schon Butter drauf. Die anderen Studenten gehen samstags oft auf die Wiese in der Mitte des Tals. Nur, falls du Lust auf Gesellschaft hast.«

»Danke«, antwortete ich. So eine Oma wie Else habe ich mir immer gewünscht. Meine dagegen war eine blöde Kuh. Sie hatte den Kontakt zu meiner Mutter abgebrochen, kurz bevor ich geboren wurde. Ich kannte sie nicht. Aber wer so was tat, der sollte erst gar keine Kinder bekommen. Klar, meine Mutter war speziell, aber sie war ein guter Mensch. Und gute Menschen ließ man nur im Stich, wenn man selbst einen an der Waffel hatte. Und die Mutter von meinem Vater, die lebte nicht mehr. Ich hatte sie gar nicht erst kennengelernt.

Ich biss ein großes Stück von dem duftenden Hefezopf ab und zauberte Else damit ein zufriedenes Strahlen auf ihr rundes Gesicht. Dann machte ich mich auf den Weg.

Else hatte mir verraten, wo Leonard wohnte. Ich wollte sehen, wo und wie er lebte. Wie sein Haus aussah, ob er am Wochenende zu

Hause war oder nicht. Und wenn er da war … keine Ahnung. Keine Ahnung, ob ich überhaupt klingeln würde.

Einige Minuten später stand ich davor und staunte. Irgendwie hatte ich es mir anders vorgestellt. Mehr modern, vielleicht als einen Klotz, wie Kim ihn hatte. Aber es handelte sich um ein schwarz gebeiztes Holzhaus, das mit seinen weißen Fensterrahmen und den roten Fensterläden russisch aussah. Die Fenster schmückten Blumenkästen mit roten Blumen, die man trocknen konnte und die es auch in der realen Welt gab, nur dass sie hier größer waren. Ziemlich gepflegt alles, heimelig, gemütlich. Vielleicht auch etwas altmodisch und ein klein wenig düster. Düster in der Art, wie ich es mochte. Zu Hauro hätte es gepasst.

Ich befand mich geschützt hinter einer Tanne, deren Nadeln glitzerten, als hätte sie jemand mit Silberstaub besprüht, und beobachtete die Haustür. Hinter den Fenstern bewegte sich nichts. Und auch sonst schien niemand da zu sein. Aber das konnte man natürlich nur wissen, wenn man auch klingelte. Bei dem Gedanken fing mein Herz an zu hämmern. Ich gab mir einen Ruck und klingelte nicht nur, sondern klopfte auch gegen die Scheiben. Jetzt wollte ich es genau wissen.

Leonard war nicht da. Es hinterließ ein erleichtertes Gefühl in mir, aber auch eine Leere. Eine Leere, weil Leonard nicht zu Hause war? So ein Unsinn. Ich wollte schließlich nicht den Nachmittag mit ihm verbringen. Das konnte ich auch mit den anderen Studenten tun. Oder, besser noch, mit Neve. Sie wohnte doch ganz in der Nähe.

Ich sah mich um. Tatsächlich, von hier aus sah ich bereits den Wohnturm von Neves Haus. Er schaute mit zwei Fenstern über die Baumwipfel hinweg ins Tal.

Wenige Minuten später warf ich den schweren Rucksack vor mir ab, klopfte an die Tür und lauschte. Nichts. Neve war ebenfalls nicht da. Na toll. Aber eigentlich auch kein Wunder. Sie konnten ja auch alle zwischen den Welten hin– und herspazieren, wie sie wollten.

Ich setzte mich auf die Eingangsstufe und spähte zum Wald hinüber. Die Blätter rauschten leise im Wind und vermischten sich mit dem Klingen der herabschwebenden Blüten.

Irgendwie …, zu Hause hatte ich die Wochenenden am liebsten allein verbracht. Die meisten Leute gingen einem doch nur auf die Nerven. Aber hier wusste ich auf einmal nicht recht, wohin mit mir. Und wollte … Ja, was wollte ich? Ich schaute auf die Spraydosen und dachte an meinen Lieblingsort mit den vielen Lieblingsbüchern, aber … Ich fixierte das Schimmern in einiger Entfernung zwischen den Baumstämmen, die stolz in die Höhe ragten wie in einem Märchenwald … Das war der See, durch den die meisten Wasserbegabten in die magische Blase gelangten. Nur ich nicht, ich war durch eine Quelle im Fluss gekommen. Ich stand auf und schulterte entschlossen meinen Rucksack. Ich wollte zu den Durchgängen, auch wenn man überhaupt nicht mehr in den Wald durfte.

Die Quelle würde ich eventuell nicht wiederfinden. Der lange Marsch von dort bis zur Akademie war mir noch allzu gut in Erinnerung. Aber der See. Ich sah ihn ja von hier schon. Was sollte also groß passieren?

Immer das Schimmern vor Augen machte ich mich auf den Weg durch den Wald und erreichte schnell das Ufer.

Meine Güte war es hier schön! Der See lag wie ein Spiegel da, halb verschneit von den Blüten, und glitzerte wie eine gut gefüllte Schatzkammer. Leise und glasklar plätscherte das Wasser ans Ufer.

Ich zog meine Schuhe aus und watete ein paar Schritte hinein. Es fühlte sich angenehm warm an, so wie ich es mir in der Südsee vorstellte. Ohne weiter zu überlegen, ging ich tiefer hinein, tauchte ein in das Blütenwasser und tat ein paar Schwimmzüge. Wie herrlich! Wie lange war ich nicht mehr in einem See geschwommen? Es war ganz anders als im Übungsraum. Ich spürte das Wasser an allen freien Körperstellen. Keine Ahnung, ob meine Kleidung wieder trocken bleiben würde, aber das war ja auch egal.

Ich tauchte unter und staunte. Wow! Der Boden sah aus wie ein fein gearbeitetes Mosaik aus unzähligen bunten Korallen. So klar und gestochen scharf, als wäre das Wasser gar nicht vorhanden. Ich tauchte tiefer und berührte die fantastischen Gebilde auf dem Grund. Oh! Da war sie wieder. Diese seltsame Blase an meinem Handgelenk. Instinktiv führte ich sie zum Mund und berührte sie mit den Lippen. Sie war durchsichtig und glatt wie Porzellan und ließ sich wieder nicht zerstören.

Ich saugte daran, sie besaß die Konsistenz eines Gummibärchens. Und dann tat ich zufällig das Richtige, ich blies darauf, blies die Blase an, oder besser: in sie hinein, wie in einen Luftballon. Das funktionierte, obwohl ich gar keine Luft holen konnte. Ach, ich liebte diese Welt! Ein Ort, an dem Sätze wie *Das geht nicht*, *Das kann nicht gehen*, *Das ist unmöglich,* einfach mal zu Hause bleiben durften!

Die Luftblase wuchs und wuchs, und als sie fast so groß wie ich war, löste sie sich von meinem Handgelenk und schlingerte vor mir durch das Wasser wie eine Riesenseifenblase von einem dieser Straßenkünstler, die man manchmal in Berlin beobachten konnte. Cool. Und was konnte man mit dem Ding anfangen? Ich stupste sie an und sie verbog sich ein wenig. Dann schwamm ich ein Stück weg, um sie im Ganzen zu betrachten, aber sie folgte mir. Ich schwamm schneller und tatsächlich, sie blieb mir auf den Fersen, als wäre sie weiterhin ein Teil von mir.

Auf einmal verdunkelte sich alles um mich. Haie!!, dachte ich im ersten Moment. Über mir, unter mir, neben mir – überall schwammen sie. Aber es waren natürlich keine Haie, sondern langgliedrige Wesen wie Elfen mit endlos langen weißen Haaren und verboten schönen Gesichtern. Undinen!

»Was tust du hier? Wo ist deine Mentorin?«, raunte es an meinem Ohr, so hoch und klirrend, dass es schmerzte.

»Ich …«

»Heute ist Samstag. Es gibt gar keine Seminare. Was tust du hier?« Diese Stimme war tiefer und schmerzte weniger in den Ohren, aber klang mindestens genauso drohend.

Sie zogen ihre Bahnen immer enger um mich, als wollten sie mich erdrücken.

»Ich, ich bin nur schwimmen gegangen …«

Ich versuchte, einen Weg aus dem Gewimmel zu finden, aber stieß an glatte Gliedmaßen und verfing mich immer wieder in Haarsträhnen. Ich bekam es mit der Angst zu tun.

»Du hast keine Erlaubnis, den Durchgang zu passieren.«

»Will ich doch gar nicht!«

»Du hast keine Erlaubnis«, wiederholte eine andere Undine.

Instinktiv strebte ich nach oben, an die Wasseroberfläche. Ich strampelte und strampelte. Auf einmal bildete ich mir ein, dass mir Luft fehlte, obwohl ich prima das Wasser atmen konnte.

Dann, endlich sah ich die Sonne, ich planschte wie eine Ertrinkende. Unter mir spürte ich die Undinen. Sie zogen an mir, oder schoben. Es gab einen Ruck und ich tauchte erneut unter.

»Sie hat eine Sauerstoffblase.«

Das war wieder die schrille Stimme vom Anfang gewesen.

»Ich krieg' keine Luft«, keuchte ich, verschluckte mich und würgte. Unter Stress schien ich im Wasser überhaupt nicht klarzukommen. Ich war mir sicher, dass mein letztes Stündchen geschlagen hatte. Panisch wirbelte ich herum und trat dabei gegen die Blase, die sofort kaputtging. Sie sollten mich loslassen!

»Eliminieren. Eliminieren«, drang es von mehreren Seiten zu mir.

Das war zu viel. Mit ungeahnten Kräften gelang es mir mich loszureißen. Ich paddelte, was das Zeug hielt. Aber ich hatte keine Chance. Sie umfingen mich erneut. Ich war verloren.

»Bringt sie zum Ufer. Sie hat keine Ahnung.«

Jetzt wurde ich hochgehoben an die Luft. Ich japste und japste und rang verzweifelt nach Luft, während das Wasser in meiner Kehle störte. Gleichzeitig wurde ich von den Undinen ans Ufer geschoben. Auf allen vieren krabbelte ich an Land, wie eine Schiffbrüchige.

Langsam kam ich wieder zu Atem. Vor mir ragte eine Undine auf. Offenbar ein Undinenmann. Wie konnte man nur so feingliedrig und trotzdem so männlich aussehen? Unglaublich. Ich starrte ihn an.

»Studenten dürfen sich nicht den Durchgängen nähern.«

»Aber ich wollte doch nur schwimmen!«

»Das spüre ich. Es war knapp.«

»Aber …«

Der Undinenmann wartete meine Antwort nicht ab, drehte sich um und glitt wieder in das Wasser.

Ich starrte noch eine Weile verdattert auf die Stelle, wo er wieder abgetaucht war, bis heranschwimmende Blüten sie schlossen. *Eliminieren, eliminieren*, dröhnte es in meinen Ohren. Sie hätten mich echt vernichtet? Krass. Es erschreckte mich zutiefst, aber es gefiel mir auch, musste ich zugeben. Es bedeutete, das hier war kein Spiel, sondern eine ernst zu nehmende Welt. Dieser Undinenmann schien mich jedenfalls gerettet zu haben.

Ein paar Minuten später erhob ich mich, sammelte meinen Rucksack ein und machte mich auf den Weg nach Hause. Meine Sachen waren trocken geblieben und inzwischen wollte ich nichts lieber, als mein Zimmer farbig zu gestalten.

11. Kapitel

Ich lief auf den Wald zu. Mist, wo war ich genau hergekommen? Weiter rechts schimmerte es hell durch die Bäume. Okay, dann befand sich dort wahrscheinlich das Tal.

Trotzdem drehte ich noch einmal um. Die Kieselsteinchen, die sich mit dem hellen Sand am Ufer vermischten, hatten mich auf eine Idee gebracht. Zwar hieß ich nicht Gretel, aber immerhin so ähnlich. Also füllte ich die gesamte Vordertasche meines Rucksacks mit Steinchen und lief dann in den Wald, während ich ein Steinchen nach dem anderen in angemessenen Abständen fallen ließ.

Eventuell war das übertrieben, denn vor mir lichtete sich der Wald schnell. Jeden Moment musste Neves Haus auftauchen. Doch das war ein gewaltiger Irrtum. Ich trat aus dem Wald, aber statt auf die kleinen Häuschen im Tal zu blicken, trat ich auf einen Felsvorsprung, der ein paar Meter vor mir über einen Abgrund ragte und gleichzeitig in den Himmel überzugehen schien. Als wäre die Welt hier zu Ende. Sofort nahm mich meine Höhenangst in ihre Klauen und alles um mich herum begann sich zu drehen. Ich klammerte mich an einen Baum und schloss die Augen. Ganz ruhig! Gleich würde ich sie wieder öffnen und in den Wald zurückkehren. Ich öffnete sie, aber statt den Rückzug anzutreten, blickte ich erstarrt vor Schreck über den Rand des Felsens. Tief unter mir breitete sich ein Wolkenfeld aus, das bis zum Horizont reichte. Oberhalb des Horizontes erstreckte sich der blaue Himmel. Doch in ungefähr hundert Meter Tiefe, unterhalb der Wolkendecke, die in der Nähe der Felswand aufriss, sah ich ein schwarzes Loch mit einzelnen Sternen, die heraufblinkten, als würde sich dort unten ebenfalls ein Himmel befinden.

Das musste der Ätherdurchgang sein, keine Frage.

Huhu, wer bist du und was machst du hier?, vernahm ich plötzlich eine Stimme in meinem Kopf, die gleichzeitig aus der Tiefe aufzusteigen schien. Erschrocken klammerte ich mich fester an den Baum. Heute wollte ich nicht noch einmal mit irgendwelchen aggressiven

Elementarwesen in Berührung kommen.

Eine Nebelgestalt tauchte aus dem Abgrund auf und wallte über den Felsvorsprung. Sie nahm schnell Form an und jagte mir damit einen tiefen Schrecken ein. Sie sah aus wie ich! Sie trug nicht nur meine Kleidung, sie hatte auch meinen Körper, meine Haare, mein Gesicht!

Ich ließ den Baum los und begann eilig, meiner Steinspur zurückzufolgen.

He, warte. Ich kenne dich. Du bist doch das Mädchen, das Neve letztens in die magische Welt bringen wollte. Du bist Grete!

Als ich meinen Namen hörte, blieb ich stehen und drehte mich um. Das konnte nur dieses Luftwesen sein, mit dem Neve gesprochen hatte, als sie vom Hochhaus sprang.

Es lächelte mich freundlich an, während es sich auf die Felsen setzte und mir winkte.

Hach, ich freu mich, dich zu sehen. Was machst du hier? Suchst du Neve? Seid ihr Freundinnen? Sie ist nämlich auch meine Freundin, obwohl Elementarwesen sonst keine haben. Was hast du denn heut gegessen? Essen muss Spaß machen. Hast du dich verlaufen?

Das Wolkenmädchen sprudelte fröhlich auf mich ein, ohne mich überhaupt zu Wort kommen zu lassen. Ich stand stumm da und starrte auf seinen Mund, damit ich alles mitbekam, was es sagte, während seine Stimme hauptsächlich in meinem Kopf war. Ich wusste überhaupt nicht, worauf ich zuerst antworten sollte. Dann fiel mir auch der Name wieder ein.

»Bist du Lilonda?«, fragte ich.

Genau! Du weißt meinen Namen noch. Ich hatte noch nie blonde Haare, so wie du. Meistens braune, wie Neve. Manchmal auch rote. Ach, alle Haarfarben sind schön. Man kann sich gar nicht entscheiden. Komm doch ein bisschen her und wir plaudern. Ich habe so selten jemanden zum Reden. Eigentlich nur Neve. Aber, wie du siehst, Neve ist grad nicht da.

Ich schüttelte den Kopf. Niemals würde ich noch näher an den Abgrund herangehen, wo Lilonda saß, nur einige Zentimeter entfernt vom Nichts. Lilonda machte ein betrübtes Gesicht.

Du hast Angst vor mir. Ich mag es nicht, wenn man Angst vor mir hat.

»Nein, das stimmt nicht. Aber ich hab …, ich hab Höhenangst«, gestand ich ihr.

Höhenangst? Ach so? Es ist nicht wegen mir?

Lilondas Miene hellte sich auf. Sofort erhob sie sich und glitt auf mich zu.

Die Erfahrungen mit den Undinen noch frisch in Erinnerung, wurde mir ein wenig mulmig, aber ich versuchte, es so gut wie möglich zu verbergen.

»Lilonda, ich hab mich verlaufen. Ich bin nur zufällig hier. Ich wollte überhaupt nicht zu diesem Durchgang«, erklärte ich mit einem leichten Zittern in der Stimme.

Nicht? Manchmal wünschte ich ja, jemand würde hierherkommen, einfach nur, um mich zu besuchen. Also, wegen mir eben. So wie Freunde das tun, bei den Menschen.

Sie machte ein verträumtes Gesicht. Irgendwie kam sie mir nicht wie ein Elementarwesen vor. Bis auf ihre Beschaffenheit wirkte sie ziemlich menschlich.

»Und, du bist wirklich ein Elementarwesen? Nicht irgendwie verzaubert oder so?«

Lilondas Augen wurden groß wie Teetassen. Damit ähnelte sie mir nicht mehr so stark und das beruhigte mich.

Du meinst, ich bin nicht wie ein Elementarwesen? Das ist toll, das ist toll, das ist toll!

Sie schlingerte in der Luft wie ein glücklicher Rauchschwaden und verlor dabei noch mehr von meiner Gestalt.

So was hat noch nie jemand zu mir gesagt! Wie bin ich denn dann? Etwa wie ein Mensch?, fragte sie voller Spannung.

Ich nickte einfach. »Klar!«

Sie begann, Spiralen in der Luft zu drehen, und kicherte, dass der gesamte Abgrund davon widerhallte. Mit einem Menschen verglichen zu werden, das schien ihr viel zu bedeuten.

Dann plumpste sie wieder runter auf den Boden und nahm die Gestalt von Neve an. Verrückt!

Ich wär echt gerne ein Mensch, jammerte sie.

»Kann man das denn werden als Elementarwesen?«

Hat es mal gegeben, ist aber lange her, viele hundert Jahre, als ich noch keine dumme Wolke mit Bewusstsein war.

Sie türmte sich zu einem Kumulushaufen auf.

»Wie, hat es mal gegeben? Wie meinst du das?«

Einen Menschen hat es mal gegeben, der sich in Rauch verwandeln konnte und dann hat er mit seinem Rauch aus Elementarwesen Menschen gemacht.

Sie nahm wieder menschliche Gestalt an, aber diesmal ohne bestimmte Kleidung oder Haarfarbe. Sie sah jetzt eher wie ein Schatten aus.

»Tatsächlich?« Mich überlief ein ahnungsvoller Schauer. »Ich kann auch zu Rauch werden und damit Dinge verändern«, gab ich spontan zu, obwohl ich das doch eigentlich für mich behalten wollte.

Dinge verändern? Wie? Lilonda bäumte sich vor mir auf und wuchs zu doppelter Größe heran. Ich wich zurück. Sie war supernett und ich mochte sie. Aber sie war und blieb ein Elementarwesen und die konnten gefährlich werden.

»Also, ich habe es gerade erst rausgefunden. Ich kann Dinge versteinern, Früchte und so, und Löffel. Manchmal wird auch Stoff draus oder Glas.«

Wir müssen es versuchen. Wir müssen es versuchen! Bitte! Du musst versuchen, mich zu verwandeln. Du musst es.

Sie schlang sich um mich und nahm mir die Sicht nach allen Seiten.

»Nein! Hör auf!«, rief ich panisch.

Lilonda ließ von mir ab, blieb aber dicht vor mir stehen und sah nun aus wie eine recht dünne Frau mit Röhrenjeans und kurzen rotblonden Haaren. Sie machte ein Gesicht, als hätte sie alle Enttäuschung der Welt gebunkert.

»Mensch, Lilonda, ich … Du bist ein Elementarwesen … Ich muss doch aufpassen. Ihr könnt gefährlich …«

Ich will aber nicht gefährlich sein!

Lilondas *Haut*, das *Haar* und auch ihre *Kleidung* verdunkelten sich, und sie fing an zu schluchzen. Wie eine Regenwolke, schoss es mir durch den Kopf.

»Schon gut, tut mir leid. Dann bist du es auch nicht.«

Sie schniefte und fuhr sich durchs Haar. Das wirkte alles so natürlich. Schon seltsam, dass sie nur aus kleinsten Wassertröpfchen bestand.

»Wer bist du denn jetzt? Du selbst, Lilonda?«

Ich bin nix, nur eine Wolke. Und ich dachte, wir könnten Freundinnen sein.

O Mann. Ich riss mich zusammen, um nicht die Augen zu verdrehen. Sie war echt ein Fall für sich, aber ich mochte sie.

»Das können wir doch auch«, schlug ich vor.

Meinst du das ernst? Ihre Verdüsterung wich einem Strahlen, als hätte sie in ihrem Innern ein paar Scheinwerfer in Betrieb genommen.

»Natürlich, warum nicht? Bis auf Neve habe ich hier auch noch keine Freunde.«

Dann müssen wir das mit dem Rauch versuchen. Versprich es!

Lilonda war echt ein harter Brocken. Meine Güte! Worauf ließ ich mich da nur ein?

»Aber was, wenn ich dich am Schluss in eine Steinskulptur verwandle?« Das würde auf jeden Fall mächtigen Ärger geben. Sofort schwirrte mir wieder der Undinensingsang *eliminieren, eliminieren* durch den Kopf.

Quatsch. Was Gasförmiges kann doch nicht sofort zu was Festem werden!

Lilonda sprang auf, hielt aber diesmal etwas Abstand zu mir.

Du kannst das. Du machst das Richtige aus mir. Einen Menschen. Wenn du Rauch werden kannst, der Dinge verwandelt, dann kannst du das. So war das damals auch. Wir müssen es versuchen. Versprich es. Aber es muss geheim bleiben. Freundinnen geben sich Versprechen, und sie haben Geheimnisse. Ich weiß das.

»Okay. Okay, ich verspreche es.«

Wer weiß, was sie tun würde, wenn ich es nicht versprach; sie ließ mir gar keine andere Wahl. Ich musste Zeit gewinnen, vielleicht konnte ich etwas über die Sache herausfinden, die Lilonda da behauptete. »Aber zuerst muss ich nach Hause. Bestimmt suchen sie schon nach mir.«

Ich rechnete mit Widerstand, dass ich Lilonda sofort verwandeln sollte, aber erstaunlicherweise stimmte sie mir zu.

Ja, das musst du. Die anderen Ätherwesen sind in der Nähe. Ich kann sie hören. Sie dürfen doch keinen Verdacht schöpfen, dass wir ein großes Geheimnis haben. Du musst abends kommen. Abends ist besser. Abends, wenn es dunkel ist. Ich werde jeden Abend auf dich warten, bis du Zeit hast.

Sie grinste von einem Ohr zum anderen, und schon löste sie sich auf und fiel wie feiner Nebel in den Abgrund.

Weg war sie. Verdattert sah ich ihr hinterher.

Für eine Weile hatte ich vergessen, dass ich verbotenerweise durch den Wald irrte und nicht mehr wusste, wie ich zurückgelangen sollte. Nun nahm ich die Spur der Steinchen wieder auf – und gelangte erstaunlicherweise ohne Umwege an den See.

Je länger ich darüber nachdachte, desto mehr gefiel mir die Sache. Ich war jetzt mit einem Elementarwesen befreundet, das konnte nur von Vorteil sein. Inzwischen war ich selbst neugierig, was passieren würde, wenn ich Lilonda in meine Rauchsäule einhüllte. Ich glaubte nicht wirklich daran, dass sie dadurch zum Menschen werden konnte. Aber den Gefallen, es zu versuchen, würde ich ihr auf jeden Fall tun. Insgeheim hoffte ich, dass sie mir im Gegenzug helfen konnte, ohne offizielle Erlaubnis nach Berlin zu gelangen, und dachte dabei an Leo.

***

Hey, was waren das für Megafarben! Dagegen konnte man die Sprayfarben in der Realwelt unter wässriger Aquarelltusche verbuchen. Ich hatte mir die weiße Wand gegenüber von meinem Bett vorgeknöpft und war fast fertig. Bunte Blitze mit verschiedenen Formen zuckten darauf jetzt über einen nachtschwarzen Himmel. Sie leuchteten mir entgegen, als wären sie ein echtes Silvesterfeuerwerk. Ich sprühte das restliche Rot auf den Blitz, der genauso aussah wie der, den ich zwischen mir und Leonard gesehen hatte. Er war sehr gut gelungen.

Dann räumte ich die leeren Sprayflaschen in eine große Tüte. Mitternacht war längst vorbei. Ich hatte überhaupt nicht bemerkt, wie die Stunden verflogen.

Während meiner Arbeit hatte ich immer wieder aus dem Fenster gesehen oder gelauscht, ob Kim heimkehrte. Ein bisschen beunruhigt war ich schon wegen meines *Kunstwerkes*. Aber ... vielleicht würde es ihr ja gefallen.

Doch sie war nicht gekommen. Inzwischen fand ich das seltsam. Bisher war sie keine Nacht weggeblieben. Hätte sie nicht Bescheid gegeben, so korrekt, wie sie war?

Na ja, mir sollte es recht sein. Ich genoss es, allein im Haus zu sein. Irgendwann bekam ja jeder Student – bei guter Führung und Integration, *haha* – ein eigenes Häuschen.

Ich kuschelte mich in mein Bett und löschte das Licht.

Wow! Nun leuchteten die Blitze noch intensiver, als wäre Phosphor in der Farbe. Ich betrachtete den von mir und Leonard. Irgendwie sah er hungrig aus, vielleicht auch ein wenig aggressiv, und außerdem, als könnte man sich daran verbrennen. Er war grell. Der grellste von allen.

12. Kapitel

Als ich am nächsten Morgen in die Küche hinunterstieg, war Kim immer noch nicht da.

Ich warf einen Blick in den Kühlschrank. Gähnende Leere. Kim als durch und durch organisierte Person würde bestimmt nicht ihre Pflichten vernachlässigen. Irgendwas musste geschehen sein.

Vielleicht wusste Else im Akademie–Café ja etwas.

Da ich keine Lust hatte, durch das Café zu traben und mit Leuten Small Talk zu halten, klopfte ich an die Hintertür der Küche. Else öffnete sofort und empfing mich mit einem Wasserfall aus Worten.

»Komm rein, komm rein, meine Kleine. Was machst du denn hier hinten allein auf dem Hof?« Sie winkte ab. »Na ja, schon gut. Setz dich.« Else rückte mir einen Schemel neben das Abwaschbecken und goss mir einen großen Pott Tee ein, holte zwei dampfende Hefezöpfe aus dem Ofen und brach mir von einem ein großes Stück ab.

»Bestimmt hast du noch kein Frühstück gehabt. Kim ist ja beschäftigt.« Else schüttelte besorgt den Kopf. »Meine Güte, hätte uns beinahe um Kopf und Kragen gebracht, die Geschichte.«

Noch ehe ich fragen konnte, welche Geschichte, erzählte Else, was geschehen war.

Während ich mit Sprayfarben rumsprühte, hatten der Rat, Kira, Neve und Janus die magische Blase von Berlin gerettet. Die Wüstenstadt, durch die ich gekommen war, stellte sich als der Wunschort des Typen heraus, der unser olles Haus am Wetterplatz gekauft hatte. Krass. Und der hätte damit beinahe den magischen Wald hier zerstört, samt allen Insassen.

Marie, Jonas und Kay hatten in einem Seminar ihre erste Reise angetreten, waren aber, statt in der Urblase auf den Kanaren, in der Wüstenstadt gelandet, und das ohne Ausweg. Eine Rückreise wäre für die drei unmöglich gewesen, weil die entsprechenden Reisekräuter nicht in dieser Wüste wuchsen. Zum Glück landete kurze Zeit später auch Kira bei ihrem ersten Reiseversuch in der Wüstenstadt. Weil sie die Gabe der Quantenkommunikation besaß, konnte sie den Rat in die Wüstenstadt holen. Gleichzeitig hatte es auch Neve und Janus dorthin verschlagen, während sie eigentlich auf dem Heimweg aus Danzig waren. Und die zarte Neve hatte diesen Japaner unter Einsatz ihres Lebens, kurz bevor er entwischen konnte, dort dingfest gemacht. Der Typ wurde vor Ort gelöscht und mit ihm die Wüstenstadt.

Üble Vorstellung, dass ich die magische Blase beinahe wieder verloren hätte, obwohl sie mir gerade erst offenbart worden war. Und mehr noch, wir hatten uns alle in furchtbarer Gefahr befunden! Ein Schauer lief mir über den Rücken. Das war so unheimlich!

Ich schluckte. Schluckte die Angst runter. Ich befand mich in einer Welt, die ihre Feinde hatte, wie jede andere Welt auch.

Else bemerkte, wie mir zumute war, und tätschelte mir die Wange.

»Ruhig Blut, Kindchen. Alles noch mal gut gegangen.«

Ich nickte und spähte durch die Essensdurchgabe. Da draußen saßen Neve, Janus, Kira mit Marie, Jonas und Kay. Eine Menge Studenten hatten sich um sie geschart, während sie erzählten. Das Stimmengebrabbel drang herein in die Küche und gesellte sich zu Elses brodelnden Suppentöpfen, während sie leeres Geschirr einsammelte und es scheppernd in den Abwasch brachte.

»Sie sagen, dass sich jetzt alles, was die Verschiebungen betrifft, wieder normalisiert. Ihr dürft euch also wieder allein durch den Wald bewegen.«

Sofort dachte ich an Lilonda. Nun würde es ein Leichtes sein, sie an einem der nächsten Abende aufzusuchen. Ich lächelte Else an und nahm das nächste Stück Hefezopf, das sie mir reichte. Draußen erhoben sich alle und die Gesellschaft löste sich auf. Ich wollte Neve noch erwischen, am besten allein, und erhob mich ebenfalls.

»Danke, Else, für das Frühstück.«

»Klar, meine Kleine. Und nu mach dir einen schönen Sonntag!«

Erst schien es, als würde ich Neve verpassen. In der großen Eingangshalle war niemand mehr. In der ersten Etage in den Seminarräumen ebenfalls Fehlanzeige. Durch ein offenes Fenster hörte ich jedoch auf einmal Stimmen nach oben dringen und spähte hinaus. Neve. Sie stand mit Janus auf der Treppe vor dem Eingang. Ich konnte nicht genau verstehen, was sie redeten. Aber ich sah plötzlich einen Blitz zwischen ihnen. Kräftig, dunkelrot und mit klaren Konturen. Ich starrte darauf. Die beiden waren ja so was von ineinander verknallt. Gut so, sie passten schließlich perfekt zusammen. Während ich den Blitz fixierte, erreichte mich ein Wispern. »Bitte Neve, nun küss mich doch endlich!«

Das war eindeutig die Stimme von Janus. Aber, er würde doch nicht ... das würde er doch nicht einfach zu Neve sagen! Das klang plump! Und warum hörte ich es, wenn die Unterhaltung ansonsten nur als verwehtes Brabbeln zur mir hochdrang?

Das Wispern hatte auf dem Blitz gelegen. Anders war es nicht zu erklären. Janus stand vor Neve, aber sie küssten sich nicht. Ihre Verabschiedung wirkte förmlich, überhaupt nicht passend zu ihren Gefühlen. Dann musste es ein Gedanke von Janus gewesen sein, der mich erreicht hatte. Durch den Blitz?

Janus machte sich auf den Weg in den Wald und Neve setzte sich auf die Treppen. Traurig blickte sie ihm hinterher.

Ich lief eilig nach unten, schlüpfte durch die Drehtür und grüßte sie. »Cool, dich zu sehen. Ich habe gehört, du hast die magische Blase gerettet!«

Neve schob die Rettung, bescheiden, wie sie war, auf Kira.

»War das nicht Janus, mit dem du gerade eben rumgekuschelt hast?«, hakte ich nach, obwohl ich Janus erkannt hatte.

»Ja, war es«, gab sie zu, aber blieb kurz angebunden. Die beiden hatten eindeutig ein Problem. Ich setzte mich zu ihr auf die Stufen.

»Bist du endlich mit ihm zusammen?«

Neve zögerte mit der Antwort. Warum hatte sie ihn so distanziert verabschiedet? War sie sich etwa immer noch nicht sicher, ob Janus oder Tom?

»Ich finde, er passt viel besser zu dir als Tom«, versicherte ich ihr.

»Tom? Wieso Tom?«, fragte sie.

»Du hast am Anfang auf Tom gestanden, klare Sache. Hab ich gleich gemerkt. Aber das war verpeilt. Kann jedem mal passieren. Wenn man verpeilt ist, verpeilt man sich auch in der Liebe. Ist so.«

Neve wirkte erschrocken, offenbar hatte ich sie durchschaut. Aber dann gab sie zu, dass sie zwischendrin dachte, nicht nur Toms Musik zu lieben, sondern auch ihn.

»Und, wie geht es dir?«, fragte sie mich.

Ich gestand ihr, dass ich es cool in der magischen Welt fand, aber mich trotzdem ein wenig eingesperrt fühlte.

Auf einmal war mein Neid fast schmerzhaft, dass sie jederzeit nach Berlin konnte, zu Janus, zu Tom, in mein Haus ... War das plötzlich Heimweh?

Neve schien es irgendwie zu bemerken. »Hast du schon deinen Eltern geschrieben?«, fragte sie.

»Werde ich noch. Wenn du sie siehst, grüß sie. Kannst mir ja berichten, wie es ihnen geht«, erklärte ich unbekümmert, obwohl mir plötzlich schwer ums Herz war. Was war denn nun los? Nichts hatte mich bis jetzt glücklicher gemacht, als ein neues Leben geschenkt bekommen zu haben.

Ruckartig stand ich auf, als säße ich in einem Bottich voll Heimweh und könnte dem Gefühl auf die Weise entkommen. Mir fiel der Gedanke von Janus wieder ein.

»Neve, gib Janus endlich einen Kuss. Man sieht von Weitem, dass er darauf wartet!«, polterte ich heraus.

Neves Augen weiteten sich überrascht. »Was?«

Ich knuffte Neve mit der Faust in die Schulter und lief auf die Studentenhäuschen zu, um sie mit meiner Bemerkung ein bisschen allein zu lassen. Vielleicht bewirkte sie ja was.

Es war recht wahrscheinlich, dass Kim heute spät nach Hause kehren würde, vielleicht sogar erst morgen. Ich hatte von Else erfahren, dass sie Ranja dabei unterstützte, den Japaner in Berlin aufzuspüren. Das war der perfekte Abend, um Lilonda zu besuchen. Kim würde mir keine Fragen stellen.

In meinem elektronischen Buch hatte ich tatsächlich einen Absatz zur Verwandlung von Elementarwesen in Menschen gefunden. So etwas war also möglich. Allerdings war diese Fähigkeit das letzte Mal vor sehr langer Zeit in der Urblase aufgetreten. Sie wurde tatsächlich im Zusammenhang mit der Rauchsäulenfähigkeit erwähnt. Leider konnte ich nichts Näheres in Erfahrung bringen, da die weiterführende Literatur für mich als Studentin nicht zugänglich war. Versuchte ich darauf zu klicken, erschien immer nur: *Stopp. Für dieses Buch bist du nicht autorisiert!* Die gleiche Warnung, die auftrat, wollte man den Reisealmanach lesen.

Egal. Die gefundenen Infos reichten mir. Wir würden es einfach probieren.

Ich setzte mich mit meinem Buch auf die Terrasse und wartete, bis die Dämmerung das Tal in tiefgoldenes Licht tauchte. Der Wald sah aus, als wäre er mit einer Patina aus Gold überzogen. Die Blüten, die herabschwebten, wurden langsam weniger, aber schienen dafür lauter zu singen. Ich fing eine auf und legte sie an mein Ohr. Was für ein feiner Ton! Als befände sich im Blütenstempel eine winzige Harfe und eine Elfe, die darauf spielte.

Der Weg zum Ätherdurchgang führte am Feuerdurchgang vorbei. Ich schaute hinüber zu den lodernden Feldern, als könnte Leonard jeden Moment aus den ewigen Flammen an ihrem Rand hervortreten. Vielleicht sogar mit riesigen Vogelschwingen wie Hauro. Aber das tat er natürlich nicht. Ob er schon wusste, dass sich hier alles aufgeklärt hatte? Bestimmt würden Kim und die anderen ihn informieren. Ein Stich ging durch mein Inneres –, weil sie da draußen, hinter den Flammen, herumrennen konnten und ich nicht.

***

Huhuu. Hihi. Da bist du ja. Ich hab schon so auf dich gewartet!, begrüßte mich Lilonda, als ich aus dem Wald trat, in sicherem Abstand vom Äther–Abgrund stehen blieb und mich an einen Baum lehnte.

Eine schneeweiße Wolke stieg aus dem Abgrund herauf und schwebte auf mich zu. Sie hob sich scharf gegen den inzwischen schwarzen Himmel voller glitzernder Sterne ab. Sie erhellten die Nacht, während aus der Tiefe ein bläuliches Licht heraufschimmerte. Der Himmel von Berlin. Wie schade, dass ich zu feige war, heranzutreten und mir das näher anzusehen.

»Hey, Lilonda. Bist du's?«

Die weiße Wolke zog sich nach oben in die Länge und nahm nach und nach meine Gestalt an.

Wer sollte ich denn sonst sein? Ich bin die Einzige, die mit Menschen redet.

»Sag mal, Lilonda, kannst du vielleicht aufhören, so wie ich auszusehen? Das macht mich irgendwie nervös.«

Nervös? Wieso das denn? Viele Wolken sehen doch auch gleich aus. Dann weiß man, man gehört zusammen.

»Hm, so gesehen … Aber bei Menschen ist das anders. Jeder ist irgendwie ein eigener Mensch. Einzigartig. Das willst du doch auch sein, oder?!«

Ja, ja, natürlich. Ich will alles sein, ich will auch Schnupfen haben und eine Wunde, die man verbinden kann. Lilonda waberte über den Felsvorsprung, verschwand kurz und tauchte als die Frau mit den rotblonden, kurzen Haaren wieder auf.

»Schon besser. Aber Verletzungen sind Mist, das kann ich dir sagen. Verzichte lieber drauf.«

Doch, ich will eine Wunde und sie verbinden! Eine Zornesfalte wie ein

Graben erschien auf Lilondas Gesicht.

»Gut, gut, alles, was du willst.«

Die anderen sind weit unten. Wir können es jetzt probieren, schlug Lilonda aufgeregt vor und bewegte sich an mir vorbei in den Wald hinein. *Komm, worauf wartest du?*, drängelte sie.

Ich folgte ihr.

»Lilonda, bist du dir wirklich sicher? Ich weiß nämlich nicht genau, was passieren wird. Was ist, wenn ich dich in Stein ...«

Ehe ich den Satz zu Ende bringen konnte, erschien sie dicht vor meinem Gesicht und ich spürte die feinen Tröpfchen, aus denen sie bestand.

Du bist meine Freundin und du hast es mir versprochen, flüsterte sie drohend.

»Ja, habe ich, aber Freundinnen machen nicht nur, was sie versprechen, sondern müssen sich auch gegenseitig beschützen.«

Das kannst du dann machen, wenn ich ein Mensch bin. Lilonda zuckte mit den Schultern.

Sie beunruhigte mich, aber irgendwie war sie cool, das musste man ihr lassen. Außerdem schien sie sich ihrer Sache absolut sicher zu sein, was mich wiederum beruhigte. Vielleicht sollte ich einfach auf sie vertrauen.

»Okay, dann lass uns aber etwas tiefer in den Wald gehen. Nicht hier, mitten auf dem Weg. Könnte ja einer vorbeikommen, der das vielleicht nicht sehen sollte«, schlug ich vor.

Lilonda nickte eifrig, als hätte ich was wirklich Schlaues gesagt, und schlängelte sich durch die Farne hindurch, die zwischen den Baumstämmen wuchsen und immer dichter wurden.

Ich folgte ihr und registrierte, wie gut sich meine Augen in der Dunkelheit zurechtfanden. Als befänden sich darin kleine Strahler.

An einer Stelle, wo kein Farn wuchs, hielt sie an.

So, hier probieren wir es. Los, fang an! Lilonda nickte mir auffordernd zu.

Zögernd blickte ich um mich. Ich war ganz allein mit diesem Elementarwesen. Aber nun war es zu spät, sich deshalb zu sorgen. Ich musste das Ding durchziehen.

Sich in die Rauchsäule aus dickem, weißem Qualm zu verwandeln, ging mit jedem Mal einfacher und schneller. Lilonda schaute mit offenem Mund zu.

Hihihi, jetzt siehst du ja fast so aus wie ich!, amüsierte sie sich und kicherte, dass der Wald leise davon widerhallte.

»Okay, ich bin so weit. Wir können anfangen«, sagte ich und Lilonda schrak zusammen.

Ihhhh, du klingst jetzt wie der alte Mann im Rat.

»Jolly?«

Jolly, ja.

»Jolly ist ein lebender Blecheimer, das ist wahr.«

Sie fing sich wieder und dann mussten wir beide lachen.

Ehe ich mich's versah, sprang Lilonda auf einmal in mich hinein. Erschrocken wollte ich zurückweichen. Sie war einfach unberechenbar. Aber es ging nicht. Ich umhüllte sie vollständig und konnte mich nicht lösen.

»Lilonda!«, rief ich besorgt.

Keine Antwort.

Ich sah an mir herab, um mich herum, in mich hinein. Ich glaubte, sie zu spüren, aber ich konnte sie nicht sehen! Mein Qualm hatte sich mit ihrer Wolke vermischt. Die Form des dünnen Mädchens mit kurzen Haaren war verschwunden.

»Lilonda?«, rief ich noch einmal.

Erstickte Laute drangen zu mir herauf.

»Ge…h w…weg. Geh j…etz w…eg, nu geh schon w…weg!«

Die Stimme war nicht mehr in meinem Kopf, sondern ich konnte sie mit meinen Ohren hören. Sie klang fiepsig und erstickend. Ich versuchte, mich vom Fleck zu bewegen. Es war unendlich schwer, als wäre ich am Boden festgenagelt. Aber dann gelang es, Zentimeter für Zentimeter, als müsste ich mich von etwas Schwerem loseisen.

Und dann stand ich endlich neben dem Schweren. Da lag eine Frau; rotblonde, kurze Haare, weißes Shirt, weiße Röhrenjeans und nackte Füße. Lilonda! Aber nicht durchscheinend wie eine Wolke. Sondern als sei sie aus festem Material. Aus Stoff, aus Stein oder tatsächlich aus Fleisch und Blut.

Leblos lag sie da, als hätte sie gerade jemand erschlagen. O nein, war sie tot? Doch unmerklich begann ihr Körper zu zucken. Die Zuckungen verstärkten sich. Ihre Lippen zitterten. Erneut gab sie ein paar erstickte Laute von sich.

»Sie…hst du, es h…hat ge…klappt. Nun hilf mir, aufzu…st…stehen. I…ch schaff das nicht allein.«

Ihre Augen bewegten sich heftig unter ihren geschlossenen Lidern, als wenn sie sie öffnen wollte, aber nicht konnte.

Unfassbar, ich hatte tatsächlich einen Menschen aus ihr gemacht? Dann war ich so was wie Frankenstein? Himmel, Hölle, Gott noch mal!

»Mach schon«, drängelte Lilonda. Ihre Stimme klang so piepsig, als gehörte sie zu einem Schneeglöckchen, aber nicht zu einer erwachsenen Frau. Ich konzentrierte mich und verwandelte mich schnell zurück. Sogleich stürzte ich auf die Frau zu und hockte mich hin. Sie blinzelte mich an und versuchte zu lächeln.

»M…ir tut alles weh. Das ist ja entsetzlich, Schmerzen zu h…haben. Entsetzlich. Komm, hilf mir auf.«

Ihre Hände zuckten, aber sie konnte sie nicht bewegen. Ich griff danach. Meine Güte waren die kalt! Entschlossen packte ich sie an beiden Armen und versuchte sie hochzuheben. Lilonda stöhnte herzzerreißend. Doch als ich lockerließ, beschwerte sie sich.

»Mach, zieh weiter. L…los!«

Erst hockte sie auf den Knien, dann half ich ihr ganz hoch. Lilonda schwankte und fiel wieder hin. Ich zog sie erneut hoch. Sie schwankte wieder, aber ich stützte sie. Sie schob meinen Arm weg und schaffte es, allein zu stehen. Siegesgewiss lächelte sie mich an.

»Jetzt bin ich ... wie du. Nun sind wir zwei richtige Freundinnen!«

»Ja«, sagte ich erschöpft.

Lilonda knickte wieder ein.

»Ich glaub, ich muss schlafen. Man schläft, wenn man sich so schwach fühlt ... das weiß ich«, erklärte sie und schon fielen ihr die Augen zu.

Mich überkam Panik.

»Aber doch nicht hier, Lilonda.«

Ich kniete mich vor sie.

»Du kannst hier nicht einfach bleiben. Wenn uns einer findet! Wir werden gelöscht! Alle beide. Wir müssen weg. Das heißt, wir brauchen einen Plan. Du solltest in die reale Welt. Damit es keiner merkt. Aber ich weiß nicht, wie. Wir müssen durch einen Durchgang! ... Lilonda?«

Ich rüttelte an ihr. Lilonda lag da mit geschlossenen Augen und rührte sich nicht.

»Lilonda, wach auf! Wir müssen dich erst mal wieder zurückverwandeln. Die löschen uns sonst beide!«

Sie riss die Augen wieder auf. Sie schlief also keineswegs.

»Du hast recht. Aber du kannst mich nicht wieder zurückverwandeln.« Sie sah mich herausfordernd an.

»Was? Natürlich … Und es ist auch vernünftig, wir müssen das Ganze planen!« Meine Stimme überschlug sich vor Aufregung.

»Es geht nicht. Man kann nur einmal verwandelt werden. Hatte ich das nicht gesagt?«, antwortete sie betont ruhig und mit einer Unschuldsstimme, die mit jedem Satz an Volumen gewann.

Sie hatte mich reingelegt. Aufgebracht sprang ich auf.

»Damit bringst du uns beide in ziemliche Gefahr«, zischte ich, »Hast du nicht gewusst, dass echte Freundinnen sich niemals gegenseitig reinlegen?«

Das kam bei ihr an. Lilonda machte sofort ein bekümmertes Gesicht. Mir fiel auf, dass ihre Nase und Wangen mit unzähligen kleinen Sommersprossen besprenkelt waren.

»Das wusste ich nicht«, flüsterte sie und es klang so viel Reue in ihren Worten, dass mein Ärger verflog. Wahrscheinlich hatte es in meinem ganzen Leben noch nie jemanden gegeben, der es schaffte, mich derart um den Finger zu wickeln.

»Okay«, seufzte ich. »Dann brauchen wir jetzt gleich einen Plan. Zuerst müssen wir dich irgendwie verstecken. Und dann müssen wir dich nach draußen bringen, auch wenn ich nicht die leiseste Ahnung habe, wie das gehen soll.«

»Freundinnen finden immer Lösungen!«, behauptete Lilonda hoffnungsvoll und versuchte sich wieder aufzurichten.

Ich half ihr. Diesmal ging es bedeutend leichter.

»Kannst du laufen?«, fragte ich. Sie probierte es, schwankte dabei hin und her, als wäre sie betrunken, aber es funktionierte.

»Pass auf. Ich verstecke dich an meinem Lieblingsort. Da dürfte dich zunächst niemand vermuten.«

»Ja! Bin total gespannt, wie dein Lieblingsort aussieht. Neve hat auch einen.«

»Aber was ist mit den anderen Ätherwesen? Irgendwann bemerken sie dein Fehlen.«

Wieder erfasste mich eine Gänsehaut. Nicht, dass ich mich gerade mit allen Elementarwesen eines gesamten Elements anlegte! Das konnte nur böse enden.

»Können sie nicht. Sie können nichts machen.«

»Nicht? Aber …«

»Sie sind alle eins. Sie sind alle gleich, weißt du. Sie sind nicht wie ich. Sie merken, dass ich fehle, solange ich in der Nähe bin. Aber sobald ich verschwunden bin, merken sie nicht, dass etwas weg ist.«

Ich sah Lilonda ungläubig an und versuchte, mir vorzustellen, was sie mir gerade darlegte. Aber es gelang mir nicht recht.

»Glaub mir.« Lilonda nickte mir aufmunternd zu.

Ich forschte in ihren grünen Augen, die auch Strahler zu beherbergen schienen.

»Du kannst mir glauben, ich lüge jetzt nicht mehr. Hast du mir ja beigebracht.«

Okay, das klang aufrichtig.

Wir schlichen durch den Wald. Lilonda wurde zum Glück mit jedem ihrer Schritte sicherer. Von Minute zu Minute schienen ihr mehr Energien zuzufließen. Auch ihre Stimme klang weitestgehend normal, immer noch etwas kindlich, aber hell und klar.

»Ist es noch weit?«, flüsterte sie.

»Nein, wir sind gleich da. Jetzt sollten wir leise sein. Da vorne ist Kims Haus, in dem ich wohne.«

Das Haus tauchte zwischen den Büschen auf. Die Fenster waren dunkel. Entweder war Kim immer noch nicht zurückgekehrt, oder sie schlief bereits. Ich hoffte Ersteres.

Lautlos näherten wir uns den Brombeerbüschen. Vorsichtig schob ich sie an der Stelle auseinander, wo es zu meinem Lieblingsort ging. Lilonda folgte mir und gab nur einmal ein leises *Au* von sich, als sie von einem Dorn erwischt wurde. Dann jauchzte sie.

»Psssst«, zischte ich.

Sie verstummte sofort, zog mich aber am Arm, damit ich mich zu ihr umdrehte.

»Guck mal, ich hab eine Wunde. Ich!«

Ich bestaunte ihren Zeigefinger, aus dem ein Tropfen Blut quoll. Meine Güte, sie war tatsächlich ein echter Mensch.

»Toll«, sagte ich. »Aber jetzt komm.«

Eine Minute später tat sich vor uns mein dreistöckiges, buntes Haus mit Giebeln und Türmchen auf.

»Hui, das ist ja ein richtiges Haus, so eins, wo Menschen drin wohnen! Da darf ich einziehen?« Lilonda hüpfte vor Aufregung von einem Bein auf's andere. Sie war inzwischen so fit, als hätte sie wie jeder Mensch von klein auf laufen, rennen und springen gelernt.

»Ja. Erst mal.«

Ich führte sie nach oben, wo das Bett stand. Lilonda bewunderte jedes Detail. Die Räume hallten von ihren *Ahs* und *Ohs* wider.

»Pass auf, Lilonda. Hier bleibst du, bis ich wiederkomme und weiß, wie es weitergeht, okay?«

Sie nickte heftig mit dem Kopf und griff nach einem Buch.

»Bücher!«, rief sie aus. »Neve hat oft Bücher mit, wenn sie nach Berlin fliegt.«

Lilonda blätterte darin.

»Bringst du mir Lesen bei? Du warst doch in der Schule!«

»Ähm, ja, später vielleicht. Aber …«

»Warum nicht jetzt? Sofort?«

»Lilonda! Weil man das nicht so schnell lernen kann und weil ich dringend nach Hause muss, damit Kim sich nicht fragt, wo ich mich die ganze Nacht herumtreibe. Du bleibst in diesem Haus und rührst dich hier nicht weg, versprichst du mir das?«

Lilonda fuhr die Zeilen auf einer Buchseite mit dem Finger entlang und ich rechnete mit allem. Aber dann schaute sie auf. »Versprochen!«

»Bist du müde oder so?«

»Ich glaube, ich werde es bald. Bestimmt!« Sie fasste sich an den Bauch.

»Und ich werde Hunger kriegen, stimmt's?«

»Das wirst du. Ich bringe dir morgen was zu essen mit, sobald ich kann.«

Lilonda lächelte mich an. Sie umarmte mich, sehr behutsam und liebevoll.

»Danke«, sagte sie. »Danke, Freundin.«

13. Kapitel

»Guten Morgen, auch wenn es bereits Mittag ist«, dröhnte es in mein Ohr und ich schreckte hoch.

Kim stand mit verschränkten Armen vor meinem Bett und ein dunkelgrauer Blitz zuckte auf mich zu, direkt in mein Herz. *Aua.* Ich zog instinktiv die Bettdecke bis unter das Kinn.

Sie betrachtete die besprühte Wand und verzog dabei keine Miene. Sicher würde jeden Moment ein Donnerwetter losgehen. Aber Kim schwieg. Stattdessen traf mich erneut einer dieser Blitze. Ich vernahm ein Wispern, das der Blitz wie eine Radiowelle zu transportieren schien:

Alles, was mit dir zu tun hat, kotzt mich an.

Abgefahren, das war wie bei Janus. Das waren ihre Gedanken! Auch wenn sie nicht sehr schmeichelhaft für mich waren, sie überraschten mich nicht. Dennoch piekten sie etwas. Schließlich machte es einen Unterschied, nur zu glauben, was der andere dachte, oder es zu wissen.

Sie atmete tief ein, sah mich an und besaß keinen Schimmer, dass ich wusste, was ihr gerade durch den Kopf gehuscht war.

»Ich habe heute Vormittag kein Seminar. Darf man dann trotzdem nicht ausschlafen?«, fragte ich und gähnte.

»In einer Stunde hast du noch einmal eine Übung mit Leonard. Bitte steh' auf und sei pünktlich dort.«

Kim drehte sich um und verließ mein Zimmer. Die Tür zog sie lauter als nötig ins Schloss. Okay, meine Graffitiwand fand sie beschissen und mich auch. Ihre weise Ausgeglichenheit – alles nur Fassade.

Schwerfällig stieg ich aus dem Bett und öffnete das Fenster.

Leonard war nicht in Berlin, sondern hier und sollte mir eine zweite Lektion geben? Eigentlich hatte ich vorgehabt, Lilonda etwas zu essen zu bringen und dann den Fluss aufzusuchen, die Quelle zu finden, die in den kleinen Teich sprudelte, durch die ich gekommen war. Sicher würde dort nach der Sache mit der Wüstenstadt kein

Durchgang mehr sein. Ich hoffte, dort keine Undinen anzutreffen, um in Ruhe eine neue Luftblase herzustellen.

In der Nacht hatte ich lange wach gelegen und über das Ding nachgedacht. Die Undinen hatte es beunruhigt. Was bedeutete, damit ließ sich etwas anfangen, was ihnen missfiel. *Sauerstoffblase* hatten sie gesagt. Vielleicht konnte man sie darin einfangen und austrocknen. Oder sie ließ sich weiter vergrößern als Versteck nutzen für ... Leute, die nicht von alleine unter Wasser atmen konnten.

... so wie Lilonda. Ein Stich der Aufregung jagte durch mein Inneres. Ich würde mich darüber belesen. Irgendwo würde etwas über diese Blasen zu finden sein. Aber nun musste das erst mal warten und Lilonda auch.

Ich schnitt mir die nächste Bluse zurecht: Knöpfe ab, Bündchen ab, und eine neue Hose, kürzte sie bis zu den Knien, zog mich an und betrachtete dabei den Leonard–Blitz. Wenn diese Dinger jetzt anfingen, regelmäßig zu sprechen, würde es interessant werden.

***

Leonard wartete bereits auf dem Platz vor der Akademie und musterte mich, während ich näher kam. Sein Gesichtsausdruck verriet nichts Gutes.

»Guten Morgen«, sagte ich.

Er nickte nur, gab mir ein Zeichen, ihm zu folgen und marschierte los Richtung Wald. Als die Akademie nicht mehr zu sehen war, wetterte er los.

»Vielen Dank, dass du mich bei Kim angeschwärzt hast. Ganz feine Art.«

Ich zuckte zusammen bei seiner grollenden Stimme und verstand nicht sofort.

»Was hab ich?«

»Tu nicht so, du weißt, was ich meine.«

Leonard half mir auf die Sprünge.

»Ich würde meine Aufgabe nicht ernst nehmen, hätte dich abgekanzelt, deine Fähigkeiten nicht richtig geprüft. Ist das deine Masche durchzusetzen, jemanden wiederzusehen?« Er blieb stehen und sah mich aus dunkelgrün blitzenden Augen an.

Ich schnappte nach Luft. Was bildete der sich ein!

»Dich wiederzusehen? Was für'n aufgeblasener Fisch bist du denn?«, rief ich und stemmte meine Hände in die Seiten.

In dem Moment flammte der rote Blitz zwischen uns auf, schoss von ihm zu mir und trug mir mit einem Säuseln zu: *Sie ist ganz schön sexy.*

Ich schnappte noch mehr nach Luft, aber entspannte mich gleichzeitig. Ha! Diese Blitze waren ja grandios! Das war also das, was er in Wahrheit dachte. Der Blitz verschwand so schnell, wie er gekommen war.

Ich verschränkte meine Arme, aber lächelte ihn an.

»Tut mir leid, dass dich Kim von wichtigeren Dingen in der Realwelt weggeholt hat, damit du hier ordentlich deinen Job machst. Hatte ich nicht beabsichtigt. Ich denke inzwischen auch, dass ich mit der Rauchsäulenfähigkeit nichts am Hut habe.«

Leonard warf mir einen skeptischen Blick wegen meines Sinneswandels zu und setzte sich wieder in Bewegung.

»Was hat sie dir erzählt?«, verhörte er mich.

»Kim? Nichts. Das merkt man so, dass du mit den Gedanken woanders bist.«

Leonard sagte nichts. Wir liefen einige Minuten schweigend durch den Wald. Er kam mir vor wie eine Festung. Ich strich meine langen Haare über die Schulter. Er warf mir einen Seitenblick zu, der mich amüsierte.

Leo fand mich also sexy. Ich musste zugeben, dass mir das schmeichelte. Keine Ahnung, ob ich so einem attraktiven Typen überhaupt schon mal aufgefallen war. Es machte mir Mut weiterzuforschen, ob es nicht irgendwo einen losen Stein in der Festung gab.

»Ist es wegen deines Vaters?«

»Meines Vaters?«, brauste er auf, als hätte ich den Finger mitten in die Wunde gelegt. Wahrscheinlich war das auch so, denn mir wurde in dem Moment klar, dass Leonard neben diesem Jerome ja auch irgendwo einen echten Vater haben oder gehabt haben musste.

»Sorry, ich meine diesen Jerome, der gelöscht wurde, und der wie ein Vater für dich ist«, beeilte ich mich zu sagen.

Leonards Miene verfinsterte sich noch mehr, aber erstaunlicherweise gab er eine Erklärung ab.

»Onkel. Ich hab ihm erzählt, ich wäre der Sohn seines verstorbenen Bruders. Seitdem behandelt er mich wie seinen Sohn. Und ja, er ist gerade wieder im Krankenhaus, seine Malaria–Anfälle sind besonders schlimm.« In Leonards Stimme schwang Sorge.

»Tut mir leid. Dass man nach einer Löschung krank wird, ist echt

Mist. Aber ...« Ich hielt kurz inne, aber dann gelang es mir doch nicht, die Frage zurückzuhalten, die mich beschäftigte: »Wie kannst du das, dich um ihn kümmern, obwohl er so miese Dinger gedreht hat, dass man ihn löschen musste?«

Aus Leonards Augen traf mich ein wilder Blick.

»Hey, jeder macht Fehler in seinem Leben! Möchte nichts von deinen wissen, die du gemacht hast, oder die dir noch bevorstehen! Aber was, verdammt, stocherst du überhaupt in meinem Privatleben herum? Kennen wir uns?«

»Hey, ist ja gut. Ich dachte … Ich wollte es doch nur irgendwie verstehen!«

Leonard blieb stehen und sah mich seltsam an. Ich hielt seinem Blick stand. In meinem Innern breitete sich ein komisches Gefühl aus, eine besondere Nähe, sodass ich plötzlich das Bedürfnis verspürte, ihn richtig kennenzulernen.

Leonard wandte den Blick ab und sagte ruhig:

»Er ist nicht mehr der Mensch, der er einmal war! Er hat nur noch mich. Und er braucht jemanden.«

»Ist okay.«

Schweigend setzten wir unseren Weg fort. Dieser Jerome drückte Leonard aufs Gemüt, auch wenn er ihn so vehement verteidigte. Da stimmte was nicht. So viel war schon mal klar.

Auf einer kleinen Lichtung, die aus einer knöchelhohen, glitzernden Wiese mit zahlreichen Findlingen bestand, machten wir Halt.

»Heute nicht zur Höhle?«

»Nein, hier reicht. Ich muss gleich weg. Der Feuerdurchgang ist um die Ecke. Du kannst das gern wieder Kim petzen.«

»Pff«, machte ich nur und spürte zum ersten Mal so etwas wie Anerkennung für ihn.

»Pass auf. Ich verwandle mich jetzt in eine Rauchsäule, hülle dich ein und bringe dich nach da hinten an den Rand der Lichtung.« Er zeigte mit dem Finger dorthin. »Damit du den Ablauf einmal siehst. Danach bist du dran.«

Teufel, verdammt! Leonard wollte mich einhüllen und mit sich herumschleppen? Das kam mir ganz schön … na ja, intim vor. Aber noch schlimmer war: Danach sollte ich *ihn* umhüllen? Wer weiß, was dann passierte! In irgendwas würde ich ihn wahrscheinlich verwandeln. Aber von der Fähigkeit sollte er auf keinen Fall was erfahren. Mist! Ich hätte Kim gegenüber einfach meinen Mund halten sollen.

Leonard konzentrierte sich und im Nu stand eine dick wabernde Qualmsäule vor mir, die direkt aus der Wiese aufzusteigen schien.

»Sieht hübsch aus«, sagte ich und wich unwillkürlich ein wenig zurück.

»Du musst schon stehen bleiben«, antwortete er mit seiner Darth Vader–Stimme, die etwas verlegen klang.

»Mach einfach gar nichts. Es geht von allein«, instruierte er mich und quoll auf mich zu. Wieder wich ich instinktiv zurück.

»Hey, Mann, Grete. Nu hab dich nicht so. Du hast doch sogar schon süß auf meinen Armen geschlummert, als ich dich durch das halbe Tal zur Akademie getragen habe!«

Wie? Wovon redete er?

»Damals, als du in die magische Welt gestolpert und auf halber Strecke ohnmächtig geworden bist. Pio rührt schließlich keinen Menschen an. Und ich war zufällig in der Nähe.«

Der Groschen fiel. Ich? Auf Leonards Armen? Ich versuchte mir das vorzustellen und musste lächeln. Leonards Rauchgestalt kam immer näher. Ich hielt die Luft an. Gleich würde ich in Leonard verschwinden!

Instinktiv schloss ich die Augen. Aber … es schien nichts zu passieren. Als ich sie wieder öffnete, stand ich immer noch dicht vor einer weißen Wand aus Qualm und sah nichts.

»Was machst du?«, fuhr Leonard mich ungeduldig an.

»Ich? Nichts.«

»Ich kann dich nicht einhüllen. Hast du irgendwelche Tricks drauf? Schutzschirme?«

»Schutzschirme? Nee, gar nichts! Also, nicht, dass ich wüsste.«

Die Rauchsäule wirkte, als wolle sie nach mir greifen, aber löste sich Millimeter vor meinem Körper in winzige Schwaden auf. Ich starrte in die dunklen Höhlen, die aussahen wie Leonards Augen.

»Es geht nicht. Irgendwas stimmt mit dir nicht.«

»Mit mir? Wieso mit mir? Vielleicht stimmt auch mit dir was nicht!«

Leonard antwortete nicht, sondern nahm seine Gestalt wieder an. Bei ihm ging das ratzfatz, noch schneller als bei mir.

Er wedelte die letzten Nebelbänke weg, die ihm vor der Nase hingen, und fixierte mich mit seinen Augen.

»Hey, ich hab keine Ahnung, warum du es nicht hingekriegt hast. Woher soll ich das denn wissen?«, rechtfertigte ich mich erneut, aber

Leonard ignorierte das und verlangte:

»Jetzt du. Verwandle dich und dann versuch du es.«

Oh je, niemals würde ich ihn einhüllen. Lilonda hatte immerhin behauptet, dass man Menschen nicht in Elementarwesen verwandeln konnte. Doch was, wenn er stattdessen zu Stoff, Stein oder einem Haufen Sand wurde …?

»Öhm, wieso sollte es denn bei mir klappen, wenn es bei dir nicht mal hinhaut?«, druckste ich herum.

»Wir sind hier, damit wir noch mal gucken, was du drauf hast. Also, los.«

»Ich kann doch nicht mal eine Blaubeere transportieren. Wie sollte ich dann …«

»Konzentrieren. Fang bitte an, Grete …«

Mist, ich kam nicht raus aus der Nummer. Vielleicht konnte ich so tun, als würde es bei mir auch nicht funktionieren. Okay, ich konzentrierte mich und stand einige Augenblicke später als Rauchsäule vor Leonard.

»Oh, ging schnell, hast du geübt?«, fragte er. Wie dumm, daran hatte ich nicht gedacht, ich hätte es langsamer angehen sollen.

»Nöö«, dröhnte meine Blecheimerstimme.

»Na, dann los.« Er breitete seine Arme aus, als wartete er auf eine großzügige Umarmung.

»Sollte ich nicht erst mal versuchen, was Kleineres zu transportieren?«

Leonard seufzte.

»Gut, okay. Hol den runden Stein da.«

Er zeigte auf einen handgroßen Felsbrocken, der zwei Meter entfernt lag. Sicher dachte er, dass ich mich sträubte, weil ich schüchtern war. Na ja, sollte er.

Ich bewegte mich auf den Stein zu. Hm, was würde passieren? Zu irgendwas würde der Stein werden, wenn ich ihn einhüllte. Nein, ich wollte nicht zeigen, was ich konnte. Schon gar nicht Leonard. Vielleicht war es ja doch die bessere Idee, so zu tun, als könnte ich ihn nicht einhüllen, so wie er.

Ich drehte mich um und waberte auf ihn zu.

»Hab's mir überlegt. Ich versuche es mit dir.«

Keine Ahnung, wie mein Lächeln in einem Qualmgesicht wirkte. Leonard schien sich jedenfalls ein Lachen verkneifen zu müssen.

»Meinetwegen«, antwortete er.

Ich bewegte mich auf ihn zu und hielt dicht vor ihm an. Er

wartete. Ich wartete.

»Was ist?«, fragte er ungeduldig.

»Ich bin schon dabei, aber … Tut mir leid, es geht nicht! Du hast auch irgendein Schutzding.«

Leonard musterte mich misstrauisch. »Versuchst du es wirklich?«

»Ja, klar Mann, warum sollte ich denn nicht?«

»Tja, weiß ich nicht. Schüchtern?« Jetzt grinste er.

»Nicht schüchterner als du, Leonard«, gab ich zurück.

Er wurde wieder ernst. »Versuch es noch mal. Und nenn mich bitte Leo.«

»Magst du die Langform deines Namens nicht?«

»Nein.« Seine Antwort duldete keine weiteren Fragen.

Ich qualmte auf meinem Platz ruhig vor mich hin.

»Geht nicht. Ich komm' nicht weiter. Ich sag ja, hatte sich eigentlich erledigt. Ich hab das Rauchdings nicht.«

»Okay, dann versuch jetzt noch mal den Stein.«

Dabei machte ich es einfach genauso und behauptete, dass ich ihn nicht mal einhüllen konnte. Leo beschloss, dass wir es dabei beließen. Vielleicht klärte sich noch, warum ich mich in Rauch verwandeln konnte, aber sonst nichts. Hin und wieder gab es wohl so was. Phänomene, die einer draufhatte, die aber nichts bewirkten. Für irgendwas anderes konnten sie trotzdem gut sein. Ich verwandelte mich zurück.

»Gut, dann war's das. Ich muss los«, sagte Leo und schaute auf sein Handy.

»Handy? Ich denke, die funktionieren hier gar nicht.«

»Nee, tun sie auch nicht.« Leo steckte es wieder ein.

»Trotzdem hast du versucht, die Zeit drauf abzulesen?«, neckte ich ihn.

»Du bist eine ganz Schlaue, ich hab's kapiert«, antwortete er.

Er machte sich über mich lustig, aber er klang wohlwollend. Also antwortete ich:

»Ich weiß, meine Intelligenz kann manchmal zum Problem werden.«

Er zeigte ein schiefes Lächeln.

»Tschüss, man sieht sich.«

»Ja, ich schalte Kim ein, wenn mir danach ist«, antwortete ich.

Leo grinste wieder, ehe er sich umdrehte und hinter den Bäumen verschwand.

Für einige Momente fixierte ich die Stelle, wo er verschwunden war. Dann konnte ich nicht anders und folgte ihm unauffällig.

Kurze Zeit später stand ich am Rande des Feuerfeldes und starrte auf die Flammen, in die Leo wie hinter einen Vorhang verschwand.

Meine Gefühle ergaben einen Salat aus Obst, Gemüse und Schottersteinen. Irgendwas an ihm stieß mich ab, irgendwas zog mich an, irgendwas mochte ich an ihm und irgendwas mochte ich nicht. War er arrogant? War er es nicht? Er war auf jeden Fall interessant, und ich würde ihm bald folgen, nach Berlin. So viel war sicher.

14. Kapitel

»Hu, da bist du ja, da bist du ja endlich!«, jauchzte Lilonda, hüpfte auf mich zu und umarmte mich überschwänglich.

»Hi, Lilonda.«

»Psst. Horch mal.«

Sie legte ihren Finger über den Mund. Wir lauschten und dann hörte ich ein Grummeln wie von einem entfernten Gewitter.

»Das ist mein Magen, was?! Hihi. Ich hab *Hunger*!«, rief sie fröhlich und tanzte zurück zum Bett.

Ich legte meine Tasche darauf und packte sie aus. Belegte Brötchen, Rührei mit Schnittlauch in einer Frischhaltedose und eine Schüssel Salat. Dazu einen Erdbeershake aus zuckersüßen magischen Erdbeeren, die hier im Wald wuchsen, und Orangensaft. All das hatte mir Else mitgegeben, nur weil ich sagte, ich wollte auf der Wiese für ein Seminar lesen und hätte gern etwas zu essen dabei. Sofort rüstete sie mich für eine ganze Picknickgesellschaft aus.

Lilonda bewunderte die Speisen, berührte sie, roch daran.

»Mh, wie das duftet. Du musst mir genau erklären, wie diese Düfte alle heißen.«

Sie starrte verzückt das Essen an.

»Na, nu iss schon!«

»Soll ich wirklich?«

»Ich denke, du musst und wirst es gar nicht mehr lange ohne aushalten.«

Ich nahm eins der Brötchen und biss hinein. Lilonda tat es mir nach und kaute mit so einem Genuss, als würde sich gerade das Himmelreich für sie auftun.

»Ich glaube, essen ist das Schönste am Leben. Kann das sein?«

Ich lachte.

»Für manche schon.«

»Wieso, was könnte denn noch schöner sein?«

Ähh, weshalb kam mir bei dieser Frage als Erstes ein Bild von

Leo in den Kopf?

»Och, einiges. Freunde zu haben, einen Job, den man liebt, ein tolles Zuhause.«

Lilonda nickte verstehend.

»Oder schlafen«, ergänzte sie.

»Stimmt! Hast du?«

»Ja, ich glaube schon. Ich hab die Augen zugemacht, als es noch dunkel war, und als ich sie wieder aufgemacht habe, war es draußen hell.«

Lilonda begann, den Salat mit den Händen in sich hineinzustopfen.

»Nee, nimm mal lieber eine Gabel. Schau mal, so geht man damit um.« Sie ahmte mich erstaunlich geschickt nach.

»Aber Schlafen ist nicht so gut wie Essen. Schlafen merkt man nicht«, überlegte sie.

»Pass auf, Lilonda. Vielleicht habe ich eine Fähigkeit, mit der ich dich nach Berlin bringen könnte. Aber ich muss damit erst mal noch ein bisschen rumprobieren.«

»Was? Was? Was? Wie?«

»Also, ich kann noch nichts versprechen. Doch eventuell kann ich Sauerstoffblasen unter Wasser erzeugen. Ziemlich große sogar. Da müssten Leute drin atmen können, die es sonst nicht so gut aushalten unter Wasser. Eventuell lässt sich sogar jemand darin transportieren. Das will ich heute noch ausprobieren, deshalb … «

»Echt? Klar, kann man jemanden damit befördern! Das weiß ich. Ich weiß doch, was es alles so gibt, und was nicht. Warum fragst du nicht mich?! Bei jedem Element gibt es spezielle Fähigkeiten. Es gibt beispielsweise Begabte, die gar nicht Äther sind, aber trotzdem durch den Durchgang fliegen können. Auf die müssen wir besonders achten. Die dürfen das nämlich nicht. Die werden sofort eliminiert!«

»Lilonda!«, rief ich erschrocken.

»Sorry, das war nun mal meine Aufgabe.« Ihre Miene verdüsterte sich. »Du und ich werden auch eliminiert, wenn wir mit einer Sauerstoffblase auf dem Weg zum Durchgang erwischt werden.«

Wir sahen uns ernst an. Ich atmete tief ein.

»Trotzdem. Irgendein Weg muss sich finden. Nachher gehe ich jedenfalls zu einem kleinen Teich am Fluss und checke das mit der Sauerstoffblase. Da dürften keine Undinen sein.«

»Ich will mit!«

»Nein, Lilonda. Du bleibst hier. Das ist sicherer. Erst, wenn wir einen Weg …«

»Ich muss mit! Wie willst du sonst ausprobieren, ob es überhaupt funktioniert?«

»Wenn uns jemand sieht, dann sind wir erledigt. Das weißt du, Lilonda.«

»Dann passen wir eben auf, dass uns keiner sieht. Ich kenne doch den magischen Wald. Abseits der Wege ist nie jemand.«

»Aber da kann man sich auch verirren.«

»Ich aber nicht, ich kenne jedes Blatt. Ich bin schon viele hundert Jahre hier, vergiss das nicht.«

Ich seufzte. Lilonda hatte recht. Wie sollte ich ohne sie herausfinden, ob die Sauerstoffblase so funktionierte, wie ich es mir vorstellte?

»Okay, aber wir machen uns erst auf den Weg, wenn es dämmert. Und nun iss erst mal dein Frühstück auf.«

15. Kapitel

Mit Lilonda ließ sich die Quelle, durch die ich gekommen war, ohne Probleme finden. Und sie spürte, wann jemand in der Nähe war, auch wenn seine Entfernung noch zwanzig Meter betrug. Das machte unsere Sache sicherer.

Das Wasser plätscherte über den Fels, der Teich lag friedlich da und schimmerte geheimnisvoll. Unvorstellbar, dass sich in seinen Tiefen ein Weg direkt zu meinem Haus befunden hatte.

»Und hier bist du durchgekommen?«, fragte Lilonda.

Ich nickte. Lilonda trat näher heran und inspizierte das Wasser.

»Das ist bestimmt immer noch ein Durchgang«, meinte sie.

»Glaube ich nicht. Den hatte es doch nur wegen dieses Japaners und seiner Wüstenstadt gegeben.«

»Du meinst, sie haben ihn stillgelegt?«

»So hab ich es verstanden.«

Ich ließ mich herab und stieg in das Wasser.

»Sei vorsichtig. Wenn sich doch eine Undine nähern sollte, pfeife ich. Und zwar so.«

Ein gellender Laut durchschnitt die Stille. Ich hielt mir die Ohren zu.

»Lilonda!«, zischte ich. »Bist du verrückt? So warnst du nicht nur mich, sondern holst gleich den ganzen Rat dazu!«

»Sorry«, gab sie klein bei.

Ich tauchte in dem angenehm warmen Wasser unter und inspizierte meine Handgelenke. Da. Am linken, da begann sich wieder was zu bilden.

Ich blies die Blase auf und sie wuchs und wuchs, bis sie halb so groß war wie ich.

Ich hob den Kopf aus dem Wasser.

»Lilonda. Komm!«

Lilonda näherte sich.

»Siehst du die Blase?«

Lilonda konnte das glitzernde Gebilde, das bis an die Oberfläche reichte, gut erkennen. Es sah aus wie eine in Eis eingeschlossene Luftblase.

»Versuch einfach mal hineinzusteigen. Vielleicht geht sie kaputt, vielleicht nicht.«

Lilonda tat wie geheißen. Erst sah es so aus, als würde die Blase wegflutschen, aber dann öffnete sie sich und legte sich um ihren Körper, ohne das Wasser eindrang.

Das Wasser war an der Stelle nicht tief. Lilonda stand in der Blase und gleichzeitig auf dem Boden. Kopf und Schultern befanden sich noch über der Wasseroberfläche.

»Ist sie noch ganz?«, fragte Lilonda.

»Ja, alles gut. Jetzt tauch mal vollständig ein.«

»Okay.«

Lilonda tauchte unter, kauerte sich zusammen und die Blase schloss sich über ihrem Kopf. Sie sah aus wie ein Embryo und lächelte mich triumphierend an.

»Bekommst du Luft?«, wollte ich fragen, doch in dem Moment riss die Blase, Wasser strömte ein. Lilonda wand sich wie in einem Netz, in dem sie sich verfangen hatte. Die Haut der Blase klebte an ihr und schien ihr am Hals die Luft abzudrücken. Ich zerrte an ihr, riss sie hoch aus dem Wasser und befreite sie von den Blasenresten, die sich anfühlten wie Gummi.

Lilonda schnappte nach Luft, während ich ihr half an das Ufer zu klettern. Sie war durchnässt bis auf die Haut und rieb sich das Wasser aus dem Gesicht. Ich setzte mich neben sie und seufzte.

»Mann, das hätte voll schief gehen können.« Ein leiser Vorwurf schwang in meiner Stimme. Dabei konnte Lilonda nichts dafür.

»Guck mal, da«, sagte Lilonda und zeigte auf das Wasser.

Ein Schatten glitt heran. Eine Undine! Erschrocken zog ich meine Füße ein, die das Wasser noch fast berührten. Und schon tauchte sie vor uns auf.

»Was tut ihr hier? Das Baden im Teich ist verboten.«

Sie war weiblich und sah verboten schön aus. Ein Blasenrest schwamm dicht an ihr vorbei. Und, Mist, sie bemerkte es und angelte ihn sich. Ihr Blick traf uns mit dunkler Wucht.

»Das werde ich melden.«

»Aber das ist doch gar kein Durchgang. Da kann man üben!«, begehrte ich auf.

»Bist du nicht Grete, die genau durch diesen Gang in unsere Welt gekommen ist?« Sie sah mich strafend an. Woher wusste sie, wer ich war? Ach ja, die Elementarwesen waren ja stets über alles informiert.

»Aber den gibt es doch nicht mehr. Die Wüstenstadt und alles hat man doch vernichtet«, verteidigte ich mich weiter.

»Die Wüstenstadt, natürlich. Und auch die Umleitung des Durchgangs dorthin, die dieser Japaner am Schluss fabriziert hatte. Aber nicht den Durchgang selbst.«

»Er führt immer noch zu mir nach Hause?« Hoffnung keimte in mir auf, aber auch Furcht.

»Es ist meine Aufgabe, ihn zu bewachen.«

Lilonda hielt den Kopf gesenkt, schien ihr Gesicht sogar ein wenig abzuschirmen und sagte die ganze Zeit nichts.

Die Undine wandte den Blick von mir ab und fixierte sie. Ihre Augen bekamen etwas Stechendes. Sie kam näher heran und stieg bis zur Hüfte aus dem Wasser. Ihre weißen Haare waren lang und hüllten ihre perfekte, feingliedrige Gestalt ein wie ein filigranes Kleid.

»Du bist Lilonda«, flüsterte sie ehrfurchtsvoll.

Lilonda drehte den Kopf weg und antwortete nichts.

»Du bist es. Und du bist ein Mensch.«

Lilonda ließ ihre Hände in den Schoß fallen und sah die Undine an.

»Minchin«, gab sie fast tonlos von sich.

Minchin? Die auch mal ein Mensch war und sich Kiras Typen gekrallt hatte, bevor man ihr das Herz rausoperierte, damit sie wieder eine Undine werden konnte? Marie hatte mir diese Geschichte während eines Seminars erzählt.

»Du bist ein Mensch und du willst …« Sie sprach nicht zu Ende, ihr war klar geworden, was wir vorhatten.

»Lilonda und Grete. Ich muss das melden.«

Minchin ging wieder ein paar Schritte tiefer ins Wasser. Lilonda sprang auf.

»Nein, Minchin. Bitte tu das nicht! Du weißt, was dann passiert. Ich werde vernichtet und Grete gelöscht. Du wolltest doch selbst mal ein Mensch sein. Du weißt, wie das ist!«

»Ich bin nicht mehr die, die ich einmal war«, antwortete Minchin ruhig. »Ich habe meine zweite Chance bekommen und ich werde niemanden enttäuschen. Zuletzt mich selbst.«

»Minchin. Dann gib auch uns eine zweite Chance! Bitte!«

Minchin warf Lilonda einen mitleidigen Blick zu und wollte sich abwenden, um wieder in den Tiefen des Teiches zu verschwinden.

»Minchin!« Lilonda versuchte sie erneut aufzuhalten, stürmte ins Wasser und packte ihren Arm. Mein Herz stockte. Das war gefährlich. Diese Minchin war eine Undine!

»Wir hatten doch früher zusammen davon geträumt, Menschen zu werden. Weißt du nicht mehr? Wir wollten dann Freundinnen sein und uns eine Wohnung teilen. Es tut mir leid, dass es bei dir nicht geklappt hat. Es tut mir so leid. Aber …«

Minchin stand regungslos da und sah Lilonda nicht an. Ich vergaß vor Aufregung zu atmen.

»Ein Mensch zu sein, ist dieses Verlangen jetzt wirklich komplett weg bei dir?«, bohrte Lilonda weiter.

Minchin entwand sich ihrem Griff und blitzte Lilonda wütend an. Okay, die Schlacht war verloren. Besiegt schloss ich die Augen. Alles, was ich gewonnen hatte, zerrann mir zwischen den Fingern. Ich hatte mich dümmer und leichtsinniger angestellt als ein Vorschulkind.

Doch dann horchte ich auf.

»Nein«, flüsterte Minchin. »Es ist nicht weg. Aber ich habe ein neues Herz und Verantwortung. Nie wieder werde ich um die Liebe eines Menschen kämpfen, damit ich selbst ein Mensch werden kann – weil er sterben muss, falls er aufhört, mich zu lieben. Das ist für immer tabu. Und einen anderen Weg gibt es nicht für uns Undinen.«

Sie sah Lilonda nachdenklich an. Die Frage, die sie bewegte, stand ihr ins Gesicht geschrieben: *Wie hatte Lilonda es geschafft, ein Mensch zu werden?*

»Doch, gibt es!«, frohlockte Lilonda. »Schau mich doch an!«

»Ich möchte in nichts reingezogen werden«, wehrte Minchin ab und ihre Stimme zitterte.

»Mein Vater und die Undinen haben mir ein zweites Mal ihr Vertrauen geschenkt. Das ist ein großes Glück. Es wäre das Schlimmste, es noch einmal zu missbrauchen.«

»Aber das tust du doch nicht! Um auf die Weise wie ich ein Mensch zu werden, musst du nichts Schlechtes tun«, platzte es aus Lilonda heraus und Minchin zuckte zusammen.

»Ich kann dich zum Menschen machen, Minchin. Ich besitze diese Fähigkeit. Und dafür könntest du uns durch den Durchgang lassen«, schaltete ich mich ein und klang dabei ruhig und bestimmt, obwohl alles in mir vor Aufregung vibrierte. Ich sah Minchin fest an.

In ihren Augen schien die Farbe zu wechseln. Über Lilondas Gesicht huschte ein Lächeln neuer Hoffnung.

»Überleg es dir, Minchin. Überleg es dir, bitte!«, bettelte Lilonda.

Minchin antwortete nicht und kaute auf ihren Lippen.

»Ich muss gehen«, presste sie nach einer Weile hervor, drehte sich um, verschwand in dem kleinen tiefen Gewässer und ließ uns in nagender Ungewissheit zurück.

Als ich das Haus von Kim betrat, hörte ich ihre Zimmertür leise ins Schloss klicken. Bestimmt hatte sie gehört, dass ich kam, ging mir aber lieber aus dem Weg. Mir sollte es recht sein.

Ich trollte mich mit meinen Essensvorräten von Else, die Lilonda und ich uns aufgeteilt hatten, sogleich in mein Zimmer. Auf dem Bett lagen neue Kleidungsstücke: ein Paar graue und ein Paar weinrote Röhrenjeans, ein kurzer, geringelter Rock, den man darüberziehen konnte, ein buntes Tuch für die Haare und ein paar Ringelshirts in allen möglichen Farben. Hm, das waren gute Sachen. Kim hatte neu für mich eingekauft. Sie konnte ziemlich blöde sein, aber dann wiederum tat sie so etwas. Hm … Ich räumte die Sachen in den Kleiderschrank und war ein wenig gerührt.

Auf dem Schreibtisch lag mein Seminarplan für die nächsten Wochen. Wie es aussah, sollten meine Tage voll werden. Ich schnappte mir den Zettel, setzte mich auf mein Bett und las: *Magische Geografie*, *Magische Geschichte*, *Magie der Physik*, *Kristallkunde*, *Pflanzenkunde*, *Elementarwesen* … Jeden Tag mindestens zwei Seminare, entweder bei Mitgliedern aus dem Rat oder bei Leuten, deren Namen ich noch nicht gehört hatte. Die pendelten wohl zwischen der magischen Blase und der Realwelt.

Zuerst machte ich mir Sorgen, weil ich doch noch so viel anderes vorhatte. Aber dann dachte ich: okay, vier oder sechs Stunden am Tag, Freitag nur zwei. Viel weniger als an meiner alten Schule. Mir blieb ausreichend Zeit. Gleichzeitig war ich gespannt auf die Fächer. Sie klangen bedeutend interessanter als am Gymnasium.

Wenn, ja *wenn* mir nicht vorher der Garaus gemacht wurde … Was würde Minchin tun? Hatte sie bisher dichtgehalten? Würde sie uns verraten? Oder war der Drang in ihr, ein Mensch zu werden, doch größer? Ich hoffte nichts mehr als das. Damit würde ich meinem Ziel, in die reale Welt zu gelangen, viel schneller näherkommen als gedacht.

Manometer, wenn ich mir das überlegte!

Zwei große, breite Wege taten sich vor mir auf: Entweder ich stand kurz davor, einen Exklusiv–Durchgang in die Realwelt zu bekommen – falls Minchin mitspielte. Oder ich würde bald nicht mehr wissen, dass es eine magische Welt gab, mich wieder durch die althergebrachte Schule quälen und zu allem Überfluss auch noch an Malariaanfällen leiden.

Fröstelnd zog ich meine Decke über die Schultern. Mir kam ein Gedanke. Vielleicht sollte ich doch eine E–Mail an meine Eltern und an Luisa schreiben. Wenn ich die Mails geschickt formulierte, könnten sie mir im Ernstfall vielleicht helfen, mich zu erinnern!

16. Kapitel

Magische Geografie war schon mal ein sehr interessantes Fach, das Marco aus dem magischen Rat unterrichtete. Einige Blasen der Welt lagen am magischen Meer, meist die, deren dazugehörige reale Orte oder Städte auch in der Wirklichkeit an einem Meer angesiedelt waren. Andere im Landesinneren. Im Grunde war die magische Welt eine Scheibe: In der Mitte das Meer, drumherum ein bisschen Land und an den Rändern des Landes begann die reale Welt. Trotzdem konnte man das nicht genau kartografieren. Man konnte nicht an den Rand gelangen und hinüberschauen. Das war wie mit meinem Lieblingsort. Er war eine Insel, aber stand ich vor dem Haus, führte kein Weg zum Himmel am Horizont, den ich von jedem Fenster aus sah, sondern hinein in den magischen Wald.

Auch die Abstände zwischen den Blasen am Meer ließen sich nicht genau definieren. Nicht mal, welche Blase neben welcher lag. Das war variabel, Leistungstests somit überflüssig, denn es gab kein klares Richtig oder Falsch. Im Grunde musste man sich ein eigenes Bild von der magischen Welt verschaffen, sich selbst wichtige Merkmale erschließen. Entscheidend war nur zu wissen, was es alles für magische Blasen gab, wie sie beschaffen waren, ihre Besonderheiten, wo sich die Durchgänge befanden, in welchen Relationen sie zueinander standen und später, in Pflanzenkunde, welche Pflanzen in welche magische Blase führten.

Während die anderen in die Cafeteria liefen, machte ich mich auf den Weg zu Pio. Ich besaß nur zwei Mitstudenten, die kurz vor mir in die magische Blase gelangt waren: Enyo und Clemens, beide waren neunzehn, aber sie kamen mir jünger vor. Vor ihrer Ankunft waren sie Spiele–Nerds gewesen. Ein bisschen wirkten sie, als bemerkten sie den Unterschied gar nicht, ob sie nun ein Online–Game zockten oder selbst in eine andere Welt geraten waren. Sie waren nett, aber mehr auch nicht.

Nach mir war noch niemand weiter in die magische Welt

gekommen. Meinetwegen konnte das so bleiben. Ich war nicht scharf auf viele *Mitschüler*.

Ich klopfte bei Pio. Er öffnete mir, begrüßte mich förmlich wie der Butler eines vornehmen englischen Anwesens und führte mich an einen Platz mit einem Computer. Nachdem er mir einen O–Saft gebracht hatte, setzte er sich an einen Schreibtisch neben mich und würdigte mich keines Blickes mehr. Er gab sich, als hätte er mich noch nie gesehen. Aber ich wusste ja, er war autistisch. Das hieß, in Wirklichkeit erinnerte er sich möglicherweise an jede einzelne Pore in meinem Gesicht.

Ich sah mich um und bewunderte die grandiose Sammlung von Murmeln, die er besaß. Besonders auffällig war die große, in einer Schale rechts neben mir.

»Ich rolle sie jeden Tag um siebzehn Uhr. Es ist die beste Murmel, die ich habe«, klang es monoton herüber, als könnte Pio meine Gedanken lesen.

»Ach so.« Ich verkniff mir ein Schmunzeln. Pio war auf jeden Fall cool, keine Frage.

Nachdenklich nippte ich an dem Orangensaft und starrte auf das Mail–Programm, das Pio für mich geöffnet hatte. Am besten gar nicht lange überlegen, sondern schreiben.

> Hallo Emma, hallo Viktor,
> ich musste weg. Ihr wisst beide, warum. Ich bin dickköpfig, eigenwillig, unerziehbar, stur ..., na ja, das alles ..., also, aber mir geht es gut. Endlich mal ... Und ...

Hm, wie sollte ich es formulieren, damit es für mich eine Erinnerung sein konnte, falls man meinen Kopf einer Gehirnwäsche unterzog?

> ... Mama, weißt du noch, Warrior Cats? Eine andere Welt. Wir haben uns immer vorgestellt, es würde sie geben. Mit den vielen Katzen und so. Und am liebsten hätten wir einen Bauernhof gehabt, voller sprechender Katzen in allen Farben. Also, ich bin jetzt in so einer anderen Welt – so kommt es mir vor ...

Nee, das sagte gar nichts … Das würde mir nicht auf die Sprünge helfen. Ich strich den Absatz wieder. Vielleicht sollte ich einfach schreiben, wie es ist. Die Wahrheit. Davon wurde allerdings strengstens abgeraten. Und so wie ich meine Eltern kannte, meine Mutter, die Träumerin, und meinen Vater, der immer nur in Romanen lebte, sie würden glauben, ich dachte mir das alles aus. So wie früher, wenn sie mich nach meinem Tag fragten und ich ihnen dann die absurdesten Märchen auftischte. Sie hatten immer mitgespielt und so getan, als wenn sie mir alles glaubten. Sie würden also ganz sicher keine Nachforschungen anstellen.

> … also, um es kurz zu machen: Ich lebe in einem magischen Wald, in dem es ständig Blüten regnet und die Dinge alle von innen leuchten; ich kann mich in Wolkenqualm auflösen und unter Wasser atmen und ich gehe sogar hier zur Schule und lerne lauter wichtige Dinge, die man am Gymnasium verpasst. Ich komme wieder, ganz bestimmt! Was ich mir von euch wünsche bis dahin, ihr wisst es.
>
> Ich vermisse euch.
>
> Grete

Und zwar, dass Viktor seine Leber nicht weiter mit literweise Rotwein ruinierte und dass Emma mal wieder ausmistete, nach zwanzig Jahren. Aber es war nicht nötig, das dazuzuschreiben.

Wehmut ergriff mich, als ich auf Senden klickte. In der letzten Zeit war ich meistens wütend auf meine Eltern gewesen, weil sie mir so lebensunfähig vorkamen, weil sie alles blockierten, sich selbst und mich. Ich hatte nur noch das Negative gesehen. Aber jetzt, wo ich mich an ihre Fantasie erinnerte, fiel mir auf, dass ich durch sie schon immer in einer besonderen Welt gelebt hatte, anders als andere halt, und viel bunter. Ohne sie wäre mein Lieblingshaus niemals eine mit Büchern vollgestopfte Villa Kunterbunt geworden.

Ich vermisste sie tatsächlich. Niemals hätte ich geglaubt, dass das so schnell passieren würde. Ach, ich wünschte mir, dass durch mein Verschwinden nicht noch alles schlimmer wurde, sondern dass es sie im Gegenteil aufrüttelte, irgendwas veränderte.

»Möchten Sie noch einen Orangensaft?«, riss mich Pio aus meinen Gedanken. Meinen ersten hatte ich nur zur Hälfte ausgetrunken, nickte aber. Sicher gehörte es zu Pios Zeitplan, mir ein weiteres Getränk zu servieren, und darin wollte ich ihn nicht verwirren. Bevor er den zweiten O–Saft brachte, trank ich meinen ersten schnell aus. Und dann machte ich mich an die Mail für Luisa.

> Hi Luisa,
> es tut mir leid! Wirklich! Ich habe gesagt, ich werde dich im Stich lassen. Na ja, und das war nicht nur so dahingesagt. Glaub mir, ich konnte es einfach nicht verhindern! Aber es hat nichts mit dir zu tun. Überhaupt nicht! Du musst mir glauben. Ich bin froh, dass ich dich kennengelernt habe. Und ich komme wieder, vielleicht schon bald …

Vielleicht schon bald? Bestimmt schon bald, aber entweder war ich dann ganz ich selbst oder konnte mich nicht mal mehr an unsere Freundschaft erinnern? Ich hatte keine Ahnung. Also schrieb ich:

> … Falls mit mir was komisch sein sollte, dann erzähle mir von früher, ja?! Und dass ich dir diese Mail geschrieben habe – aus einer »magischen Blase«, hihi …

Sollte ich das so schreiben? Solche Andeutungen machen? Machte das nicht eher alles schlimmer? Wenn, dann ja nur vorübergehend. Ich *würde* bald wieder in Berlin sein. Gewissheit durchströmte mich. Und dann konnte ich Luisa alles erklären.

> Nein, ich bin nicht verrückt geworden oder so. Ich bin nur gut drauf. Und ich vermisse dich! Bis bald! Grete

Senden, und erledigt. Nur nicht zu viel drüber nachdenken. Ich trank das zweite Glas Saft aus, verabschiedete mich von Pio, der mir auf keinen Fall die Hand geben wollte, und sackte ein paar Leckereien bei Else für Lilonda ein.

Ich würde sie ihr bringen, war aber diesmal fest entschlossen, Minchin danach allein aufzusuchen, ohne das Geplapper von Lilonda. Ich musste mit Minchin sprechen, sie irgendwie überzeugen, dass ihr Traum vom Menschsein nach wie vor in ihr schlummern musste.

***

Der Teich lag friedlich in der Sonne. Das Wasser plätscherte summend über den steinigen Untergrund. Blüten rieselten auf die glatte Wasseroberfläche und trudelten langsam in die Richtung, wo der Teich zu dem Fluss wurde, der auch an Neves Haus vorbeifloss.

»Minchin?«, rief ich. »Minchin? Bist du da?«

Ich versuchte den Pfeifton, mit dem man die Undinen rufen konnte, er war uns bereits im Seminar *Sprachen der Elementarwesen* vorgeführt worden, aber vergeblich, ich hatte ihn noch nicht drauf.

»Minchin?«, versuchte ich es noch einmal, indem ich lauter rief.

Keine Reaktion. Mist. Das war sicher kein gutes Zeichen. Ich kletterte die Böschung hinab und ließ mich ins Wasser gleiten, tauchte unter, staunte über das runde Gestein am Boden, das aussah wie eine Murmel–Landschaft, extra erschaffen für Pio, und schwamm mutig auf das blaue Schimmern in der Tiefe zu. Unglaublich, kurz dahinter lag der Keller meines Hauses, zum Greifen nah, aber ich durfte nicht hin!

»Stopp!«, rauschte es auf einmal an meinem Ohr. »Schwimm sofort zurück oder ich muss dir etwas antun.«

Ich wandte mich erschrocken um und schaute direkt in Minchins Gesicht, das in dem blauen Licht hier unten bedrohlich wirkte. Sofort machte ich kehrt und entfernte mich wieder von der Lichtquelle.

»Ich muss mit dir sprechen, Minchin.«

»Ich weiß.«

Ich verlangsamte meine Schwimmbewegungen und sah mich nach ihr um.

»Nicht hier, das Wasser hat Ohren«, raunte sie mir zu. Davon, dass man eine kleine Menge Wasser zu Eis gefrieren lassen und aus den Kristallen Gespräche, die unter Wasser geführt wurden, herauslesen konnte, hatte ich bereits in einem Seminar an der Akademie gehört. Wenn Minchin sich darum sorgte ... hieß das etwa ...?

Erwartungsvoll ruderte ich ans Ufer und kletterte die Böschung hinauf. Minchin folgte mir.

Sie führte mich hinter den Felsen, aus dem die Quelle sprudelte und wo mich Neve auf dem weichen Moos gefunden hatte.

Minchins Haar, ihr Gesicht und ihr Körper glitzerten in der Sonne, als würde sie aus Edelstein bestehen, während meine Kleidung staubtrocken war. Nur meine Haut fühlte sich frisch gewaschen wie nach einem Bad in der Badewanne an.

»Kannst du das aushalten, außerhalb des Wassers, in der Sonne?«, fragte ich besorgt.

»Einige Minuten, ja.«

Ich sah sie erwartungsvoll an. Sie schwieg und ich hielt das Schweigen einfach nicht aus.

»Du wirst uns nicht verpetzen. Bitte sag es.«

Minchin nickte langsam und mit jedem Millimeter ihrer Bewegung fielen LKW–Lasten von mir ab. Mein magisches Leben war also noch nicht vorbei.

»Ich möchte in Island leben«, sagte sie leise.

Wie jetzt, in einem Geysir, am Gletscher, im Eiswasser? Ich konnte mit ihrer Antwort nicht sofort was anfangen und schaute sie verwirrt an.

»Mein Vater hat einen Bildband von dem Land. Hat mal einer, der in den magischen Gewässern ertrunken ist, verloren. Ich schaue ihn mir schon so lange an. Es ist wie Heimat«, erklärte sie. Ich verstand immer noch nicht recht und fragte ängstlich:

»Als … Mensch?«

Werden und Vergehen lagen in ihrer Antwort darauf. »Natürlich, was sonst«, antwortete sie, wirkte aber bedrückt.

»Du willst also, dass …«

»Hast du Lilonda wirklich zum Menschen gemacht?«

»Ja, das habe ich!«

»Tut es weh?«

»Ach, was. Am Anfang ist es wie Muskelkater, aber der vergeht nach ein oder zwei Stunden!«

Ich war so erleichtert, ich wollte jubeln, schreien, springen. Aber ich durfte Minchin jetzt nicht verschrecken. Sie durfte es sich auf keinen Fall wieder anders überlegen.

»Und du bist am Anfang schwach, aber auch das gibt sich schnell. Lilonda war nach knapp zwei Stunden auf den Beinen und konnte loslaufen.«

Minchin sagte nichts. Kleine Wasserbäche rannen ihr über die Wangen. Oder …, o nein.

»Minchin, was ist? Weinst du?«

Sie wischte sich die *Tränen* ab.

»Undinen können nicht weinen, aber wenn ich könnte, würde ich. Ich werde meine Familie furchtbar enttäuschen. Zum zweiten Mal. Aber ich kann nicht anders. In meinem tiefsten Innern bin ich ein Mensch. Das geht auch durch das neue Herz nicht weg. Ich kann nichts dagegen tun.«

»Niemand kann gegen seine wahre Natur ankommen. Jeder muss seinem Stern folgen. Ich enttäusche meine Eltern auch dauernd. Aber was soll ich machen? Man ist, was man ist.«

Minchin beobachtete mich und nickte.

»Soll ich Lilonda herholen? Dann kann sie dir alles berichten; wie das ist mit der Verwandlung und so.«

»Schon gut. Selbst wenn es fürchterliche Schmerzen wären, ich habe mich entschieden. Schon gestern, als ich Lilonda sah. Im Grunde habe ich nie aufgehört, nach so einer Möglichkeit zu suchen. Ich konnte mich gut dahinter verstecken, dass es sie einfach nicht gab. Aber nun. Ich gebe zu, zuerst war ich deshalb sauer auf euch.«

Sie versuchte ein Lächeln.

»Du bist so schön, Minchin. Wie kann man nur so verdammt schön sein!«, entfuhr es mir. Dabei war ich normalerweise die Letzte, die solcherart Komplimente verteilte.

Minchin zuckte nur mit den Schultern.

»Darauf kommt es nicht an.« Sie befühlte besorgt ihre Arme. »Ich muss zurück ins Wasser.«

»Wann wollen wir es versuchen?«, fragte ich. Dabei fiel mir siedend heiß ein: »Aber es gibt ein Problem! Ich weiß noch nicht, wie ich Lilonda in die Realwelt bringen soll. Dass mit der Sauerstoffblase ...«

»... man muss es lange üben. Was euch gestern passiert ist, darf auf keinen Fall auf dem Weg durch den Durchgang geschehen. Dann ist Lilonda tot. Aber wenn man es so lange trainiert, bis man sich sicher fühlt ...«

»Und was ist mit dir?«, unterbrach ich sie.

»Du und ich, wir können die Verwandlung auch auf der anderen Seite vollziehen. Ich bin ja Element Wasser. Allerdings: Zuerst müssen wir herausfinden, ob du es durch den Durchgang schaffst.«

Minchin begab sich auf den Rückweg zum Teich. Ich folgte ihr aufgeregt.

»Warum sollte ich nicht? Gibt es noch mehr Undinen, die diesen Durchgang ...«

»Nein, nein. Aber du hast den Abschluss nicht. Ich weiß einfach nicht, ob es ohne Abschluss wirklich funktioniert. Oder besser gesagt, früher hat es nie funktioniert, aber inzwischen ist es aus unbekannten Gründen manchmal möglich.«

»Bei Kira hat's geklappt, als sie abgehauen ist.«

»Zum Beispiel. Aber sie ist auch …«

»Mehrfachbegabt, ich weiß.« Nervös strich ich mir eine Haarsträhne aus dem Gesicht. »Und bei Tim!«, fiel mir ein.

»Ja, das ist ein Fall, der mir Hoffnung macht. Er ist nicht mal magisch begabt.«

»Genau!«, frohlockte ich.

Minchin glitt in das Wasser, tauchte kurz unter und dann wieder auf. Gleich sah sie wieder viel frischer aus.

»Wir müssen es probieren, Minchin.«

»Okay, gut.«

»Heute Abend?«

»Ja. Aber lass uns mit meiner Verwandlung noch warten. So lange, bis die Geburtstagsfeier meines Vaters vorüber ist, in ein paar Tagen. Ich möchte ihn nicht vorher verlassen.«

»Okay, Minchin. Bis heute Abend, und ich habe dein Wort?«

»Hast du. Wenn ich deins hab?«

»Auf jeden Fall.«

17. Kapitel

Ich war nicht sicher, ob Kim zu Hause war oder nicht. Vorsichtshalber schlich ich mich leise aus dem Haus, noch ehe die Sonne vollständig hinter den Wipfeln der Bäume verschwunden war. Kim sollte keinen Verdacht schöpfen und mich nicht in der Dunkelheit das Haus verlassen sehen. Deshalb machte ich mich auf den Weg, während es noch hell war.

Mit einem leisen *Klack* schloss ich die Haustür und bekam fast einen Herzinfarkt, als ich mich umdrehte und Kim plötzlich vor mir stand.

»Gu…uten Abend«, stotterte ich und hätte mich am liebsten geohrfeigt, weil ich mit Sicherheit so wirkte, als hätte ich etwas zu verbergen. Meine Befürchtung spiegelte sich eindeutig in Kims Blick wider.

»Ich habe Abendessen von Else mitgebracht. Kohlrouladen und Kartoffeln.«

»Oh, schön, aber, ich habe schon gegessen.«

»So? Was denn?«

»Nur belegte Brote und Salat. Hatte ich noch vom Mittag übrig. Abends hab ich keinen großen Hunger.«

Kim nickte.

»Wohin gehst du jetzt noch?«

Mist, ich musste was sagen, irgendwas Glaubwürdiges. Kim war misstrauisch. Sonst hätte sie mir die Frage sicher nicht gestellt.

»Öh, muss ich das sagen? Also …«

»Es wäre mir sehr recht, weil es bald dunkel wird und …«

»… du mir nicht über den Weg traust«, beendete ich ihren Satz bockig, auch wenn das mal wieder frech war.

»Du bist jemand, der dazu Anlass gibt.«

Ihre geradlinige Antwort verblüffte mich. Blöde Kuh. Vor allem, weil sie recht hatte.

Ich seufzte entnervt und sagte:

»Okay, wenn du's unbedingt wissen musst. Aber es wird dir nicht gefallen.«

Ich machte eine kleine Pause und Kim wartete. Zur Hölle, auch wenn ich mich zum Affen machte, aber das würde meine Nervosität vielleicht hinreichend erklären und sie ablenken. Ich tat einen tiefen Atemzug und sagte: »Ich gehe zu Leo.«

Kim musterte mich, sagte aber nichts. Sah ich da etwa Mitleid in ihren Augen? Oder doch eher Eifersucht?

»Deine Beziehung zu ihm wird dich reifer werden lassen.«

So wie dich?, lag mir auf der Zunge. Aber ich verkniff es mir.

»Danke für die Prophezeiung«, antwortete ich und ging an ihr vorbei.

War doch gut gelaufen. Falls ich es nicht schaffte, rechtzeitig vor Mitternacht heimzukehren, würde sie glauben, ich wäre bei Leo geblieben. So was konnte schließlich passieren. Das gäbe zwar auch Ärger, aber lange nicht so großen, wie wenn die Wahrheit ans Licht käme. In dem Fall musste ich nur Leo dazu kriegen dichtzuhalten.

Diesmal wartete Minchin bereits auf mich. Sie stieg sofort aus dem Wasser, als ich hinter dem Hügel auftauchte, sah sich nervös nach allen Seiten um und zog mich dann hinter den Hügel auf das Moos.

»Pass auf. Hör gut zu. Ich erkläre dir das Wichtigste hier«, begrüßte sie mich. »Du willst doch immer noch versuchen, ob du es durch den Durchgang schaffst, oder?«

Offenbar hatte sie jetzt Angst, dass ich kneifen würde.

»Ja klar, deshalb bin ich hier.«

Ich sah die Sorge in ihrem Gesicht, dass es schiefgehen könnte.

»Wenn mir was passiert, dann ist das nicht deine Schuld, klar, Minchin?«, gab ich sicherheitshalber hinterher und merkte, wie meine Aufregung wuchs.

Minchin sagte nichts dazu und fuhr fort, während sie ihr Gesicht immer wieder mit Wasser einrieb, das sie aus ihrem fein gesponnenen weißen Gewand wrang.

»Heute Nacht ist ein guter Zeitpunkt. Sulannia benutzt den Wasserdurchgang manchmal, um die Bauarbeiten im Haus am Wetterplatz zu beaufsichtigen ..., sie ist vorhin gerade erst zurückgekehrt und wird vor morgen nicht wieder herkommen.«

»Bauarbeiten?«

»Ja. Der Rat hat doch das Haus gekauft und sie bringen nun alles in Windeseile in Ordnung.«

Mein Haus wurde saniert. Vom Rat. Das war ja wundervoll.

»Jedenfalls«, fuhr Minchin eilig fort, »du musst auf das blaue Licht zuschwimmen. Es ist immer vor dir. Und wenn es auf einmal hinter dir ist, dann wirst du die Mauer unter Wasser vor dir sehen, die …«

»Ja, ich kenne sie bereits. Ich habe den Durchgang doch schon passiert. Mir ist bekannt, dass die Mauer an einer bestimmten Stelle nur eine Illusion ist. Auf die muss man zuschwimmen und dann *mit dem Kopf durch die Wand*.«

Ich grinste, aber Minchin war zu aufgeregt, um mein Wortspiel zu erfassen.

»Okay. Aber was du noch nicht weißt: Der Ausgang in den Keller ist inzwischen zugemauert. Man kann vom Hausflur aus nicht mehr hineingelangen, und eben auch nicht hinaus.«

»Zugemauert?«

»Eine Schutzmaßnahme des Rates. Sie haben überlegt, den Durchgang zu zerstören, aber zu viele Fragen sind noch offen darüber, wie er überhaupt entstehen konnte. Also haben sie ihn zunächst nur gesichert.«

»Verstehe.«

»Du musst aus dem Wasser steigen und geradeaus gehen, bis zum ehemaligen Ausgang und dann weiter.«

»Weiter? Wie, weiter.«

»Es gibt einen neuen Tunnel. Du wirst ihn sehen. Dem musst du folgen, bis du an ein Gitter gelangst. Sieht aus wie ein Gitter zur Kanalisation und befindet sich an einem Gefälle. Es hat ein Kettenschloss. Eins der Glieder lässt sich öffnen. Ich hab keine Ahnung welches, ich war noch nie dort. Aber ich habe Sulannia davon sprechen gehört. Du musst es rausfinden.«

»Das werde ich schon. So lang wird die Kette ja nicht sein.«

Minchin seufzte.

»Ach, Grete, du bist so mutig. Ich wünschte …«

»Komm schon, du bist genauso mutig. Einfach nicht dran denken, was alles passieren könnte. Sonst traut man sich nie was.«

»Ich muss ins Wasser.«

Minchins Wangen waren schon faltig und ihr Gewand trocknete und gab kein Wasser mehr her.

»Okay, dann los. Lass es uns versuchen.«

Wir schlichen zum See. Inzwischen senkte sich die Nacht über den magischen Wald und nur das Licht unserer Augen zeigte uns den Weg.

Minchin stieg in den Teich, und ich folgte ihr.

Bevor wir abtauchten, sah Minchin mich ernst an.

»Versuch umzukehren, wenn du dich nicht gut fühlst, versprichst du mir das?«

»Ja, verspreche ich.«

»Wann wirst du zurück sein? Ich muss es wissen, damit ich mir keine Sorgen mache.«

»Spätestens kurz vor Mitternacht. Sonst wird Kim unruhig.«

»Psst, sprich keine Namen aus!«

»Sorry.«

»Du darfst mit niemandem drüben reden, den du kennst. Und niemand von denen darf dich sehen. Versprich es!«, verlangte Minchin.

Hm, meine Eltern, Luisa ... Aber Minchin hatte recht. Das war alles viel zu gefährlich. Zumindest, wenn die Zeit so knapp war. Ich musste aufs Wochenende warten. Heute würde ich erst mal versuchen, diesen Jerome im Krankenhaus zu finden. Er war die einzige Spur zu Leo in der Realwelt. Ich war gespannt, wie mehr oder weniger harmlos er auf mich wirken würde. Vielleicht konnte ich ihn unter irgendeinem Vorwand ansprechen, irgendwas herausfinden. Beispielsweise wo Leo wohnte.

»Ich begleite dich bis zu der Mauer. Ab da wird es kritisch. Entweder, du kommst durch oder nicht. Im schlimmsten Fall bleibst du drin stecken. So war es früher an den Durchgängen. Irgendwas hält Unbefugte fest. Wenn du nicht loskommst, ertrinkst du.«

»Ich werde durchkommen«, sagte ich entschlossen, auch wenn sich mir gerade die Nackenhaare aufstellten. Nein, Quatsch, irgendwie wusste ich, dass es klappte. Es musste klappen. Immer, wenn ich unbedingt was wollte, hatte es funktioniert. Das war bei mir so, beschloss ich, und tauchte unter.

Wir glitten auf das blaue Licht zu, Minchin lautlos wie ein Schatten neben mir. Es wurde heller und heller und begann zu blenden.

Plötzlich verschwand es, als hätte es jemand ausgeschaltet. Doch einen Augenblick später leuchtete das unheimliche Blau hinter uns wieder auf. Langsam tauchte die Kellermauer vor uns auf wie die Längsseite eines untergegangenen Schiffes.

Minchin nickte mir zu und hielt gleichzeitig den Zeigefinger auf ihre Lippen. Verstanden, das Wasser hatte Ohren. Ich formte mit Zeige– und Mittelfinger ein V und begann, die Mauer abzutasten. Jetzt nicht nachdenken oder gar zweifeln. Ich konzentrierte mich ganz auf meine Aufgabe, die Stelle zu finden, die nur aussah wie Mauerwerk, obwohl die Mauer perfekt und unverwüstlich wirkte.

Ich befühlte die Steine. Sie waren sehr kalt und glitschig. Mist, ich konnte die Stelle nicht finden. Es musste noch irgendeinen Trick geben. Ich versuchte mich an meine Reise hierher zu erinnern, die Details! Irgendwie war es wie in Trance passiert. Genau, das war vielleicht die Lösung.

Ich schloss die Augen und glitt an der Mauer entlang. Fühlte sie mit den Händen, den Armen, dem ganzen Körper. War da was uneben? Langsam bewegte ich mich ein Stück zurück und versuchte, etwas in der Mauer zu erkennen. Sah es nicht so aus, als würden die Steine sich im Wasser bewegen? Ich ballte meine Hand zur Faust und stieß sie gegen die Stelle. Tatsächlich, meine Faust *schlug* durch die Steine und mein Arm verschwand darin. Ich zog ihn zurück, fixierte den undichten Bereich und entfernte mich ungefähr einen Meter von der Mauer. Dann tat ich einen kräftigen Schwimmstoß, mit dem Kopf voran, die Arme dicht am Körper. Entweder ich würde von der Aktion ohnmächtig werden oder ich kam durch.

Doch nichts bremste meinen Schwung ab, ich hielt die Augen geschlossen und tat weitere Schwimmzüge. Mir war etwas schwindelig, aber das konnte auch die Aufregung sein. War ich durch? War ich etwa durch? Und wenn nicht? Es half nichts. Ich musste die Augen öffnen.

Wow, die Mauer lag tatsächlich hinter mir. Erleichtert schwamm ich weiter und spürte bald Boden unter den Füßen. Die Steine des Kellers, mit denen er gepflastert war. Ich stolperte aus dem Wasser und hielt mich an einem Pfeiler aus Ziegelsteinen fest. Wahnsinn, ich hatte es geschafft! Es hatte funktioniert! Ich war zu Hause!

Mit meinen Sachen war ebenfalls alles in Ordnung, trocken und unauffällig. Ich trug einige von den neuen Klamotten, die Kim mir hingelegt hatte.

Mir wurde seltsam zumute, als ich den zugemauerten Kellereingang erreichte. Ich befühlte das frische Mauerwerk. So nah waren mein Zimmer, meine Eltern und alles Vertraute der letzten sechzehn Jahre. Aber ich konnte nicht hin, noch nicht.

Ich wandte mich ab und spähte in den neu gegrabenen Tunnel vor mir. Er sah sehr sauber und akkurat aus. Wahrscheinlich war hier in der Eile jemand mit besonderen Erd–Fähigkeiten am Werk gewesen.

Ich musste gebückt gehen, um ihn zu passieren, und eine ganze Weile laufen. Wie lang war er? Ich schätzte ihn auf mindestens einen halben Kilometer.

Vor mir erschien ein rundes Fenster mit Tageslicht. Natürlich, in Berlin war es bereits wieder Tag, zwölf Stunden später. Ich staunte nicht schlecht, als ich das Kanalgitter erreichte und feststellte, dass es sich an einer Böschung zur S–Bahn befand, die hier tief unten eingebettet fuhr. Allerdings war es gut versteckt unter einer Brücke und hinter dichtem Gestrüpp. Trotzdem musste ich vorsichtig sein.

Die Kette besaß viel mehr Glieder, als ich gehofft hatte, vielleicht zweihundert? Man hatte sie mehrmals um die Gitterstäbe gewickelt. Ich befühlte eins nach dem anderen und hoffte inständig, das richtige nicht zu übersehen. Zwischendrin wurde ich unruhig. Mir lief die Zeit davon. Ich wollte noch nach Neukölln!

Endlich! Endlich hatte ich Glück. Das präparierte Glied besaß ein fast unsichtbares Scharnier, das man leicht nach außen drehen konnte und schon ließ sich die Kette lösen. Ich hatte mitgezählt: Vom Kettenschloss aus nach links war es das sechsundfünfzigste Glied. Das musste ich mir merken.

Ich öffnete das Gitter und verschloss es wieder sorgsam.

Dann kletterte ich die Böschung hinauf und lief zum nächsten S–Bahnhof, Schönhauser Allee. Die Ringbahn fuhr ein und ich stieg zu, inbrünstig hoffend, dass mich kein Fahrkartenkontrolleur rankriegte.

Ich beobachtete die Bahnhöfe und zählte die Stationen. Mir war kalt, ich hätte eine wärmere Jacke gebrauchen können, aber so was besaß ich gar nicht in meinem neuen Kleiderschrank.

Unwirklich zog die altbekannte Welt an mir vorbei. Ich fühlte mich wie eine Außerirdische, die nun wusste, dass das langst nicht alles in dieser Stadt war, was es gab. Endlich fuhr die Bahn im Bahnhof Neukölln ein und ich stieg aus.

Jemand zeigte mir den Bus, der mich zum Krankenhaus brachte. Der Busfahrer interessierte sich zum Glück nicht für meine Fahrkarte, die ich mir am Bahnhof aus einem Papierkorb gefischt hatte. Während ich meinem Ziel näher kam, grübelte ich, was ich tun würde? Wie sollte ich vorgehen? Einfach mal reinspazieren bei diesem Jerome? Schließlich kannte er mich nicht. Und wenn Leo da war? Der würde Augen machen. Nee, der würde mich wahrscheinlich sofort verpetzen.

Ich passierte das Eingangstor und fragte in der Empfangshalle am Tresen nach der Station, auf der dieser Doktor Labot arbeitete, der sich um Gelöschte kümmerte. Neve hatte seinen Namen einmal erwähnt. Die junge Mitarbeiterin gab mir freundlich Auskunft und beschrieb den Weg.

Ich würde zuerst die Örtlichkeiten checken, dann würde mir schon irgendwas einfallen.

18. Kapitel

Überall befanden sich Hinweisschilder, die mich zur Station für innere Medizin, Doktor Labot, Haus 2, 4.OG führten.

Ich trat durch die Schwingtür zur Station und sah mich mit einem langen Flur, von dem links und rechts unzählige Türen abgingen, konfrontiert. Wenn jetzt Leo um die Ecke geschossen kam, würde ich ihm nicht ausweichen können.

Hm, wie sollte ich herausfinden, wo Jerome lag? Ich könnte im Schwesternzimmer nachfragen, aber ich wollte keine Aufmerksamkeit auf mich ziehen. Meine Idee, hierherzufahren, kam mir inzwischen ziemlich unüberlegt vor.

Wie auch immer, ich würde einfach in jedem Zimmer nachsehen.

Ich öffnete die erste Tür, spähte hinein und entdeckte zwei Frauen in zwei Betten. Die eine schlief, die zweite sah mich verdutzt an. Ehe sie etwas sagen konnte, schloss ich die Tür wieder und machte mich auf zur nächsten.

Überall traf ich auf Zwei– oder Vierbettzimmer. Würde Doktor Labot magische Leute mit normalen Leuten zusammenlegen? Eigentlich doch nicht. Ich musste die Einzelzimmer finden.

Im nächsten Raum platzte ich in die Morgenvisite. Mist. Acht oder zehn weiße Kittel verdeckten die Betten und drehten sich nach mir um.

Ein junger Arzt musterte mich und sagte herrisch: »Besuche bitte erst nach der Visite.« Dann wandte er sich wieder dem Patienten zu.

Eigentlich hätte ich dem eingebildeten Weißkittel gern was zurückgeschleudert, aber ich murmelte nur Entschuldigung. Wichtiger war es, nicht aufzufallen.

Als ich die Tür wieder hinter mir schloss und mich umdrehte, blieb fast mein Herz stehen. Ein Typ war in der Zwischenzeit an dem Zimmer vorbeigegangen – hochgewachsen mit schulterlangen schwarzen Haaren, dunkelgrauen Röhrenjeans und Lederjacke. Leo!

Ich drückte mich an die Wand und betete, dass er mich nicht

bemerkte. Er lief bis zum Ende des Ganges, öffnete die vorletzte Tür auf der rechten Seite und verschwand darin.

Puuh, das war knapp gewesen. Aber auch gut so. Nun wusste ich, wo ich hinwollte.

Zimmer 433 stand auf der Tür, in der Leo verschwunden war. Daneben waren noch zwei Türen, Toiletten für Besucher, Damen und Herren. Praktisch. Da drin konnte ich mich zur Not verstecken. Gegenüber befand sich eine Tür ganz ohne Aufschrift. Ich warf einen Blick zurück in den Flur – jeden Moment konnte die Visite–Truppe erscheinen und in das nächste Krankenzimmer wandern – und drückte die Klinke runter. Eine Kammer mit Putzzeug – und blaue Putzkittel. Noch besser. Ich schlüpfte hinein und zog mir einen der Kittel über. Dazu schnappte ich mir einen Eimer und einen Wischmopp. Na ja, die Verkleidung war nicht perfekt, aber auf den ersten Blick konnte sie vielleicht helfen.

Ich verließ die Kammer wieder und sah die Visite auf mich zukommen. Geschäftig verschwand ich mit meinem Eimer in der Toilette gegenüber. Mein Herz hämmerte wie wild. Irgendwie lag mir das überhaupt nicht, hier wie in einer schlechten Soap herumzuspuken.

Vorsichtshalber schloss ich mich in einer Kabine ein, falls doch einer Verdacht schöpfte und nachschauen kam.

Angespannt lauschte ich. Nix. Oder – Moment – doch! Ich hörte Stimmen. Leise, gedämpft, aber zu verstehen. Als flüsterten sie durch den Spülkasten.

Ich trat näher an die Wand. Die Stimmen wurden deutlicher. Sehr deutlich sogar. Das konnte doch nicht sein! Gab es hier ein Loch in der Wand, ein fehlendes Rohr an der Decke oder so was? Ich schaute nach oben, aber da war nichts als weiße Wand. Dann fiel es mir ein. Die Fähigkeiten! Inzwischen konnte ich besser im Dunkeln sehen als eine Katze. Und das mit dem Hören war mir auch schon aufgefallen. Mein Gehör hatte sich zu einem übermenschlich guten Instrument entwickelt. Neve hatte mich darauf vorbereitet. Nur jetzt erst fiel es mir richtig auf.

Behutsam legte ich mein Ohr an die Wand und vernahm Leos dunklen Bass. »Wie geht's dir heut, Jerome?«, fragte er. Okay, da drinnen war also dieser Jerome.

»Komm her, mein Junge, leg deine Stirn noch mal an meine. Ich will mehr über meine Vergangenheit erfahren. Es tut so gut, sich zu erinnern, zu wissen, dass dieses Siechtum hier einen tieferen Sinn hat«, antwortete Jerome mit einer tiefen und rauen Stimme, als wäre er stark erkältet. Wahrscheinlich war sein Hals trocken und wund vom Fieber.

»Ich weiß nicht. Es ist wie mit der Büchse der Pandora. Manche Dinge sollte man ruhen lassen, glaub mir. Alles ist nicht umsonst geschehen. Es ist zu deinem Besten.« Leos Stimme klang belegt.

»Leo, mein Lieber, die Büchse ist bereits geöffnet, um bei deinem Bild zu bleiben. Dass du es vermagst, mir meine Erinnerungen zurückzugeben, ist wunderbar und zeigt, dass sich die Dinge wandeln. Der Mensch ist nichts ohne seine Vergangenheit, gar nichts. Und sei sie noch so finster.«

»Ich weiß …«

»Niemand muss davon erfahren. Das weißt du ebenfalls.«

»Ich befürchte nur, alles könnte so werden wie früher. Aber das darf es nicht.«

Jerome lachte ein tiefes, ungesund klingendes Lachen. Dabei schüttelte ihn ein Hustenanfall. Er rang nach Atem, dann kam er wieder zu Wort.

»Du warst lernfähig. Warum sollte ich es nicht sein?«

Beide schwiegen. Vielleicht lächelten sie sich an.

Krassomat! Das war es also. Wenn ich richtig gehört hatte, besaß Leo die Fähigkeit, Jerome – diesem gefährlichen Typen – die Erinnerung zurückzugeben! O Mann, wenn der sich erinnerte … Das konnte doch nichts Gutes bedeuten. Wie konnte Leo diesem Typen nur vertrauen?

»Okay«, sagte Leo.

Erneut folgte Schweigen. Vielleicht legten sie jetzt ihre Stirnen aneinander. Verdammt, warum konnte ich sie nicht sehen!

Die Tür zur Toilette öffnete sich. Ich vernahm schlurfende Schritte. Doch nicht jetzt! Dann schloss sich jemand in der Toilette neben mir ein, pinkelte laut und drückte die Klospülung. Dazu wurde ein paar Sekunden später der Wasserhahn am Waschbecken aufgedreht. Ich presste mein Ohr an die Wand, aber die Geräusche um mich herum übertönten die Stimmen von nebenan. Endlich fiel die Tür wieder ins Schloss und die Person war weg.

Stille. Hatten sie aufgehört zu reden?

»Ich war also in diesem Rat und hatte Erdfähigkeiten.«

»Ja.«

»Und sie haben alle gelöscht? Alle, an die ich mich erinnere?«

Keine Antwort. Wahrscheinlich bestätigte Leo das mit einem

Kopfnicken.

»Die Akademie und der magische Wald. Ich sehe alles wieder vor mir. Schön ist es da.«

»Das ist es«, antwortete Leo.

»Ich möchte dort sehr gerne einmal wieder hin.« Jerome klang traurig.

»Ja«, sagte Leo nur.

»Vielleicht gibt es irgendwann eine Möglichkeit.«

»Ja«, wiederholte Leo. »Erst mal musst du aber wieder gesund werden.«

»Ich glaube, das werde ich. Weil ich mich erinnere.«

»Ich weiß.«

Jetzt schwiegen sie erneut. Ich hörte Papier knistern. Dann goss jemand Flüssigkeit ein. Bald darauf folgte das Klappern von Besteck. Jerome schien zu frühstücken.

»Was sagt Doktor Labot?«, fragte Leo.

»Für dieses Mal bin ich über den Berg. Das Fieber wird nicht wiederkommen. Noch drei oder vier Tage, dann kann ich nach Hause. Der Frühling kommt. Im Frühling möchte man nicht im Krankenhaus liegen.«

»O nein, wahrlich nicht.«

Langsam machte ich mir Sorgen um die Zeit. Bis Mitternacht musste ich es zu Kim schaffen und ich hatte keinen Schimmer, wie spät es war. Zehn oder schon elf? Gleichzeitig wollte ich wissen, was die beiden weiter redeten. Andererseits: Das Wichtigste hatte ich rausbekommen. Jerome erinnerte sich und Leo verhalf ihm dazu. Nur langsam kam bei mir an, wie weitreichend diese Erkenntnis war.

Wieder ging die Tür zur Damentoilette. Mädchengekicher erscholl. Das Klo neben mir wurde erneut besetzt und gleichzeitig an meiner Tür gerüttelt. Ich spülte und verließ meine Kabine. Das Mädchen war vielleicht zwölf und sah mich gar nicht an, als es meine Kabine stürmte und hinter sich abschloss.

Ich wusch mir pro forma die Hände und spähte hinaus auf den Gang. Der Visite–Pulk stob gerade ab in die entgegengesetzte Richtung. Bei Jerome waren sie gar nicht vorbeigekommen. Darum kümmerte sich Doktor Labot wohl allein. Wahrscheinlich gab es hier einige Eingeweihte. Musste ja so sein.

Eines der Mädchen stellte sich ans Waschbecken und wusch sich die Hände.

»Weißt du, wie spät es ist?«, fragte ich es.

»Warte.« Es trocknete sich die Hände mit einem Papiertuch ab und zückte ein Smartphone. »Halb zwölf.«

Mist, das war spät! Bis zwölf würde ich es nicht mal zu Minchin schaffen. Ich bedankte mich und eilte auf den Flur – nur um sofort in der Putzkammer gegenüber zu landen. Denn im selben Moment öffnete sich auch die Tür zu Jeromes Krankenzimmer und Leo erschien. Leo schaute kurz rüber, aber nahm mich nicht wirklich wahr. Dann machte er sich auf den Weg, den langen Gang entlang. Wo ging er jetzt hin? Nach Hause? Wo wohnte er in der realen Welt? Ob es mir gelang, ihm zu folgen? Uhrzeit hin oder her. Ich musste es wissen.

Ich entledigte mich meines albernen Kittels und spähte hinter der Tür hervor, bis Leo durch die Schwingtür war. Draußen sah ich ihn gerade noch über den Vorhof des Krankenhauses eilen und dann um die Ecke verschwinden. Ich rannte ihm hinterher. Vielleicht war es ja auch egal, ob er mich sah. Am besten, ich stellte ihn gleich. Jetzt konnte mir nichts mehr passieren. Er musste mein Geheimnis hüten, dass ich mich verbotenerweise in der Realwelt herumtrieb, weil ich sein Geheimnis kannte.

Leo lief nicht zur Bushaltestelle. Er nahm einen anderen Weg. Ein U–Bahnhof kam in Sicht. Leo sprang eilig die Treppen hinunter. Ich beschleunigte meine Schritte. Doch unten auf dem Bahnhof hatte ich Pech. Trauben von Menschen drangen aus einem Zug, der gerade eingefahren war. Ich konnte nicht sehen, ob Leo einstieg oder nicht. Dann schlossen sich die Türen und die U–Bahn fuhr los. Die Menschenmenge auf dem Bahnsteig löste sich auf. Von Leo keine Spur. Ich hatte ihn verloren. Mist! Aber vielleicht war es auch besser so. Die Bahnhofsuhr zeigte bereits dreizehn Uhr. Ich würde viel zu spät zurückkehren. Wahrscheinlich machte sich Minchin schon Sorgen.

***

Eine feingliedrige Hand packte mich, gleich, nachdem ich durch das Loch in der Mauer getaucht und an dem blauen Licht vorbeigeschwommen war, und zog mich energisch ans Ufer. Minchin hatte wütend die Augenbrauen zusammengezogen und hielt gleichzeitig den Zeigefinger auf dem Mund.

Hinter dem Hügel ließ sie ein Donnerwetter auf mich los und zischte:

»So lange! Bist du verrückt? Du warst viel zu lange weg. Dachte schon, alles wäre schiefgegangen. Mann, dann hätte dich Sulannia gefunden und alles wäre aufgeflogen. Ich war kurz davor, meinen Vater einzuweihen, damit …«

»Was? Deinen Vater?«, rief ich erschrocken.

»Pssst!«, machte Minchin und hielt ihre kleine Hand auf meinen Mund. Ich zuckte zurück, weil sie so kalt und glitschig war.

»Du bist zwei Stunden zu spät! Wie willst du das Kim erklären? Was ist passiert? Was hast du gemacht?«

»Nun gib doch mal Ruhe und lass mich erzählen! Ich komm ja überhaupt nicht zu Wort!«, verteidigte ich mich.

Minchin seufzte.

»Zunächst mal, ich bin doch wieder da und alles ist super gelaufen.«

»Ja?«

»Ja, warum auch nicht?«, brauste ich noch einmal auf.

»Psst!«, ermahnte mich Minchin erneut.

»Schon gut. Es tut mir leid. Ich weiß, dass du dir Sorgen gemacht hast. Aber du glaubst nicht, wie wichtig es wahrscheinlich für uns alle ist, was ich herausgefunden habe.«

Ich erzählte Minchin, wie alles abgelaufen und hinter welche Ungeheuerlichkeiten ich gekommen war. Sie folgte meinen Erzählungen mit großen Augen und der Hand vor den Mund.

»Auweia. Er erinnert sich? Bist du sicher?«

»So sicher wie … Meine Güte, ich hab dir doch eben alles erzählt, was dieser Jerome gesagt hat. Das denke ich mir nicht aus.«

»Ich weiß, ich kann's nur nicht fassen.«

»Ja, ich auch nicht.«

»Was tun wir jetzt?«

»Erst mal: Also, das mit dem Durchgang klappt. Jetzt ist es an dir, wann ich dich verwandle. Allerdings muss erst Lilonda drüben sein. Sobald sie merken, dass du weg bist, gibt es sicher einen neuen Aufpasser hier.«

»Ja, aber … Was wird Jerome tun? Ich meine, ich kenne ihn. Unvorstellbar, dass er nicht wieder etwas im Schilde führt. Ich glaube, wir sollten den Rat informieren«, überlegte Minchin.

»Nein!«, schoss es aus mir heraus, obwohl ich noch nicht genauer darüber nachgedacht hatte. »Nicht den Rat.«

»Aber warum nicht? Nur er kann was tun!«

»Weil …«

Ich überlegte. Weil ich das allein mit Leo ausmachen wollte. Weil ich nicht wusste, was sonst mit ihm passierte. Weil … ich nicht bestraft werden wollte.

»… so ein Gefühl. Vielleicht später. Aber zuerst will ich mit Leo reden.«

»Okay. Aber beeil dich damit. Wer weiß …«

»Noch liegt Jerome im Krankenhaus. Und wenn er rauskommt, wird er auch nicht gleich eine Armee haben, die durch die Durchgänge schreitet und alle vernichtet.«

»Nein, das natürlich nicht. Aber …«

Minchin befühlte ihre Wangen, die schon wieder ganz knittrig waren.

»Ich muss zurück ins Wasser.«

»Und ich zu Kim, und zwar mit 'ner guten Ausrede. Ich komme morgen mit Lilonda her. Dann üben wir das mit der Luftblase und überlegen weiter, okay?«

»Okay.«

Mehr sagte Minchin nicht und trollte sich schnell zurück in ihr Element. Im Mondlicht, das durch die Bäume schimmerte, wirkte sie wie ein Geist.

Ich konnte nur eins hoffen: dass sie weiter dichthielt.

Das Haus von Kim lag völlig in der Dunkelheit. Hoffentlich schlief sie längst und bemerkte nicht, dass ich ein wenig zu spät nach Hause kam.

Ich schlich durch die Wohnküche auf die Treppe zu und bekam einen mörderischen Schreck, als sich ihre Stimme donnernd aus der Couchecke erhob.

»Hier scheint es jemand drauf anzulegen, Ärger zu bekommen!«

Kim erhob sich und sah mich strafend an. Ihre Augen blitzten in der Dunkelheit.

In mir ging es drunter und drüber. Ärger, nur weil ich zu spät kam oder weil sie irgendwas rausgefunden hatte? Aber so schnell? Ich sah ihr Buch der Bücher schwach leuchtend auf dem Tisch liegen. Sie hatte gelesen. Das war vielleicht ein gutes Zeichen. Ich ging aufs Ganze.

»Mann, Kim. Entschuldige, ich … Mann! Was soll ich denn sagen?« Ich zappelte herum wie ein doofer Teenager. »Okay. Leo hat mich flachgelegt. Das kann man nicht genau timen! Sorry!«

Ich versuchte, ihrem Blick standzuhalten. Ihre Augenlider

zuckten. O Mann, ich war mies. Ich fand Kim nicht grad großartig, aber ich wollte sie auch nicht dauernd mit der Leo–Geschichte verletzen! Mir fiel nur auf die Schnelle nix Besseres ein, um sie von der eigentlichen Wahrheit abzulenken.

Über Kims Gesicht huschten mehrere Gesichtsausdrücke, die zu unterschiedlichen Antworten gepasst hätten. Im ersten Moment wollte sie was Beleidigendes sagen, da war ich mir sicher. Aber sie schaffte es, sich zusammenzureißen. Als Zweites lag ihr eine Strafe auf der Zunge. Aber auch das kam wahrscheinlich zu blöd. Schließlich sagte sie ruhig, aber eiskalt:

»Geh schlafen und sei morgen pünktlich zur Versammlung auf dem Akademieplatz. Die Betonung liegt auf pünktlich! Gute Nacht.«

Kim drehte sich um und verschwand in ihrem Zimmer.

Mist, diese Versammlung! Die hatte ich ganz vergessen. Eigentlich wollte ich zu Lilonda, ihr Frühstück bringen und mich mit ihr für den Abend am Teich verabreden. Meine Seminare fingen erst um zwölf an. Aber nun war bereits um neun diese dämliche Versammlung und sollte drei Stunden gehen. Lauter Leute aus anderen europäischen Blasen waren eingeladen und jeder musste dabei sein. Alle Unregelmäßigkeiten in der magischen Welt sollten zusammengetragen, von Pio aufgezeichnet und später ausgewertet werden. Nicht nur in Berlin hatte es trotz der Entdeckung der Wüstenstadt und dem Unschädlichmachen des Japaners weitere Veränderungen gegeben. Auch in anderen magischen Blasen ereigneten sich unklare Phänomene.

Ich würde es bis abends nicht zu Lilonda schaffen. Hoffentlich hielt sie das aus bei ihrem ständigen Hunger. In Menschen verwandelte Elementarwesen verdrücken so viel wie fünf Bauarbeiter zusammen.

Vielleicht, fiel mir ein, hatte die Versammlung auch ihr Gutes. Wahrscheinlich war sie nämlich auch für Leo Pflicht. Das hieß, er würde in der magischen Blase auftauchen, sodass ich versuchen konnte, ihn in einem günstigen Moment abzupassen, um mit ihm zu sprechen.

Teil II

19. Kapitel

Schon auf dem Weg zur Akademie war klar, dass heute etwas anders war. Der Wald wurde bevölkert von fremden Leuten, die die Wege entlangkamen oder einfach aus dem Dickicht traten, je nachdem, wo ihre Reisekräuter wuchsen, die sie hergebracht hatten.

Ich grüßte Engländer, Spanier, Bulgaren, und durch die Bäume drangen alle möglichen europäischen Sprachen.

Der Campus war bereits gut gefüllt mit Leuten. Gegenüber des Eingangs zur Akademie hatte man erneut ein Podest aufgebaut, so wie zum *Fest der Elemente.*

Ich sah die Mitglieder unseres Rates dort oben und einige unbekannte Leute, die sicher zu den Räten in anderen Blasen gehörten.

Else hatte am Rand des Platzes neben dem Hintereingang zur Küche ein Büffet mit Türmen belegter Brote, Saft und Tee aufgebaut. Ich nahm mir ein Käsesandwich und bekam fast einen Herzinfarkt, als sich die Person, die neben mir die rote einäugige Katze vom Wetterplatz mit ihren zwei Jungen streichelte, aufrichtete und zu mir drehte. Lilonda!

Sie grinste mich an und biss in ein Salamibrot.

»Hi! Sind die nicht süß?« Lilonda warf der Katzenmutter ein Stück Salami hin, die es ihren Jungen überließ.

»Die große heißt Mini und die kleinen heißen Pedro und Cookie. Else hat sie so genannt. Stell dir vor, Pedro hatte Mini in der realen Welt bekommen und Cookie aber hier. Und nun hat sie Pedro auch hergebracht. Vielleicht, weil der kleine Kater doch magisch ist, oder es hat einfach so ...«

»Was machst du hier?«, fauchte ich Lilonda an.

»Hey, guck doch, die vielen fremden Leute. Niemand achtet auf mich.«

»Trotzdem ...«

»Ich hatte furchtbaren Hunger und wollte nur kurz in den Wald, zwei Blaubeeren holen und dann waren da diese ganzen Ausländer. Ich habe einfach gefragt, was abgeht, und dann dachte ich …«

»Was? Du hast mit jemandem gesprochen?«

»Mit einer Frau aus Holland, die zum ersten Mal hier ist, wie sollte die denn … Nu komm schon …«

Lilonda reichte mir versöhnlich ihr Glas Saft. Es war ja richtig. Heute würde sie kaum hier auffallen. Aber noch besser wäre gewesen, sie wäre einfach am Lieblingsort geblieben.

Ich sog die Luft scharf ein, sah mich um und versuchte mich zu beruhigen.

»Niemand kennt mich, auch nicht die Leute von hier. Bis auf Neve vielleicht. Aber Neve ist doch meine Freundin.«

Na prima, wie auf Stichwort stand Neve plötzlich neben uns, noch ehe ich Lilonda fragen konnte, ob das hieß, dass sie als Elementarwesen Neve bereits ihre jetzige Gestalt gezeigt hatte.

Neve begrüßte mich und wandte sich Lilonda zu.

O je, die Katastrophe nahm ihren Lauf.

Lilonda streckte ihr, strahlend wie ein Honigkuchenpferd, die Hand hin. Ich schloss die Augen.

»Jenny, aus Dublin, hi. Und du?«, vernahm ich Lilonda und sie sagte das sogar mit irischem Akzent. Wow, wo hatte sie den denn aufgeschnappt?

Puuh, jedenfalls gab sie sich nicht zu erkennen, hoffentlich schluckte Neve das. Ich öffnete die Augen und sah, wie Neve Lilondas Hand ergriff. Sie schaute darauf und dann wieder in ihr Gesicht. Neve schien zu überlegen, aber die menschliche Hand ließ sie davon abkommen, in der Person vor sich Lilonda zu vermuten. Es war einfach zu abwegig. Sie lächelte zurück und sagte: »Ich bin Neve, Äther.«

»Ich auch!«, rief Lilonda und ich schloss erneut die Augen. Doch Neve nickte nur, als hätte sie es geahnt und sagte: »Schön, dich kennenzulernen. Ich nehme mir dann mal ein Brötchen. Wie es aussieht, geht's gleich los.«

Neve verschwand wieder in der Menge.

»Was sollte denn das mit dem Äther? Wolltest du es doch noch darauf anlegen, dass sie dich erkennt?«, fuhr ich Lilonda an.

Aber Lilonda blieb gelassen.

»Nein, im Gegenteil! So denkt Neve jetzt, ich bin die Person, die Lilonda imitiert hat.«

Hm, das stimmte allerdings. Lilonda schien cleverer zu sein, als ich dachte.

»Nur …«, plötzlich verdunkelte sich ihr sonnenhelles Gesicht und sie machte den Eindruck, als würde sie gleich losweinen. »Ich habe sie angelogen. Neve, meine Freundin. Freunde lügt man nicht an! Was soll ich jetzt nur machen? Bestimmt will sie nie wieder was mit mir zu tun haben, wenn sie es erfährt.«

Nun lief tatsächlich die erste Träne über ihre Wange, und sie wischte sie hastig weg.

»Ach, nein, nein, Lilonda. Darum mach dir mal keine Sorgen. Das war doch nur eine Notlüge. Die war jetzt nötig, bis du drüben bist. Du hast Neve damit geschützt, denn mit manchem Wissen sollte man Freunde nicht unnötig belasten.«

Lilonda kaute auf ihrer Lippe. Ihr Gesicht hellte sie wieder ein wenig auf. »Meinst du wirklich? Ist das so?«

»Ja, das ist so.«

In dem Moment erscholl Sulannias Stimme, tief, klar und voluminös, als spräche sie durch ein Mikrofon. Sofort wurde es still auf dem Campus. Sulannia legte noch einmal den Anlass des großen Treffens dar. Die Berliner Blase hatte ihr akutes Problem mit den Verschiebungen, der Wüstenstadt und dem Japaner gelöst. Dennoch gab es Ungereimtheiten, die niemand erklären konnte, wie zum Beispiel, dass einfach ein Durchgang entstanden war oder ein normaler Mensch wie Tim eindringen konnte. Auch in anderen Blasen tauchten ungewöhnliche Phänomene auf. All das sollte zusammengetragen werden. Dazu waren die Räte der jeweiligen Blasen und Leute, die Besonderheiten zu berichten wussten, hier in der Berliner Blase, die im letzten Jahr den meisten Aufruhr erlebt hatte, zusammengekommen. Es bestand die Möglichkeit, dass die Veränderungen nichts mit Jerome und seinem Geheimbund, und auch nichts mit Haruto Tanaka zu tun hatten, aber wahrscheinlicher war es, dass es Zusammenhänge gab, die augenscheinlich weiter wirkten, auch wenn alle Beteiligten gelöscht worden waren.

Ein leiser Schauer lief über meinem Rücken. Jerome erinnerte sich! Und ich wusste es! Ich und Leo.

Ich begann die Reihen vor mir nach Leo abzusuchen und checkte auch die Leute, die auf dem Felsenabsatz standen, der den Campus in einem Halbkreis umschloss.

Pio saß oben auf dem Balkon seines Turmzimmers an einem Notebook und schrieb bereits fleißig. Perfekter Platz für ihn, so über der Menschenmasse schwebend. Niemals würde er sich in diese

Riesenkrake aus Armen und Beinen begeben. So hatte sich einmal der autistische Junge ausgedrückt, der vorübergehend in meiner Klasse gewesen war.

Und dann sah ich ihn. Leo. Er stand direkt neben dem Podest auf der linken Seite, etwas verdeckt von einem Strauch, und fuhr sich nervös durchs Haar. Ob er vorhatte zu sprechen und preiszugeben, was er wusste?

Als Nächstes berichteten einzelne Ratsmitglieder aus anderen Ländern. Sulannia stellte sie jeweils vor und dann erzählten sie in ihrer Muttersprache und wurden von einem Dolmetscher übersetzt. Unterm Strich besaßen alle ähnliche Probleme. Irgendetwas mit den Durchgängen stimmte nicht. Menschen ohne besondere Fähigkeiten gelangten hindurch. Vereinzelt hatten es Studenten geschafft, ohne Abschluss die Durchgänge zu passieren. Ups, ich war also nicht die Einzige. Und dass es geklappt hatte, ohne dass ich Schaden nahm, hatte also mit den Veränderungen zu tun.

Ein gewichtiger Herr aus Bukarest, Element Erde, schilderte den Eindruck, dass die Elementarwesen weniger wurden. Sulannia meldete sich zu Wort. Gerade heute früh hatte sie Nachricht von den Undinen erhalten, dass einige von ihnen letzte Nacht verschwunden und seither nicht mehr aufgetaucht waren. Aus verschiedenen Blasen häuften sich Hinweise, dass jemand sie in Menschen verwandelte. Oh. Lilonda und ich sahen uns an.

Neue Durchgänge waren woanders nicht wieder entstanden. Eher wurden die vorhandenen schwerer passierbar, sobald Elementarwesen fehlten, weil sie dann anfingen zuzuwachsen. Am schlimmsten war es bisher in Großbritannien, gefolgt von Irland und Holland.

Mini strich mir um die Beine und ich nahm sie auf den Arm. Sie drückte ihr Köpfchen verschmust an meine Wange. Vielleicht erinnerte sie sich an mich? Ihr Fell duftete. Ich bildete mir ein, es roch nach Zuhause. Wieder beschlich mich das ungewohnte Gefühl von Heimweh. Das nächste Mal, wenn ich drüben war, würde ich mein Haus aufsuchen.

Nachdem Vertreter der Räte gesprochen hatten, kamen einige Besucher zu Wort.

Eine Studentin aus Sardinien fesselte derart meine Aufmerksamkeit, dass ich gar nicht bemerkte, wie Mini von meinem Arm hinüber auf Lilondas Arm kletterte.

Die Studentin stieg auf das Podium und stellte sich als Clara vor.

Eigentlich lebte sie in Sardinien, war dort auch aufgewachsen, aber sprach fließend Deutsch.

Zuerst hatte ich nur einen kurzen Blick auf sie geworfen und was sie sagte, war an mir vorbeigegangen, weil ich mit meinen Gedanken längst wieder bei der Sauerstoffblase und meinem nächsten Ausflug nach Berlin gewesen war.

Aber dann sah ich noch einmal auf, als sie erklärte, Wind zu sein. Ich hatte den Eindruck, dass sie mich anschaute. Im gleichen Moment zuckte ein Blitz aus ihrer Mitte zu mir herüber. Dick, orange und warm. Er verschwand so schnell, dass ich ihn gerade so wahrnehmen konnte. Was war das? Was sollte ich mit einer Wildfremden zu schaffen haben?

Clara war groß und kräftig, besaß olivenfarbene Haut, aber hellbraune Haare, was sie nicht besonders italienisch aussehen ließ. Allerdings, ihre Augen waren dunkel wie die einer Italienerin und sie hatte die typisch markante, ein wenig gebogene Nase.

Ihre Familie betrieb auf Sardinien Agritourismus. Clara studierte Landwirtschaft in Rom und wollte danach in das Familienunternehmen einsteigen. Ich schätzte sie auf Anfang zwanzig.

Sie beschrieb ihre Sonderfähigkeiten. Sie konnte den Wind stoppen und sich selbst in Wind verwandeln und dabei Gegenwind erzeugen. Das war sehr hilfreich auf einer Insel wie Sardinien, die immer wieder von tagelangen Stürmen heimgesucht wurde. Clara nutzte ihre Fähigkeiten, und seit sie ausgebildet waren, florierte nicht nur das Geschäft ihrer Familie, sondern auch das der umliegenden Bauern. Doch vor zwei Tagen war ein junger Mann erschienen, der einfach in ihren Gemüsegarten marschiert war, einen Korb abstellte und ihn mit Gemüse füllte.

Clara hatte ihn zuerst von der Terrasse beobachtet und dann war zu ihm hingelaufen.

»Was tun Sie da? Dieser Garten ist privat.«

Er hatte zuerst nicht aufgesehen und weiter Möhren aus dem Boden gezogen.

»Hallo? Können Sie mich verstehen?«

Erst, als sie ihn an der Schulter berührte, sah er zu ihr auf. Sein eiskalter Blick jagte ihr einen Schreck ein. Ihr wurde bewusst, dass sie sich gerade allein auf dem Grundstück befand, und niemand ihr zur Hilfe eilen konnte, falls irgendwas passierte.

Clara wich zurück. Aber der Fremde blieb hocken und erwiderte nur: »Du bist Wind.«

Dann wandte er sich der nächsten Möhre zu und wiederholte noch einmal, wie zu sich selbst. »Ja, sie ist Wind«, legte die Möhre in den Korb, erhob sich und marschierte an Clara vorbei, als wäre sie gar nicht vorhanden. Sie rührte sich nicht und sah ihm erschrocken nach.

Als Clara endete, herrschte auf dem Platz eine Weile Stille, ehe die ersten Fragen aufkamen.

Ja, der Fremde sprach Italienisch, aber er sah nicht wie ein Italiener aus, eher wie jemand aus dem hohen Norden, sehr hellhäutig und mit weißblondem Haar. Nein, niemand in den italienischen Blasen kannte ihn. Sie hatten recherchiert.

Ich sah, wie Pio fleißig tippte, ohne aufzusehen.

Clara warf mir noch einmal einen Blick zu, bevor sie vom Podium stieg. Diesmal war ich mir sicher, dass sie mich bewusst anschaute.

Als alle, die sprechen wollten, gesprochen hatten und eine Menge Fragen beantwortet worden waren, waren tatsächlich drei Stunden vergangen. Ich fühlte mich erschöpft, nicht nur vom Stehen und Zuhören, sondern auch von all dem, was gesagt worden war. Irgendeine Gefahr schwebte also immer noch über allem. Irgendetwas, worauf sich keiner einen Reim machen konnte. Und die Sache schien weitreichend zu sein und ganz Europa zu betreffen.

Ich hatte Lilonda mit einem Berg belegter Brote zurück in ihr Versteck geschickt, während alle ihre Aufmerksamkeit auf das Podium richteten. Sie sollte achtgeben, dass sie Neve nicht noch einmal begegnete, und ich musste versprechen, später alles genauestens zu erzählen, was sie jetzt verpasste.

Immer wieder hatte ich zu Leo hinübergespäht und gehofft, dass er sich zu Wort melden würde. Aber das tat er nicht. Als der letzte Sprecher vom Podium stieg, verließ auch Leo seinen Platz. Ich wurde unruhig. Wollte er schon wieder verschwinden? Sofort machte ich mich auf die Suche nach ihm und lief durch die Menge in seine Richtung. Das war nicht einfach, weil alle begannen, zu den Büffets zu stürmen, die Else in der Zwischenzeit neu bestückt hatte, sodass sich die Tische bogen. In der Luft hing ein köstlicher Duft von Geröstetem und Gebratenem.

In der Nähe des Podiums keine Spur mehr von Leo. Hatte er gar nicht vorgehabt zu sprechen, sondern wollte nur Infos einholen und sich mit ihnen sofort wieder zu Jerome aufmachen? Nach all dem, was wir heute erfahren hatten, kam mir die Angelegenheit nun noch brennender und unheimlicher vor.

Oder hatte er sich vor allen anderen auf den Weg zu den Büffets gemacht, um nicht anstehen zu müssen? Das konnte schließlich auch sein.

Ich lief zurück zum Büffet, während ich in alle Richtungen Ausschau hielt. Dabei rempelte ich jemanden so doll an, dass sich ein Schwall Currysuppe über meinen Arm ergoss. »Oh, sorry! Mist«, rief ich aus und schaute in die dunkelblauen Augen von Clara.

»Hey, macht nichts. Mir tut es leid. Dein Shirt ist jetzt wohl hin.«

Sie wischte mir mit ihrer Serviette das Gröbste vom Ärmel und lächelte mich an. Erneut schoss ein orangefarbener Blitz auf mich zu und verschwand irgendwo dicht unter meinem Schlüsselbein.

Sie ist fast so, wie ich sie mir vorgestellt habe, wisperte es in meinem Ohr. Hey, woher sollte mich diese Italienerin bitte kennen?

»Haben wir uns schon mal irgendwo getroffen?«, platzte es aus mir heraus. In dem Moment war ich mir sicher, dass sie sich mir absichtlich in den Weg gestellt hatte.

Sie zog fast erschrocken eine Augenbraue hoch.

»Äh, nicht dass ich wüsste. Du bist neu hier, nicht wahr?«

»Ähm, ja. Hat sich das rumgesprochen?«

Ich verfiel in meine übliche schnippische Art, wenn mich jemand misstrauisch machte. Dabei wollte ich das bei Clara gar nicht. Ich fand sie auf Anhieb total okay.

»Ich weiß es von Ranja. Der Feuerfrau aus eurem Rat. Es ging gerade darum, dass es bei euch seit dir keine Neuzugänge mehr gab. Wie du gehört hast, ist es ja in einigen Blasen so, dass seit geraumer Zeit keine neuen Studenten mehr an die Akademie kommen.«

»Ich weiß.«

Hm, vielleicht hatte sie mich deshalb so angesehen. Das erklärte jedoch nicht die Blitze zwischen uns.

»Komm, hier. Iss was!« Sie reichte mir eins ihrer Knoblauchbaguettes. »Hast du dich denn schon ein wenig eingelebt?«, fragte sie freundlich.

»Ja, es ist okay hier.«

Das klang etwas gelangweilt, obwohl ich die magische Welt alles andere als langweilig fand.

»Zu Hause war's also besser.«

»Nee, auf keinen Fall!«, wehrte ich sofort ab.

Clara zog ein komisches Gesicht, aber ich konnte ihren Blick nicht deuten.

»Also, die Schule und so. Und auch sonst, das Klima.«

Clara schmunzelte.

»Ging mir auch so. Ist ja jetzt schon zehn Jahre her, aber ich erinnere mich noch genau an meinen ersten Tag.«

Ich wollte nachfragen, wie der denn so war, und mehr über Clara erfahren. Aber gleichzeitig wollte ich Leonard finden.

»Ähm, aber ich halte dich wohl auf. Du scheinst jemanden zu suchen.«

Offenbar hatte ich ein paar Mal zu viel links und rechts über ihre Schultern geguckt. Leo war wie vom Erdboden verschluckt.

»Nein, schon okay. Ich … also, wie war denn dein erster Tag?«

In dem Moment tauchten Jolly und Marco neben uns auf.

»Entschuldigung«, erklang Jollys schnarrende Stimme. »Wir würden dich gern noch einmal sprechen, Clara.« Die Art, wie die beiden sich verhielten und mich anschauten, machte unmissverständlich klar, dass sie mich nicht dabeihaben wollten.

»Jetzt, sofort?« Clara schaute zwischen mir und den beiden hin und her.

»Wenn es keine Umstände macht. Es ist nur eine Frage.«

»Kein Problem«, sagte ich. »Ich wollte mir eh gerade was zu essen holen.«

»Dann bis gleich«, sagte Clara.

Ich beobachtete die drei aus dem Augenwinkel, während ich wartete, an die Reihe zu kommen, um mir eine Kelle Currysuppe aufzutun. Clara besaß eine besondere Ausstrahlung. Wie sie so neben Jolly und Marco stand, hätte sie locker ebenfalls ein Ratsmitglied sein können. Warum aber fiel ihr nichts Besseres ein, als sich unbedingt mit mir unterhalten zu wollen? Wenn es wirklich ein Gedanke von ihr gewesen war, den der Blitz mir gebracht hatte – und ich war mir ziemlich sicher –, dann kannte sie mich irgendwoher. Aber woher bitte sollte das sein?

Ich hatte keine Zeit, darüber nachzugrübeln. Ich musste mit Leo reden, nachdem er auf dieser Veranstaltung geschwiegen hatte. Sogar dringend.

20. Kapitel

Ich war froh, als ich in der aufziehenden Dämmerung mit Lilonda endlich am Teich angelangte, wo wir auf Minchin warteten, damit wir die Sache mit der Sauerstoffblase üben konnten.

Ich hatte weder Leo aufspüren können noch Clara wiedergesehen. Nachdem ich mir einen Teller Suppe geholt hatte, schien sie genauso vom Erdboden verschluckt wie Leo.

Bevor mein Seminar mit Sulannia anfing, war ich noch schnell zu Leos Haus gerannt. Ich hatte geahnt, dass die Chancen gering standen, ihn dort zu finden, aber so hatte ich wenigstens alles versucht.

Sulannia hatte mit mir wieder im Raum unseres Elements geübt. Es war anstrengend, so zu tun, als hätte ich im Wasser einfach nichts groß drauf. Ich konnte die Sauerstoffblase an meinem Handgelenk gut vor ihr verbergen und ich tat so, als würde ich keine großen Fortschritte machen, was meine Ausdauer, Wasser zu atmen, anbelangte. Dummerweise übertrieb ich es, indem ich immer wieder nach einigen Minuten panisch auftauchte und nach Luft schnappte. Sulannia sah mich am Ende besorgt an und legte fest, dass ich ein Seminar mit Kim absolvieren sollte. Eventuell war mein Hauptelement doch Äther.

»Aber ich bin doch durchs Wasser gekommen!«, begehrte ich auf und klang dabei viel zu aufgebracht. Sulannia musterte mich, aber sagte nichts. Sicher sah sie mir an, dass Kim nicht gerade zu meinen Lieblingsfreundinnen zählte.

»Es ist selten, aber es kommt vor, dass Begabte mit Affinitäten zu einem anderen Element nicht durch den Durchgang kommen, der ihrem Hauptelement entspricht.«

»Aber wir hatten doch erst zwei Seminare«, versuchte ich es weiter und kam mir dabei wie ein Schulmädchen vor, das ohne ernst zu nehmendes Argument um eine Schulnote besser bettelte.

»Grete«, sagte Sulannia in einer Weise, die mich beschämt zu Boden blicken ließ.

»Schon gut, es tut mir leid. Ich weiß, ich benehme mich blöd.«

Und das stimmte im doppelten Sinne. Eigentlich war es doch perfekt, wie alles lief. So gewann ich Zeit, denn früher oder später würde Sulannia dahinterkommen, dass ich viel mehr draufhatte, als ich zugab. Kim dagegen konnte tatsächlich nichts bei mir erreichen. Niemals würde ich anfangen, aus luftigen Höhen irgendwo runterzuspringen oder Flugversuche zu starten. Nee, danke.

»Du und Kim, ihr werdet euch irgendwann mögen. Ihr tut es eigentlich jetzt schon«, behauptete sie und verblüffte mich damit.

Sulannia hatte mich heute Nachmittag unterschätzt und ehrlich gesagt, ich war stolz darauf, so jemanden wie sie täuschen zu können. Aber wenn sie in mir und Kim nun zukünftige Freundinnen sah, dann überschätzte sie mich doch.

»Öhm, na ja …«, sagte ich einfach.

»Da ist sie«, rief Lilonda leise und zeigte auf den Schatten, der in dem kleinen Teich vor uns schnell deutlicher wurde. Minchin tauchte auf.

»Das war knapp«, flüsterte sie, während sie an das Ufer stieg.

»Nur eine halbe Stunde vor euch hat Sulannia den Durchgang passiert. Sie ist heute sehr spät dran, bestimmt wegen der Versammlung. Sonst kommt sie immer vormittags. Hört zu, ihr solltet sehr vorsichtig sein, wenn ihr herkommt. Wenn ich nicht erscheine, dann ist es gerade nicht sicher, klar?!«

»Wir müssen uns einfach beeilen«, fiel ich Minchin ins Wort.

»Ja, das auch.«

»Weißt du, wann Sulannia wieder aus der Realwelt zurückkehrt?«

»Ich denke, wir haben gut Zeit. Sie trifft ein paar Leute dort, die nicht zur Versammlung erscheinen konnten«, erklärte Minchin.

»Okay, dann lasst uns anfangen.«

Ich produzierte eine Sauerstoffblase. Lilonda kletterte hinein wie beim letzten Mal. Diesmal gingen wir viel behutsamer vor. Minchin überwachte alles und gab uns eine Menge Anweisungen.

»Langsamer. Du musst die Blase langsamer wachsen lassen, Grete, dann wird die Haut stabiler … Die Blase folgt den Bewegungen von Grete und du musst dich ihnen anpassen, Lilonda, sonst reißt sie ... Lass dich treiben ... Ja, so ... Lass dich auf Gretes Rhythmus ein. Ja, perfekt …«

Minchin hatte schon öfter beobachtet, wie ein Wasserbegabter mit dieser Sonderfähigkeit jemanden transportierte. Aus dieser Erfahrung schöpfte sie jetzt. Es gelang mir, Lilonda für fünf Minuten zu transportieren. Mit ruhigen Bewegungen schwamm ich vorn und die Blase folgte mir brav. Doch dann riss sie plötzlich. Entweder hatte ich sie zu schnell aufgeblasen, sodass die Wände zu dünn gerieten, oder Lilonda bewegte sich zu ungeschickt darin und sie riss.

Lilonda machte ein bekümmertes Gesicht, als wir die Blase zum dritten Mal verloren.

»Wir werden es nie schaffen.«

»Doch, das werden wir«, versicherte ich stur und schnappte nach Luft. »Aber für heute müssen wir Schluss machen. Mir geht die Puste aus.«

»Ja, das ist vernünftig«, pflichtete Minchin mir bei. Lilonda verzog ihren Mund, als würde sie gleich weinen.

Wir setzten uns ans Ufer und ich legte meinen Arm um sie, während Minchin im Wasser blieb.

»Hey, wir haben es so weit gebracht. Den Rest schaffen wir auch noch!«

Angestrengt versuchte Lilonda zu lächeln.

»Undinen sind verschwunden, haben sie heute auf der Versammlung erzählt«, fing sie an und blickte Minchin fragend an.

»Ja, ich weiß.«

»Was ist mit ihnen geschehen?«

»Niemand hat eine Ahnung und das macht uns Undinen Angst. Jede fürchtet sich inzwischen davor, die Hauptdurchgänge zu bewachen.«

»Kanntest du, also …«

»Von meiner Familie keiner, nein.«

»Puuh, ein Glück«, Lilonda strich sich eine nicht vorhandene Haarsträhne aus dem Gesicht. »Ich würde gerne wissen, ob auch Ätherwesen verschwinden, aber ich kann nicht hingehen und fragen.«

»Würdest du denn jemanden vermissen?«, fragte Minchin Lilonda.

»Alle und keinen. Bei uns ist es anders als bei euch Undinen. Ich glaube, ihr wart den Menschen schon immer näher.«

»Ja, die Undinen, die sich zu Familien zusammenschließen, sind bewusster«, erklärte Minchin.

»Eine Frau aus Sardinien hat angedeutet, dass sie zu Menschen werden, sich allerdings menschenuntypisch verhalten«, warf ich ein.

»Oder jemand vernichtet sie«, widersprach Minchin.

»Kann man das denn?«, fragte ich, »Das wäre ja, als wollte man den Wind, die Erde, das Wasser oder das Feuer vernichten.«

»Das stimmt.« Minchin hielt nachdenklich den Kopf schief. »Eigentlich nicht. Aber Dinge gehen vor sich. Niemand weiß, was mit unserer Welt passiert.«

Wir schwiegen für einen Moment. Aber ich wollte mich nicht schon wieder von der Stimmung gefangen nehmen lassen, die mich nach der Versammlung schon einmal ereilt hatte.

Langsam kehrten meine Kräfte zurück und ich erhob mich.

»Okay, Lilonda. Du gehst nach Hause. Und ich«, ich wandte mich an Minchin, »ich mache mich heut noch mal auf den Weg nach drüben.«

Minchin sagte nichts, aber ich merkte, dass es ihr missfiel.

»Ich glaube, es ist wichtig für uns alle. Ich werde aufpassen und ich werde diesmal pünktlich zurückkehren, versprochen.«

Minchin und Lilonda blickten mich fragend an.

»Ich kann noch nichts Näheres sagen, vertraut mir einfach.«

»Aber wenn es etwas ist, was uns alle angeht, wäre es dann nicht besser, den Rat …?«, warf Minchin vorsichtig ein.

»Das Problem ist, wir drei haben etwas vor. Und bevor wir das nicht geschafft haben, darf niemand erfahren, dass ich drüben war.«

»Ja, ich weiß«, gab Minchin klein bei.

»Wir sind Freundinnen«, erinnerte Lilonda. »Wir können uns auf Grete verlassen, ich bin sicher.«

Ach, Lilonda … Ich verabschiedete mich mit einer Umarmung von ihr und Lilonda strahlte über das ganze Gesicht.

»Pass auf dich auf und lass dich nicht erwischen!«

»Du auch nicht«, flüsterte sie verschwörerisch.

Dann verschwand sie in der Dunkelheit des Waldes, während Minchin mich die Tiefen des Teiches passieren ließ.

21. Kapitel

Diesmal hatte ich weniger Glück als beim ersten Mal. Ich schlich zuerst in die Toilette und lauschte an der Wand zu Jeromes Zimmer. Aber da war nichts. Kein Geräusch. Leo schien nicht da zu sein. Zuerst kam ich nicht darauf, dass Jerome eventuell auch nicht da war, bis mir die Stille verdächtig vorkam. Okay, es half nichts. Ich musste nachsehen.

Ich klopfte an die Tür, öffnete sie, als mir von drinnen niemand antwortete, und entdeckte, dass das Zimmer leer war. Das Bett war gemacht und alles sah aufgeräumt aus. War Jerome etwa schon entlassen worden? Aber sie hatten doch beim letzten Mal gesagt, dass es noch ein paar Tage dauern würde. Wie ärgerlich, ich hatte die Spur verloren! Wenn Leo jetzt tagelang nicht in die magische Welt kam, wie sollte ich rauskriegen, wo die beiden steckten?

Nervös tigerte ich durch das Zimmer, schaute aus dem Fenster und dann im Bad nach. Alles weggeräumt.

Seufzend trat ich aus dem Bad und registrierte zwei Sachen gleichzeitig. Da stand eine mittelgroße, schwarze Sporttasche, genau in der Nische hinter der Eingangstür. Und es näherten sich Schritte auf dem Flur. Ich vernahm die Stimmen von Leo und Jerome.

Hastig zog ich die Badezimmertür zu. Schlüssel rumdrehen oder nicht? Lieber nicht. Abgeschlossen würde sie sofort Verdacht erregen. Ließ ich sie offen, ergab sich immerhin die Chance, dass einer der beiden sie nur halb öffnete, um zu schauen, ob nichts auf der Ablage vor dem Spiegel vergessen wurde, und mich dahinter nicht bemerkte.

Mein Herz schlug unregelmäßig, als sie das Zimmer betraten.

»Und du bist sicher, dass du nach Hause willst?«, fragte Leo.

»Ich halte es keinen Tag länger aus in diesem Schwitzkasten hier«, antwortete Jerome. Etwas rumste.

»Achtung«, sagte Leo. Es hörte sich an, als wenn Jerome gestrauchelt wäre und Leo ihn stützte.

»Lass uns wenigstens ein Taxi nehmen, du musst erst noch mehr zu Kräften kommen.«

»Taxi, die fünf Minuten? Blödsinn«, brauste Jerome auf. Man merkte, wie sehr ihm seine schwache Position missfiel.

Ich starrte in den Spiegel vor mir. Erst, als sich die Klinke neben mir wie in Zeitlupe nach unten bewegte, während Leo fragte: »Aus dem Bad auch alles mitgenommen?«, wurde mir klar, dass ich eine Vollidiotin war. Natürlich konnte mich jeder, der hier reinschneite, hervorragend und sofort im Spiegel, der über dem Waschbecken hing, sehen!

Leo öffnete die Tür, blickte auf die Ablage vor dem Spiegel, und dann trafen sich unsere Blicke. Erst sah er wieder weg, als konnte mein Gesicht in diesem Raum nur eine Einbildung sein. »Komm schon, ich hab alles«, drängelte Jerome. Dann starrte Leo mich mit offenem Mund an. Unwillkürlich legte ich den Zeigefinger auf meine Lippen. *Halt jetzt bloß die Klappe*, flehte ich innerlich und staunte, als Leo mich zwar anfunkelte, aber keinen Mucks von sich gab und die Badtür wieder schloss. Was jetzt? Was würde er tun?

Ich hörte, wie er die Tasche aufnahm und mit Jerome den Raum verließ. Um Gleichgewicht ringend stolperte ich auf das Waschbecken zu und hielt mich daran fest. Viel zu lange hatte ich vor Schreck die Luft angehalten, nahm ein paar tiefe Luftzüge und wartete, dass der Schwindel nachließ. Leo zermarterte sich sicher gerade den Kopf, wie ich es in das Krankenzimmer von Jerome geschafft hatte. Aber wichtiger schien ihm, dass Jerome nichts von meiner Anwesenheit mitbekam. Was hatte das zu bedeuten? Meine Intuition bewertete es positiv, aber mein Kopf konnte sich auf sein Verhalten keinen Reim machen.

Ich zählte langsam bis fünf, um mich zu beruhigen. Dann verließ ich das Zimmer und hastete den Flur entlang, rannte den Arzt fast um, der mich das letzte Mal bei der Visite gemaßregelt hatte. Er schien mich wiederzuerkennen, aber da war ich schon längst um die nächste Ecke und lief die Treppen hinunter.

Auf dem Vorplatz entdeckte ich die beiden wieder und sah zum ersten Mal Jerome. Er lief leicht gebeugt und hatte sich bei Leo untergehakt, der seine Tasche trug. Auf den ersten Blick wirkte er wie ein alter Mann, der Mühe hatte, einen Fuß vor den anderen zu setzen. Beim näheren Hinsehen sah man jedoch, dass er jünger war, vielleicht in den Vierzigern.

Zuerst drückte ich mich an der Hauswand entlang, aber dann

dachte ich: Warum eigentlich? Leo konnte sich sicher denken, dass ich ihnen folgte. Es war besser, wenn er es wusste. Er würde mit mir sprechen wollen, und ich hoffte, dass er die nächstbeste Gelegenheit dazu nutzte.

Ich lief den beiden in einem größeren Abstand nach. Leo drehte sich um und sah mich an. Die Entfernung war zu groß, als dass ich in seinem Gesicht lesen konnte. Er gab mir kein Zeichen oder irgendwas, sondern drehte sich wieder zurück und setzte seinen beschwerlichen Weg mit Jerome am Arm fort. Jetzt wünschte ich mir direkt mal einen Blitz mit einer Botschaft, aber keiner kam.

Irgendwie waren wir plötzlich Komplizen, auch wenn mir völlig unklar war, warum, wogegen und wofür?

Jerome wohnte in der Nähe des Krankenhauses. Zehn Minuten später bogen sie von der Hauptstraße ab in ein ruhiges Viertel mit Dreißigerjahre–Bauten, die ihre letzte Sanierung bereits viele Jahre hinter sich hatten. Die Häuser waren grau, drei Stockwerke hoch, besaßen dunkelrote Dächer und keine Balkone.

An der dritten grün gestrichenen Tür hielten sie an und verschwanden im Treppenhaus.

Ich las die Klingelschilder und spähte durch die schmale Glasscheibe, die in die Mitte der Tür eingelassen war. Leo betrat gerade nach Jerome die Wohnung im Hochparterre rechts.

Noch einmal inspizierte ich die Klingelschilder. Auf dem rechts unten stand *Frey*, Leonards Nachname. Leo wohnte also bei Jerome, beziehungsweise Jerome wohnte bei Leo.

Ich brauchte nicht lange zu warten, bis Leo wieder vor der Haustür erschien. Noch ehe ich den Mund aufmachte, griff er mich nicht gerade sanft am Ellenbogen und führte mich ein Stück die Straße hinauf um die nächste Ecke. Dann brach das Gewitter los.

»Was zur Hölle spionierst du uns nach?«

Seine Augen funkelten zornig. So stellte ich mir die grüne Wildnis am Amazonas bei einem Unwetter vor. Etwas in mir fand Leo hinreißend, wenn er wütend war. Ich starrte auf seine Lippen – und hätte ihn am liebsten geküsst. Himmel! War ich übergeschnappt?

Leo packte mich an den Schultern und schüttelte mich. »Wer schickt dich? Und was ist das für ein Spiel? Raus mit der Sprache!«

Seine Hände brannten auf mir, es tat weh, wie er mich packte. Mit einem Ruck schlug ich sie weg und funkelte ihn genauso wütend an. Wütend, wegen der Art, wie er sich gebärdete, und wütend über meine dämlichen Anwandlungen. So ’n Typ wie Leo war der Letzte, den ich küssen würde. Dafür müsste er erst um Einiges sensibler und sanfter und überhaupt ein ganz anderer werden!

»Spiel? Ich fürchte, was hier abgeht, ist bitterer Ernst. Und nun kotzt es dich an, dass ich dahintergekommen bin. Der Rat wird gleich hier sein«, behauptete ich, ohne zu wissen, ob mir diese Lüge irgendwas einbringen würde. »Es macht also keinen Sinn, sich doof zu stellen.«

»Der Rat?« Für einen Moment war Leo verunsichert. Doch dann verzog sich sein Mund zu einem Grinsen. »Der Rat hat es nötig, so jemanden wie dich zu schicken?«

Na ja, sehr gut überlegt war meine Behauptung nicht. Okay, aufs Ganze:

»Jerome ist ein Gelöschter und du hilfst ihm, sich zu erinnern. Er erinnert sich, verdammt! Was habt ihr vor?«

Leo atmete stoßweise, so aufgeregt war er. Er verschränkte die Arme vor der Brust und sah sich ständig wieder um, als könnte uns jemand belauschen.

»Wer sagt denn so was?«

»Hör auf, es zu leugnen. Ich habe es gehört. Du legst dafür die Stirn an seine.«

Um Leos Mundwinkel zuckte es. Langsam kapierte er, dass ich tatsächlich im Bilde war.

»Du verrätst mir jetzt sofort, wer dich schickt!« Diesmal drohte er und sah so aus, als würde er mir an die Gurgel gehen, wenn ich nicht auspackte. Gleichzeitig wirkte er verzweifelt, sodass er mir fast leidtat.

»Niemand. Niemand schickt mich. Ich … ich hab gespürt, dass was nicht stimmt, und bin dir gefolgt.«

»In die reale Welt.«

»Ja.«

»Einfach so. Als Anfängerin an der magischen Akademie.«

»Na ja, ich musste einen Weg finden.«

»Niemand kann einfach durch die Durchgänge spazieren!«

»Ich weiß. Wie gesagt, ich habe trotzdem einen Weg gefunden.«

Leo musterte mich, während ich fand, dass wir irgendwie nicht zum Wesentlichen kamen.

»Mann Leo, die magischen Blasen sind in Gefahr. Du stehst auf dieser Versammlung rum und sagst keinen Ton, dass Jerome sich erinnert. Danach haust du sofort wieder ab, zu ihm. Was habt ihr vor? Und warum wollt ihr alles kaputtmachen?«

Er warf mir nur einen langen Blick zu. Und dann kam einer, ein

Blitz, orange, gelb, rot, grau, schwarz, wie ein Gemisch aus heißer Lava und Asche: *Nee, sie kann keiner geschickt haben. Sie ist wegen mir hier. Sie ist widerborstig, aber clever,* erreichte mich seine Botschaft.

»Ich bin nicht wegen dir hier!«, verteidigte ich mich prompt und schlug mir die Hand vor den Mund. Verdammt! Ich hatte auf seine Gedanken reagiert. Leo zog die Augenbrauen zusammen. Dann zeigte sich ein kleines Lächeln.

»Sag bloß, du hast die Blitzfähigkeit?«

»Blitzfähigkeit? Was' das denn?«

»Du kriegst Gedankenfetzen geliefert von Leuten, die dir was bedeuten, stimmt's?«

Ich plusterte mich auf wie ein Truthahn.

»Es stinkt hier gewaltig nach Einbildung! Ist das dein Lieblingstraum, dass sich alle Girls, bei denen du es gern hättest, auf dich abfahren? Oder ist das eine Taktik, um vom Thema abzulenken?«

Wie redeten wir eigentlich miteinander? Solche furchtbaren Dialoge hatte ich ja mit überhaupt noch niemandem geführt!

»Mit *was bedeuten* habe ich nicht nur *Liebe* gemeint. Das können alle Gefühle sein, solange sie stark genug sind, auch Hass, Neid, Rachegefühle oder auch tiefe Freundschaft. Du siehst Blitze zwischen dir und anderen, wenn es eine Verbindung auf irgendeiner Ebene gibt, eine starke Verbindung. Dann kann es Rückkopplungen geben und dich erreichen hin und wieder Gedankenfetzen. Das ist eine sehr mächtige Fähigkeit. Und gut zu wissen; die andere Seite kann die eigenen Gedanken dann nämlich schützen.«

Leo erklärte das sehr ruhig und sah mich nachdenklich an. Der Zorn war aus seinem Gesicht gewichen. Ich strich mir nervös eine Strähne hinters Ohr, sah auf die Wegplatten, dann wieder zu ihm und versuchte, seinem Blick standzuhalten. Wenn er so guckte, musste ich unweigerlich wieder an Hauro denken.

Leo nahm mich erneut am Arm, diesmal aber sanft, und führte mich zur kniehohen Steineinfassung eines Vorgartens, damit wir den Passanten, die hin und wieder an uns vorbeiliefen und komisch guckten, nicht mehr im Wege standen.

Er setzte sich, verlangte, dass ich mich auch setzte, und fuhr sich durchs Haar. Wahrscheinlich sahen wir aus wie ein Teenager–Paar, das seinen ersten Streit hatte.

»Ich weiß nicht, wie ich es mache. Ich habe keine Ahnung. Er erinnert sich, das ist wahr. Und ich versuche einige Dinge herunterzuspielen.«

Leo sah mich nicht an, während er dieses Geständnis ablegte.

»Aber es funktioniert nicht. Er will mehr wissen«, sagte ich.

»So ist es.«

»Warum lässt du das zu? Er hat ziemlichen Mist gebaut in der Vergangenheit.«

»Weil …« Leo brach ab, seufzte und setzte noch einmal an. »Ich meine, stell dir vor, dir würde einer dein Wissen und deine Vergangenheit nehmen und dir dann ein völlig neues Leben einreden, von dem der größte Teil erfunden ist. Das ist doch … fies!«

Ich dachte an all die blöden Sachen in meiner Vergangenheit. Ich hätte auf 'ne Menge verzichten können, aber als Leo das sagte, wurde mir klar: Nichts mehr von ihnen zu wissen, das wäre … irgendwie Betrug, ja. Auch die hässlichen Sachen hatten ihren Anteil daran, wer ich war. Jede einzelne. Im Positiven wie im Negativen. Sicherlich wäre ich nicht ich, wenn man es weglöschen würde.

»Ja, ist es. Aber in seinem Fall …«

»Ich weiß, verdammt!«, ging Leo dazwischen. »Ich will es ja auch nicht. Aber …«

»Wieso hast du auf der Versammlung nichts davon gesagt?«

»Wieso? Kannst du dir das nicht denken? Durch mich erinnert er sich. Durch mich! Wie soll ich das erklären?«

»Es ist eben eine Fähigkeit. Aber die bedeutet doch nicht, dass du mit ihm was ausheckst!«

»Nein, glaubst du das jetzt nicht mehr? Immerhin …«

Leo sah finster drein. »Aber das ist nicht das Problem. Sondern …« Er führte den Satz nicht fort und schnipste mit der Fußspitze einen Zweig auf die Straße.

»Sondern?«, hakte ich nach.

»Er ist mein Onkel. Ich …«

»Aber das stimmt doch gar nicht, das erzählst du ihm doch bloß …«

Leo sprang auf. »Gar nichts kapierst du!«, brauste er auf und ich zuckte zusammen.

»Pass auf, wir hecken nichts gegen die magische Welt aus. Schade, dass du so etwas überhaupt von mir gedacht hast. Lass uns einfach in Ruhe, okay?! Behalte für dich, was du ausspioniert hast und ich behalte für mich, dass du in der realen Welt rumgeisterst. Und dann sind wir quitt.«

Ich antwortete nicht und sah stur an ihm vorbei. Ja, das war ein

Deal. Aber irgendwie …

»Weißt du überhaupt, welche Strafe darauf steht?«

»Sicher«, antwortete ich ruhig. Kim hatte mich gleich am Anfang darauf hingewiesen, aus welchen Gründen man alles gelöscht und zurückgeschickt werden konnte.

Ich stand auch auf und sah Leo fest an.

»Entschuldige meine Frage, Jerome bedeutet dir eben viel. Ist mir klar.«

Leo wand sich. Dass ich es so aussprach, schien ihm Unbehagen zu bereiten. Er streckte mir die Hand hin.

»Wir haben einen Deal.«

Ich nahm sie und bekam dabei eine Gänsehaut. Es war schön, Leos Hand zu fühlen. Er zog sie schnell zurück. Etwa, weil es ihm ähnlich ging?

»Pass auf, dass sie dich nicht erwischen«, gab er mir mit auf den Weg. Und ich antwortete:

»Jerome darf sich nicht an seine Pläne und den magischen Rat erinnern. Das gibt wieder denselben Salat, und du weißt es.«

»Ich hab das im Griff. Und jetzt vergiss die Sache, okay?«

Er sagte das sehr freundlich, trotzdem klang es wie ein Lebewohl zwischen uns und machte mich traurig.

»Wie spät ist es?«, fiel es mir siedend heiß ein.

Leo zückte sein Handy. »Halb zwölf.«

»Verdammt!«

Wir sehen uns, wollte ich hinterhergeben, aber es gab ja keinen Grund, sich wiederzusehen. Also drehte ich mich um und rannte davon. Sicher überraschte das Leo. Aber ich hatte Minchin versprochen, pünktlich zu sein, und ich durfte bei Kim nicht wieder erst nach Mitternacht eintrudeln.

22. Kapitel

»Okay, es hat überhaupt keinen Zweck«, entschied Kim, während ich mich an den Baum klammerte und nicht bereit war, auch nur einen Schritt Richtung Äther–Abgrund zu tun. Seit einer Stunde versuchte sie nun herauszufinden, ob ich vielleicht doch Äther war, weil ich beim Element Wasser so versagte. Im Übungsraum für Äther hatte keiner von ihren Tests funktioniert. Ich konnte weder Gedanken lesen noch zeigte ich Anzeichen, mich unsichtbar machen zu können. Ich konnte weder selbst auch nur einen Zentimeter vom Boden abheben, noch irgendwelche Dinge zum Schweben bringen.

Als wir das mit dem Gedankenlesen probierten, gingen die düsteren Blitze zwischen uns hin und her wie auf einer Datenautobahn. Sie brachten mir Zeilen aus Kims Kopf, aber ich hielt schön den Mund und gab nichts von den Vorgängen preis. Immerhin wusste ich inzwischen durch Leo, dass der andere seine Gedanken im Zaum halten konnte, sobald er davon wusste. Also war es besser, Kim darüber im Dunkeln zu lassen.

Meinetwegen hab keine magischen Fähigkeiten und dann schicken wir dich einfach zurück in die reale Welt … Vielleicht mag ich sie nicht, weil sie nicht hierhergehört. Sie könnte einer der ersten Menschen sein, die durch die Veränderungen einfach in die magische Welt spaziert kommen, obwohl sie hier nichts zu suchen haben … Eventuell simuliert sie auch, tut nur so, als hätte sie nichts drauf. Es würde ihr ähnlich sehen.

Ihr erster Gedanke war nichts Neues, sie wäre mich nach wie vor gerne los. Der zweite Gedanke hätte mich beunruhigt, wüsste ich nicht, dass ich in Wirklichkeit mit einigen tollen Fähigkeiten ausgestattet war. Und der dritte: Kim war natürlich nicht dumm. Ich musste vorsichtig sein.

Meine Höhenangst war immerhin echt. Da brauchte ich nichts spielen, nachdem sie mich endlich dazu gebracht hatte, den Ätherdurchgang aufzusuchen.

»Du hattest am Anfang Träume, dass du irgendwo

herunterspringen musstest und fliegen würdest«, hakte Kim noch einmal nach.

»Können wir zurückgehen?«, bettelte ich.

Was mich fast noch mehr als meine Höhenangst sorgte, waren die Elementarwesen des Äthers. Wenn es da doch welche gab, die mich hier zum letzten Mal mit Lilonda gesehen hatten, bevor sie verschwunden war?

Kim setzte sich Richtung Rückweg in Bewegung und ich ließ dankbar den Baum los und folgte ihr.

»Ich wollte irgendwo runterspringen, das stimmt. Vom Dach oder so.« Ich sagte den Satz in einem doppeldeutigen Tonfall und dann schwieg ich. Kim schien ihn richtig aufzufassen: dass es Selbstmordträume gewesen wären, die mit meiner magischen Bestimmung gar nichts zu tun hatten.

»Also gut. Vielleicht hast du keine Fähigkeiten. Auf der Versammlung haben wir von normalen Menschen gehört, die plötzlich in den Blasen auftauchen, ohne irgendeine magische Begabung zu haben. Es könnte sein, dass du dazugehörst. Wir wissen noch nicht, wie wir mit ihnen verfahren.«

»Aber ich kann mich in Rauch verwandeln!«, begehrte ich auf.

Kim zuckte mit den Schultern. »Zufallsphänomene. Durch den Durchgang hast du es auch geschafft. Das ist wie Spritzer von einer eigentlichen Begabung abzubekommen.«

»Spritzer. Wie soll man denn *Begabungsspritzer* abbekommen?« Ich schniefte verächtlich. Kim schien es zu gefallen, mich damit ein wenig runterzumachen. Obwohl sie ja eigentlich sehr sachlich blieb.

»Du hast immerhin in einem Haus mit einem Durchgang gewohnt.«

»Werd ich vielleicht gelöscht und zurückgeschickt?«, fragte ich und tat dabei ängstlich. Das war jetzt eine gute Gelegenheit, das Gespräch in eine bestimmte Richtung zu lenken.

»Es könnte passieren.«

»Und dann kann man sich nie wieder an alles erinnern?«

»Nie wieder.«

»Und wenn doch?«

»Nie wieder«, wiederholte sie noch einmal. »Das ist besser für dich und sicherer für dein Umfeld.«

»Also, es hat auch nie Ausnahmen gegeben? Also, dass sich jemand erinnert?«

»Nein. Bei den meisten Personen, die gelöscht wurden, weil sie eine Gefahr für unsere Welt darstellten, wäre das auch fatal. Sie würden wahrscheinlich sofort Pläne schmieden, um Rache zu üben.«

»Das heißt also, die Menschen verändern sich nicht durch eine Löschung. Weder im Guten noch im Bösen.«

»Nein, da brauchst du keine Sorge haben. Du bleibst dieselbe. Du weißt nur nicht mehr, was dich belasten könnte.«

»Und ich werde malariakrank.«

»Das ist das Problem. Schließlich hast du dir nichts zuschulden kommen lassen. Das Vergessen sollte also keine Strafe sein. Deswegen wissen wir noch nicht, was wir tun werden, mit dir oder mit eventuellen weiteren normalen Menschen, die hierherkommen.«

»Ich werde mich mehr anstrengen bei Sulannia«, sagte ich brav und guckte dabei traurig.

»Tut mir leid, wenn ich dich erschreckt habe.«

Kim klang auf einmal freundlich.

»Schon okay, ich weiß, dass wir uns irgendwie nicht leiden können. Spontane Antipathie.«

Kim schob beide Augenbrauen hoch und sah mich verdutzt an.

Es reizte mich einfach manchmal, Dinge auszusprechen, die man eigentlich nicht aussprach, obwohl sie offensichtlich waren. Wahrscheinlich war das sehr dumm. Ich schockierte Leute damit, aber sobald es raus war, hatte es etwas Erleichterndes.

»Sorry. Sag nichts«, bat ich sie und fuhr fort: »Mittagspause hat schon angefangen. Ich will es vor dem nächsten Seminar noch schaffen, zu Pio zu gehen. Habe meiner Mutter und meiner Freundin Mails geschrieben und hoffe auf Antwort. Bis heute Abend, tschüss.«

Kim sah mich an und sagte nichts. Gut, dass sie nicht widersprach. Es wäre nur unehrlich gewesen. So sammelte sie fast schon wieder Punkte bei mir, während ich wahrscheinlich weitere bei ihr verlor, weil ich sie bloßgestellt hatte.

Jedenfalls, was Kim gesagt hatte, bestätigte mein Gefühl. Leo bewegte sich auf dünnem Eis mit seinem Wahlverwandten. Deal hin oder her. Der Deal war Schwachsinn. Die ganze Sache ließ mir keine Ruhe. Andererseits, was gab mir das Recht, mich weiter einzumischen? Gar nichts. Es bedeutete auch, dass ich Leo nicht vertraute. Aber bitte, wieso sollte ich auch? Er hatte eine zwielichtige Vergangenheit und er konnte mir in ein paar Minuten am Straßenrand sonst was weismachen. Außerdem, warum sollte ich ihn decken, wenn wir ansonsten null was miteinander zu schaffen hatten?

Vielleicht war ich am Schluss doch nur Komplizin eines großen dunklen Dings und würde mir irgendwann Vorwürfe machen bis in alle Ewigkeit.

Mir kam eine Idee. Vielleicht sollte ich einfach mal diesen Jerome aufsuchen und mir ein Bild von ihm machen. Der Typ kannte mich nicht und Leo musste nichts davon erfahren.

23. Kapitel

Pio begrüßte mich förmlich und stellte mir den obligatorischen O-Saft hin. Meine Mutter und Luisa, beide hatten mir geantwortet. Mein Herz begann zu klopfen. Zuerst las ich die Mail von Luisa.

Hey Grete,

danke, dass du dich meldest. Du hast also vorher gewusst, was du vorhast und mir nichts gesagt? Zuerst war ich ziemlich wütend, muss ich zugeben. Irgendwie scheinen meine Freundinnen kein Vertrauen zu mir zu haben. Das ist ein voll ätzendes Gefühl. Aber ich habe nachgedacht, warum das so ist? Eventuell, weil ich zu vernünftig bin und so was nie machen würde? Nee, würde ich nicht, das stimmt. Ich will Psychologie studieren und da braucht man einen guten Notendurchschnitt wegen des Numerus clausus. Ich weiß einfach, was ich will. Aber vielleicht bin ich genau deshalb immer mit Rebellinnen befreundet. Du weißt ja, Kira hat mich auch im Stich gelassen. Kein Mensch kann alle seine Anteile leben. Ich lebe den Vernunftteil und ihr den anderen. Würde doch Sinn machen, oder? Mit dieser Theorie geht's mir jetzt jedenfalls besser. Trotzdem will ich noch mal betonen: Wenn du es mir gesagt hättest, ich hätte dich auf keinen Fall verraten! Glaubst du mir das? Das wäre schön. Wirklich.

Und nun bin ich gespannt, welche *magischen* Abenteuer du erlebst. Erzählst du mir davon? Du weißt ja, ich sitze hier und mache brav meine Hausaufgaben. Und wenn ich fertig bin, wäre eine Mail mit ein paar aufregenden Inhalten eine schöne

Ablenkung. Ich freue mich also, wieder von dir zu hören. Pass auf dich auf und komm bald wieder! Oder besser: Bleib so lange weg, wie du es brauchst!
Umarmung, Luisa

PS: Unser Fotoprojekt ist übrigens ganz toll angekommen. Du hättest eine Eins plus bekommen! Also, du hast eine Eins plus. Vielleicht kannst du sie ja doch noch mal irgendwann gebrauchen.

Ich wischte mir eine Träne aus dem Augenwinkel. Ach Mann, Luisa. Sie war ein echter Kumpel. Und ich? Ich hatte sie nicht nur sitzen gelassen, sondern log sie auch noch an. Von wegen, ich wäre in einer Aussteigerkommune auf La Gomera! In Wirklichkeit war ich gestern ganz in ihrer Nähe vorbeispaziert. Ich kam mir schäbig vor. Vielleicht wäre es doch besser gewesen, ihr nicht zu schreiben. So hatte ich es ja nur verschlimmert! Am liebsten wollte ich sofort zu ihr und ihr die ganze Wahrheit erzählen, einfach, damit sie merkte, dass ich ihr vertraute. Voll und ganz!

Ich öffnete die Mail von meiner Mutter.

Grete, Liebes!

Ich verstehe dich so gut, auch wenn du es vielleicht nicht glaubst. Aber ich war auch mal sechzehn, so wie du … Ich weiß, früher haben wir uns viel besser verstanden. Alles war nicht so kompliziert, wie in der letzten Zeit. Aber ich bin ja nicht dumm, du bist eben kein Kind mehr. Und ich, ich mache dauernd Fehler. Ich bin nicht mehr stärker als du. Kinder werden groß und man selber alt. Du bist jetzt schon größer als ich (zehn Zentimeter!), schaust auf mich herab und siehst alle meine Fehler. Und sie kotzen dich an, ich weiß. Meine Fehler und die von Viktor.

Aber ich glaube, ich habe durch deine Flucht was begriffen. Man darf nie auf seinen Fehlern sitzen bleiben, man muss immer weiter an sich arbeiten, egal, wie alt man schon ist. Wie soll die Welt sonst besser werden? Ich will mich anstrengen, Grete, – für dich! Du bist doch mein Liebstes, was ich habe. Und deswegen will ich versuchen, dir zu erfüllen, was du dir am meisten wünschst. Für Viktor kann ich nicht sprechen, aber ich soll dich grüßen und umarmen und küssen. Wir haben dich beide lieb, ganz doll!

Für immer, deine Mama

Jetzt liefen mir die Tränen an beiden Seiten einfach so runter. Ich hasste es, zu heulen. Aber manchmal ließ es sich nicht verhindern. Verschämt schielte ich zu Pio hinüber, der mich fasziniert und ohne jede Scham beobachtete.

»Wasser kommt aus deinen Augen«, stellte er fest. Ich musste schmunzeln. »Ja, kann schon sein.«

Ich wischte mir die Tränen am Ärmel ab. Für einen Moment wollte ich am liebsten wieder sieben sein und mit Emma auf der Couch sitzen und beim Schein von vielen Kerzen Bilderbücher anschauen. Damals war alles noch so einfach gewesen, eine heile Welt, bevor das Leben irgendwann die Tür aufriss und brüllte: Ich bin kein Ponyhof!

Na ja, das ging allen so. Nur ich hatte tatsächlich arrogant auf sie herabgesehen und sie für ihre Fehler gehasst. Dabei war es ungerecht. Meine Mutter wusste das alles, verzieh mir und verstand mich. Ich wollte zu ihr, sobald wie möglich. Und ihr nicht noch zusätzliches Unglück zu dem bereiten, woran sie im Leben sowieso schon knabberte.

Auf dem Weg zum Kristallkunde–Seminar fing mich Neve ab. Ich eilte gerade die Stufen hinauf in den zweiten Stock der Akademie, weil ich schon spät dran war. Da kam sie mir entgegen.

»Hallo Grete, hast du einen klitzekleinen Moment?«

Ich blieb stehen. »Hey, Neve. Hm, mein Seminar fängt gleich an.«

»Nur eine Frage, ich war gestern Nachmittag schon bei dir, aber du warst nicht da.«

»Tut mir leid.«

»Diese Jenny aus Irland, habt ihr euch noch länger unterhalten?«

»Öh, nö.« Ich schaute unruhig hoch in die zweite Etage, als wäre meine Zeit wirklich knapp.

»Dachte, ihr würdet euch irgendwoher kennen, weil sie fast die ganze Zeit während der Veranstaltung neben dir stand.«

O je, Neve hatte Lilonda also beobachtet und mir war das nicht aufgefallen.

»Nee. Wir hatten uns nur über das Essen unterhalten. Und dann war sie irgendwann weg.«

»Ja, hab ich gemerkt. Sie ist kurz vor Schluss gegangen. Wollte nur gern wissen, ob du Näheres über sie weißt, weil ihr davor geredet hattet.«

»Geredet? Äh … Sie wollte eigentlich nur wissen, wo die Toiletten sind«, log ich.

»Ach so«, sagte Neve enttäuscht.

»Du weißt also nicht zufällig, bei wem sie wohnt?«

»Wie, wohnt?« Mein Herz begann zu klopfen. Neve ahnte, dass etwas nicht stimmte. Das war alles andere als gut.

»Na, einige Besucher sind doch für ein paar Tage geblieben, weil es weitere Ratssitzungen und Befragungen gibt und Pios Aufzeichnungen durchgesehen und vervollständigt werden.«

Mir fiel Clara ein. Die Blitze bedeuten starke Verbindungen, gingen mir Leos Worte durch den Kopf. Ob sie auch noch hier war?

»Keine Ahnung, hab sie nicht noch mal gesehen. Vielleicht ist sie am gleichen Tag nach Hause?«

»Das kann natürlich sein.« Neve machte ein nachdenkliches Gesicht.

»Wieso, was ist denn mit ihr?« Eigentlich wollte ich das nicht fragen, aber wenn ich mich überhaupt nicht wunderte über Neves Fragen, wäre das verdächtig.

»Hm, ganz seltsam. Weißt du noch, als wir oben auf dem Dach am Alexanderplatz standen …?«

»Das werde ich mein Lebtag nicht vergessen!«

»Ja, ich weiß. Ich krieg jetzt noch Angst bei der Erinnerung daran, dass ich dachte, du müsstest da runterspringen. Wenn ich dich nun gezwungen hätte …«

»Neve! Ich hätte niemals auch nur einen Schritt weg gemacht von der Mauer, da kannst du sicher sein. Und es tut mir immer noch furchtbar leid, dass ich …«

»Psst, alles ist gut. Du hast nichts falsch gemacht. Kurz, bevor man den Durchgang passiert, ist man einfach völlig durch den Wind.«

Neve strich mir sanft über den Oberarm. Sie war so lieb. So ein Engel, dachte ich, und das war sie auch noch wirklich. Gegen sie kam ich mir wie ein ständig unter Druck stehender Vulkan vor. Ob das jemals anders werden würde?

»Jedenfalls, da war doch Lilonda, das Elementarwesen. Erinnerst du dich?«

»Mit dem du gesprochen hast? Ich konnte es ja nicht sehen.«

»Genau. Sie begleitet mich immer, wenn ich den Durchgang passiere. Und sie ist total fasziniert vom Menschsein.«

»Aber was hat das mit der Jenny zu tun?«

»Wenn Lilonda einen Menschen imitiert, dann sieht sie genauso aus wie Jenny.«

»Hm. Vielleicht kennen sie sich?«

»Das hab ich auch erst gedacht, aber, Lilonda taucht seit der Versammlung im Durchgang nicht mehr auf.«

»Tatsächlich? Und jetzt denkst du …«

Neve zuckte mit den Schultern. »Du hast ja gehört, was sie auf der Versammlung berichtet haben. Zum Beispiel, dass Elementarwesen verschwinden oder vielleicht sogar zu Menschen werden.«

»Ja, ich erinnere mich. Aber … Kann man über die Jenny aus Irland denn nichts rausfinden?«

»Hab ich bereits versucht. Auf der Gästeliste stand sie schon mal nicht. Aber einige Teilnehmer sind auch ohne besondere Anmeldung erschienen. Als Nächstes müsste ich wohl zur Akademie nach Dublin reisen. Aber mein Gefühl sagt mir …« Neve seufzte.

»Ich weiß nicht, wie ich dir helfen soll!«

»Mach dir keine Sorgen, Grete. O je, wegen mir kommst du zu spät zum Seminar. Ich werde mal mit jemandem aus dem Rat sprechen.«

Nein, tu's nicht!, schrie alles in mir. Aber ich durfte mir nichts anmerken lassen. Und ich konnte Neve auch nicht einweihen. Sie war zu anständig. Damit würde ich sie in fürchterliche Konflikte bringen. Wir verabschiedeten uns mit einer Umarmung und ich rannte nach oben.

Marie saß neben mir und plapperte ständig auf mich ein, aber ich bekam weder vom Inhalt ihrer Worte was mit noch vom Unterricht. Unruhig zählte ich die Minuten, um endlich hier raus und zu Lilonda zu kommen. Ich musste sie rausbringen aus der magischen Blase, und zwar so schnell wie möglich. Sobald der Rat von der Sache Wind bekam, hatte er bestimmt seine Methoden, sie aufzuspüren.

24. Kapitel

Lilonda und ich machten uns erst auf zur Quelle, als es draußen stockdunkel war. Um diese Zeit war es nicht mehr wahrscheinlich, jemandem zu begegnen.

Wir bewegten uns abseits der Wege und erreichten ohne Zwischenfälle die Quelle. Ich erzählte Lilonda von meiner Begegnung mit Neve.

»Nun haben wir sie beide angelogen. Unsere Freundin!« Lilonda klang herzzerreißend bekümmert.

»Ja, das ist Mist. Aber viel schlimmer ist, dass du jetzt in Gefahr bist!«

»Meinst du denn wirklich, Neve würde uns verraten, wo sie doch unsere Freundin ist?«

»Ich weiß es nicht. Man darf Freundinnen jedenfalls keine Geheimnisse aufbürden, die zu schwer für sie sein könnten. Und ich hatte Schiss, das könnte in dem Fall so sein.«

»Verstehe, das merke ich mir.«

»Du musst erst hier raus, so schnell wie möglich. Drüben bist du sicherer. Da kannst du dich besser verstecken. Und wenn Neve es dann erfährt ...«

»Du musst sie unbedingt grüßen und ihr sagen, dass ich für immer ihre Freundin bin. Und dass wir es nur nicht gesagt haben, weil das Geheimnis zu schwer für sie ist. Das musst du mir schwören!«

»Ja doch, Lilonda. Ja!«

»Pssst«, machte sie. Ich hatte nicht gemerkt, dass ich laut geworden war und meine Stimme durch die Stille des Waldes hallte. Wir liefen ein Stück schweigend, nur die Äste knackten leise unter unseren Füßen.

»Wo soll ich denn dann hin in Berlin?«

Darüber hatte ich während Kristallkunde nachgegrübelt und war immer wieder auf Frittenjonny gekommen, der eine Kartoffelecken–

Bude am Mauerpark betrieb. Tom, meine Eltern, Luisa – nee, das ging alles nicht. Man würde sie alle zu schnell mit mir in Verbindung bringen. Aber Frittenjonny, den kannte niemand. Und er war cool. Er spendierte mir manchmal eine Portion Kartoffelecken, weil er wusste, dass ich keine Kohle hatte. Dafür ließ er mich einen Sack Kartoffeln schälen, damit es mir nicht peinlich war. Wir redeten nicht viel miteinander. Wir verstanden uns auch so. Mein Gefühl sagte mir, Jonny war der Richtige. Er würde uns helfen.

Erleichtert vernahm ich das Plätschern der Quelle – wir waren ohne Zwischenfälle angelangt – doch ich hatte mich einen Moment zu früh gefreut. Das Plätschern verstärkte sich auf einmal und ich konnte Lilonda noch gerade so hinter dem Hügel zurückhalten.

Und dann hörten wir auch schon Sulannias Stimme, während wir mit angehaltenem Atem hinter dem Hügel hockten.

»Gute Nacht, Minchin.«

»Gute Nacht, Sulannia. Wann kommst du wieder?«, fragte Minchin und klang dabei flehend. Gute Frage!

»Du bist hier ein bisschen einsam, nicht wahr?«, antwortete Sulannia und Sorge lag in ihrer Stimme.

»Gibt es denn niemanden, mit dem du die Aufgabe teilen magst?«

»Oh, es geht schon. Ich bin gern allein, nur manchmal ...«

»Wir sehen uns morgen Mittag wieder. Und ich werde mit deinem Vater sprechen. Es ist nicht gut, dass du ganz allein hier bist. Auch wegen der Dinge, die so passieren. Es sollte jemand da sein, damit ihr gegenseitig auf euch aufpassen könnt.«

»Ja, das ist wahr«, antwortete Minchin.

Hölle noch mal, auch Minchins Zeit wurde knapp. Wir mussten uns in jeder Hinsicht beeilen!

Wir warteten, bis Sulannia in den Wald verschwunden war und auch nicht mehr so schnell wieder auftauchen konnte. Dann begaben wir uns hinunter zum Teich.

»Oh, das war knapp«, begrüßte uns Minchin, die dicht unter der Wasseroberfläche gewartet hatte und vor uns auftauchte. Im fahlen Licht des Mondes, der jetzt über den Wipfeln aufgetaucht war, sah sie aus wie eine leuchtende Elfe aus Nebel. Ihre Augen schimmerten tiefblau und ihre langen Haare waren genauso weiß wie ihre Haut. Ein bezauberndes Bild. Emma hatte immer gesagt, all diese Wesen aus unseren Märchenbüchern würde es wirklich geben, und sie hatte recht.

»Du hast gewusst, dass wir da sind?«

»Ich habe euch gehört, kurz bevor Sulannia angeschwommen kam, und gebetet, dass ihr sie bemerkt.«

»Ja, haben wir, im letzten Moment. Also, Grete«, erklärte Lilonda und zog ein schuldbewusstes Gesicht.

»Jedenfalls, die Luft ist jetzt rein. Wir haben Zeit.«

Ich erzählte Minchin, wie die Dinge standen. Minchin hörte andächtig zu und machte ein ernstes Gesicht.

»Wir müssen es schaffen, heute!«, beendete ich meinen Bericht.

»Ja, das müssen wir wohl. Sind da Wechselsachen für Lilonda drin, falls die Blase …?« Minchin zeigte auf den Beutel, den Lilonda in der Hand hielt.

»Genau. Zur Sicherheit. Ich zieh mir das Zeug an.« Geschäftig nahm ich Lilonda den Beutel ab, holte einen Pullover und einen Rock heraus und streifte mir beides über. Ein Paar Strumpfhosen trug ich bereits unter der Hose und ein Paar Ballerinaschuhe steckte ich mir links und rechts in die Pullovertaschen. Nicht ideal für die Jahreszeit, aber besser als gar keine Schuhe.

»Und du musst auch rüber, bevor sie dir hier noch jemanden in den Teich setzen«, sagte ich zu Minchin.

»Ich weiß. Der Geburtstag meines Vaters ist übermorgen. Solange werde ich es hinauszögern.«

»Bist du sicher?«

»Es muss reichen. Ich werde nicht vorher gehen.«

»Aber …«

»Das bin ich meiner Familie schuldig. Ich werde nicht vorher gehen«, wiederholte sie.

Minchins Entscheidung klang endgültig. Okay, es war ihre Sache.

Wir begannen mit unserem Training. Die erste Sauerstoffblase platzte sofort. Lilonda war zu zappelig und stellte sich ungeschickt an.

»Lilonda, konzentrier dich. Du weißt, ich hab nicht endlos Kraft, immer wieder neue Blasen zu basteln.«

»Ja, ich weiß, aber heute muss es klappen!«

»Wird es aber nicht, wenn du dich nicht zusammenreißt.«

»Ja, ich weiß. Ich vermassel alles.«

»Das tust du, – falls du dich jetzt nicht anstrengst!«, fuhr ich sie an und es tat mir im selben Moment leid. Ich war genauso angespannt wie sie.

Lilonda lief eine Träne über die Wange.

»Hey, komm schon. Wir schaffen das. Du hast es hingekriegt, ein

Mensch zu werden. Das war voll mutig! Dagegen ist doch unser Zehnminutentauchgang ein Witz.« Ich klopfte Lilonda behutsam auf die Schulter.

»Ich kann dabei sterben.«

Okay, wir standen unter Druck und sie hatte Angst.

»Das wirst du nicht, wenn du dich konzentrierst.« Ich sah zu Minchin hinüber, deren Miene nichts über ihre Gefühle verriet, und mir kam eine Idee.

»Stell dir einfach vor, du wärst wie Minchin. Beinah knochenlos und fließend ... Ja! Du bist eine Undine. Fast nur aus Wasser ... Du hast doch Fantasie, Lilonda!«

»Ja, hab ich.« Lilonda versuchte ein kleines Lächeln.

Und dann klappte es zum ersten Mal richtig lange. Lilonda machte jede Bewegung in der Sauerstoffblase mit, als wäre sie tatsächlich das Wasser selbst.

»Hey, wunderbar!«

Sogar Minchin lächelte.

Nach ungefähr einer Viertelstunde stieg Lilonda aus der Blase, ohne sie zu zerstören. Wir ließen die Blase durch den Teich wabern, während wir uns ausruhten.

»Was meinst du, Minchin?« Ich sah Minchin hoffnungsvoll an.

»Wenn ihr das jetzt noch mal schafft, könnten wir es riskieren. Gefährlich wird es nur an der Mauer. Die Blase darf nicht kaputt gehen, während ihr hindurchgleitet. Von dort ist es zu weit, um zurückzuschwimmen, schnell wieder aufzutauchen und Luft zu holen. Und wenn die Blase sich dann noch um sie schlingt und sie würgt …«

Lilonda zuckte mit den Augen. Ich berührte sie am Arm.

»Jetzt versuchen wir erst mal, unseren Rekord zu toppen.«

Es klappte eine halbe Stunde lang ohne Probleme. Am Ende schwammen wir so weit in den Durchgang hinein, dass wir die Mauer hinter dem blauen Licht erahnen konnten. Wir hatten beschlossen, nicht zu reden und uns nur Zeichen zu geben. Minchin blieb dicht hinter Lilonda. Ich fühlte mich noch recht fit, weil ich bisher nur zwei dieser Blasen hatte entstehen lassen müssen.

Stumm zeigten wir Richtung Mauer. Lilonda nickte leicht. Dann schwammen wir zurück.

Wieder am Ufer sagten wir eine Weile nichts und schauten nur in die Sterne, während Minchin vor uns im Teich ein paar Bahnen zog und aussah wie eine Sternschnuppe, die ins Wasser gefallen war.

»Wir tun es. Jetzt!«, entschied Lilonda in die Stille hinein.

»Okay«, antwortete ich und spürte, wie mein Herz begann vor Aufregung zu vibrieren. Ich fühlte mich verantwortlich für Lilonda. Als wenn ihr Leben allein in meiner Hand lag, obwohl auch viel von ihr selbst abhing.

Ohne weitere Worte begaben wir uns ans Ufer. Minchin glitt heran.

»Ist es soweit?«, fragte sie.

»Ja«, antwortete Lilonda.

»Du bist das Wasser, Lilonda, nichts als Wasser«, coachte ich sie noch einmal und sah ihr dabei tief in die Augen.

»Ich weiß.«

Lilonda stieg in die Sauerstoffblase, die Minchin ans Ufer gelenkt hatte. Ohne eine unnötige Bewegung.

Wir schwammen auf das blaue Licht zu. Immer wieder sah ich zu ihr hinüber, aber alles war in Ordnung. Lilonda schien eins mit der Blase und atmete darin gleichmäßig ein und aus. Sie war die Ruhe selbst.

Ihre Wimpern zuckten leicht, als das Licht greller wurde. Dann verschwand es auch schon hinter uns und die Mauer tauchte wieder wie ein untergegangenes Schiff vor uns auf.

Minchin war nicht mehr zu sehen. Lilonda und ich tauschten Blicke. Ich lächelte. Sie lächelte auch. Langsam schwamm ich voran, suchte die Öffnung in den Steinen und fand sie.

Ich fuhr mit der Hand über den Bereich der Mauersteine, der in Wirklichkeit nur eine Illusion war. Lilonda beobachtete mich und nickte.

Okay. Ruhig und fließend, nur mit einem leichten Paddeln der Füße und die Arme eng an den Körper gelegt, passierte ich die Mauer

Auf der anderen Seite angekommen, drehte ich mich um, starrte auf die Mauer und flehte alle Götter und Teufel der Welt an, dass Lilonda unversehrt auftauchte. Sie durfte keine Angst vor den Steinen haben. Die Steine waren nur Wasser! Ich hatte es ihr mehrmals erklärt und hoffte, dass ihre Einbildungskraft jetzt stark genug war.

Die Mauer blieb ruhig. Mein Herz fing an zu hämmern. Warum folgte mir die Blase nicht? Meine Gedanken begannen durcheinanderzurasen. Hatte Lilonda Angst bekommen? Irgendeine unüberlegte Bewegung gemacht? Lilonda! Ich konnte nicht nachsehen, dann stießen wir in der Mauer womöglich zusammen.

Verdammt! Aber Minchin war ja auch noch da. Sie beobachtete das Ganze von der anderen Seite, versuchte ich mich zu beruhigen und entfernte mich mit einem kräftigen aber ausbalancierten Schwimmstoß noch ein Stück weiter von der Mauer.

Und dann kam sie. Als hätte sie von mir ein wenig mehr Antrieb gebraucht. Lilonda glitt durch die Mauer wie ein Embryo in seiner Fruchtblase. Gut so. Ruhig bleiben. Weiter so! Erst ihr Kopf, dann ihr Oberkörper, dann die Beine. Die Blase hielt! Noch nie hatte ich so inbrünstig gebetet, obwohl ich gar nicht an irgendwelche Gottheiten glaubte!

Lilonda war ganz durch. Wow. Ich wollte Luftsprünge machen. Aber noch waren wir nicht am Ziel. Ruhig bleiben!

Ich machte eine besonnene Handbewegung und zeigte nach vorn, während Lilonda mich anstrahlte. Wir schwammen ein Stück. Und dann passierte es doch noch. Die Sauerstoffblase platzte. Zuerst sah ich nicht, wo. Unten, an ihren Füßen? Verdammte Hölle! Das musste irgendwas Spitzes am Boden gewesen sein. Die Blasenhaut legte sich wie eine zweite Haut um Lilonda, sodass sie sich jetzt gar nicht mehr bewegen konnte. Sie steckte wie in einer Tüte, aus der jemand die Luft gesaugt hatte. Ich tauchte hinab zu ihren Füßen und riss die Blasenhaut von unten nach oben auf. Dann bekam ich einen Arm von Lilonda zu fassen und zog sie mit mir. Im nächsten Moment spürte ich Boden unter den Füßen. Gott sei Dank, wir hatten es geschafft! Wir waren schon da. Ich zog Lilonda auf die Kellerfliesen. Die Blase klebte noch halb an ihrem Körper, aber Gesicht, Hals und Brust waren frei. Sie spuckte Wasser aus, zuckte und blieb für einen Moment liegen. Sie war komplett durchnässt, doch das war unwichtig. Sie war drüben!

»Hey, Glückwunsch. Das hast du großartig gemacht«, rief ich und legte meine Hand auf ihre Schulter.

»Lilonda?«

Sie regte sich nicht und mir blieb fast das Herz stehen. Lilonda ... Hektisch zog ich ihr einen Blasenrest von der Schulter und warf ihn ins Wasser.

»Lilonda!«, rief ich.

»Psst. Schrei nicht so, sonst hört uns noch jemand.« Lilonda drehte sich langsam zu mir und richtete sich ein wenig auf. Ich starrte die lebendige Lilonda an und hatte das Gefühl, leicht zu werden wie ein Schirmchen von einer Pusteblume.

»Mir geht's gut. Ich kann es nur noch nicht fassen«, versicherte sie mir.

»Dank allen Göttern in diesem Keller!«, hauchte ich.

»Du hast das großartig gemacht. Freundin!«, flüsterte sie feierlich.

Ich lächelte sie an und merkte, wie mich ein Glücksgefühl durchströmte.

Zusammen zupften wir die letzten Blasenfetzen von ihr ab, die sich im Wasser langsam wieder auflösten.

»Und jetzt?«, fragte Lilonda unternehmungslustig.

»Jetzt ziehst du dir erst mal was Trockenes an und dann gehen wir zu Frittenjonny. Es müsste hier gleich elf Uhr vormittags sein, um die Zeit macht er seine Bude auf.«

Ich reichte Lilonda Pullover, Rock, Strumpfhose und Schuhe, während sie aus ihrem nassen Zeug schlüpfte.

»Wohin damit?«

»Lass uns alles mitnehmen. Du wirst die Sachen wieder brauchen.«

»Stimmt. Und du glaubst gar nicht, was ich für einen Hunger habe.«

25. Kapitel

Schnell eilten wir die Straßen entlang, ich mit gesenktem Kopf, damit mich niemand erkannte, und Lilonda nicht wissend, wohin sie zuerst schauen sollte. Sie erzählte, dass ihr die Gegend durch kleine Aufträge, die ihr Neve in der Realwelt gegeben hatte, bereits vertraut war, aber noch nie hatte sie den Prenzlauer Berg zu Fuß erkundet. Ich merkte, dass sie an jedem Schaufenster am liebsten stehen geblieben wäre, obwohl sie zitterte wie Espenlaub. Sie trug lauter Sommersachen, nur der Pullover war etwas dicker, aber sie hatte kein Shirt oder Unterhemd an. Außerdem war das Wasser kalt gewesen, während ich davon nichts zu spüren bekommen hatte.

»Komm, Lilonda. Dafür hast du später noch genug Zeit.«

Zum Glück war es unwahrscheinlich, um diese Zeit jemandem zu begegnen. Alle hockten in der Schule, meine Mutter verließ so gut wie nie das Haus und mein Vater meist erst gegen Abend, um schnell noch was einzukaufen oder in die Kneipe zu gehen.

Als wir den Mauerpark erreichten und Jonnys Imbissbude am anderen Ende der Rasenfläche in Sicht kam, war ich erleichtert. Fast geschafft. Wir liefen darauf zu, während ich sah, wie er gerade die Holzluke öffnete und die Stehtische draußen aufstellte.

Die ersten Kartoffelecken brutzelten im heißen Fett. Man konnte es riechen.

»Hallo Jonny«, rief ich etwas atemlos in den Seiteneingang seiner Bude. Er zog die Fritten aus dem Fettbad, drehte sich um und machte große Augen.

»Wow, Gracy!« So nannte er mich, weil er Grete nicht aussprechen konnte. »Du bist zurück. Dein Vater wird happy sein!« Er strahlte mich an.

»Nein, bin ich nicht, du musst uns helfen.«

»Not back?« Jonny zog die Augenbrauen hoch und machte ein Gesicht, als täuschten ihn seine Sinne. Er kniff mir leicht in den Oberarm. »Veralbere nicht einen alten Londoner, ich seh dich vor mir, Sweety.«

Dann warf er einen Blick auf Lilonda.

»Das ist Lilonda. Sie … sie …« Wie sollte ich es ihm erklären? Ich hatte mir nichts zurechtgelegt.

»Deine Eltern wissen also nicht, dass du wieder hier bist«, kombinierte er.

»So ist es, und sie dürfen es auch nicht erfahren.«

»… du bist also auf der Durchreise?«

Guter Jonny! Er stand nie auf dem Schlauch.

»Ja, genau, aber … Ich komme wieder, nur nicht jetzt, verstehst du?«

»Nein, aber das ist no problem.« Er grinste.

»Und bis dahin musst du dieses Mädchen unterbringen.« Er musterte Lilonda fragend und ich nickte.

»Lilonda braucht eine Bleibe. Und ich dachte …«

»... der alte Jonny ist ein erfahrener Frittenmacher und weiß bestimmt was.«

Ich lächelte ihn an.

»Hi Lilonda«, sagte er und streckte ihr die Hand hin. Lilonda nahm sie und Jonny hielt sie eine Weile fest. Dabei forschte er in ihren Augen. Lilonda sah ihn erschrocken an. Dann ließ er sie los und sie strich sich mit der anderen Hand über die Hand. Jonny hatte wohl ziemlich fest zugegriffen. Er beobachtete sie und musterte sie eine Spur zu eindringlich.

Plötzlich griff er nach ein paar Haaren, kurz über ihrem Ohr, und zog daran.

»Au«, schrie Lilonda auf.

»Gut«, antwortete Jonny.

Moment mal, was war denn in den gefahren? Instinktiv stellte ich mich zwischen die beiden.

»Was soll das?«

Jonny schob mich beiseite.

»Booo!«, erschreckte er sie als Nächstes. Lilonda zuckte zurück.

»Sag mal, spinnst du?«, fuhr ich ihn an.

Lilonda stand verstört da und eine Träne begann ihr über die Wange zu laufen. Eine derartige Begegnung mit dem ersten fremden Menschen musste furchtbar für sie sein.

Jonny berührte nun Lilondas Wange und wischte die Träne weg.

»Du weinst!«

»Ja, na du benimmst dich ja auch wie ein Vollidiot!«, meckerte ich.

Jonny strich noch einmal über Lilondas Wange, diesmal ganz sanft. »Hey, es tut mir leid. Wirklich. Aber das musste sein.«

Er nahm Lilondas Hand und zog sie in die Bude. Sie war so durcheinander, dass sie es einfach geschehen ließ.

»Du frierst ja. Komm rein, hier drin ist es warm. Am besten direkt neben die Fritteuse.« Er schob Lilonda in die Wärme.

Dann wandte er sich an mich.

»Gracy, du bist ein wundersames Girl. Das habe ich schon immer gewusst. Und jetzt sehe ich es so deutlich in deinen eyes wie noch nie.«

»Was soll denn mit meinen Augen sein?«

»Energy – von einem anderen Stern.« Er kippte nebenher Fritten in zwei Schalen und tat jeweils eine Kelle Quark und Lauch darauf.

»Und deine Freundin, die hast du von da mitgebracht«, sagte er, während er uns jeder eine Portion Fritten reichte.

»Was?« Meine Gedanken überschlugen sich. War Jonny etwa auch einer aus der magischen Welt, nur ich hatte es die ganze Zeit nicht gewusst? O je, dann waren wir hier völlig falsch! Wir mussten weg.

»Hey. Keine Panik.« Jonny bemerkte, dass sich bei mir alles auf Flucht stellte, aber groß und kräftig, wie er war, versperrte er uns in seiner kleinen Bude den Ausgang. Beschwichtigend hob er die Hände.

»Ich helfe Lilonda. Sie kann bei mir pennen. Sie ist anders als die anderen.«

»Welche anderen?«

»Oh, zwei von Lilondas Sorte waren hier. Ich spüre, wenn sie nicht schon immer aus Fleisch und Blut sind. Hey, Gracy, halt mich für crazy, aber ich hab ein Gefühl für Außerirdische, glaub mir. Nur diese zwei, die waren gefährlich. Keine Empfindungen, weißt du, kein Schmerz, keine Angst, kein Herz, anders als Lilonda.«

Ich versuchte dem, was Jonny sagte, zu folgen, mir zusammenzureimen, was er meinte. Jetzt wieder hörte er sich nicht so an, als ob er schon mal in einer magischen Blase gewesen war. Aber irgendwas wusste er. Vielleicht besaß er besondere Antennen, war so ein Zwischending wie Tim. Klar, so einige hielten ihn für verrückt, durchgeknallt von Drogen, und dann hier gestrandet. Ich hatte das nie geglaubt. Für mich war Jonny schon immer schlauer gewesen, als so mancher Bürofuzzi in den obersten Etagen.

»Ich weiß nichts von zwei anderen.«

»Nicht? Dann sieh dich vor Gracy, dass du nicht in schlechte

Gesellschaft gerätst. Vielleicht planen diese Typen die Übernahme der Welt.«

Okay, das klang schon verrückt, wenn man ihn so reden hörte. In meinen Ohren allerdings nicht. Es gab Elementarwesen, die verschwanden. Und es sah ganz so aus, als hätte Jonny zwei davon zu Gesicht bekommen.

»Aber nun esst erst mal. Lilly kippt sonst um, das sehe ich.« Lilonda stürzte sich auf die Fritten und schlang sie hinunter.

»Siehst du, sag ich doch. Ich darf Lilly sagen? Ist leichter für meine alte englische Zunge.«

Lilonda grinste und nickte. »Klar.«

»Okay, Jonny. Danke«, sagte ich, »und …«

»… kein Wort zu deinem Vater, schon verstanden.«

»Er …«

»... kapiert nicht, was abgeht. Ich weiß. Und du weißt, dass du ihm das Herz brichst. Also, komm bald zurück, girl. Okay?«

»Okay.«

»Hey, so viel haben wir noch nie miteinander getalked, stimmt's?« Er grinste mich herausfordernd an. Ich musste auch grinsen.

»Die Außerirdischen tun dir gut!«

»Vielleicht. Pass gut auf Lilly auf, sie kennt sich noch nicht so aus. Ich komme, sobald ich kann. Wir müssen …«

»Wir werden schon ein Leben für sie finden, keep cool. Heute schneidet sie erst mal Kartoffeln. Kann jede Hilfe gebrauchen. Drüben in der Bernauer Straße bauen sie neue Wohnhäuser bis in den Himmel. Ich muss Kolonnen von Handwerkern durchfüttern.«

»Gut«, seufzte ich und umarmte Lilonda.

»Mach's gut.«

»Es ist alles so aufregend!« Lilonda funkelte mich an.

»Das ist es. Ich versuche, bald wiederzukommen. Vielleicht kannst du ein Auge auf komische Leute haben, die hier vorbeischneien.«

»Das werde ich, ich denke das Gleiche wie du. Elementarwesen.«

»Könnte sein.«

»Elementarwesen? Ah, soso«, bemerkte Jonny. »Aber nu macht Platz, Mädels, die Kundschaft wartet. Und drei Leute hier drin, da explodiert die Kiste.«

Vor der Bude hampelten bereits fünf Bauarbeiter unruhig von einem Bein aufs andere.

Ich trat ins Freie, winkte noch einmal und begab mich eilig auf den Rückweg. Geschafft, meine Güte, wir hatten es geschafft! Das musste erst mal bei mir ankommen. Lilonda war in Sicherheit!

Wieder war die Zeit knapp. Bullshit, das war sie immer! Mitternacht war in der magischen Welt längst vorbei. Zu spät kommen würde ich sowieso. Also, was sollte es! Mit Minchin hatte ich abgesprochen, dass alles glattgegangen war, wenn ich nicht innerhalb einer halben Stunde zurückkehrte. Sie wusste, dass es dauern konnte, besonders, wenn es uns nicht gelang, für Lilonda eine Bleibe bei Jonny zu finden.

Ich beschloss, erst am nächsten Morgen wieder in Kims Haus aufzutauchen. Sollte sie toben. Dann war ich eben beim Lesen an meinem Lieblingsort eingepennt, na und?

Zuerst lief ich an dem Haus vorbei, in dem Luisa wohnte, und spähte hinauf zu ihren Fenstern. Sie war bestimmt nicht da, sondern in der Schule. Da konnte ich mich aber leider nicht blicken lassen.

Bis zu meinem Haus am Wetterplatz waren es nur fünf Minuten. Schon von weitem sah ich, dass man es eingerüstet und mit einer Plane abgedeckt hatte. Ich schlich mich näher heran.

Emma und Viktor konnten keinen Blick aus dem Fenster werfen. Also musste ich nur aufpassen, dass ich Tom nicht über den Weg lief, oder Toms Freundin Charlie.

Mit gemischten Gefühlen verharrte ich unter der großen Kastanie gegenüber meines Hauses. Die Fassade hatten sie bereits weiß getüncht. In der Farbe glitzerten kleine Goldpünktchen. Und oben auf dem Dach thronte ein nagelneuer, goldener Wetterhahn, wahrscheinlich war es sogar der alte und ein Ratsmitglied hatte unauffällig ein bisschen gezaubert. Handwerker trabten emsig mit Farbeimern über das Gerüst. Alles ging blitzschnell. Die umliegenden Bewohner wunderten sich bestimmt, wie schnell man ein Mietshaus sanieren konnte, wenn man wollte.

Nur ein paar Schritte, in die Toreinfahrt hinein, die Treppen hinauf, und schon würde ich bei meinen Eltern und in meinem Zimmer sein. Einfach die jetzige Situation vergessen und los! Ach, Mann … Ich schaute zu der mächtigen Kastanie hoch, deren Knospen sich bald öffnen würden, als könnte sie mir irgendwie helfen.

Nein, es ging nicht. Mein Zuhause lag vor mir, aber befand sich gleichzeitig in unerreichbarer Ferne. Und was wollte ich überhaupt? Noch vor kurzem hatte ich jeden Tag in meinem Zimmer gelegen, an die Decke gestarrt und mich so weit weg wie möglich gewünscht. Ich war mir wie in einem Gefängnis vorgekommen, während draußen das Leben an mir vorbeizuziehen schien. Und nun? Nun hatte ich doch, was ich wollte. Und sogar mehr als das! Es war, als wäre ich in einen meiner liebsten Fantasy–Romane geraten, und dabei kam mir nicht mal eine unbedeutende Rolle zu.

Eigentlich war alles gut! Und wenn ich auf das Haus schaute: Auch hier taten sich Dinge.

Ich schloss die Augen und schickte ein paar Gedanken zu meiner Mutter und zu meinem Vater. Vielleicht spürten sie es ja. Dann wandte ich mich um und machte mich auf den Weg.

Wohin? Nein, nicht in mein magisches Zimmer, um vernünftigerweise ein paar Stunden zu schlafen. Ich würde zu Jerome gehen. Ich musste mit ihm reden, was und wie würde mir, bis ich dort ankäme, schon einfallen.

26. Kapitel

»Komm schon, Jerome. Es ist alles noch da. Du musst dich nur konzentrieren!« Der Fremde sprach mit einem Akzent und klang wie Jonny. Er musste Engländer sein, wahrscheinlich ebenfalls aus London.

Ich befand mich in Leos Zimmer nebenan, was ihm bestimmt überhaupt nicht passen würde, sobald er hier aufkreuzte.

Davor war ich zehn Minuten vor der Wohnung auf– und abgetigert, ohne einen brauchbaren Plan zu entwickeln. Das erinnerte mich an meine Schachspielkünste. Viktor hatte es mir beigebracht. Wenn ich keine Idee hatte, setzte ich einfach irgendeine Figur, nur, damit es weiterging und wieder etwas passierte. Dann verdrehte er jedes Mal die Augen. »Das ist dumm, Grete, ziemlich dumm. Erst überlegen, dann handeln. Du hast keine Geduld und willst immer mit dem Kopf durch die Wand. Das wird dich noch mal teuer zu stehen kommen!«

Meist gewann er die Partie. Aber mir war es wirklich zu öde, ewig über jeden Zug nachzugrübeln. Es musste was geschehen auf dem Schlachtfeld, dann konnte ich immer noch neue Pläne schmieden.

Also hatte ich einfach geklingelt. Jerome öffnete mir die Tür.

»Hallo. Ich wollte zu Leo«, sagte ich.

Er musterte mich von oben bis unten. In seinen Mundwinkeln zeigte sich ein kleines Schmunzeln. Ich sah ihn mir ebenfalls von oben bis unten an. Letztens hatte er klapprig und alt gewirkt, als er auf Leo gestützt das Krankenhaus verlassen hatte. Mich erstaunte sein noch recht junges und markantes Gesicht. Er war attraktiv, ein attraktiver Mittvierziger. Seine Augen wirkten wach. Nun ja, warum auch nicht, schließlich hatte er einmal einen geheimen Bund geleitet und große Pläne gehabt.

»Ihr kennt euch vom Studium?«

Gute Idee.

»Genau. Ich sollte vorbeikommen.«

»Dann seid ihr also verabredet?«

»Genau.«

Jerome sah auf seine klobige Armbanduhr.

»Hm, Leo müsste bald wieder zurück sein.«

»Ich könnte auf ihn warten«, beeilte ich mich zu sagen.

»Na ja, 'ne halbe Stunde wird es noch dauern. Er sagt mir immer genau, wann er nach Hause kommt. Bist du vielleicht zu früh?«

»Eigentlich nicht.« Ich setzte mein harmlosestes Mädchenlächeln auf.

Es funktionierte. Jeromes Gesichtszüge wurden weich. Bestimmt war er früher mal ein Weiberheld gewesen, oder war es sogar immer noch.

»Na, komm schon rein. Wenn Leo dich eingeladen hat, wird er sicher nichts dagegen haben, wenn du in seinem Zimmer auf ihn wartest. Bestimmt hat er was mit den Uhrzeiten durcheinandergebracht.«

Jerome schloss hinter mir die Tür. Ich fand mich in einem kahlen Flur wieder. Es gab nur zwei Nägel, an denen zwei Jacken hingen, und auf dem Linoleum standen auf einem Wischlappen zwei Paar Schuhe.

»Das Zimmer geradezu. Ich bringe dir einen Apfelsaft.«

Jerome bog links in die Küche ab. Ich spähte in das Zimmer rechts. Die Tür war angelehnt und nur ein Stück von einem Einzelbett zu sehen. Allerdings besaß die Tür eine Glasscheibe und dahinter bewegte sich ein Schatten. Da war noch jemand. Jerome hatte Besuch.

Leos Zimmer überraschte mich. Im ersten Moment erinnerte es mich an mein eigenes. Die eine Wand war schwarz gestrichen. Davor stand ein Bett mit einem indischen Überwurf. Meiner zu Hause war blau mit schwarzem Korallenmuster darauf. Leos war rot, verziert mit einem riesigen Winterbaum. Über dem Bett befand sich ein Regal mit ein paar Büchern. Und unter dem Fenster ein kleiner Schreibtisch.

»Bitte schön«, Jerome stellte mir den Saft hin. Er wirkte wieder vollständig gesund.

»Wie heißt du?«

»Äh … Sophie«, sagte ich. Vielleicht war es besser, wenn ich ihm nicht meinen richtigen Namen verriet.

»Okay, Sophie, er muss gleich da sein. Setz dich so lange.«

Ich setzte mich brav auf den Stuhl vor dem Schreibtisch. Jerome schloss die Tür. Hm, das war ein bisschen komisch. Ich hörte, wie er auch die Tür zu seinem Zimmer zumachte.

Tja, ich war drin, hatte Jerome gesehen und saß nun eingesperrt in Leos Zimmer.

Und jetzt?

Sollte ich vielleicht einfach rübergehen zu Jerome und ihn zur Rede stellen?

Und dann?

Glaubte ich etwa, dass Jerome mich brav in seine Pläne einweihen würde?

Himmel! Ich hatte keine Idee, was ich tun sollte, nur so ein Gefühl, dass ich das Ding nicht laufen lassen konnte, mich irgendwie einmischen musste. Oder nicht? War das ein Irrglaube? Ich meine, was sollte ich denn machen? Vielleicht überschätzte ich mich tatsächlich und sollte endlich zum Rat gehen und die Sache vortragen. Manchmal brauchte man nun mal Hilfe.

Ich stand auf und las die Buchrücken der Bücher. *Das Lied von Eis und Feuer*, *Die fünfte Dimension*, eine Nietzsche–Biographie und ein Buch über Psi–Phänomene. Daneben zwei Wälzer zur Weltgeschichte.

Von nebenan drang Stimmengebrabbel durch die Wand, ich legte mein Ohr daran und lauschte. Zuerst verstand ich nicht, worüber sie redeten. Doch dann wurde es eindeutig: Der Fremde schien Jerome zu drängen, sich an seine Vergangenheit zu erinnern. Was hatte der denn damit zu tun? Ein Verdacht beschlich mich, ich musste sehen, was sie taten. Auch wenn es riskant war, öffnete ich leise die Tür und spähte auf die Glasscheibe der Nebentür. Tatsächlich: Ich sah die Silhouetten von zwei Personen, die ihre Stirnen gegeneinanderdrückten.

Das reichte. Mehr musste ich nicht sehen. Schnell schloss ich die Tür wieder und presste mein Ohr erneut an die Wand.

»Warum glaubst du, das wären noch nicht alle Namen?«, fragte Jerome den Fremden.

»Der Geheimbund war größer. Einer von ihnen ist sich sicher. Aber auch ihm fallen nicht mehr alle Namen ein.«

»Erinnert er sich genauso gut wie ich?«

»Ja, es läuft hervorragend. Sie erinnern sich alle, unterschiedlich schnell, aber es geht voran.«

»Ich kann es immer noch nicht fassen, was mir angetan wurde. Wenn das alles wahr ist …«

»Das ist es«, unterbrach ihn der Fremde.

»Ich weiß, Riley. Ich weiß. Es wird Zeit, dass wir was unternehmen.«

Riley hieß er also. Den Namen musste ich mir merken.

»Das werden wir. Einige Dinge sind in Gang gesetzt. Wir beginnen, die Durchgänge unter Kontrolle zu bekommen.«

»Wie?«

»Es ist besser, wenn du nicht zu viel weißt, bevor dein Gedächtnis wieder vollständig hergestellt ist.«

»Aber was soll das! Ich habe diesen Geheimbund aufgebaut und geführt!«, brauste Jerome auf.

»Ich weiß, ich weiß«, besänftigte ihn Riley. »Und ich bin hier, damit dir das alles wieder einfällt.«

»Ja, ist mir klar. Danke.«

»Okay, lass es uns noch mal versuchen.«

»Wir haben keine Zeit mehr. Leo ist bald zurück.«

Riley seufzte. »Der Junge weiß 'ne Menge. Warum kriegst du nicht mehr aus ihm raus? Ich kapier's einfach nicht.«

»Es ist nicht so einfach, ich hab das schon mehrmals erklärt! Sie haben Leo nicht gelöscht. Und das aus gutem Grund. Ich muss behutsam sein, um ihn sicher auf unsere Seite zu holen. Ein Fehler und er geht drüben petzen.«

»Mann, aber er kann in die magische Blase, jederzeit! Das macht mich völlig verrückt. So jemanden brauchen wir!«

»Riley, du musst jetzt gehen. Leo wird sonst sicher misstrauisch, wenn mich dauernd ein Arbeitskollege im Blaumann besucht, während er nicht da ist. Das kauft er uns nicht auf die Dauer ab.«

»Okay, ich hau ab. Und du grabe weiter in deinem Gedächtnis oder quetsche deine Wissenslücken endlich aus dem Hirn des Jungen.«

Ich hörte Stühlerücken. Dann Schritte im Flur. Schnell setzte ich mich wieder auf meinen Platz. Die Wohnungstür fiel ins Schloss. Kurz darauf klopfte es und schon stand Jerome in der Tür. Ich nippte an meinen Apfelsaft und schaute ihn an.

»Tut mir leid, aber jetzt müsste er gleich da sein.« Er lächelte mich an wie ein Vater, der vor Neugier auf die erste Freundin seines Sohnes fast platzt.

»Schon okay.« Ich lächelte zurück.

***

»Hi, Sophie«, begrüßte mich Leo, als er sein Zimmer betrat.

»Da bist du ja endlich«, antwortete ich erfreut.

Leo machte gute Miene zum bösen Spiel, aber es war nicht zu übersehen, dass er vor Wut über meine Anwesenheit fast explodierte, während ich Jerome im Flur rascheln hörte.

»Na, dann komm«, sagte er in freundlichem Ton. Seine Augen funkelten böse.

Ich fragte nicht, wohin wir gingen. Dass wir hier wegmussten, war mir klar.

Leo pfefferte seine Tasche auf das Bett und wandte sich wieder zum Gehen.

»Willst du dein Schreibzeug nicht mitnehmen?«, bemerkte ich scheinheilig.

Forsch griff Leo nach dem Riemen und hängte sich die Tasche wieder um.

»Oh, geht ihr gleich wieder?«, fragte Jerome, der mit einer Tasse dampfenden Kaffee aus der Küche kam.

»Ja, Bibliothek«, sagte ich. »Im Internet finden wir nicht das, was wir brauchen.«

»Ah.« Jerome lächelte uns aufmunternd zu. Sicher glaubte er, wir würden uns in Wirklichkeit einen unbeobachteten Ort zum Knutschen suchen.

»Wann kommst du wieder?«, wollte er von Leo wissen. »Also, so ungefähr«, gab er hinterher und zwinkerte ihm zu.

Wie unauffällig! Wäre ich wirklich die neue Flamme von Leo, wäre das so was von peinlich!

»Weiß noch nicht«, antwortete Leo. »Ich ruf dich an.«

»Okay.«

Er will nur wissen, wie viel Zeit er für seine Machenschaften hat, wollte ich am liebsten erklären. Wir verließen die Wohnung und Leo zog die Tür hinter uns ins Schloss.

Draußen liefen wir nebeneinander her und sagten keinen Ton.

»Sehr unauffällig, sich wie zwei Fremde zu verhalten, falls Jerome uns aus dem Fenster nachschaut«, gab ich zu bedenken.

»Tsss«, zischte Leo. Verdammt, er war ziemlich sauer.

»Was studieren wir eigentlich?«, fragte ich gut gelaunt.

»Du findest das Ganze also witzig.«

»Nein, überhaupt nicht.«

Wir bogen um die nächste Ecke. Neben einer Linde blieb Leo stehen, reckte die Hände in den Himmel und brüllte los:

»Bist du total übergeschnappt, einfach bei mir reinzuschneien, sag mal?«

Ich versuchte seinem Funken sprühenden Blick standzuhalten, obwohl mir sein Tonfall durch Mark und Bein schepperte.

»Warum? Was ist dabei? Etwa, dass ich dein Zimmer gesehen habe?«

Leo kämpfte sichtlich darum, seine Wut im Zaum zu halten. Er erinnerte mich an einen Vulkan, der jeden Moment auszubrechen drohte.

»Du bist illegal hier. Jerome erinnert sich …« Er sprach nicht weiter. Ich sah ihn fragend an, obwohl ich seine Wut ziemlich gut nachvollziehen konnte. Schließlich hatte er mir beim letzten Mal deutlich genug gemacht, dass ich mich raushalten und meiner Wege gehen sollte.

Am besten, ich rückte gleich mit der Sprache raus, was ich herausgefunden hatte.

»Könnten wir vielleicht noch ein Stück weitergehen? In einen Park oder so? Ich steh nicht so auf das ganze Straßenpublikum.«

Mindestens drei Leute waren bereits an uns vorbeispaziert und hatten neugierig zu uns geschaut.

Widerwillig setzte Leo sich in Bewegung. Ich machte ihm ordentlich zu schaffen und hatte deshalb ein schlechtes Gewissen. Denn eigentlich wollte ich das ganze Gegenteil. Ich wollte ihm helfen, ihn nicht mit alldem alleine lassen. Ich wollte … bei ihm sein. Ja, wollte ich, konnte ich ruhig zugeben.

Wir bogen in eine Parkanlage ein, durch die sich ein kleiner Fluss schlängelte. Inzwischen hatte es sich zugezogen, die ersten Regentropfen fielen und auf den Gehwegen war niemand mehr anzutreffen. Die düstere und verregnete Stimmung passte. Ich wagte einen vorsichtigen Seitenblick auf Leos Profil. Hohe Stirn, gerade Nase, glatte Haut und um den mir zugewandten Winkel seines geschwungenen Mundes zuckte es. In solchen Momenten war Flucht nach vorne am besten. Ohne nachzudenken, nahm ich seine Hand. Leo griff erst für einen Bruchteil einer Sekunde zu, dann riss er seine Hand zurück, als hätte ich keine Finger, sondern Brennhaare wie Nesseln.

Mist. Vielleicht fand er mich wirklich albern. Und wenn schon, ich hatte nichts zu verlieren. Nicht der Neinsager war der Stärkere, sondern der, der sich traute, seine Gefühle offenzulegen.

Ich packte Leo unter einem gewaltigen Baum am Ärmel und

zwang ihn stehen zu bleiben.

»Ich hab was herausgefunden. Jerome erinnert sich, aber nicht durch dich.«

Ich erzählte ihm von Jeromes Besucher, dem angeblichen Handwerkerfreund im Blaumann. Leo machte seinen Ärmel von meiner Hand los und winkte ab.

»Ach der, das ist ein Arbeitskollege. Ein Werkzeugmacher, Jerome hilft in einer Werkstatt aus.«

»Kann ja alles sein, aber ich schwöre dir, der Typ ist magisch und holt Jeromes Erinnerungen zurück. Und nicht nur die von Jerome, sondern von allen, die in diesem Geheimbund waren.«

Leo zog verächtlich die Stirn kraus.

»Willst du mir etwa weismachen, du schneist bei mir rein, um solche gewaltigen Geheimnisse herauszubekommen, während ich mit Jerome Tag und Nacht zusammenlebe und keinen Schimmer habe?«

»Ist wohl so und ist doch kein Wunder. Bei dir muss er aufpassen, bei mir nicht. Ich bin nur eine blonde Studentin, die dich besucht hat.«

Ich lächelte. Leo verzog den Mund und versuchte sich eindeutig ein Lächeln zu verkneifen. Dabei zeigten sich Grübchen links und rechts auf seinen Wangen. Müsste ich Leo beschreiben, würde ich sagen: groß, gutaussehend, markantes Profil, blitzende Augen und Grübchen – verdammter Eimer, und ich war auf einmal anfällig für so 'nen Klischeetypen! Ich räusperte mich, als könnte ich diese Erkenntnis wegräuspern.

Im gleichen Moment traf mich wieder einer dieser Lavablitze von Leo: *Hilfe, die ist mit ihrem Puppengesicht und ihrem Herzmund wie ein Magnet und ich kapier kein bisschen, wieso. Stur und aufmüpfig bis dorthinaus.*

»Leo, pass auf deine Gedanken auf«, stichelte ich. Er atmete tief durch und fuhr sich durchs Haar.

»Und du pass auf, dass du sie nicht missverstehst«, gab er zurück.

»Schwache Antwort«, kommentierte ich.

Magnet. Magnet traf es. Zwei Magneten, die sich einander abstießen, hielt man sie falsch herum aneinander. Und die zusammenknallten, drehte man einen davon andersherum. Wir starrten uns an. Bei Leos Blick wurde mir heiß und kalt und schwindelig und schlecht und weich in den Beinen, und gleichzeitig erfasste mich eine ungeahnte Euphorie. Er war mein Hauro! Das wusste ich doch schon eine Weile. Ich liebte den Zauberer, weil er sich in einen dunklen Vogel verwandeln konnte, aber er sah nebenher auch gut aus, konnte man nichts machen.

Leo trat einen Schritt auf mich zu. Seine Jacke berührte meine Brust. Er legte seine rechte Hand in meinen Nacken, beugte sich zu mir herunter, zog mein Gesicht zu sich heran und … küsste mich. Lange und intensiv, viel besser, als es jemand in einem meiner Bücher beschreiben konnte ... nicht zu vergleichen mit meinen Versuchen auf irgendwelchen Partys, auf die ich mich hin und wieder nachts geschlichen und mit Typen geknutscht hatte, die einige Jahre älter waren als ich ... Hauro–Leo–Macho–Ichbinunnahbar küsste mich einfach ... Heilige Weltkugel …

»Studieren wir zufällig Geschichte?«, rutschte mir aus reiner Nervosität eine völlig belanglose Frage raus, als er seine Lippen von meinen löste. Entgeistert schaute er mich an, als hätte er sich selbst überrascht.

»Nein.« Leo ließ mich los. Sein Blick verfinsterte sich. Er ging auf die Bank zu, die in unserer Nähe stand, und ließ sich darauf fallen.

Ich wollte eigentlich stehen bleiben, aber ich fühlte mich viel zu benommen und ließ mich neben ihm auf der Bank nieder. Jetzt bloß schnell vom Thema ablenken, sonst würde ich nie wieder genug Luft kriegen vor Aufregung.

»Die Sache ist zu groß. Wir müssen rausfinden, was da alles dranhängt und was die vorhaben. Ich weiß nur nicht, wie wir das in den Griff kriegen sollen. Wir …«, überlegte ich los. Leo drehte sich zu mir und fixierte mich mit seinen tiefgrünen Augen.

»Tut mir leid.« Seine Stimme klang belegt.

Ich war verwirrt. »Was?«

»Das mit dem Kuss. War die Anspannung.«

Mein Herz fiel ins Bodenlose.

»Und ich seh aus wie'n Blitzableiter, oder wie!«

Ich Volltrottel! Ich hätte auf mein allererstes Gefühl hören sollen. Aber nein, ich schaffte es ja nie an einer potentiellen Komplikation vorbei. Jetzt bloß cool bleiben und nicht das Gesicht verlieren.

»Aber macht nichts. Ging mir genauso. Wär nur nett, wenn es unter uns bleibt«, gab ich gelassen hinterher.

Leo warf mir einen fragenden Blick zu.

»Wegen Fabian«, log ich. Fabian mit seinen feuerroten Locken war der Erste, der mir einfiel, weil wir im Seminar öfter nebeneinandersaßen. Er war bereits seit über einem Jahr hier. Seine Ausbildung zog sich hin, weil er Schwierigkeiten hatte, mit seinem

Element klarzukommen.

Leo kniff die Augen zusammen, aber er sagte nichts dazu. Er gab sich einen Ruck, erhob sich und baute sich vor mir auf.

»Grete. Tu mir bitte einen Gefallen. Geh in die Blase zurück und mach deine Ausbildung, statt hier rumzugeistern und Abenteuer zu spielen.«

Wie ein Oberlehrer stand er vor mir und war nicht nur ein einfacher, sondern ein doppelter Arsch! Das konnte doch alles nicht wahr sein! *Ruhig bleiben, Grete. Ganz ruhig*, beschwor ich mich. Haltung bewahren. Für wen hielt er sich überhaupt? In mir brodelte es. Trotzdem gelang es mir, langsam aufzustehen. Ich stand so dicht vor ihm, dass mein Kinn fast seine Brust berührte.

»Ich werde zum Rat gehen.«

»Damit setzt du dich selbst in den Dreck.«

»Die Situation verlangt es.«

Ich drehte mich um und verließ mit ruhigen Schritten den Park. Mein Gehör konzentrierte sich auf die Geräusche hinter meinem Rücken. Kam er mir etwa hinterhergelaufen? Nein, er blieb da, wo er war. Gott sei Dank.

27. Kapitel

Minchin drehte vor Freude Wirbel im Wasser, als ich die Mauer passiert hatte und aus dem blauen Licht vor ihr auftauchte. Sie schoss mir voraus, um so schnell wie möglich ans Ufer zu gelangen, damit wir reden konnten. Durch die Wasseroberfläche schien bereits das erste Tageslicht.

»Du bist zurück! Mit jeder Minute habe ich mir mehr Sorgen gemacht. Ist sie sicher drüben? Konnte sie nicht bei Jonny unterkommen? Wo seid ihr hin? Was ist passiert?«

Ich erzählte ihr, dass die Blase am Schluss geplatzt war, aber wir es sicher ans Ufer geschafft haben und wie die Sache bei Jonny gelaufen war.

»Aber das hat alles so gedauert«, beschwerte sich Minchin.

»Na ja, eigentlich nicht. Ich hatte nur noch was zu erledigen.«

Sie beobachtete mich besorgt. Mein Kopf war schwer von meinen neuen Erkenntnissen und der Sache mit Leo. Die Gedanken quetschten sich darin umeinander wie Wäsche in der Waschtrommel. Ich musste mit irgendwem reden, mit Kim oder jemand anders aus dem Rat oder Neve oder Kira – oder Minchin? Nein, Minchin nicht. Sie musste erst mal nach drüben, bevor ich sie mit alldem belastete. Immer wieder fragte ich mich, wie ernst die Lage wirklich war. Selbst wenn sich Jerome und der Geheimbund wieder erinnerten. Ihre Fähigkeiten würden sie nicht zurückerhalten. Es sei denn, ihre Fähigkeiten würden ebenfalls zurückkehren. Aber war das nicht ausgeschlossen? Fähigkeiten löschen war dasselbe, als würde man eine Festplatte professionell löschen. Danach ließen sich die Daten nicht wieder herstellen. Nur das Rauchsäulending war bei manchen geblieben wie ein Kratzer auf der Hardware, der sich nicht entfernen ließ.

Allerdings besaßen diese Gelöschten eine anders geartete Rauchsäulenfähigkeit. Ihr Rauch war schwarz, stank fürchterlich und sie kamen damit auch nicht bis in die magische Welt, sondern höchstens zu ihrem ehemaligen Wunschort.

»Irgendwas bedrückt dich«, forschte Minchin nach.

»Ja, eine Menge. Aber vor allem bin ich furchtbar müde. In ein paar Stunden habe ich Seminar. Muss vorher dringend ein bisschen schlafen.« Ich gähnte, dass mir die Augen tränten. Ich war wirklich völlig fertig. Hoffentlich begegnete ich Kim erst morgen.

»Morgen Abend ist das Fest für meinen Vater. Ich habe mir überlegt, ich möchte gleich danach ein Mensch werden und keine Nacht mehr in der Wurzel verbringen. Meinst du, wir könnten uns für kurz nach Mitternacht hier verabreden?« Minchin sah mich erwartungsvoll an.

»Wenn dein Entschluss feststeht, ich bin da.«

»Okay«, flüsterte Minchin feierlich und sah mich etwas ängstlich an.

»Alles wird klappen.« Ich berührte ihre Schulter und staunte, wie kalt und glatt sie war.

»Okay«, wiederholte sie. Dann stieg sie wieder hinab in den Teich und ich machte mich auf den Weg nach Hause, während in der Dämmerung die ersten Blüten bereits von den Bäumen zu rieseln begannen und ihre leisen Melodien erklingen ließen, so als würde der Wald ewig bestehen und es bestünde überhaupt keine Gefahr.

Obwohl ich hundemüde war, lag ich wach, während es draußen immer heller wurde, und starrte auf die Blitze, die ich an meine Zimmerwand gesprüht hatte. Besonders Leos Blitz beschäftigte mich. Die roten Punkte auf seinem dunklen Untergrund flimmerten, als wären in die Wand kleine LEDs eingebaut oder Nanoteilchen würden in der Farbe das schwache Dämmerlicht reflektieren und tausendfach verstärken.

Ich versuchte jedes Wort, was Jerome gesagt hatte, und jede Geste, die ich gesehen hatte, wieder und wieder zu deuten. Aber der Gedankenfaden riss dauernd und ich fand mich bei Leo wieder, bei seiner Gestalt, seinen Bewegungen, seinen Augen, seinem Mund … und dann wusste ich gar nichts mehr. Gar nichts bis auf eins: In meiner Herzgegend schmerzte es schrecklich. Und zwar, weil Leo mir mit dem Kuss mein Herz herausgerissen und sich einverleibt hatte. Ich hatte keine Ahnung, warum er sich verhielt, wie er sich verhielt. Vielleicht steckte er ja doch mit Jerome unter einer Decke, irgendwie, während Jerome zusätzlich ein doppeltes Spiel trieb. Wie sollte ich das überschauen?

Wenn ich nur wüsste, ob der Blitz nur mich getroffen hatte, oder auch Leo! Er hatte mich zwar auf fiese Weise weggestoßen, aber konnte es vielleicht trotzdem sein, dass er die gleichen Schmerzen in der Brust hatte wie ich?

***

Irgendwann schlief ich endlich ein, und zwar so tief und fest, dass ich erst am frühen Nachmittag aufwachte und meine zwei Seminare längst vorbei waren. Kim hatte mich diesmal nicht geweckt. Stattdessen empfing sie mich in der Wohnstube mit einem Gesicht aus Beton.

»*Guten Morgen*, Grete«, sagte sie ironisch und setzte hinzu: »Du hast einen Termin beim Rat in drei Stunden.«

Okay, nun folgte also die Strafe für meine nächtliche Rumtreiberei. Immerhin hatte ich nicht durchgesoffen oder Drogen genommen, sondern ein paar wesentliche Dinge herausgefunden. Und warum sollte mich der Rat dafür eigentlich löschen? Sie bekamen die Infos und ließen mich dafür an der Akademie. Nach dem Aufwachen heute war mir so ein Handel ganz einfach vorgekommen.

»Gut, ist mir recht«, antwortete ich. Ein Anflug von Verwunderung huschte über Kims Gesicht, den sie jedoch schnell wieder unterdrückte.

»Sei bitte pünktlich.« Sie erhob sich. Der Tisch war leer. Hin und wieder stellte sie mir ein Frühstücksgedeck hin, aber heute war schließlich bald Kaffeezeit.

»Ist Leo auch eingeladen?«, fragte ich, nur um sie zu reizen. Einfach, weil es mich nervte, dass sie sich so eisig gab.

»Mit Leo hat diese Einladung nichts zu tun.«

Hm, stimmte das? Wenn ja, sollte mir das Sorgen machen. Kim schien dann nämlich nicht zu glauben, dass ich die halbe Nacht bei ihm abhing. Hatten sie irgendwas über meine Aktivitäten herausgefunden? Oder hatte Leo den Rat doch aufgesucht? Stopp, ich sollte jetzt keine Spekulationen wie eine Lawine in mein Gemüt stürzen lassen, sondern einen kühlen Kopf bewahren!

»Ansonsten, wenn du mich aufziehen möchtest, dann überlege dir besser ein anderes Thema als Leo. Ich glaube, das hat einfach nicht die Wirkung, die du dir wünschst. Außerdem gibt es so viele Dinge im Leben, die viel mehr Spaß machen, als Schwachpunkte bei anderen ausfindig zu machen und darin herumzustochern. Nur mal so als Tipp.«

Ich starrte Kim an wie vom Donner gerührt. Ihre Worte saßen. Gleichzeitig sah ich zum ersten Mal eine große Verletzlichkeit in ihren Augen. Würde sie gleich weinen? Kim? Himmel, ja, ich hatte an ihr rumgepikt, aber … eigentlich wollte ich sie überhaupt nicht verletzen. Sie war nur so …!

»Ich … Mann … Du bist oft wie Eis, Kim. Ich weiß einfach nicht, wie ich mit dir umgehen soll! Und deshalb … JA! Ich hätte nicht verschlafen dürfen. Aber es ist nicht so, wie du denkst. Es ist … Vielleicht ist es gut, mit dem Rat zu reden!«

Ich ließ mich aufs Sofa fallen und raufte mir die Haare. Heiliger Psychoterror, Kim hatte ein zum Platzen volles Fass in mir angestochen!

»Ich dachte eigentlich, *du* bist aus Eis«, donnerte sie, klang dabei verletzt und biss sich sogleich auf die Lippen. Na toll, *ich* war also aus Eis. Es gab mir einen bösen Stich. Am liebsten wollte ich jetzt einfach nur raus aus der Situation und uns beide schonen.

»Ach, vergiss, was ich gesagt habe. Vergiss es einfach. Du bist ein Ratsmitglied und ich eine Studentin, die sich nicht benehmen kann. Es tut mir leid. Bis nachher um fünf.«

Ich eilte zur Tür, ohne sie noch einmal anzusehen, flüchtete aus dem Haus und lief ziellos in den Wald hinein, immer geradeaus, einfach nur laufen und nicht denken. Irgendwann ließ ich mich auf einem Findling nieder und stützte den Kopf in die Hände, quetschte ihn zusammen, als könnte ich so alles Verwirrende und Überflüssige herausdrücken. Mein Magen rumorte und mein Mund war ausgetrocknet. Leo, Kim, Minchin, Lilonda, Jerome und dieser Riley ... die magische Welt und ich mittendrin mit irgendwelchen Zauberfähigkeiten ... Alles kam mir wie ein riesiger Schlamassel vor, wie tiefe, graue, undurchsichtige Suppe. Und dann waren da noch Luisa und meine Eltern. Plötzlich fühlte ich mich als Teil eines Märchens, das in unzusammenhängenden Stücken durch ein Vakuum gepustet wurde. Wenn solche Bilder kamen, beschlich mich Angst, gleich durchzudrehen. Das kannte ich schon aus dem *normalen* Leben. Nur dass es nie um so schwerwiegende Dinge gegangen war wie jetzt. Wahrscheinlich hatte Leo recht. Das war alles zu viel für mich. Ich sollte wirklich brav an die Akademie gehen und die *Rettung der Welt* den anderen überlassen.

»Hey«, riss mich eine hohe, klare Stimme aus meinen Gedanken, während ich sanft an der Schulter berührt wurde.

Nein, ich wollte mit niemandem reden. Egal, mit wem. Im selben Moment, als mir klar wurde, zu wem die Stimme gehörte, traf mich ein orangefarbener Blitz, der ein kurzes Wärmegefühl in mir hinterließ. Clara.

Ich sah zu ihr auf und sie lächelte mich freundlich an.

»Was für ein Zufall, dich hier zu treffen. Ich war zweimal bei dir die letzten Tage, aber immer ohne Erfolg.«

Ohne zu überlegen, ging ich aufs Ganze. Ich hatte keine Kraft für weitere Geheimnisse.

»Zwischen uns gibt es eine Verbindung. Wir haben irgendwas miteinander zu schaffen. Was Wichtiges. Wolltest du kommen und es mir sagen?«

Clara wurde ernst. Ich lag also voll richtig. Die Blitze hatten es mir mitgeteilt und ihr Blick bewies es jetzt.

»Ja, das spüre ich auch. Deshalb wollte ich dich gern kennenlernen.« Sie lächelte verunsichert.

»Das ist nicht alles. Da ist noch mehr. Was ist es? Sag es mir!« Ich stand auf. In Claras Gesicht arbeitete es. Meine Worte machten deutlich, dass ich was wusste und gleichzeitig nichts wusste. Na, toll. Das entging ihr nicht.

»Vielleicht hast du recht.«

»Natürlich habe ich recht«, brauste ich auf und bereute es im selben Moment. Clara konnte nichts dafür, dass ich bereits voll bis obenhin war mit Geheimnissen, Problemen, Komplikationen.

»Also, ich bin grad auf dem Weg nach Hause und habe es ein wenig eilig. Aber vielleicht kann ich bald wiederkommen und wir verabreden uns?«

»Dann kann es zu spät sein.«

»Warum zu spät?«

»Das kann ich jetzt nicht alles erklären.« Mir fiel die Botschaft des Blitzes ein, der auf der Versammlung zwischen uns eine Verbindung hergestellt hatte. »Du kennst mich irgendwoher, was ist dabei, mir sofort zu sagen, woher?«

»Das werde ich. Aber es ist kompliziert. Ich würde gern vorher mit jemandem reden. Aber ich könnte in ein paar Tagen wieder hier sein.«

Mir kam eine Idee.

»Reist du zurück nach Sardinien?«

»Ja.«

»Mit welchem Kraut?«

»Der Korsischen Nießwurz. Gibt es nur auf dieser Lichtung, falls ich zur richtigen Lichtung gefunden habe.«

Clara sah sich um.

»Wie sieht die Pflanze aus?«

»Grüne Blüten, ähnlich einer Kirschblüte, nur eben grün, gezähnte Blätter und sie hat einen oder mehrere Stängel wie ein Pfennigbaum.«

Clara bückte sich.

»Ah, hier steht eine.«

Ich trat näher, während Clara einige der Blüten pflückte. Sie leuchteten tatsächlich intensiv apfelgrün und wurden von schmalen, tiefgrünen Blättern eingerahmt.

»Hattest du die schon in Reisekunde? Na ja, bestimmt noch nicht. Du bist ja erst am Anfang.«

»Darf ich ein paar? Wie schmecken sie?«

Clara reichte mir vertrauensvoll einige Blüten. Na klar, als Student funktionierte das mit dem Reisen angeblich noch nicht. Aber da ich inzwischen die Erfahrung gemacht hatte, dass so einige dieser eisernen Regeln nicht mehr in Kraft zu sein schienen …

»Sie schmecken sehr herb, nach Trüffeln.«

»Habe noch nie Trüffel gegessen.«

Ich hockte mich hin und pflückte noch ein paar Blüten. Eine Handvoll musste man zusammenbekommen. So viel wusste ich bereits. Zuerst glaubte Clara, ich würde ihr beim Pflücken helfen, aber als ich keine Anstalten machte, meine Blüten herzugeben, besorgte sie sich noch ein paar.

»Koste ruhig eine. Man muss ja auch lernen, die richtigen Blüten am Geschmack zu erkennen. Korsische Nieswurz kann man zum Beispiel mit der stinkenden Nieswurz verwechseln. Die schmeckt aber nach Gülle.«

Ich kostete. Seltsamer Geschmack, nicht unbedingt mein Fall.

»Okay«, sagte Clara. »Am Sonntag könnte ich wieder hier sein. Wollen wir uns vielleicht im Akademie–Café treffen?«

»Meinetwegen. Kennst du meinen Vater oder meine Mutter oder so?«

»Ich werde dir alles erzählen, versprochen.«

Sie berührte mich noch einmal an der Schulter. »Mach's gut bis dahin und pass auf dich auf.«

»Ich werd's versuchen.«

Clara entfernte sich einige Meter, drehte sich weg und führte die

Hand mit den Blüten zum Mund. Ich trat leise hinter sie und tat es ihr nach. Bäh, so 'ne ganze Handvoll davon schmeckte nicht berauschend. Trüffel wären dann wohl auch nicht mein Fall.

Clara wandte sich um. »Grete …!« Weiter kam sie nicht. Die Umgebung begann sich zu dehnen. Die Wiese unter uns flitzte plötzlich weg, als hätte sie sich in ein Laufband verwandelt. Ich sah Clara vor mir, die anfing zu rennen. Reflexartig begann ich ebenfalls zu rennen. Ich konnte gar nicht anders. Es passierte einfach mit meinen Beinen. Links und rechts bogen sich die Bäume, zogen sich in die Länge und begannen auf einmal auszusehen wie Leitungen und Kabel in einem U-Bahn-Tunnel. Es zischte und quietschte in meinen Ohren. Dann wurde vorne ein Licht sichtbar, raste heran und vergrößerte sich wie der näherkommende Ausgang eines Autobahntunnels.

Unsere Schritte verlangsamten sich. Die Tunnelwände blätterten weg. Tiefblauer Himmel trat dahinter hervor. Das Wiesenlaufband ging in gelben Sand über. Clara blieb stehen und ich stolperte in sie hinein.

»Grete!«, wiederholte sie und sah mich entsetzt an.

»Es hat funktioniert«, antwortete ich triumphierend.

»Aber das darf es nicht!«, rief Clara.

»Das ist mir klar. Aber nun wissen wir, dass es trotzdem geht, obwohl es das nicht darf«, analysierte ich.

Clara schüttelte hilflos den Kopf.

»Wir haben ernste Probleme.«

Ich nickte. »Die haben wir.«

»O Mann, Grete. Als Erstes musst du sofort zurück. Hoffentlich funktioniert das auch.«

»Nein, ich kann nicht. Ich …« Sollte ich Clara einfach alles erzählen? Mein Gefühl sagte mir, dass ich ihr trauen konnte, aber …

»Zwischen uns gab es einen orangefarbenen Blitz und er war warm und er hat mir gesagt, dass du dir mich anders vorgestellt hast«, übernahm etwas in mir die Führung und offenbarte zunächst diesen Teil meiner Geheimnisse.

»Oh, … Du hast die Blitzfähigkeit«, stellte Clara beeindruckt fest. »Trotzdem musst du zurück«, entschied sie.

»Aber dann kann es sein, dass ich bis Sonntag bereits gelöscht bin und mich an nichts mehr erinnern kann!«

In Claras Gesichtsausdruck mischte sich Sorge.

»Warum das denn?«

»Das kann ich nicht erklären. In ungefähr zwei Stunden hätte ich einen Termin mit dem Rat. Vielleicht ist es gut, dass ich unauffindbar bin.«

»Wenn dich der ganze Rat einlädt, dann musst du da hin. Was hast du denn ausgefressen? Kann ich dir irgendwie helfen?« In ihrer Stimme schwang nun zusätzlich Angst.

»Ach, nein. Ich bin nur drei Nächte nicht nach Hause gekommen. Und mit Kim verstehe ich mich nicht besonders.«

Clara entspannte sich wieder.

»Ach so, na ja, deshalb wird man nicht gleich gelöscht.«

Mist, ich hatte mich irgendwie verrannt. Erst die Sache hochgespielt und nun spielte ich sie wieder runter. Ich sah mich um. Wir standen auf einer Düne, umgeben von bizarren Gesteinsformationen. Überall am Horizont zeigte sich ein Streifen dunkelblaues Meer. Das Steingebirge sah aus wie eine Stadt. Ich sah genauer hin und entdeckte hier und da in den gewaltigen runden Felsen kleine Türen und Fenster. Wahrscheinlich wohnten da die Studenten. Das Besondere war, dass die Steine nicht grau oder sandfarben, sondern alle knallbunt waren, als hätte sie jemand mit einem gewaltigen Farbkasten angemalt. Ich hatte es tatsächlich in die magische Blase von Sardinien geschafft. Die allererste Auslandsreise meines Lebens! Nur langsam sickerte das zu mir durch.

Clara nahm mich bei der Hand.

»Eigentlich muss ich sofort weiter in die Realwelt. Das Haus, die Gäste und die Felder warten. Aber, du hast recht. Ich kann nicht lauter seltsame Andeutungen machen und dich dann stehen lassen … Lass uns am besten zu meinem Lieblingsort gehen. Dort sind wir ungestört und können reden.«

28. Kapitel

Clara führte mich einen steilen steinigen Pfad hinauf. Wir kamen zu einer Höhle, die sich gut als Nistplatz für Greifvögel geeignet hätte. Die magische Blase auf Sardinien besaß keinen Wald, nur bunte Steine und dazwischen überall weiße Büsche mit weißen Blüten, die nicht wie bei uns von Bäumen rieselten, sondern in den königsblauen Himmel aufstiegen und darin entschwanden. Allerdings gaben sie keine Melodien von sich. Stattdessen klingelten die Büsche, sobald man sie berührte, als hätten sie statt Blättern lauter Glöckchen. Es war ein fröhliches Bimmeln, jedes Mal, wenn ich auf dem Pfad einen dieser Büsche streifte.

Wir gingen an der Höhle vorbei einen fast nicht sichtbaren Pfad entlang, der auf einen Abgrund zuführte, wo der Fels steil hinab ins Meer fiel. Gerade, als ich keinen Schritt weitergehen wollte, begann sich die Landschaft vor uns zu wandeln. Der Abgrund verschwand. Stattdessen erhob sich dort, wo eben noch das Nichts gewartet hatte, eine mächtige Trauerweide. Der steinige Pfad wurde zu einem Sandweg, der an ihr vorbei auf ein kleines Bauernhaus zuführte, wie man es in Brandenburg finden konnte: mit langem Dach aus roten Ziegeln, niedrigen Fenstern und davor eine Bank und bunte Sommerblumen, links und rechts daneben ungemähte Wiesen.

Clara steuerte auf die Bank zu und setzte sich. Ich nahm neben ihr Platz und schaute auf gelbe Rapsfelder, Sonnenblumen und Mais bis zum Horizont.

»Sieht aus hier wie bei uns in Brandenburg«, bemerkte ich.

»Ja. Ich liebe es, wie grün es bei euch ist.«

»Dafür aber auch viel kälter und es regnet viel mehr«, gab ich zu bedenken.

»Aber so wunderbar saftig und üppig alles. Den Regen würde ich gern in Kauf nehmen dafür und auch ein paar Grad weniger.«

»Hm, die Menschen wollen immer da sein, wo sie nicht sein können, oder?!«

»Ja, oder das haben, was sie nicht haben können.«

»Oder so.«

Wir lächelten uns an.

»Hast du Hunger?«, fragte sie.

»Und wie«, antwortete ich. Clara ging ins Haus und kam kurze Zeit später mit zwei dampfenden Nudelsuppen wieder heraus. Dankbar nahm ich eine Schüssel auf meinen Schoß und begann zu löffeln.

»Ihr könntet euren Agriturismo hier verkaufen und stattdessen einen Bauernhof zwischen Berlin und der Ostsee bewirtschaften«, schlug ich vor.

Clara lachte auf.

»Würde ich glatt machen, wenn mein Vater damit einverstanden wäre, aber der ist hier fest verwachsen, der gibt nicht auf, was er sich aufgebaut hat. Und meine Großeltern leben auch noch auf dem Hof.«

»Und deine Mutter?« Während ich die Frage stellte, wurde mir klar, dass Clara vielleicht sogar deutsche Wurzeln besaß, wenn sie so gut Deutsch sprach und diese Affinität zu unserer Gegend besaß. »Ist sie etwa Deutsche?«

Clara zuckte mit den Augenbrauen und sah mich seltsam an.

»Ich meine, wäre naheliegend, so gut, wie du Deutsch sprichst.«

»Nein, Deutsch habe ich in der Schule gelernt und später auch im Studium belegt.«

Clara schwieg.

Hm, war ich in ein Wespennest getreten und Clara wollte nicht über ihre Mutter reden? Vielleicht war sie ja schon tot. Ich beschloss, das Thema zu wechseln. Außerdem waren wir doch hier, weil Clara mir was sagen wollte. Ehe ich den Gedanken weiterführen und das bisher Gesagte kombinieren konnte, holte sie tief Luft, sah mich an und legte ihre Hand auf meine. Sie fühlte sich warm und trocken an.

»Grete, ich weiß nicht, wie ich es sagen soll. Vielleicht ist es falsch, es zu tun. Eventuell flippst du völlig aus. Aber …«

Sie drückte meine Hand und seufzte, während ich die Luft anhielt. Meine Güte, was kam jetzt?

»Ich hätte nicht nach Berlin kommen sollen, aber ich wollte dich sehen. Mein Vater hat mir erzählt, dass du vor Kurzem in Berlin verschwunden bist, und alles klang danach, dass du magische Fähigkeiten ausbildest …«

»Wie, woher kennt dein Vater mich?«, unterbrach ich sie und

verstand nur Bahnhof.

»Durch deine Mutter. Sie hat ihm gemailt, weil sie wusste, dass er Ähnliches mit mir erlebt hat.«

Ich versuchte, irgendwas in meinem Kopf zusammenzufügen aber es wollte nicht gelingen.

»Dein Vater und meine Mutter kennen sich? Woher?«

»Sie hatten sich damals in einem Klub kennengelernt in Berlin Mitte.«

Wollte sie mir etwa weismachen, dass Viktor nicht mein Vater war, oder was? Das konnte nicht sein. Ich sah ihm viel zu ähnlich.

»Wir haben keinen gemeinsamen Vater!«, brauste ich auf.

»Nein, aber die gleiche Mutter«, antwortete Clara und ich spürte ein leises Zittern in ihrer Hand. Erschrocken zog ich meine Hand weg und sprang auf.

»Was? Das kann überhaupt nicht sein. Das …«

Tja, wieso sollte es nicht sein können? Ich starrte Clara an. Ihre Augen und irgendwie die gesamte Gesichtsform und auch die glatten dunkelblonden Haare – wie Emma.

»Das …«

Ich hatte mich noch nie so hilflos gefühlt, so leer und ohne Gefühl. Was bedeutete das? Alles und nichts. Es zog mir den Boden unter den Füßen weg und änderte gleichzeitig überhaupt nichts. Alles war auf einmal anders und doch genauso wie immer. Ich schwankte. Clara stand auf und hielt mich fest. Ich ließ es geschehen und hielt mich an ihr fest.

»Stimmt das?«, flüsterte ich, obwohl mir bereits klar war, dass es stimmen musste.

»Ja, es stimmt. Wir sind Schwestern.«

Ich nahm ein bisschen Abstand und sah Clara an.

»Aber … dann muss dich meine Mutter sehr früh bekommen haben.«

»Mit sechzehn.«

Clara war also fünf Jahre älter als ich, rechnete mein Kopf nüchtern aus, Emma hatte mich mit einundzwanzig bekommen. Gleichzeitig spürte ich, wie Wut in mir hochstieg, und machte mich von Clara los. »Sie hat die ganze Zeit noch ein Kind, schreibt sich mit ihm und erzählt es mir nie? Und du auch nicht? Ihr habt mich also all die Jahre betrogen? …«

Mir fehlten weitere Worte. Ich war fassungslos.

»Nein. So ist es nicht …«

»Natürlich! Wie soll es denn sonst sein?«

Mir kamen die Tränen. Ich war kurz davor, auf Clara loszugehen. Sie hatten mich mein ganzes Leben lang veralbert. Meine Mutter und sie. Sie, die große Schwester. Ach, sie war doch nur eine Halbschwester, mehr nicht. Seltsamerweise schimmerten jetzt Tränen in Claras Augen.

»Ich habe *deine Mutter* nie kennengelernt und auch noch nie mit ihr gesprochen oder einen einzigen Brief erhalten«, sagte Clara und rang um Fassung.

Sie hatte vorsichtig *deine Mutter* gesagt, dabei war es doch auch ihre. Im ersten Moment war ich erleichtert, dass es keine Beziehung hinter meinem Rücken gegeben hatte. Im zweiten Moment wurde mir klar, was das für Clara bedeutete.

»Sie ist auch deine Mutter«, berichtigte ich sie. »Und du kennst sie nicht?«

Clara schüttelte den Kopf. O je … Sofort breitete sich ein schlechtes Gewissen in mir aus.

»Das tut mir leid. Das …«

»Das muss dir nicht leidtun. Dir am wenigsten.«

Ich machte einen Schritt auf Clara zu und wir umarmten uns, hielten einander fest. Clara schluchzte und ihr Rücken vibrierte. Meine Schwester, die keine Mutter hatte. Und zwar genau die Mutter, die Tag und Nacht bei mir gewesen war.

Was war nur passiert?

Clara erzählte mir alles, was sie wusste. Emma war nie gut mit ihrer eigenen Mutter klargekommen. Mit sechzehn hatte sie die Schule abgebrochen und sich mit einigen ein paar Jahre älteren Leuten im Klub eines Besetzerhauses rumgetrieben. Dabei hatte sie Filippo, Claras Vater, kennengelernt. Filippo war schon Anfang zwanzig gewesen und studierte für ein Jahr in Berlin, Agrarwissenschaften. Er wollte den alten Hof seiner Eltern wieder in Betrieb nehmen, was aufbauen. Sardinien war zu der Zeit eine sehr arme Insel mit hoher Arbeitslosigkeit. Seine Eltern standen kurz davor, wie viele andere, die Insel verlassen zu müssen und aufs Festland umzusiedeln. Doch Filippo wollte ihr Zuhause retten. Er glaubte dran und er schaffte es.

Er hätte Emma gern mitgenommen damals, als sie plötzlich schwanger wurde. Aber sie war minderjährig und ihre Mutter erlaubte es nicht. Sie sollte das Kind abtreiben, aber Emma versteckte sich bei Filippo, bis die drei Monate um waren, in denen es medizinisch erlaubt gewesen wäre, und bekam das Kind. Puuh, das war mutig. Meine Mutter bestand aus vielen Ängsten, aber sie war gleichzeitig zäh, und wenn sie was wollte, dann furchtbar stur. Das hatte ich wohl von ihr.

»Aber warum konnte sie dich nicht behalten, wenn sie es geschafft hat, dich zu bekommen?«, fragte ich Clara.

Claras Blick schweifte in weite Ferne.

»Es ging irgendwie nicht. Das Jugendamt schritt ein und Emmas Eltern verlangten, dass sie das Kind zur Adoption freigab, oder sie würden sie rausschmeißen. Also, hauptsächlich ihre Mutter.«

»Das kann ich mir vorstellen. Sie muss eine schreckliche Person sein«, sagte ich. Emma hat mir erzählt, dass sie herrschsüchtig war und ausnahmslos für jeden ein böses Wort auf Lager hatte. Darauf konnte man sich verlassen. Und mein Opa, der inzwischen nicht mehr lebte, war ein Trottel gewesen und hatte immer nur getan, was sie sagte.

»Aber sie hätte doch mit Filippo einfach abhauen können!«, überlegte ich und konnte mir im gleichen Moment nicht vorstellen, dass Emma nach Italien reiste. Emma verreiste nie so weit.

»Das habe ich meinen Vater auch gefragt. Aber er sagte dann immer: Trotz ihrer Eltern hing sie zu sehr an ihrer Heimat. Vielleicht hat sie es sich auch nicht zugetraut. Jedenfalls, sie entschieden, dass Filippo mich mitnehmen würde. Und Emma, sie konnte mit achtzehn nachkommen. Bis dahin sollte sie eine Ausbildung machen. Filippo fand das sogar gut. Mit einer Ausbildung hatte sie bessere Chancen auf einen Job. Nebenher würde sie weiter Italienisch lernen. Filippo hatte ihr bereits einiges beigebracht.«

»Aber dann ist sie nicht gekommen.«

Clara schüttelte den Kopf.

»Nein. Sie hat den Kontakt abgebrochen.«

Ich wusste, dass Emma ihre Ausbildung zur Verkäuferin nie beendet hatte. Und ich konnte mir gut vorstellen, wie sie sich vorgemacht hatte, später nachzukommen und ihr irgendwann klar geworden war, dass sie es nie tun würde. Ich ahnte auch, warum sie keinen Kontakt mehr wollte, aber fragte Clara trotzdem und Clara bestätigte mir meinen Verdacht.

»Filippo sagt, es tat ihr zu sehr weh. Sie wollte es ungeschehen machen, vergessen, einfach, weil sie den Verlust ihres Babys nicht bewältigen konnte. Bis ich drei war, hat sie ihm manchmal geschrieben und er hat ihr Fotos von mir geschickt. Er hat mir auch

Bilder von ihr gezeigt. Wir haben sogar telefoniert. Aber wohl nur zwei Mal. Ich kann mich nicht daran erinnern, ich wusste wohl, dass meine Mutter am anderen Ende war, aber es blieb abstrakt. Und dann hat sie Viktor kennengelernt und ist wieder schwanger geworden. Da hat sie das Kapitel mit mir geschlossen und die Leere, die ich hinterlassen hatte, mit dir gefüllt.«

»Es tut mir leid«, sagte ich wieder und fühlte mich, als hätte ich Clara ihre Mutter weggenommen.

»Nein Grete, du kannst überhaupt nichts dafür. Das darfst du nie denken. Es war allein Emmas Entscheidung. Ich habe ihr Briefe geschrieben und sie nie abgeschickt. Das durfte ich nicht. Oft war ich sauer auf sie. Aber inzwischen verstehe ich es. Sie hatte keine Kraft. Sie hatte einfach keine Kraft.«

»Und jetzt? Aber was ist jetzt? Ich meine, ich bin erwachsen, du bist erwachsen. Ich weiß nun Bescheid und …«

»… du bist gerade in der magischen Welt angekommen und Emma hat davon keinen Schimmer.«

»Ich weiß, aber …«

Clara griff wieder nach meiner Hand.

»Ich bin froh, dass wir uns getroffen haben und dass du es jetzt weißt. Es ist ein unendlich erleichterndes Gefühl. Also, für mich. Ich weiß es ja schon lange …« Sie sah mich ängstlich an.

»Ich bin auch froh«, beruhigte ich sie und drückte ihre Hand. »Du und Emma, ihr müsst euch kennenlernen. Ihr werdet euch kennenlernen.«

»Vielleicht.« Clara lächelte.

»Dann haben wir die ganze Zauberei irgendwie von ihr geerbt?«

»Wahrscheinlich. Einer ihrer Vorfahren muss ebenfalls begabt gewesen sein.«

»Ich habe keine Ahnung, wer das sein könnte. Und Emma ganz sicher auch nicht. Weiß dein Vater denn von der magischen Welt?«

»Nein, niemand aus der Familie. Für ihn war ich ein Jahr abgehauen, nach Deutschland. Er glaubte, es wäre wegen meiner Mutter und ich würde bei euch einmarschieren.«

Ich nickte.

»Ich bin aber froh, dass es nun noch jemanden aus der Familie gibt, der Bescheid weiß.«

Wir lächelten uns an.

»Es ist alles so verrückt«, sagte ich.

»Das ist es. Aber … O mein Gott, Grete, du musst doch längst zu dem Termin!«

Ich winkte ab. »Ich werde zu spät kommen.«

Clara stand auf und zog mich mit sich. Wir verließen ihren Wunschort. Unmerklich ging die brandenburgische Landschaft ihres Lieblingsortes wieder in eine mediterrane Insellandschaft über.

»Wie ernst ist es? Sag mir die Wahrheit.« Clara forschte in meinem Gesicht.

»Ich weiß es selbst nicht. Und es ist kompliziert. Ich …«

Am liebsten hätte ich mich meiner Halbschwester anvertraut, aber … ich tat es nicht.

»Ich werde zu dir kommen, wenn ich Hilfe brauche«, versprach ich ihr.

»Wir haben uns so viel zu erzählen«, antwortete sie.

»Das haben wir.«

Wir waren an der Stelle angekommen, wo die Korsische Nieswurz wuchs, und pflückten zusammen eine Handvoll Blüten.

»Es ist bedenklich, dass das mit dem Reisen geklappt hat. Ich muss das dem sardischen Rat melden«, bemerkte Clara.

»Ja, ich muss das auch melden. Aber ich weiß nicht …« Im Stillen zählte ich alle verbotenen Sachen zusammen, die sich bei mir angesammelt hatten. Clara sah mich nachdenklich an.

»Vielleicht muss ich nicht gleich sagen, wer von den deutschen Studenten gereist ist«, versuchte sie mich zu beruhigen.

Ich wog die apfelgrünen Blüten in meiner Hand.

»Wäre eventuell besser.« Clara drückte mich und gab mir einen Kuss auf die Wange.

»Ich komme, sobald ich kann, in ein paar Tagen.«

Ich schüttete die Blüten in meinen Mund und begann sie zu kauen.

»Gut. Bis dann.«

29. Kapitel

Die Dämmerung zeichnete den magischen Himmel in allen erdenklichen Rotfärbungen, als ich die Terrasse zu Kims Haus betrat.

Kim stand in ihrer Wohnstube, als hätte sie sich seit dem frühen Nachmittag keinen Zentimeter wegbewegt. Ich seufzte. Sie setzte an, etwas zu sagen, aber ich hielt abwehrend beide Hände hoch. Es half sogar und sie schloss den Mund wieder.

»Ich weiß, ich bin eine Katastrophe. Es gibt tausend Wege, sich rauszureden und das zu entschuldigen. Aber das bringt nichts.«

Ich sah Kim an und wusste, dass ich als Nächstes einen unüberlegten Schachzug machen würde, einfach um den Druck rauszulassen, der sich immer mehr in mir aufbaute, und damit es irgendwie weiterging. Wieder wollte sie was sagen, aber ich gebot ihr ein weiteres Mal Einhalt und staunte, dass sie es geschehen ließ.

»Ich bin gereist, mit Korsischer Nieswurz, nach Sardinien. Es hat funktioniert, und … Clara ist meine Halbschwester. Sie hat mir alles erzählt. Ich konnte einfach nicht eher zurück.«

»Du bist gereist?« Kim verschränkte die Arme und fing an, im Raum umherzulaufen.

»Ja. Aber es ist nicht Claras Schuld. Ich habe einfach dieselben Blüten gepflückt und sie gegessen.«

»Weißt du, dass die Pflanzen für die, die damit noch nicht reisen dürfen, giftig sein können?«

»Ja, aber ich war sicher, dass Clara mich darauf hingewiesen hätte. Sie hat mich jedoch kosten lassen.«

»Sie hat dich kosten lassen?«

»Warum nicht? Wer konnte ahnen, dass es funktioniert? Sie trifft keine Schuld«, wiederholte ich.

Kim hörte nicht auf, auf und ab zu laufen. Dabei rieb sie sich nachdenklich das Kinn.

»Erst heute haben wir von solchen Fällen, auch in anderen Ländern Europas, gehört.«

»Tatsächlich?«

Kim nickte, blieb stehen und sah mich an.

»Ich habe dich vorhin beim Rat entschuldigt und gesagt, dass es dir nicht gut geht.«

»Tatsächlich?«, wiederholte ich und war erstaunt. »Aber warum? Ich brauche nicht mit Samthandschuhen angefasst zu werden. Jeder muss die Konsequenzen seines Handelns auf sich nehmen.«

Mist, das klang undankbar, dabei breitete sich in Wirklichkeit ein warmes Gefühl in mir aus, weil Kim mich geschützt hatte. Ich schaute Kim verschämt an. Sie senkte den Blick.

»Das wirst du auch. Der Rat hat beschlossen, dir nur noch Ausgang in Begleitung und zu den Seminaren zu geben. Nach dem, was du mir jetzt erzählt hast, kommt mir die Entscheidung sogar noch richtiger vor.« Sie seufzte, während ich kapierte, was für eine Katastrophe das war. Ich musste wenigstens noch einmal zu Minchin! Und zwar *allein*. Für morgen Abend war ich mit ihr verabredet.

Kim bemerkte, wie mir die Gesichtszüge entgleisten.

»Komm, setz dich erst mal, ich bringe dir was zum Trinken. Orangensaft?«

Sie öffnete den Kühlschrank.

»Ja.«

In mir ging es drunter und drüber. Wussten sie doch mehr über mich, als sie zugaben? Und was ist in Kim gefahren? Warum war sie plötzlich so bemüht um mich?

»Stubenarrest nur wegen Leo?«, hakte ich nach und gab hinterher: »Ich war übrigens nie bei ihm in seinem Haus. Er ist fast nie da, immer in Berlin.«

»Ich weiß«, sagte Kim nur und stellte zwei Gläser mit O–Saft auf dem Tisch ab.

»Aber dann …«, o je, sie wussten irgendwas. Doch Kim fuhr fort:

»Grete, niemanden interessiert, mit wem du dich triffst oder was du nachts treibst. Es geht allein um den Schutz deiner selbst und der anderen. Und es ist schade, dass du das nicht verstehen willst.«

Doch! Ich verstand sehr wohl! Aber … Es gab eben Dinge, die … Und …

»So einfach ist es aber manchmal nicht«, begehrte ich auf.

»Ich erinnere mich. Mit sechzehn kommt einem vieles so furchtbar wichtig vor. Dabei gibt es weitaus Wichtigeres.«

Ha! Sie hatte leicht reden! Was gab es Wichtigeres, als dass jemand im falschen Leben steckte und sein wirkliches Leben suchte, so wie Lilonda und Minchin? Um was sollte es sonst im Leben gehen, wenn nicht darum, wer man war und wozu man gut war? Solange diese Frage nicht geklärt war, konnte man überhaupt gar keinen wertvollen Beitrag leisten! Ganz zu schweigen davon, dass ich ein paar dunklen Machenschaften auf der Spur war, die ohne Frage das Wohl der Allgemeinheit betrafen. Aber wie sollte Kim es wissen? Ich musste ihr alles erzählen. Jetzt! Doch statt es zu tun, bettelte ich:

»Aber ich bin morgen Abend verabredet! Und … ich mag nicht *in Begleitung* zu der Verabredung gehen. Bitte! Ich konnte doch nicht wissen … Ich verspreche, ich werde mich an die Regeln halten. Ich … Ich sag ja, ich bin eine Katastrophe …«

Und dann überrollte mich auf einmal die Sache mit Clara. »… und jetzt habe ich auch noch eine Halbschwester … Eine Halbschwester! Weißt du, wie das ist? Nein, das kannst du nicht wissen. Das kann niemand nachvollziehen, der es nicht erlebt hat, selbst wenn er noch so weise ist, und nicht mehr nur lächerliche siebzehn. Und meine Mutter, sie hat Clara verlassen. Meine Mutter ist ihre Mutter, und Clara durfte sie nie sehen. Clara hat ihr Briefe geschrieben, aber nie abgeschickt …«

Ich konnte die Tränen nicht zurückhalten und schlug die Hände vors Gesicht. Kims Augen weiteten sich, während sich ihre Miene verhärtete. Es schien ihr unangenehm zu sein, dass ich heulte. Sollte es doch. Mir doch egal. In dem Moment traf mich wieder einer ihrer Ascheblitze, sogar mit einer Botschaft: *Wie ich sie um ihre Tränen beneide.*

Ich nahm die Hände von meinem Gesicht und starrte Kim an. Da saß sie, wie aus Marmor gemeißelt, keine Regung im Gesicht, aber schickte mir solch einen Gedanken und mir wurde klar, sie war gefangen, gefangen in ihrer eigenen Maske, aus irgendeinem tief verschlossenen Grund. Kurz stieg Interesse in mir auf, aber ich hatte einfach genug eigene Probleme. Schluss jetzt!

Ich wischte mir mit den Handflächen meine feuchten Wangen ab und stand auf.

»Entschuldigung. Gute Nacht.« Ich drehte mich um und lief zur Treppe, krampfhaft darum bemüht, nicht vor Ohnmachtsgefühlen die Kontrolle zu verlieren.

»Du könntest *heute* Abend noch einmal allein hinaus. Dann habe ich dich davor halt nicht angetroffen, um dir die Entscheidung des Rates mitzuteilen«, vernahm ich Kim hinter mir. Ihre Stimme vibrierte ein wenig. Wow. Hatte Kim das eben tatsächlich gesagt? Das bedeutete, sie schenkte mir ein bisschen Vertrauen – nur ich würde es sofort missbrauchen. Aber es war ja für eine gute Sache! Hoffentlich würde sie es einfach irgendwann verstehen. Hoffentlich!

»Danke«, brachte ich hervor, ohne mich noch einmal umzudrehen, damit sie das schlechte Gewissen nicht in meinen Augen sehen konnte, und war unendlich dankbar.

***

Obwohl ich großen Hunger verspürte, machte ich mir eine halbe Stunde später kein Brot mehr in der Küche, sondern verließ umstandslos Kims Haus. Zum einen, weil die Atmosphäre so angespannt war, zum anderen, damit Kim es sich nicht noch einmal anders überlegen konnte. Minchin und mir blieb nur noch dieser Abend.

Ich lief den gewundenen Weg durch blühende Büsche und Bäume zur Akademie. Sicher würde Else in ihrer unerschöpflichen Küche noch etwas haben. Nachdem ich was gegessen hatte, würde es dunkel genug sein, um unbehelligt zur Quelle zu gelangen. Und dann, bitte, grundgütige Macht des Alls, sollte Minchin auf ihr Fest verzichten und mit nach drüben kommen. Das war ihre letzte Chance.

Else schüttete mir den Rest der Fischsuppe von heute Mittag in eine große Schüssel. Fisch war immer noch mein Lieblingsessen, auch wenn der Heißhunger darauf langsam nachließ.

Am liebsten wäre ich mit meinen Gedanken allein gewesen, doch kurz nach mir betrat Fabian das Café und gesellte sich überraschenderweise mit einem Käsesandwich zu mir. Wir hatten zwar in dem einen oder anderen Seminar hin und wieder eine Aufgabe zusammen gelöst, aber wenn ich's mir genau überlegte, hatte ich mich mit ihm noch nie privat unterhalten.

Mini strich mir um die Beine, während ihre beiden Jungen sofort auf meinen Schoß sprangen und auf ein Stückchen Fisch hofften.

»Du könntest der Vater sein«, rutschte es mir heraus, wobei ich die drei roten Fellbündel betrachtete und gleichzeitig beobachtete, wie Fabian sich eine rote Locke hinters Ohr strich.

Fabian sah mich erst erstaunt und dann verlegen an. Ich lächelte.

»Sorry.«

Er grinste.

»Och, das wär bestimmt eine unkomplizierte Familie.«

Ich schmunzelte und mir fiel ein, dass Marie mir erzählt hatte, Fabian hätte eine unglückliche Liebe drüben. Marie glaubte, er würde deshalb mit seiner Ausbildung nicht fertig werden, weil er sich fürchtete zurückzugehen, und sie würde ihn dann immer noch nicht wollen. *Alles unbewusst bei ihm*, meinte Marie.

Ich löffelte meine Suppe und beobachtete Fabian, wie er herzhaft in sein Sandwich biss. Er war ein kleines Stück größer als ich und zierlich, aber durchaus attraktiv. Er war zurückhaltend und sehr intelligent.

»Hattest du heut auch so lange Unterricht?«, fragte er.

»Ich? Nein, ich … Zu Hause war nur nichts Vernünftiges mehr im Kühlschrank.«

»Hm, du wohnst bei Kim. Ätherleute haben es nicht so mit dem Essen, was?«

»Kann schon sein.« Ich gab Mini ein Stückchen Fisch. Sie stellte sich wie ein Erdmännchen auf die Hinterbeine und nahm es mir mit den Pfoten ab.

»Ich weiß nicht. Diese Undinen sind einfach nicht mein Ding. Keine Ahnung, ob ich mit denen jemals klarkomme. Vielleicht muss ich auch ewig in der magischen Blase bleiben«, seufzte Fabian und knibbelte ein Stück Käse für Mini von seinem Brot.

»Das heißt, du warst den ganzen Tag im See?«, fragte ich.

»Ja, Sulannia ist unerbittlich. Aber ich gewinne einfach keine Kontrolle über die Undinen. Sie werden mich nie durch den Durchgang lassen.«

»Vielleicht willst du gar nicht zurück.«

Fabian sah mich erschrocken an. Ich zuckte mit den Schultern.

»Na ja, mein' ja nur. Könnte doch sein …«

Fabian zog seine Augenbrauen zusammen und suchte nach Worten. Marie schien mit ihrer Diagnose richtig zu liegen und Fabian hatte keine Ahnung von seiner Blockade. Er bedachte mich mit einem langen Blick, der alles bedeuten konnte.

In dem Moment kam jemand die Treppen hinunter und steuerte auf die Küche zu. Leo! Mein Herz machte einen Schlag zusätzlich. Er steckte seinen Kopf in die Durchreiche und rief nach Else. Dann sah er mich.

»Ich muss gehen«, erklärte ich hastig, schnappte meine Schüssel, erhob mich und drückte Fabian, ohne zu überlegen, einen Kuss auf den Mund. Dann verließ ich den Tisch, stellte meine Schüssel in die Durchreiche, bedachte Leo mit einem kurzen *Hi,* warf Fabian noch mal einen flüchtigen Blick zu und weg war ich.

Puhh. Vor der Akademie blieb ich kurz stehen und mir kam es so vor, als würde ich zum ersten Mal seit dem Kuss Luft holen. Mein Herz hämmerte. Das war perfektes Timing. Jetzt würde meine Geschichte mit Fabian durchaus glaubwürdig sein. Fabian hatte mir zugezwinkert, als ich mich noch einmal umgedreht hatte. Im besten Fall hatte er verstanden, dass er nicht gemeint gewesen war, und hielt mich nun hoffentlich nicht für bekloppt.

Ich verschwendete keinen Blick nach hinten, falls mir irgendeiner folgte, und begab mich eiligen Schrittes hinein in den Wald.

Still und dunkel lag er da und schien jedes Geheimnis zu schlucken und für immer zu bewahren. Das Licht aus meinen Augen zeigte mir zuverlässig den Weg. Seltsam, im Umland von Berlin würde ich mich in jedem Wäldchen um diese Zeit kaputtgruseln. Hier jedoch nicht. Die magische Welt gab mir ein sicheres Gefühl. Ob es in einer Blase jemals ein Verbrechen gegeben hatte? Zumindest hatte ich davon noch nie etwas gehört.

Meine Gedanken brachten mich schnell zu dem Teich.

»Minchin«, rief ich leise. »Minchin!« Keine Antwort. War sie ausgerechnet heute Abend nicht hier? Ich wusste, dass sie auch öfter in den großen See hinüberschwamm und ihre Familie besuchte, aber bitte, bitte nicht jetzt.

»Minchin«, rief ich noch einmal. Stille. Ich stieg in das Wasser und tauchte unter, beschloss, den Teich abzusuchen. Vielleicht würde ich die Verbindung zum See finden. Irgendwo musste sie ja sein.

Ich schwamm ein Stück, zunächst Richtung blaues Licht, dann den Fluss hinab, der hier tief war und erst ein ganzes Stück weiter flach wurde. Etwas berührte mich am Rücken. Ich schrak zusammen, drehte mich um und schaute in das ebenmäßige Gesicht von Minchin. Heiliger Teufel!

»Minchin!«

»Psst«, ermahnte sie mich. Besorgt prüfte ich unsere Umgebung. Das Wasser war wunderbar klar und man konnte weit in seine Tiefen blicken.

»Bleib unter der Oberfläche und lass uns zurück in den Teich schwimmen. Draußen im Wald ist jemand.«

Ich sah sie erschrocken an. Hoffentlich hatte er nicht bemerkt, wie ich in den Teich gestiegen war.

»Ich glaube, er hat dich nicht gesehen«, hauchte Minchin, während wir uns dicht am Grund des Flusses fortbewegten.

»Konntest du erkennen, wer es ist?«

»Keine Ahnung. Sulannia jedenfalls nicht.«

Sie zog mich zurück Richtung blaues Licht, wo das Wasser tief genug wurde, damit uns auch niemand von oben sehen konnte. Dann schwamm sie dicht an mich heran und flüsterte direkt in mein Ohr, damit uns das Wasser nicht hören konnte:

»Was tust du hier?«

Sie hielt mir ihr Ohr hin und ich antwortete: »Minchin, wir müssen heute rüber. Heute. Es geht nur heute.«

»Heute? Nein.«

»Doch. Heute oder vielleicht nie.«

Ich fasste kurz zusammen, was passiert war. Minchins Gesicht wechselte dauernd den Ausdruck. Sie besaß eine starke Mimik. Als ich geendet hatte, war ihr Gesicht das Synonym für Traurigkeit. Wir schwebten eine Weile fast regungslos im Wasser, in das blaue Licht getaucht. Ich wartete auf eine Antwort, eine Entscheidung.

»Minchin …«

Sie unterbrach mich: »Du hast eine Schwester. Das ist wunderbar. Wenn ich drüben bin, werde ich keine mehr haben.«

»Minchin …«

Sie unterbrach mich wieder: »Lass uns hinüberschwimmen, sofort. Das Wasser könnte Ohren haben, auch wenn wir noch so leise flüstern.«

Ich zögerte und forschte in ihrem Gesicht.

»Du willst also … auch wenn …«

»Sofort«, wiederholte sie und schwamm voran, auf das blaue Licht zu. Sie ließ mir keine andere Möglichkeit, als ihr zu folgen. Sie schien vor sich selbst zu flüchten, vor dem Teil in ihr, der nun den Geburtstag ihres Vaters verpassen würde.

Wir sprachen kein Wort miteinander, während wir den Durchgang passierten.

Erst als wir im düsteren, modrigen Keller drüben aus dem Wasser stiegen, berührte Minchin mich am Arm. Ihre Augen sahen so aus, als würde sie die ganze Zeit weinen.

»Ich trockne schnell. Wir sollten es gleich hier versuchen.«

»Hier?« Irgendwie hätte ich erst lieber den Durchgang verlassen, damit uns auch keiner überraschte. Aber Minchin hatte recht. Wir durften keine Zeit verlieren.

»Okay.«

Minchin sah mich erwartungsvoll an, während ich mich

konzentrierte und die Augen schloss. Inzwischen war es Routine. Sehr schnell und ohne Probleme verwandelte ich mich in eine Rauchsäule. Kurz bevor ich Minchin begann einzuhüllen, registrierte ich, dass ihre Lippen bebten. Sie hatte Angst. Ich spürte sie und auch die Kälte, die von ihr ausging. Wie ein Mantel legte ich mich um sie und hüllte sie vollständig ein. Langsam ließ ihre Kälte nach. Ich erlaubte mir keine Sekunde den Zweifel, dass es nicht gelingen könnte. Mit Lilonda hatte es auch geklappt.

Minchin wurde wärmer und wärmer. Dann sackte sie in sich zusammen und blieb regungslos auf dem feuchten Steinboden liegen. Ich wich zurück, sammelte mich und verwandelte mich wieder in einen Menschen aus Fleisch und Blut. Sofort stürzte ich zu Minchin und rüttelte an ihrer Schulter. Sie gab kein Lebenszeichen von sich. Für einen Moment überwältigte mich der Gedanke, sie könnte tot sein. Ich meine: Niemand hatte mir die Sache beigebracht, mich auf Gefahren oder sonst was hingewiesen. Und wenn Lilonda und ich einfach nur Glück gehabt hatten? Vielleicht konnte ich es nur bei Ätherwesen.

Ich rüttelte und rüttelte an ihr. »Minchin!«, schrie ich verzweifelt. Die Verantwortung für sie erdrückte mich fast.

»Nicht so laut«, drang ein Flüstern zu mir herauf. Minchin bewegte kaum ihre Lippen, die sich langsam immer dunkler färbten.

»Minchin.« Ich betastete ihre Arme, ihr Handgelenk, ihren Puls. Er war da und ihre Haut fühlte sich nicht mehr so eisig und glitschig glatt an, sie war jetzt viel trockener, zwar nicht gerade warm, aber auch nicht mehr frostig kalt.

»Minchin, wie geht es dir?«

Sie versuchte sich zu bewegen, aber nur ihre Fingerspitzen zuckten. Ich nahm ihre Hand, rieb sie zwischen meiner.

»Das tut gut«, sagte sie. Also rieb ich eifrig weiter.

»Hab Geduld, du kommst auf die Beine.«

»Mir ist schlecht.«

»Das vergeht.« Ich rieb ihre Arme, ihre Wangen. Sie wurden ein wenig rosig. Das war ein gutes Zeichen.

»Du bekommst Farbe«, sagte ich und Minchin gelang ein kleines Lächeln. Sie drehte in Zeitlupe den Kopf zu mir. Ich griff unter ihre Achseln und zog sie auf meinen Schoß. Minchin half ein wenig mit. Sie kam zu Kräften. Wunderbar. Ich hoffte jetzt nichts mehr, als dass wir es schafften, von hier fortzukommen, ehe uns Sulannia oder jemand anders überraschte.

Wir saßen so eine Weile in der muffigen Dunkelheit des Kellers. Meine Augen sorgten für ein wenig Licht. Das Wasser schimmerte schwach bläulich. Minchin richtete sich halb auf und hielt sich den Kopf. Ihre langen weißen Haare nahmen erst ein schmutziges Grau an, dann wurden sie dunkler und dunkler. Als Minchin es endlich schaffte aufzustehen, waren sie schwarz. Ihre Augen behielten ihr Dunkelblau. Die Haut war nicht mehr weiß, sondern rosig, auch wenn sie sehr hell blieb. Mit ihrem kirschroten Mund dazu sah sie aus wie Schneewittchen.

Ich gab ihr mein Sweatshirt mit dem Reißverschluss, damit sie in ihrem feinen Undinenkleid nicht allzu sommerlich aussah. Mir blieb mein dünnes, aber langärmeliges Kapuzenshirt, das ich darunter angehabt hatte. Das musste reichen.

Minchin stützte sich auf mich und so begaben wir uns langsam, aber Schritt für Schritt auf den Weg. Ich atmete auf, als das Eisentor in Sicht kam. Schnell hatte ich das Schloss auf. Es dauerte noch einmal eine kleine Ewigkeit, bis wir gemeinsam die Böschung hinaufgeklettert waren.

Geschafft! Ich richtete mich auf und wollte erleichtert aufatmen. Doch zu früh gefreut. Mein Atemzug blieb mir im Halse stecken und aus Minchins Gesicht wich jede Rosigkeit, als sie meinem erschütterten Blick folgte.

Am Ende der Brücke stand er, hoch aufragend, in seiner schwarzen Lederjacke und den schwarzen Röhrenjeans, den Blick finster auf uns gerichtet, seine Augen wie grüne Laserstrahlen, während ihm eine schwarze Haarsträhne davorfiel. Leo.

Er verschränkte die Arme vor der Brust.

»Wohin des Weges?«, fragte er.

»Leo, was tust du hier?« Blitzschnell versuchte mein Hirn, eins und eins zusammenzuzählen. Die Person, die Minchin im Wald bemerkt hatte, das musste Leo gewesen sein. Er war mir gefolgt, anders konnte es nicht sein. Warum zur Hölle hatte ich ihn nicht bemerkt? Er hatte mich abtauchen gesehen und dann hatte er eine einfache Rechnung aufgemacht. Natürlich musste er sich längst Gedanken gemacht haben, wie ich in die Realwelt kam. Also hatte er sich hier am Ausgang postiert. Genug Zeit war dafür gewesen. Meine und Minchins Reise hatte sicher gute zwei Stunden gedauert.

»Die Frage sollte ich eher euch stellen.«

Er kam auf uns zu, berührte Minchin an den Armen, nahm ihre Hand, drückte ihren Zeigefinger, bis er weiß wurde.

»Du bist jetzt ein Mensch. Tatsächlich.«

Wir standen regungslos da.

»Möchtest du mir irgendwas erklären, oder wollen wir sofort zum Rat?«, fragte er mich und funkelte mich an, als hätte er mich auf frischer Tat ertappt. Sein Getue von oben herab verwandelte meinen anfänglichen Schock in Trotz. Ich nahm Minchin bei der Hand und wollte an ihm vorbeigehen.

»Du würdest es doch nicht verstehen. Dein Ding geht mich nichts an. Und mein Ding geht dich nichts an. War dieser Deal nicht sogar deine Idee? Soll ich es noch mal langsam zum Mitschreiben sagen?«

Es fühlte sich schrecklich an, so mit ihm zu reden. Wie waren wir nur dahin gekommen? Minchin senkte den Blick und ich hakte mich bei ihr unter und zog sie an ihm vorbei. Erst blieb Leo stehen, doch dann fuhr er herum und packte mich an der Schulter. Seine Berührung summte durch bis zu meinem Herzen und es rief: *Seid Verbündete und nicht Feinde!*

Ich griff mir in die Herzgegend, als könnte ich es so zum Schweigen bringen, während Leos Blick mich fixierte und er sich auf die Lippen biss. Musste er einen erneuten Blitz unterdrücken?

»Du kannst Elementarwesen zu Menschen machen, genau wie Riley! Was, verdammt, führt ihr im Schilde?«

Leo hatte also Nachforschungen über Riley angestellt. Seine Fähigkeit überraschte mich nicht wirklich. Es passte irgendwie. Verrückt war, dass Leo nun mich in Machenschaften verwickelt mit Riley vermutete.

Mein Kopf fuhr Achterbahn. Für Bruchteile von Sekunden wollte ich ihn anschreien, schubsen, beschwichtigen. Zum Glück übernahm mein Herz. Behutsam legte ich meine Hand auf seine und wischte sie von meiner Schulter. Leo ließ es geschehen und ich bildete mir ein zu bemerken, dass ihn meine Berührung nicht kalt ließ.

»Zuerst muss ich Minchin in Sicherheit bringen, dann reden wir«, sagte ich in einem Ton, der keinen Widerspruch zuließ.

In Leos Gesicht arbeitete es. Er schaute irritiert seine Hand an, die ich berührt hatte.

»Gut, ich komme mit«, entschied er.

»Meinetwegen«, antwortete ich.

Wir nahmen Minchin, die vor Furcht zitterte und sich dicht an meine Seite drängte, in unsere Mitte und machten uns schweigend auf den Weg.

Minchin stolperte ein paarmal. Irgendwann nahm Leo ihren anderen Arm und Minchin wehrte sich nicht dagegen.

30. Kapitel

Leo fragte nicht, wohin wir gingen, und gab auch keinen Kommentar ab, als wir auf Jonnys Kiosk zusteuerten. Diesmal sah nicht Jonny aus dem Verkaufsviereck heraus, sondern Lilonda. Sie hatte sich verändert. Ihre Haare waren in den letzten Tagen schnell gewachsen und sie trug sie gebunden zu einem Pferdeschwanz.

»Hey«, begrüßte sie uns fröhlich. Dann erkannte sie Minchin in unserer Mitte. »Minchin! Wunderbar. Du bist hier! Ich bin so happy.« Sie klatschte in die Hände. »Jetzt bist du eine von uns! ... und sicher erst mal furchtbar müde.«

Minchin nickte.

»Kann sie eine Nacht bei euch schlafen?«

Es rumpelte und Jonny tauchte hinter Lilonda auf.

»Gracy, du kleine witch. Wo hast du das Mädchen her?«

Er wies auf Minchin und lächelte ihr freundlich zu.

»Dein Vater war hier, gestern. Du solltest ihn bald mal besuchen, deinen alten Herrn«, setzte er hinzu.

Ich dachte sofort: *Gut, dann würde er heute nicht noch mal kommen*, und schämte mich für den Gedanken. Aber das hier war nun mal wichtig – und unerklärbar für Eltern.

»Ja, das werde ich. Aber erst mal braucht Minchin was für die Nacht.«

»Klar kann sie bei uns pennen. Schale Pommes?«

Minchin lächelte. »Würd' ich gern probieren. Habe riesigen Hunger.«

Sie löste sich von mir, Leo hatte ihren anderen Arm bereits freigegeben.

»Geht's dir gut?«, fragte Lilonda, während Minchin die Soßen inspizierte.

»Hier war ich schon mal mit Tim«, sagte sie.

Stimmt, sie war bereits einmal für eine Weile ein Mensch gewesen, damals noch mit ihrem eigenen Herzen. Nun hatte sie ein neues.

»Dem Freund von Kira«, folgerte Lilonda. Sie kannte die Geschichte also. Minchin schlug reumütig die Augen nieder.

Lilonda wechselte das Thema.

»Apfelmus–Zimt–Soße solltest du probieren. Oder den Quark mit Bärlauch, das ist auch lecker. Oder die Senfsoße.«

Lilonda schüttete frische Kartoffelecken in die Fritteuse. Ihre Bewegungen machten den Eindruck, als hätte sie ihr Leben lang nichts anderes getan.

Stolz zeigte sie auf die Kreidetafel, die die Soße des Tages anpries. »Guckt mal, das habe ich geschrieben! Jonny hat es mir beigebracht«, rief sie stolz und las ihre noch etwas krakeligen Buchstaben langsam vor: »Meerrettich–Apfel–Soße.«

»Hey, super, ziemlich schweres Wort, so für den Anfang«, lobte ich sie und Lilonda strahlte mich an.

Jonny legte die Hand auf ihre Schulter und gab ihr einen Kuss. Wow! Lilonda bei Jonny unterzubringen war offensichtlich ein Volltreffer gewesen. Dann verließ er die Bude und kam zu uns. Er gab mir Küsschen links und rechts, hielt Leo die Hand zum Handschlag hin und dann nahm er Minchin an den Schultern und sah ihr in die Augen.

»Du hast Angst. Gut!«

Er fuhr mit seinen Händen an ihren Armen herunter und hielt für einen kurzen Moment ihre Hände.

»Sie sind warm. Gut.«

Leo beobachtete Jonny skeptisch. Sein Blick wanderte kurz zu Lilonda, die bemerkte: »Minchin ist in Ordnung, glaub mir.«

Ob Leo gerafft hatte, dass Lilonda ebenfalls mal ein Elementarwesen gewesen war?

»Ist sie«, bestätigte Jonny, drehte sich wieder zu Leo und musterte ihn unverhohlen von Kopf bis Fuß. Dann grinste er.

»Eine feine Gesellschaft seid ihr. Alle zusammen. Aber diese Psychos, die standen inzwischen schon in der Zeitung.«

»Welche Psychos?« Ich verstand nicht, was er meinte.

»Die Zeitungsfritzen glauben, dass das von Handystrahlung kommt, ha!« Jonny lachte sein kehliges Lachen.

»Was?«

»Elementar–Menschen«, sagte Leo.

»So heißen die bei euch?«, fragte Jonny. Und ich fragte mich, wie viel ihm Lilonda inzwischen von der magischen Blase erzählt hatte.

Wahrscheinlich einiges.

»Ja, sie müssen mal Elementarwesen gewesen sein, so wie Minchin und ich.«

»Du? Bist du auch …?«, fuhr Leo dazwischen. Für einen Moment trafen mich seine grünen Augen.

Lilonda lächelte ihn beschwichtigend an.

»Sie haben keine Gefühle, sind wie Zombies. Sie sind gefährlich. Das sage ich euch. Aber das kommt nicht von Handystrahlung«, nahm Jonny den Faden wieder auf.

»Nein, bestimmt nicht«, antwortete ich und dachte an Riley und sein Gefolge und an den Typen auf Claras Gemüsebeet. Diese Leute machten also Elementarwesen zu Menschen. Beziehungsweise zu Menschen, die keine richtigen Menschen waren. Wahrscheinlich auf die gleiche Art wie ich. Nur Lilonda und Minchin, das waren Ausnahmen, sie hatten bereits vorher starke menschliche Züge gehabt, was bei den anderen Elementarwesen nicht der Fall war. Gewöhnliche Elementarwesen waren eher mit Archetypen vergleichbar, mit der Reinform einer Eigenschaft ohne das Kaleidoskop von Werten und Emotionen, die dem Menschen innewohnten. Aber warum taten Riley und seine Leute das? Was war der Plan dahinter?

»In der Zeitung? Wie … muss ich das verstehen?«

»Es werden immer mehr. Die zwei von letztens waren inzwischen öfter hier. Sie bestellen nichts. Sie versuchen, in den Wagen reinzukommen und nehmen sich, was sie brauchen. Es ist bizarr und auch unheimlich. Beim letzten Mal hat Jonny die Polizei gerufen und sie wurden abgeführt. Sie haben nicht kapiert, warum. Überhaupt nicht. In dem Artikel in der Zeitung wurden unser Fall und einige andere aufgezählt. Sie sind friedlich, solange man sie essen lässt, was sie brauchen, und dort schlafen lässt, wo sie wollen. Nur wenn man sich ihnen entgegenstellt, werden sie aggressiv«, erklärte Lilonda und reichte Minchin eine Portion Fritten mit je einem Klecks von jeder Soße.

»Hier, das bringt dich auf die Beine.«

»Danke«, sagte Minchin, zog aus einer kaum sichtbaren Tasche ihres Undinenkleides eine Münze hervor und reichte sie Lilonda.

Lilonda wog sie in der Hand und starrte darauf.

Jonny nahm sie ihr ab. »Hey, das ist eine Unze Gold. Bist du verrückt? Davon kannst du den ganzen Laden hier kaufen!« Jonny grinste und wollte sie Minchin zurückgeben. Aber Minchin lehnte ab.

»Ich weiß, ich bräuchte etwas Wechselgeld.«

»So viel habe ich noch nicht um die Zeit!«

»Das macht nichts. Nur ein paar Scheine und ein wenig Kleingeld.«

»Und Freifritten bis an dein Lebensende?« Jonny lachte aus voller Kehle. Er reichte ihr ein Bündel Scheine aus der Kasse. »Den Rest kriegst du morgen.«

»Danke.«

Minchin zog einen Hunderter aus dem Bündel hervor und reichte ihn mir.

»Hier. Schwarzfahren ist zu gefährlich für dich!«

Ich nahm den Schein. Oh, das war gut. »Danke, du kriegst ihn bei Gelegenheit wieder.«

»Nein, lass, ich habe weitere Münzen, noch aus meiner ersten Zeit hier. Sie sind gut versteckt.«

Lilonda kam aus der Bude und nahm Minchin am Arm, die ihr Geldbündel verstaut hatte und dann begann, ihre Kartoffelecken zu verschlingen.

»Komm, ich bring dich nach Hause.«

»Nur bis morgen, dann reise ich ab nach Island.«

»Island?«

»Ja, ich spüre, dass das dort mein Leben ist. Es ist so ein Wissen, das kann ich nicht erklären.«

Ich umarmte Minchin und dann Lilonda. Minchin gab Leo brav die Hand. Lilonda musterte ihn nur und sie sagten sich förmlich Auf Wiedersehen. Jonny winkte mit dem Kartoffelschäler in der der Hand.

»Wir sehen uns wieder«, versprach Minchin mir.

»Ja«, brachte ich hervor und fühlte mich auf einmal traurig, ohne genau zu wissen warum.

»Wir auch«, gab Lilonda hinterher.

»Ja«, sagte ich wieder und lächelte sie an.

Dann machten sie sich auf den Weg über die Wiese, hinein ins Häusermeer. Auch Leo und ich gingen los, doch ich wusste nicht, wohin, und er wahrscheinlich auch nicht. Nur erst mal außer Sichtweite der Bude.

***

Wir beobachteten jeder unsere Fußspitzen beim Laufen und schwiegen. Wir bogen erst in eine Straße ein, dann noch mal um die Ecke, dann zügigen Schrittes in eine nächste Straße. Leo schien das Schweigen nicht brechen zu wollen. Sollte ich etwa den Anfang machen? Aber warum? Er war es, der uns aufgelauert und *ertappt* hatte.

»Willst du ein Eis?«, fragte er plötzlich, als wir an einem Eisstand vorbeikamen.

»Ich lade dich ein«, fügte er hinzu, als ich nicht gleich reagierte. Schon stand er am Eisstand und bestellte zwei Tüten Softeis, Erdbeere und Vanille gemischt. Er reichte mir eine. Dann liefen wir, jetzt etwas gemächlicher, die Straße weiter entlang.

»Wir haben ein ernstes Problem«, fuhr er fort.

»Ich weiß«, sagte ich und kostete verlegen mein Eis. Was war los? Leo sagte *wir*, statt mal wieder loszudonnern?

»Du hast mir irgendwas verschwiegen, als wir das mit der Rauchsäulenfähigkeit getestet haben.«

»Ja«, gab ich zu. Er wusste es bereits, aber trotzdem bekam sein Gesicht einen leicht wütenden Ausdruck.

»Warum, verdammt?«

»Du warst nicht sehr interessiert an dem Seminar mit mir. Und da dachte ich, ich behalte es für mich.«

Leo atmete tief ein und ließ eine große Portion Eis in seinem Mund verschwinden. Au, das musste jetzt aber sehr kalt an den Zähnen sein.

»Du hast die Beeren in irgendwas verwandelt?«

»Eine. Sie ist versteinert.«

»Und dann hast du zu Hause alleine weiterprobiert?«

»Bis es geklappt hat. Lilonda hat mir später erzählt, dass man mit dieser Fähigkeit nicht nur Festes, Flüssiges oder Gasförmiges umwandeln kann, sondern vor allem Elementarwesen in Menschen.«

»Was war sie?«

»Äther.«

»Und warum …«

»Sie wollte unbedingt, ihr größter Traum. Genau wie bei Minchin.«

»Weiß jemand davon?«

»Natürlich nicht.«

»Natürlich ist bei dir gar nichts«, schimpfte er.

»Moment mal, du hast mich mit unserm Rauchsäulentraining erst drauf gebracht. So sieht's aus.«

»Tss. Na ja, nicht ganz, würd' ich sagen. Aber irgendwo muss es herkommen.«

Es klang vieldeutig, wie Leo das sagte.

»Kannst du es etwa auch?«

Er stopfte sich den Rest seiner Waffeltüte in den Mund. Ich aß zu langsam, sodass mir dauernd Eis übers Handgelenk lief.

»Seit Neuestem, ja.«

»Hast du es von Riley oder von Jerome?« Ich wusste nicht, wie ich sonst danach fragen sollte. Sofort war Leo wieder aggressiv.

»Ich stecke nicht mit denen unter einer Decke.«

»Ich glaub es dir«, sagte ich und legte instinktiv meine Hand auf seinen Arm. Er zog den Arm zurück, als würde das wehtun.

»Hast du auch Elementarwesen …?«

»Natürlich nicht!«, rief er.

»Hey …!«, ich blieb stehen und fuchtelte mit dem Eis in der Luft herum, sodass etwas auf seine Lederjacke spritzte. »Fahr mich nicht dauernd so an! Ich hab nichts verbrochen!«

Er zeigte einen Anflug von einem Lächeln. »Vielleicht. Vielleicht nicht. Du rennst nur illegal in der realen Welt rum und machst Elementarwesen zu Menschen.«

Ich musste grinsen. Das stimmte natürlich. Irgendwie stritten wir uns immer, aber irgendwie kam es mir auf einer tieferen Ebene gar nicht ernst gemeint vor.

»Ich habe eine Theorie«, sagte er wieder ruhiger.

Ich wartete, was folgen würde.

»Ich muss diese Fähigkeit irgendwie von Jerome haben und Jerome hat sie von Riley.«

Ich brauchte einen Moment, bis ich verstand, was er meinte.

»Du meinst, es ist ansteckend? Wie eine Krankheit?«

»So muss es sein. Du hattest recht damit, dass Jerome sich durch Riley erinnert und nicht durch mich. Das hat er mir nur vorgemacht, um mich auf seiner Seite zu haben. Mit diesem Stirnding muss er mir jedoch diese Fähigkeit weitergegeben haben.«

»Aber wo hat Riley sie her? Soweit ich weiß, ist es das letzte Mal vor Hunderten Jahren vorgekommen, dass jemand Elementarwesen in Menschen verwandeln konnte.«

»Ich habe keine Ahnung. Jedenfalls, Riley, Jerome – sie machen Elementarwesen zu Menschen. Und ich fürchte, sie sind nicht die Einzigen. Sie stehen in Verbindung mit Leuten in ganz Europa. Riley zumindest.«

»Aber wozu? Wozu mischen sie Psychopathen oder meinetwegen auch Archetypen unter das Volk? Einfach so, aus Zerstörungslust?«

»Jerome, Riley und alle anderen Gelöschten des alten Geheimbundes erinnern sich an ihre Vergangenheit in der magischen Welt und sie wollen sich rächen. Jerome ist ohnmächtig vor Wut. Ein Stück weit kann ich es sogar verstehen.«

»Du kannst es verstehen? Aber …«

»Natürlich kann ich es verstehen!«, brauste er schon wieder auf. »Man hat ihm seine Vergangenheit weggenommen und dazu noch ein paar tolle Fähigkeiten.«

»Hey, ja, ich versteh es doch! Aber, du klingst immer so, als würdest du ihn in jeder Hinsicht in Schutz nehmen!«

»Tue ich nicht, so ein Quatsch. Ich muss ihn da nur rauseisen. Ihm klarmachen, dass er auf dem Holzweg ist, den falschen Umgang pflegt, sich höchstens noch ins endgültige Aus treibt.«

Es war eindeutig, Leo hing an ihm, während ich nicht glaubte, dass man aus Jerome noch mal einen Gutmenschen zaubern könnte. Aber ich hielt jetzt lieber meine Klappe.

Wir schwiegen, während wir weiter was weiß ich wohin liefen. Ich dachte daran, dass ich zurückmusste. Wenigstens bis zum Morgengrauen wollte ich wieder in der magischen Blase sein. Keine Ahnung, ob Kim ausrastete, dass mein letzter Ausflug wieder die ganze Nacht dauerte. Ich spürte, dass ich hundemüde war. Die halb durchgemachten Nächte häuften sich. Und außerdem war das alles unheimlich anstrengend und aufregend. Leo registrierte mein Gähnen, sagte aber nichts.

»Glaubst du, ich bin ein schlechter Typ, weil ich Jerome auf die gerade Bahn bringen will?«

Endlich begriff ich. Leo hatte Angst, als schlecht angesehen zu werden. Die ganze Zeit schon.

»Nein«, versicherte ich ihm, »nein, natürlich nicht.« Und dann schaffte ich es doch wieder nicht, meine wahre Meinung zurückzuhalten. »Aber aus dem Teufel wird nie ein Engel. Jerome ist, wie er ist. Wenn ich über seine Vergangenheit so nachdenke und wie er sofort auf Rache aus ist, sobald ihm wieder alles in den Kopf rutscht … Du musst konsequent sein und wir sollten mit der Sache endlich zum Rat, so schnell wie möglich. Jerome ist gefährlich und dieser Riley auch.«

»Du hast was furchtbar Negatives, weißt du das?« Leo blieb

stehen. Meine Güte, er war innerlich total zerrissen.

»Und du hast schöne Augen«, antwortete ich, um ihn aus der Balance zu bringen. Wir waren in einer Sackgasse, drehten uns im Kreis, mochten uns irgendwie, aber zankten uns ständig. Ich wollte das endlich durchbrechen.

Leo öffnete den Mund, aber nichts kam heraus. Ich lächelte ihn an.

»Das war mein letzter Freigang heut, ab morgen habe ich Stubenarrest. Am besten, ich überlasse dir die Entscheidung, was du tust. Du wirst schon das Richtige machen.«

Ich wandte mich ab und ging. Nach ein paar Schritten spürte ich einen Stich zwischen meinen Schulterblättern. In meinem Augenwinkel nahm ich einen dieser Lava–Blitze wahr. *Grete …*, sagte es in meinem Kopf.

Hatte Leo die Botschaft mit Absicht geschickt? Wahrscheinlich. Es klang irgendwie flehend … Aber was sollte ich damit anfangen? Es war nicht ausreichend. Ich drehte mich nicht um, ging einfach weiter, obwohl ich ihn am liebsten umarmt hätte. Aber so wirklich sicher war ich mir nicht, ob ihm das gefallen würde. Also, das heißt, mein Herz schon. Aber eventuell irrte es sich. Denn auf meine netten Bemerkungen ging er nie ein, sondern verfiel immer in Schweigen. Vielleicht würde er nur aufbrausen oder sich über mich lustig machen. Ach Mann!

Nach der ersten Straßenecke lief ich langsamer und drehte mich irgendwann vorsichtig um. Leo folgte mir nicht. Diesmal war ich traurig. Ich fühlte mich allein, als hätte ich jemand Wichtiges verloren, den es in Wirklichkeit nie gegeben hatte. Plötzlich lastete alles schwer auf meinem Gemüt. Alles! Es war zu viel! Viel zu viel! Clara kam mir in den Sinn. Wie sollte ich den Wirrwarr um mich herum nur raffen? Ich sehnte mich furchtbar danach, mich in den Arm meiner Mutter zu kuscheln, mich irgendwo einzurollen. Bei jemandem, der mich verstand, der mir nichts vorwarf oder mich wegen irgendwas verurteilte. Neve vielleicht … Ich könnte zu Janus in sein Antiquariat gehen, sie war die meiste Zeit dort. Aber … nein. Niemand aus der magischen Welt. Es musste jemand sein, der neutral war, alles von außen sah, nüchtern und konsequent die richtigen Schlüsse zog.

Dafür gab es nur eine: Luisa.

31. Kapitel

Endlose Minuten schlich ich um mein ehemaliges Gymnasium herum. Die Straße auf und ab, immer wieder durch die Toreinfahrt und zu den Fenstern hinaufspähend. Und wenn Luisa in der Sporthalle am Kollwitzplatz war? Dann hatte ich Pech. Aber meist fand der Sportunterricht nachmittags statt. Also konnte ich noch hoffen. Ein paarmal war ich kurz davor, in die magische Welt zurückzukehren und endlich ein braves Leben anzufangen, meinen Stubenarrest abzusitzen und dann vorbildlich meine Ausbildung zu absolvieren. Leo sollte sein Ding allein machen. Alle sollten einfach ihr Ding machen. Was ging mich das an? Warum hing ich mich überhaupt so rein?

Aber irgendwas trieb mich immer wieder zum Schultor zurück. Und dann, endlich, die ersten Schüler strömten aus dem Gebäude ins Freie. Große Pause. Luisa ging nie essen. Sie verbrachte die Zeit meistens an der frischen Luft auf dem Schulhof.

Ich schlich zu den Fahrrädern, die gleich neben der Toreinfahrt standen. Die Kapuze von meinem Shirt hatte ich aufgesetzt und die Haare darunter versteckt, damit mich nicht gleich jeder erkannte. Aber die Gefahr war auch nicht groß. Im Grunde war ich immer wie ein Schatten durch die Schule geschlichen, weil mich weder die Lehrer noch die Schüler interessierten.

Ich tat so, als würde ich mein Fahrrad suchen oder irgendwo ein Schloss abschließen und spähte immer wieder zu den Grüppchen von Schülern.

Und dann trat sie aus dem Eingang direkt neben den Fahrrädern, steuerte sogar in meine Richtung. Hatte sie Schluss und wollte zu ihrem Fahrrad? Nein, sie bog ab.

»Luisa«, rief ich, richtete mich auf und zog die Kapuze ab.

Luisa blieb stehen und versuchte herauszufinden, woher die Stimme kam. Dann sah sie mich und ihr klappte die Kinnlade herunter. Ungläubig trat sie näher. Ich zog die Kapuze wieder ins

Gesicht und gab ihr ein Zeichen, den Schulhof durch das Tor zu verlassen. Ich lief los und hoffte, dass sie mir folgte. Publikum konnten wir einfach nicht gebrauchen.

Im nächsten Hauseingang blieb ich stehen und sah mich um. Luisa war dicht hinter mir. »Grete!«, rief sie aus, »Was machst du denn hier?«

»Dich besuchen, siehst du doch!«

Spontan fielen wir uns in die Arme. Das tat so gut.

»Du bist zurück! Ich fass' es nicht.« Luisas Stimme zitterte vor Überraschung. Einen Moment dachte ich wirklich, ich wäre nur von einer Reise zurückgekehrt und nun würde das normale Leben weitergehen. Aber davon war ich weit entfernt.

Luisa forschte in meinem Gesicht.

»Was ist los? Warum soll dich keiner an der Schule sehen?«

»Weil …« Wo sollte ich nur anfangen?

»Willst du sie etwa schmeißen?«

»Nein … ja … nein … Keiner weiß, dass ich in Berlin bin. Auch meine Eltern nicht …«

Luisa sah mich erstaunt an.

»Aber …«

»Komm, ich muss dir alles erklären.«

Ich nahm sie bei der Hand und wollte sie Richtung Park führen. Aber Luisa zögerte.

»Ich hab nur zwanzig Minuten. Dann ist die Pause um.«

»Ich muss mit dir reden, bitte!«, flehte ich sie an. Alles wollte auf einmal aus mir heraus.

Luisa sah wohl die Dringlichkeit in meinem Blick.

»Okay«, sagte sie und ließ sich mitziehen.

Wir setzten uns auf eine zwischen großen Tannen versteckte Bank. Bis hier würde keiner aus der Schule kommen. Und auch sonst war die Nische meistens leer. Früher hatte ich hier oft gesessen und gelesen und nur hin und wieder ein paar zudringliche Mitschüler verscheuchen müssen.

»Luisa«, begann ich. »Ich erzähle dir jetzt, was passiert ist, auch auf die Gefahr hin, dass du mich für verrückt hältst, aber …«

»Ich halte dich jetzt schon für verrückt«, unterbrach sie mich und lächelte. Sie freute sich, dass ich wieder da war. Mir wurde warm ums Herz.

»Du sollst dir Wahrheit wissen, weil … du hast es einfach verdient und …«

Luisa wurde ernst und Sorge zeichnete sich in ihrem Gesicht ab.

»Ist irgendwas Schlimmes passiert?«

»Nein …, ja … Am besten hör mir einfach nur zu. Nur zuhören, bis ich fertig bin. Und dann erst sag was, okay?«

Sie versprach es mir und ich versuchte möglichst sachlich und klar zu berichten, was geschehen war. Von meinem Ausflug mit Neve auf das Dach, dann wie ich durch die Wüstenstadt geschwommen war und in einem magischen Wald auftauchte, vom Rat, von den Elementen, dass ich eine Begabung für das Element Wasser besaß und nun darin an der Akademie der Elemente ausgebildet wurde, und dann von Leo, Jerome, dem Geheimbund, meinen besonderen Fähigkeiten, von Lilonda und Minchin und dass ich gar nicht auf La Gomera, sondern kurz auf Sardinien war, weil ich dort auf einmal eine Halbschwester hatte. Mit jedem Geheimnis, das ich ihr offenbarte, nahm das tonnenschwere Gewicht in meinem Inneren ab. Es war so wohltuend.

Luisas Gesichtsausdruck wechselte ständig. Ihre Augen wurden groß, dann schmunzelte sie ungläubig, dann schaute sie zutiefst besorgt. Immer wieder holte sie geräuschvoll Luft und ich merkte, wie schwer es ihr fiel, nicht dazwischenzureden.

»Okay, das war's«, sagte ich am Schluss. »Jetzt kannst du was dazu sagen.« Ich schaute Luisa nicht an und rechnete mit allem. Zunächst herrschte Stille. Vorsichtig drehte ich meinen Kopf in ihre Richtung.

Luisa strich ihre hellbraunen Locken hinter die Ohren, richtete sich ein wenig auf und räusperte sich.

»Ich will die magische Welt sehen. Zeig sie mir!«

Sie sah mich entschlossen an. Ich war auf alles gefasst gewesen. Dass sie mir nicht glaubte, dass sie sich über meine Eigenmächtigkeiten aufregte, dass sie dachte, ich wäre schizophren geworden und in eine Wahnwelt abgedriftet, ja, sogar, dass sie Lilonda oder Minchin oder gar Leo treffen wollte. Aber nicht …

»Das geht nicht«, antwortete ich ein wenig erschrocken, aber genauso entschlossen.

»Warum nicht?«, fragte sie scheinheilig. »Du hast diese Elementarwesen rausgebracht. Natürlich geht das!«

»Ich hab Stubenarrest … Ich …«

Luisa prustete los.

»Als würdest du dich davon einschränken lassen!«

Da hatte sie allerdings recht.

»Aber es ist viel zu gefährlich! Ich hab dir ausführlich erzählt, wie das mit Lilonda und der Sauerstoffblase war.«

»Ich weiß«, antwortete Luisa stoisch.

»Du glaubst mir also nicht!« Ich sprang auf, irgendwie war ich enttäuscht, obwohl ich wusste, dass das, was ich ihr erzählt hatte, in jedermanns Ohren sonderbar klingen musste.

»Ich glaube an die Wissenschaft. Ich muss es sehen!« Luisa stand auch auf, aber blieb viel ruhiger, als ich.

»Sollte man nicht eher seinen Freunden glauben als der Wissenschaft?«

»Grete, in einer Psychotherapie geht es auch nicht um glauben oder nicht glauben.«

»Aber das hier ist doch keine Therapiestunde. Ich bin deine Freundin und nicht deine Patientin!«

Luisa sah mich fest an. Ich versuchte an ihrer Miene abzulesen, ob sie die magische Welt sehen wollte, um meinen Wahn zu erforschen und mir zu helfen ihn aufzulösen? Oder, weil mein Bericht und ihr Weltbild innerlich einen Kampf austrugen und es viel mehr um sie und ihr eigenes Seelenheil ging als um mich? Ich konnte es nicht ergründen.

»Okay, dann komm. Du sollst den Durchgang sehen«, beschloss ich. Nichts wünschte ich mir mehr, als dass ich Luisa auf meiner Seite hatte und uns die magische Welt nicht mehr trennte.

»Ich hab jetzt noch Geografie und Geschichte …«

»Nein. Wenn dann sofort. Ich muss rüber. Luisa, wirklich, ich muss rüber. Ich bin nur zu dir gekommen, weil …«

In meinem Hals wurde es eng. Ich hatte alles nur schlimmer gemacht, weil ich mich in einer Sackgasse fühlte – als hätte ich beim Schachspiel nicht weitergewusst und einfach den nächsten draufgängerischen Zug gewählt, indem ich Luisa einweihte.

Luisa presste ihre Lippen zusammen. Sie war sehr pflichtbewusst und diszipliniert. Ihre Vernunft riet ihr, zurück in den Unterricht zu gehen. Aber da war auch ich, ihre Freundin, die plötzlich wieder aufgetaucht war und der sie helfen musste. Und da waren ihre Ahnungen, dass an dem was dran sein könnte, was ich erzählte.

»Ich zeige dir den Durchgang und du lässt dafür mal vier Stunden ausfallen. Soviel Neues über Geografie und Geschichte wirst du im Klassenraum niemals erfahren, wie wenn du jetzt mit mir kommst.«

»Okay, Scheiß drauf. Aber nicht nur den Durchgang, ich will auch rüber«, antwortete sie und ich staunte. *Scheiß* hatte ich die intellektuelle Luisa noch nie sagen hören.

»Gehen wir«, sagte Luisa im Befehlston und musste sich damit wohl selbst den letzten Ruck verpassen.

»Gut. Aber rüber, das wird so schnell nicht klappen.«

»Darüber können wir noch einmal reden, wenn wir es versucht haben.« Luisa gab sich unerbittlich. Wahrscheinlich, weil sie einfach nicht glaubte, was tatsächlich auf sie zukam. Ich widersprach ihr erst mal nicht und beließ es dabei.

In der magischen Blase herrschte gerade tiefste Nacht. Kim vermisste mich längst. Egal, bloß nicht dran denken. Immerhin war es unwahrscheinlich, dass Sulannia unterwegs zwischen den Welten war. Das Verschwinden von Minchin würde erst morgen auffallen. Bis dahin konnten wir sicher gefahrlos in den Keller spazieren.

32. Kapitel

Luisa staunte nicht schlecht, als sich versteckt unter einer S–Bahn–Brücke tatsächlich ein Eisengitter mit einem Schloss befand. Ich öffnete es, genau so, wie ich es ihr beschrieben hatte. Geduckt passierten wir den düsteren Tunnel.

»Geh vor, ich mach ein bisschen Licht«, sagte ich. Luisa glaubte wahrscheinlich, ich hätte eine Taschenlampe dabei.

Als sie sich zwischendrin nach mir umdrehte, stieß sie einen kleinen Schrei aus, der durch den Gang hallte, und blieb abrupt stehen.

»Deine Augen!«, rief sie entsetzt. »Was ist das?«

»Sie verändern sich, wenn man magisch wird. Sie geben Licht ab.«

»Quatsch, das kann überhaupt nicht sein!«

»Du siehst es ja. Und jetzt geh weiter. Nicht, dass wir hier noch jemanden treffen. Das wäre furchtbar ungünstig.«

Luisa forschte in meinen Augen und blinzelte. Dann drehte sie sich kopfschüttelnd wieder um und lief weiter.

Wir gelangten in den Keller.

»Und jetzt sind wir unter deinem Haus?«, fragte Luisa und sah sich um.

»Ja.«

»Sie sanieren es gerade.«

»Ich weiß.«

»Hier hast du dich die ganze Zeit versteckt? Aber warum?«

Okay, sie glaubte mir immer noch kein Wort.

»Komm«, sagte ich nur, während sie erneut meine Augen begutachtete.

»UV–Kontaktlinsen oder was? Grete, du spinnst dich total ein!«

Himmlische Heerscharen, im ersten Moment wollte ich sauer sein über ihre Bemerkungen, aber sie rang ja nur mit ihrem Weltbild! Hoffentlich war es nicht zu egoistisch gewesen, Luisa einzuweihen. Was, wenn sie das Ganze überhaupt nicht verkraftete?

Ich riss mich zusammen und ignorierte ihre Bemerkungen. Vor uns tat sich der überschwemmte Teil des Kellers auf. Luisa ging dicht heran an das Wasser.

»Siehst du das blaue Schimmern?« Ich zeigte mit dem Finger darauf.

Hinten an der Kellerwand wirkte das Wasser tief und klar wie ein unterirdischer Bergsee. Geheimnisvoll brach sich das blaue Licht aus der Tiefe an der leicht gekräuselten Oberfläche.

Luisa suchte den Keller nach einer Lichtquelle ab, aber fand natürlich keine. Sie hockte sich hin und berührte die Wasseroberfläche, roch an ihren nassen Händen. Leise schwappte das Wasser gegen ihre Schuhspitzen.

»Es ist in Bewegung, als hätte es von irgendwo einen Zulauf.«

»Hat es.«

»Eine Quelle?«

»Ja, sicher.«

»Eine Quelle unter dem Prenzlauer Berg und niemand weiß davon?« Sie erhob sich wieder und lachte. Ihr Lachen klang jedoch unsicher.

»Nein, die Quelle ist drüben in der magischen Blase.«

»Ja, ja, schon gut.«

»Pass auf, ich zeig dir was.«

Ich stieg in das Wasser. Instinktiv wollte Luisa mich am Arm zurückhalten. Aber ich schob ihre Hand fort und ging voll bekleidet ein paar Schritte weiter. Ich tauchte kurz unter und Luisa schlug die Hand vor den Mund. Dann stieg ich wieder an Land.

»Fühl mal.« Ich zeigte auf meine Kleidung.

Luisa berührte erst vorsichtig meinen Arm. Dann die Schultern. Dann betastete sie fast panisch den Stoff meiner Hose und meine Schuhe und schaute entsetzt zu mir hoch.

»Das ist so bei Wasserbegabten. Ziemlich praktisch.«

»Wie hast du das gemacht?«

»Luisa …«

Luisas Gesicht verbarrikadierte sich. Unwillkürlich verschränkte sie die Arme.

»Okay, schon gut, dann bring mich jetzt nach drüben.«

Ich wies sie wiederholt darauf hin, wie lebensgefährlich das war. Sie erklärte mir, dass sie schon immer eine Wasserratte gewesen ist, als Kind immer am längsten die Luft anhalten konnte; ihr Vater war mehrmals in den Pool gestürzt und hatte gedacht, er müsste sie retten. Außerdem hatte sie bereits einige Tauchgänge hinter sich, im Ägyptenurlaub und sogar mal einen mit Tim, Kiras Freund.

»Kira ist auch drüben«, rutschte es mir raus.

»Kira? In der magischen Welt?« Luisas Augen weiteten sich.

»Was denn sonst? Glaubst du wirklich, wir verschwinden alle aus Spaß und ohne Vorwarnung in irgendwelche fremden Länder?«

Luisa sah mich geschockt und wütend zugleich an.

Mist, warum konnte ich das nicht diplomatischer rüberbringen?

»Verarschst du mich jetzt völlig?«

»Luisa, du bist meine Freundin und ich brauchte einfach jemanden zum Reden. Jemanden wie dich, der immer einen klaren Kopf behält.« Ich machte eine weitschweifende Handbewegung durch den Keller.

Luisa folgte meiner Geste und nickte wissend. Besänftigend berührte sie meinen Arm.

»Ich bin ja da und froh, dass du zu mir gekommen bist, wirklich … Aber nun bring mich rüber«, wiederholte sie.

Okay, es führte kein Weg dran vorbei. Luisa wäre nicht Luisa, wenn sie nicht Luisa wäre.

Ich begann, ihr noch einmal alles genau zu erklären, und wiederholte zig Mal, wie sie sich in der Sauerstoffblase zu verhalten hatte. Zwei Mal könnte ich eine Blase schaffen. Die erste für die Übung, die zweite, wenn es ernst wurde. Danach wäre Schluss, und wenn sie beim Üben auch nur einen Fehler oder eine falsche Bewegung machte, dann hätte es sich erledigt.

Luisa lauschte still meinen Worten und saugte konzentriert jedes davon auf, genau so, wie sie es immer in der Schule tat und damit lauter Einser kassierte. Ich schöpfte Hoffnung. Vielleicht war es mit ihr wirklich viel leichter als mit Lilonda, die sich vorher noch nie im Element Wasser aufgehalten hatte.

Tatsächlich glitt Luisa wie ein Fisch dahin und bewegte sich mit der Blase hinter mir her, als hätte sie schon immer eine zweite Haut besessen. Die Blase blieb unversehrt, als sie ihr wieder entstieg.

»Das war cool. Viel besser als in einem Taucheranzug. Wie machst du das bloß?«

»Du bist perfekt im Wasser. Die erste Blase ist noch heil, das spart mir 'ne Menge Kraft. Wir könnten es schaffen.«

»Klar schaffen wir das. Ich bin gespannt auf dein Geheimnis da unten.«

Wir waren beim Probetauchgang bereits bis dicht an die Mauer getaucht, und ich hatte ihr das Schlupfloch darin gezeigt, wo die Steine nur wie Steine aussahen. Überall durch die Fugen schimmerte das Licht von drüben.

Luisa stieg zum zweiten Mal in die Blase.

»Okay, dann mal los. Und denk dran, du darfst in der Mauer nicht stecken bleiben, dir nicht die Blase aufreißen, dann schaffen wir es weder zurück noch drüben ans Ufer.«

»Ich bin nicht schwer von Begriff«, antwortete Luisa ungeduldig.

»Es ist wirklich lebensgefährlich, Luisa.«

»So zaghaft kenne ich dich gar nicht. Das steht dir, Grete.«

»Du bist blöd!«, antwortete ich, dabei freute ich mich irgendwie über das Kompliment.

»Ja, ich weiß, es ist genauso gefährlich wie in jedem anderen See, wenn man zu tief taucht, ohne genug Sauerstoff dabeizuhaben. So was macht mir keine Angst.«

Puuh, Luisa war noch viel cooler, als ich angenommen hatte, und das, obwohl sie gleichzeitig eine Streberin war. Wer schaffte das schon?

Sie stieg wieder in die Blase, die im Wasser waberte, mit sehr konzentriertem Gesicht. Perfekt hielt sie sie in der Schwebe, bis ich losschwamm und die Blase mir folgte.

Alles klappte reibungslos. Luisa glitt geschmeidiger durchs Wasser als ich. Jetzt machte ich mir eher Sorgen, ich könnte ihre Blase berühren und irgendeinen Defekt verursachen.

Diesmal tat ich gleich einen kräftigeren Schwimmstoß, nachdem ich die Mauer passiert hatte, und sah, wie Luisas Blase auftauchte und problemlos durch die Öffnung glitt.

Geräuschlos bewegten wir uns jenseits der Mauer an dem blauen Licht vorbei. Seine Quelle ließ sich nicht orten. Wie immer war es erst vor uns und dann plötzlich hinter uns. Nur ein paar grüne Schlingpflanzen schwebten durch die Tiefe, die mir allerdings vorher noch nie aufgefallen waren. Luisa bewunderte den Boden des Sees. Alles voller glitzernder Steine, die so rund waren wie Pios Murmeln.

Ohne Zwischenfälle erreichten wir das Ufer. Elegant entstieg Luisa ihrer Blase und kletterte an Land. Ich schaute ihr anerkennend dabei zu.

Es begann bereits zu dämmern. In diesem lila–rosa Licht, während die ersten Blüten herabrieselten und leise Töne von sich gaben, sah der magische Wald am faszinierendsten aus.

Luisa stand am Ufer des Sees und drehte sich mit offenem Mund einmal um sich selbst.

»Wo sind wir?«

»In der magischen Blase, wo sonst?«

Luisa hockte sich hin, befühlte das glitzernde Gras.

»Als hätte jemand Edelsteinstaub darüber verstreut«, bemerkte sie andächtig. Dann begab sie sich zu einem der Bäume mit der knallroten Rinde und befühlte sie.

»Erstaunlich glatt.«

Sie fing einige Blüten auf, hielt sie an ihr Ohr und lauschte.

»Irgendwie erinnert mich das Ganze an die Landschaften aus den Märchen, die mir mein Vater früher vor dem Einschlafen erzählt hat.«

Luisas Augen leuchteten.

»Und? Glaubst du mir nun?«

Sie blickte mich nachdenklich an. Dann sagte sie bestimmt: »Ich will die Akademie sehen.«

»Nein, das geht nun wirklich nicht. Niemand darf dich hier entdecken. Du hast keine Ahnung, was das für Konsequenzen hat.«

O Mann, und ich hatte wieder nicht die nächsten Züge bedacht, was es bedeuten würde, Luisa *kurz mal* den magischen Wald zu zeigen. Trotzdem fühlte es sich richtig an, sie eingeweiht zu haben. Mit Geheimnissen voreinander konnte eine Freundschaft nie richtig innig werden.

Luisa befühlte die samtigen Farne, die zwischen den Bäumen wuchsen und mit Goldflecken übersät und teilweise mannshoch waren und Tunnel bildeten, unter denen sich Pfade entlangschlängelten.

»Luisa, wir müssen zurück. Ich verspreche dir, ich werde mich darum kümmern, dass du genauso zu Besuch kommen kannst wie Tim. Es wäre nur gerecht.«

»Tim? Tim weiß ebenfalls Bescheid über das alles?«

Luisa drehte sich zu mir um und machte ein konsterniertes Gesicht. Doch ehe mir irgendeine passende Antwort einfallen konnte, starrte ich erschrocken auf die sich bewegenden Farne hinter Luisa. Da war jemand! Es blieb keine Zeit zu reagieren, geschweige denn, sich irgendwie zu verstecken.

Luisa folgte meinem Blick, wandte sich um ... und konnte Pio gerade noch im letzten Moment ausweichen, der zwischen den Farnen hervortrat und stur wie eine aufgezogene Puppe den Pfad entlangschritt, der hinaus auf die Wiese, am Teich vorbei und dann wieder in den Wald hineinführte. Er sah wie immer niemanden von uns an.

Trotzdem wünschte er einen Guten Morgen. Erst machte es den Eindruck, als würde er weitermarschieren, ohne besondere Notiz von uns zu nehmen. Doch dann wurde er einige Meter von Luisa entfernt langsamer, wandte sich um, musterte jedoch den Pfad und nicht Luisa, während er sagte: »Sie sind ein normaler Mensch. Das muss ich dem Rat melden.«

Dann setzte er seinen Weg fort, während mir das Herz in die Hose rutschte.

»Nein, Pio, das musst du überhaupt nicht melden!«, rief ich nervös. »Sie ist nur ganz kurz hier, sie geht gleich wieder.«

»Ein Mensch ist eingedrungen, ich muss das melden«, wiederholte er ohne Veränderung in seiner Stimmlage und lief weiter.

»Warte, Pio, warte! Ich hole dir die schönste Murmel aus dem Teich, die du je gesehen hast.«

Pio blieb stehen und sagte nichts.

»Warte!«, beschwor ich ihn noch einmal.

Das tat er. Ich kletterte die Böschung hinunter, tauchte ins Wasser, schnappte mir ein besonders schön schillerndes Ding vom Grund, das mindestens zehn Zentimeter Durchmesser besaß, und kletterte damit wieder an Land. Pio stand immer noch an der gleichen Stelle, während Luisa sich nicht vom Fleck gerührt hatte und ihn beobachtete.

»Hier, Pio, ist sie nicht wunderschön?«

Pio nahm die funkelnde Kugel und wog sie in beiden Händen. Seine Miene hellte sich auf. Ich schöpfte neue Hoffnung.

»Das ist eine sehr gute Murmel.«

»Du kannst sie haben. Aber bitte melde nicht dem Rat, dass ein Mensch zu Besuch war.«

Pio betrachtete eingehend die Murmel und antwortete nicht. Dann setzte er sich mit seinem Schatz in Bewegung. Kurz, bevor er in den Wald verschwand, rief ich noch einmal: »Pio!«

»Auf Wiedersehen«, antwortete er und ließ das Unvermeidliche folgen: »Ein Mensch ist eingedrungen, ich muss es dem Rat melden.«

»Verdammter Himmel voller nichtsnutziger Götter!«

Hilflos schauten Luisa und ich Pio hinterher.

»Er ist autistisch, oder?!«

»Ja, richtig diagnostiziert, aber das hilft uns jetzt kein bisschen weiter. Er wird dich verraten.«

»Ja, und?«
»Dann wirst du gelöscht.«
»Gelöscht?«
Ich erklärte ihr, was das bedeutete.
»Das heißt, Tim kann sich auch an nichts mehr erinnern?«
»Nein, bei Tim ist es anders. Er ist akzeptiert. Irgendwie eine Ausnahme.«
»Ach, und warum kann ich nicht auch eine Ausnahme sein?«
»Weil du an solche Dinge nicht glaubst.«
»Na toll … Das soll der Grund sein? Pff.«
Luisa verschränkte bockig die Arme.
»Hey, was soll das bloß alles? Ich meine, das hier, das muss man erforschen! Da kann man doch nicht so ein Riesengeheimnis drum machen. Dann hat doch die Menschheit nichts davon!«
»Die *Menschheit* würde das ganze Ding hier doch nur kaputtmachen.«
»Wieso denn kaputtmachen?«
»Überleg doch mal, was mit dem Zauber wäre, würden hier plötzlich lauter Forscher rumrennen. Als Erstes würden sie wahrscheinlich überall ein paar Soldaten aufstellen, alles mit roten Bändern absperren und die magisch Begabten in Gewahrsam nehmen.«
Auf Luisas Stirn bildete sich eine Grübelfalte. Sie sagte nichts mehr.
»Wie auch immer«. Ich packte sie am Arm und zog sie Richtung Teich.
»Du musst jetzt sofort verschwinden, Luisa. Niemand darf wissen, dass du hier warst. *Sofort!*«
Erstaunlicherweise ließ sie sich bereitwillig mitziehen. Schon war ich im Wasser und schob vorsichtig die Sauerstoffblase heran.
»Und du?«, fragte Luisa, bevor sie in die Blase stieg.
»Weiß nicht, ich komm' schon irgendwie klar. Ich werde einfach behaupten, dass Pio sich irgendwas eingebildet hat.«
»Danke, dass du mir das gezeigt hast«, sagte sie jetzt.
»Ja. Ich …, es tut mir leid.«
»Nein, muss es nicht. Ich verstehe …«
Sie umarmte mich.
»Hör zu, Grete, nach dem zu urteilen, was du erzählt hast ... ich glaube, du solltest Leo vertrauen und auch Clara, deiner Halbschwester. Aber vor allem musst du versuchen, besonnen zu

handeln. Weißt du, wie ich das meine?«

»Ja, ist klar.«

»Wenn du nicht weiter weißt, dann mach nicht einfach irgendwas, sondern warte, bis du es weißt, okay?«

Ich nickte. Meine schwerste Aufgabe.

»Danke, Luisa. Ich hoffe, du kannst irgendwann wieder herkommen und dann zeige ich dir alles andere. Versprochen!«

»Vielleicht«, sagte Luisa. Obwohl sie so gefasst wirkte, entging mir das ängstliche Flackern in ihren Augen nicht. Was würde sein, wenn sie wieder zu Hause war und allein mit den Scherben ihres bisherigen Weltbildes? Würde sie alles verdauen können? Hoffentlich packte sie es. Immerhin war Luisa stark.

Gekonnt glitt sie in die Blase. Auf dem Rückweg wogten die grünen Schlieren wie lange Pflanzenstiele vor der Mauer hin und her. Zum Glück beeinträchtigten sie nicht die Öffnung in der Mauer. Nur ein Pflanzenarm sah aus, als wenn er sich durch die scheinbare Mauerstelle in der Wand bohrte, und hing auf der anderen Seite wie ein loses Kabelende in das unterirdische Kellergewölbe hinein. Ich bekam einen kleinen Schreck, als ich mich auf der anderen Seite umdrehte und sah, wie die Pflanze nach Luisa zu greifen schien. Unwillkürlich machte ich eine ausweichende Bewegung und Luisa legte sich geschickt mit *in die Kurve*, sodass der grüne dünne Stil ins Leere wirbelte.

Nachdem wir aufgetaucht und alle Blasenreste vernichtet hatten, verabschiedete ich Luisa und erklärte ihr, wie sie das Schloss am Ende des Tunnels zu bedienen hatte.

»Versprich mir zu kommen, wenn du Hilfe brauchst«, sagte Luisa und umarmte mich noch einmal.

»Ja, das werde ich.«

Ich sah ihr nach, wie sie unsicheren Schrittes in der Dunkelheit des Tunnels verschwand.

33. Kapitel

Irgendwie überraschte es mich nicht, als Sulannia mir entgegenkam, während ich das blaue Licht passierte und zurück Richtung Teich schwamm.

Ein Glück, du bist zu spät gekommen, dachte ich nur und nickte ihr zu. Luisa war wieder in Sicherheit. Aus mir würde niemand herausbekommen, wen ich in die magische Welt geschleppt hatte, auch nicht unter den widrigsten Umständen. Dass irgendwann alles auffliegen würde, war mir seit einer Weile klar. Fast war ich erleichtert, dass es endlich passierte. Denn irgendwas musste passieren!

Sulannia bedachte mich mit einem bedeutungsschweren Blick, machte kehrt und begleitete mich, dicht hinter mir herschwimmend, zum Ufer.

Auf der kleinen Lichtung neben dem Findling wartete bereits Kim. Reglos schaute sie mir zu, wie ich die Böschung erklomm. Ihren Blick konnte ich irgendwie nicht deuten. Lag darin Enttäuschung, Verachtung, Wut oder einfach nur Gleichgültigkeit?

»Sicher weißt du, warum wir hier sind«, wandte Sulannia sich an mich, nachdem sie ebenfalls den Teich verlassen hatte. Gekonnt schlang sie mit einer schwungvollen Handbewegung ihre Haare ineinander, sodass sie einen Knoten in ihrem Nacken bildeten.

»Ich denke schon«, antwortete ich.

»Wir werden uns umgehend auf den Weg zum Rat machen. Die anderen warten bereits«, erklärte Kim und machte mir mit einer Geste deutlich, ihr zu folgen.

Meine Kehle war plötzlich trocken. Ich schluckte und spürte, wie sich ein flaues Gefühl im Magen breitmachte. Meine Lage war ernst. Langsam kam es bei mir an.

Kim lief auf dem schmalen Pfad voran, ich hinterher und Sulannia schritt dicht hinter mir. Ich wurde also *abgeführt*. Schweigend liefen wir durch den Wald Richtung Akademie. Und ich stellte auch keine Fragen. Mein Gehirn arbeitete auf Hochtouren und versuchte auszuloten, was sie wussten. Pio hatte von dem Menschen erzählt. Das war klar. Hatte er Luisa beschrieben? Sofort jagte ein Stich durch mein Herz. Wenn er das getan hatte, konnten sie dadurch herausfinden, wer es war? Warum dachte ich erst jetzt daran?

Als Nächstes musste Sulannia bemerkt haben, dass Minchin nicht mehr den Teich bewachte. Oder verhielt es sich umgekehrt? Zuerst war Minchins Fehlen aufgefallen und danach trudelte Pio mit seiner Botschaft ein? Ich hatte keine Ahnung. Wahrscheinlich hatten sie die beiden Dinge miteinander in Zusammenhang gebracht. Sie würden mir Fragen stellen, eine Menge Fragen. Sogleich sah ich Jollys schmale Lippen vor mir, die mich anzischten und versuchten, in die dunkelsten Winkel meines Seins zu pusten.

Wie auch immer, Fakt war, dass ich unerlaubt den Durchgang benutzt hatte und dass ich vor Pio versucht hatte, einen Menschen zu schützen, der hier eingedrungen war. Außerdem wusste Kim, dass ich gereist war. Die Fakten reichten doppeltdicke, dass meine Erinnerungen gelöscht wurden.

»Grete?«, drang Sulannias Stimme zu mir durch, während ich fast in sie hineinstolperte, weil sie auf dem Vorplatz zur Akademie stehen geblieben war. Sie schien mich irgendwas gefragt zu haben.

»Ähm, ich habe nicht zugehört.«

»Kim ist deine Vertrauensperson, bei der du wohnst. Gibt es irgendetwas, was du mit ihr besprechen möchtest, bevor du vor den gesamten Rat trittst?«

Vertrauensperson? Naja, sie hatte mir vielleicht ein wenig Vertrauen geschenkt und mir noch eine letzte Verabredung zugestanden, während ich nichts Besseres im Sinn gehabt hatte, als weitere Verbote zu brechen. Ich vermied es, Kim anzusehen, strich verlegen ein paar Haarsträhnen hinter die Ohren, schaute auf meine Fußspitzen und antwortete: »Äh, nein, nix.«

Hoffentlich war das kein Fehler. Aber es war mir zu unangenehm, mit ihr zu reden. Was sollte ich auch sagen? Ich fand nicht falsch, was ich getan hatte. Ich war es Luisa schuldig gewesen, weil sie meine Freundin war! Eine meiner zwei, nein drei, nein vier besten Freundinnen. Obwohl gerade alles zusammenzubrechen drohte, breitete sich ein wohliges Gefühl in mir aus. Neve, Luisa, Lilonda und Minchin. Ich hatte eine Grenze überschritten, erst vor Kurzem und im wahrsten Sinne des Wortes, und auf einmal war ich überhaupt nicht mehr allein! Würde ich mich an sie erinnern, nachdem ich gelöscht sein würde? Würden sie zu mir kommen und wir erneut Freunde werden?

Ich biss mir vor Anspannung auf die Zunge. Verdammt, das tat weh. Wir bewegten uns auf den Birkenhain zu. Wahrscheinlich würde ich bald meine Erinnerungen an all das verlieren, das war so ein grässlicher Gedanke!

Ranja, Marco und Jolly saßen bereits um das blaue Feuer und machten ernste Gesichter. Ranja zeigte nicht mal ein kleines Lächeln, als sie mich begrüßte.

Es war ernst. Ich wusste es ja. Trotzdem erschreckte es mich erneut.

Sulannia und Kim nahmen ebenfalls Platz. Nun war kein Holzstumpf mehr übrig. Ich sollte stehen bleiben. Okay. Obwohl es mich irgendwie ärgerte. Ich fühlte mich wie eine Verbrecherin.

Nu schieß schon los, Jolly, drängte ich innerlich, bringen wir es hinter uns.

»Ist es richtig, dass du unerlaubt in der realen Welt gewesen bist?«, begann er und fixierte mich mit seinen stechenden Augen, die aussahen wie Pfefferkörner.

»Erlaubt wäre wohl kaum möglich«, antwortete ich. Natürlich klang das trotzig, aber wenn ich der Atmosphäre in der Runde so nachfühlte, hatte ich überhaupt nichts mehr zu verlieren. Jolly rümpfte die Nase.

»Was hast du mit Minchin angestellt, die den Durchgang bewacht hat?«

Wollten sie mich auf die Probe stellen, während sie längst Bescheid wussten? Oder hatten sie tatsächlich keine Ahnung? In keinem der Gesichter, die mich anschauten, konnte ich irgendwas lesen.

»Sie war nicht da, als ich vorhin rüber bin.«

Immerhin, das war keine Lüge.

Jolly wandte seine Pfefferkörner von mir ab und schaute zu Sulannia. Sulannia sagte:

»Das Wasser im Teich hat die Stimmen von Minchin und Grete aufgezeichnet, aber sie sind zu schwach, um sie zu verstehen. Entweder, weil das Gespräch zu lange her ist, oder weil sie zu leise gesprochen haben.«

Jolly rieb sich nachdenklich die Nase und wandte sich wieder an mich:

»Du hast einen Menschen in die magische Welt geholt«, stellte er fest.

»Und wieder zurückgebracht«, ergänzte ich. Jolly schnappte kaum merklich nach Luft. Ranja zog ein besorgtes Gesicht, wahrscheinlich wollte sie mir damit signalisieren, demütig zu sein. Aber das würde mir nichts helfen, also ließ ich es einfach sein.

»Wen!«, donnerte Jolly. Meine Augenlider zuckten unwillkürlich. Ich presste für jeden sichtbar die Lippen aufeinander. Es herrschte Stille.

»Wen?«, wiederholte Jolly und quietschte dabei wie ein altes Scharnier. Ich schwieg weiterhin. Das würden sie niemals aus mir herausbekommen.

»Sie wird es nicht sagen«, analysierte Marco. Ich begutachtete sein Piercing.

»Vielleicht wäre es besser, wenn du den Namen dieser Person nennst, Grete. Sonst kann es geschehen, dass wir dich mit den falschen Leuten in Verbindung bringen und du kommst zu unser aller Sicherheit um eine Löschung nicht herum«, erklärte Ranja.

Ich blieb stumm. Luisa gehörte nicht zu den falschen Leuten. Würde die Nennung ihres Namens tatsächlich meine Löschung verhindern können? Ehe ich irgendwas sagte, musste ich das rausfinden.

Jolly nahm mich wieder ins Visier. »Für Minchins Verschwinden gibt es nur zwei Möglichkeiten. Entweder, ihr ist etwas zugestoßen und sie lebt nicht mehr, oder sie ist ein Mensch geworden.«

Ich zuckte mit den Schultern.

»Eins von beidem. Könnte Sinn machen«, bestätigte ich.

»Grete!«, brauste Sulannia auf, die sonst immer die Ruhe und Ausgeglichenheit in Person war. »Mir scheint, dir ist nicht klar, wie ernst deine Lage ist!«

»Doch, ist mir.« Ich schaute zu Kim hinüber.

»Ich glaube nur nicht, dass ich um die Löschung herumkomme, wenn ich irgendeinen Namen verrate. Schließlich bin ich nicht nur in die Realwelt ausgebrochen und habe für jemanden Sightseeing in der magischen Blase veranstaltet, sondern bin auch noch mit magischen Kräutern durch die Weltgeschichte gereist. Eins davon reicht bekanntlich schon, um gelöscht zu werden.«

Kim nahm einen seltsamen Gesichtsausdruck an, den ich nicht kapierte. Irgendwie passte ihr mein Geständnis nicht. Aber wieso nicht? Prompt kam die Antwort durch einen dunkelgrauen Blitz, der seltsamerweise mit orangefarbenen Schlieren durchzogen war wie ein Lolli. *Mann, wenn du bloß die Klappe halten könntest!*, zischte Kims Stimme in meinem Kopf.

»Gereist?«, fragten Marco, Jolly und Ranja im Chor.

Ich starrte sie entgeistert an und kapierte. Kim hatte dem Rat davon überhaupt nichts verraten! Ich schluckte. Zu spät.

»Wohin bist du gereist?«, nahm Jolly sein Verhör wieder auf.

»Nach Sardinien, zu Clara. Ich musste es tun. Ich … Clara kann nichts dafür. Ich bin ihr einfach gefolgt. Sie konnte ja nicht ahnen, dass es funktioniert. Sie ist … meine Güte … sie ist meine Halbschwester und ich hab davon überhaupt nichts gewusst!«

Auf einmal kamen mir die Tränen. Warum das denn jetzt? Weil ich meine Halbschwester wieder vergessen würde?

Die Mitglieder des Rates sahen sich an. Nur Kim hielt den Blick gesenkt.

»Es dürfte überhaupt nicht funktionieren«, sprach Ranja aus, was alle dachten.

»Du hättest es melden müssen! Warum hast du niemandem davon erzählt?«, wollte Sulannia von mir wissen. Ich bemerkte, wie Kim zu einer Antwort ansetzte, und kam ihr zuvor:

»Ganz einfach, ich wollte bald wieder zu Clara.«

Ich warf Kim einen warnenden Blick zu und sie schwieg.

»Es gibt keine Entschuldigung, die Regeln unserer Akademie zu brechen. Keine! Es hat einen Grund, warum das Netz der magischen Blasen der Welt seit vielen Hundert, ja seit Tausenden Jahren so gut funktioniert. Ich denke, so einen Fall wie dich, der über alles hinweggeht, hat es noch nie gegeben …«, dozierte Jolly und klang dabei hart wie Stahl.

Ranja unterbrach ihn. »Gretes Vergehen fallen allerdings auch in eine außergewöhnliche Zeit. Zu anderen Zeiten wären ihre Verfehlungen überhaupt nicht möglich gewesen.«

»Das ist kein Argument«, antwortete Jolly. »Sie hätte das mit dem Reisen melden müssen. Und dass es ihr gelungen ist, als Studentin in die reale Welt zu gelangen, hätte sie ebenfalls melden müssen, statt heimlich Menschen hierherzuholen.«

Ranja schwieg und alle anderen auch. Dann setzte Jolly die Befragung fort.

»Was ist mit Minchin geschehen und wen hast du in die magische Blase gebracht?«

Mir kam wieder in den Sinn, dass Pio doch wusste, wie Luisa

aussah. Was sollte das also? Fragen, bei denen der Frager die Antwort bereits kannte, hasste ich wie die Pest.

»Warum soll ich etwas wiederholen, was hier alle schon wissen? Pio hat den Besucher doch gesehen!«

Ruhig antwortete Marco: »Pios Beschreibung lautete ungefähr so: Der Besucher hatte Haare, zwei Augen, eine Nase, einen Mund, zwei Arme, zwei Beine …«

Ich musste grinsen. Gut gemacht, Pio!

»Ich werde nichts sagen. Niemals. Ich weiß, dass Eingeweihte, die nicht hierhergehören, ebenfalls gelöscht werden.« Entschlossen blickte ich in die Runde.

»Unter den gegebenen Umständen nicht zwangsläufig.«

»Das ist mir zu unsicher.«

»Wir sind hier nicht zusammengekommen, um mit einer Anfängerin zu verhandeln!« Jolly schrie fast.

»Ssst, Jolly«, machte Ranja mütterlich und wedelte mit ihrem Mini–Besen, an dem eine Flamme hochschlug.

»Vielleicht solltet ihr das aber«, sagte ich mutig, obwohl ich merkte, wie es immer enger wurde in meinem Hals.

»Ich gebe mein Ehrenwort, dass die Person, die ich kurz hierhergebracht hatte, nichts Böses im Schilde führt. Aber ich habe einige Informationen in der realen Welt sammeln können, die ganz sicher von außerordentlicher Bedeutung für die magische Welt sind. Allerdings würde ich sie nur preisgeben, wenn ich dafür nicht gelöscht werde!«

Ich versuchte während dieser Ansage nicht zu zittern, entschlossen geradeaus zu schauen, jedem Blick standzuhalten und das Kinn nicht auf die Brust sinken zu lassen. Ich wusste, dass das anmaßend war, aber vielleicht ein Deal, um irgendwie meine Haut zu retten.

Um Jollys Mundwinkel zuckte es. Ranja seufzte. Sulannia strich sich ihr Haar über den Rücken, das sich inzwischen wieder aus dem Knoten gelöst hatte. Marco wischte sich über die Stirn. Und Kim schaute mich einfach nur an, ohne eine Regung im Gesicht.

»Du müsstest wissen, dass du dich nicht unter Freunden bei einer Runde Kuhhandel befindest.« Jolly klang herablassend. Blöder Affe.

»Okay, dann möchte ich bitte gelöscht werden«, antwortete ich. »Ich bin nämlich nicht nur gereist und mehrmals in Berlin herumspaziert – übrigens drei oder vier Nächte. Ich habe auch Elementarwesen zu Menschen gemacht. Allerdings nur zwei und sie haben nichts mit den Zombie–Wesen zu tun, die da draußen immer öfter herumlaufen. Dazu könnte ich andere Dinge erzählen, aber da das hier augenscheinlich nicht von Interesse ist und mir eh keiner glaubt … Seltsam übrigens, dass es niemanden interessiert, wie ich es überhaupt anstelle, Menschen durch irgendwelche Wassertunnel zu schleusen. Vielleicht sollte es auch eine Akademie für Räte geben?«

Au, au – verdammt GRETE! Jetzt war es VÖLLIG mit mir durchgegangen! Aber ich ärgerte mich so schrecklich! Gleichzeitig wusste ich, dass ich mir gerade so was von den Garaus machte!

Jolly blieb erstaunlich ruhig.

»Sulannia hat bereits ihre Rüge erhalten, dass ihr entgangen ist, wie spielend leicht du Wasserblasen herstellst.« *Okay, ihre Infos hatte sie wahrscheinlich wieder aus irgendwelchen Wasserkristallen.* »Und dein sonstiges Wissen scheint interessant, aber wird dem Wissensstand des Rates wohl kaum voraus sein.«

Hääh? Wollten sie nicht bis eben noch alles Mögliche aus mir rauskriegen? Oder wussten sie tatsächlich schon so einiges, und nur die Person interessierte sie, die ich eingeschleust hatte? Hatte Leo inzwischen mit dem Rat gesprochen? Waren sie nicht nur im Bilde, was Minchin betraf, sondern auch Lilonda? Hatte Leo mich verraten? Wussten sie, dass die beiden harmlos waren und nicht zu vergleichen mit den elementaren Archetypen da draußen? Sollte ich Leo ins Spiel bringen? *Nein!*, rief irgendwas in mir. Leo hat dich nicht verraten! Vielleicht war das nur Wunschdenken, doch ich sah Luisa vor mir und beschloss, Ruhe zu bewahren und auf mein Gefühl zu hören.

Oder glaubten sie mir einfach nur nicht? Hielten mich für eine Aufschneiderin? Ich hatte keine Ahnung!

Der Rat verständigte sich auf seltsame Art mit Blicken. Wahrscheinlich beratschlagten sie über meine Löschung. Feige Bande, sollte ich nicht hören, wer wie abstimmte, oder was?

Alle nickten und fünf Augenpaare richteten sich wieder auf mich.

Ranja sprach: »Es tut mir leid, Grete, aber der Rat ist übereingekommen, dass es nicht nur für uns, sondern auch für dich am besten und sichersten ist, die Löschung zu vollziehen.«

Es rieselte mir kalt den Rücken hinunter. Auf einmal hatte ich Angst. Irgendwie war es eine Art Todesurteil.

Ranja holte tief Luft und fuhr fort: »Vorab: Da du noch sehr am Anfang stehst mit deinen Fähigkeiten, werden deine Symptome nach der Löschung nur schwach sein, vielleicht eine zusätzliche Erkältung im Jahr, die etwas stärker und mit erhöhter Temperatur ausfallen wird. Mehr ist nicht zu befürchten. Du wirst ganz normal in deine Familie zurückkehren, von deiner kurzen Episode in der magischen Welt wird nichts weiter als ein Filmriss bleiben. Offiziell kommst du krank aus La Gomera nach Hause, bleibst ein paar Tage im Krankenhaus, mit leichter Meningitis, die dir jede Erinnerung an deinen Trip dorthin geraubt hat, weiter nichts. Du selbst wirst also nichts vermissen, und dein Leben wird verlaufen, als wäre nichts gewesen.«

Ich lachte verächtlich. Ausgerechnet auf Kims Gesicht sah ich das meiste Mitleid, fast so was wie Schmerz. Ich war verwirrt. Sie hatte mich inzwischen nicht nur einmal gedeckt. Warum auch immer, es berührte mich und ich spürte überraschend Traurigkeit, weil ich sie sicher nie wiedersehen würde.

»Es tut mir leid«, sagte Sulannia. Klang da ein leichtes Schuldgefühl mit, weil sie meine Mentorin gewesen war?

»Es tut uns allen leid«, bekräftigte Marco, »aber der Schutz der magischen Blase geht vor. Manche Menschen gefährden durch ihre sehr unruhige und eigenwillige Energie ihre Sicherheit. Da bist du nicht die Erste«, versuchte er mir zu erklären.

Ich zuckte nur mit den Schultern.

Auf einmal ergriff mich eine allumfassende Resignation. Das Gefühl kannte ich bereits aus meinem *früheren Leben.* Zu oft war ich schon Situationen ausgeliefert gewesen, die über mir zusammenschlugen, ohne dass meine Kraft ausreichte, irgendwas dagegen zu tun.

»Du hast vor der Löschung noch die Möglichkeit, mit jemandem zu sprechen, der dir am Herzen liegt.«

Hilfe, das klang nach letztem Wunsch, bevor es auf den elektrischen Stuhl ging. Ein nächster Schauer jagte mir über den Körper.

Leo, schoss es mir durch den Kopf. Aber niemals würde ich vor all den Leuten hier um Leo betteln. Neve, dachte ich als Nächstes. Aber Neve war in Berlin. Kira! Kira, das war am besten. Kira war eine wichtige Freundin von Luisa. Kira musste erfahren, dass Luisa Bescheid wusste, auch wenn ich ihr damit ein schwerwiegendes Geheimnis aufbürdete. Ich sah keinen anderen Weg.

»Ich würde gerne Kira sprechen, sie ist aus meiner Schule«, bat ich und klang jetzt ziemlich kleinlaut.

34. Kapitel

Nachdem sich alle von mir verabschiedet und mir alles Gute in meinem weiteren *Leben nach dem magischen Tod* gewünscht hatten, sollte Kim mich zu Kira bringen, die sie via Quantenkommunikation bereits kontaktiert hatte und die sich in der Akademie befand.

Wir liefen schweigend vom Birkenhain hinüber zu dem großen, freundlichen Gebäude. Die Stille zwischen uns wog schwer wie Blei.

Kurz bevor wir den Seminarraum für Kristallkunde erreichten, wo Kira sich für ihre Abschlussprüfung in dem Fach vorbereite, hielt ich es einfach nicht mehr aus.

Ich drehte mich zu Kim und umarmte sie, hielt mich verzweifelt fest an ihr.

»Danke, du hast mich beschützt, wie ein richtiger Engel. Danke.« Ein paar Tränen ließen sich nicht zurückhalten. Sie brannten auf meinen Wangen.

Kim blieb ruhig, aber erwiderte meine Umarmung fest.

»Schade, dass du wegmusst, ich habe einiges durch dich gelernt. Dafür danke ich dir«, antwortete sie.

»Ich hab mich dämlich angestellt und ich bin ein widerborstiger Besen«, schluchzte ich.

»Du bist okay, du schadest dir nur zu viel selbst.«

»Zwischen uns gibt es starke dunkle Blitze, die zu mir sprechen.« Mir war auf einmal danach, es zu verraten.

Kim schob mich ein Stück von sich weg und sah mich an.

»Du hast die Blitzfähigkeit?« Sie lächelte.

»Tut mir leid.«

»Ja«, sagte sie nachdenklich, »wir haben mehr Gemeinsamkeiten, als mir am Anfang lieb war.«

Den Satz verstand ich nicht recht, aber sie sagte ihn so, dass ich mich nicht traute nachzufragen.

»Wir sehen uns nicht wieder, oder?«

»Nein. Nur, wenn ich dich anlüge, mich mit dir in der realen Welt anfreunde und dir nichts von der magischen Welt erzähle. Aber eine Freundschaft auf einer Lüge zu begründen, das ist ein Widerspruch in sich.«

»Ich weiß.«

Wir sahen uns in die Augen. Kim verstand, warum ich meine Freundinnen schützte.

»Aber du könntest wenigstens mal mit mir beim Bäcker anstehen und mir die Tür aufhalten oder so«, schlug ich vor.

»Ja, das wär eine Idee.«

Wir lächelten uns an und umarmten uns noch einmal.

»Du bist stark, Grete, du wirst ein gutes Leben finden«, versuchte Kim mich aufzumuntern.

Ich nickte, obwohl ich wenig davon überzeugt war.

»Machs gut, Kim.«

Dann drehte ich mich um und öffnete die Tür zum Seminarraum.

Kira kam auf mich zu und strich mir über die Schulter, während sie die Tür hinter uns wieder schloss. Von allen Seiten funkelte es wie in einer Schatzkammer. Das Sonnenlicht von draußen brach sich tausendfach in den unglaublichsten Kristallformationen.

»Wie konnte das nur passieren?« Kira schaute mich hilflos an.

»Na ja, ich habe einiges getan dafür.«

»Ich weiß.«

»Wir kennen uns kaum, aber dass ich hin und wieder der Kotzbrocken an unserer Schule war, hat sich sicher auch bis in die oberen Klassen rumgesprochen.«

»Allerdings«, Kira lächelte und gestand: »Ehrlich gesagt, hab ich dich ja immer bewundert, so feige und schüchtern, wie ich selbst war.«

»Wirklich?« Ich fühlte mich geschmeichelt.

»Klar, ich meine, die Schulbänke von unserem verhassten Biologielehrer komplett mit Knoblauch einzureiben, das war schon eine coole Aktion. Der konnte seinen blöden Raum zwei Tage lang nicht benutzen!«

»Hat mir fast einen Schulverweis eingebracht, aber ich bereue keine einzige Knoblauchzehe.« Ich schmunzelte bei der Erinnerung an die Aktion. Irgendwie war ich zufällig an die Schlüssel rangekommen und hatte die Sache in aller Frühe durchgezogen. Leider wurde das Jugendamt dadurch auf mich aufmerksam und dann hatten wir sie zu Hause am Hals. Daran erinnerte ich mich weniger gern.

»Mist, dass das hier für dich so schief gegangen ist.« Sie seufzte und sah mich mitleidig an.

»Pass auf, Kira. Ich muss dir was sagen: Es war Luisa, der ich den magischen Wald gezeigt habe. Damit du weißt, dass sie im Bilde ist.«

»Was? Luisa?« Kira machte große Augen.

»Ja, tut mir leid, aber sie hat die Wahrheit verdient. Sie ist meine Freundin. Sie war echt cool zu mir, hat mich nicht gemieden, aus welchen Gründen auch immer.«

»Ihr Vater ist auch magisch«, antwortete Kira.

»Was?«

Jetzt riss ich die Augen auf, so weit es ging.

»Ja! Luisa und ihre Mutter hatten bislang keine Ahnung.«

»Teufel, dann hab ich es vermasselt, natürlich hätte sie es, wenn überhaupt, zuerst von ihrem Vater erfahren sollen!«

Kira legte den Finger auf die Lippen. Besser, uns hört keiner draußen.

»Du wirst schon wissen, warum du es ihr erzählt hast«, flüsterte sie.

»Sie ist unsere Freundin!«

»Das ist sie und ich hätte auch nicht ewig mit einer fetten Lüge zwischen uns leben können.«

Puuh, das erleichterte mich.

»Danke, dass du es mir gesagt hast.« Kira berührte meinen Arm.

»Als Nächstes weiß also Luisa Bescheid über eine magische Blase und dafür ich nicht«, grummelte ich.

Kira schlug die Augen nieder, als wäre sie daran schuld.

»Grüß Leo bitte und erzähl ihm, was passiert ist«, bat ich sie. Sie sah mich seltsam an, dann hellte sich ihre Miene auf. »Dachte ich mir irgendwie, dass ihr beiden miteinander klarkommt.«

»Echt? Wieso?«

»Weiß nicht. Leo hat so was Düsteres, Unnahbares, Starkes, aber gleichzeitig ist er sensibel, empfindlich und liebenswert. Er erinnert mich immer an den Prinzen aus dem wandelnden Schloss. Kennst du den Film?«

»Du meinst Hauro, den Zauberer. Den finde ich schon immer toll. Und Leo, er ist … na ja, er ist irgendwie Hauro für mich«, gab ich zu und spürte, wie mir die Angst, ihn nie wiederzusehen, die Kehle zuschnürte.

»Grete, hey. Wenn das so ist, dann werdet ihr euch

wiederbegegnen. Da bin ich sicher. Ihr habt so viel gemeinsam.«

Ich schluckte meine Befürchtungen herunter und zuckte die Schultern.

»Na ja, magische Fähigkeiten fallen als Gemeinsamkeit dann aber schon mal weg.«

Kira umarmte mich noch einmal.

»Wenn du schon immer von Hauro träumst, dann wird er auch zu dir kommen. Glaub einfach dran. Und wir, wir sehen uns. Versprochen.«

»Ja.«

Ich verließ den Raum und ging meinem Schicksal entgegen.

Jolly wartete bereits im Krankenzimmer auf mich. Ich legte mich auf die Liege und fühlte mich erstaunlich ruhig. Er erklärte mir noch einmal, dass ich sofort einschlafen, dann via Rauchsäule ins Krankenhaus nach Neukölln gebracht werden und dort auf der Station von Doktor Labot mit Grippesymptomen aufwachen würde.

Ich schloss die Augen, während Jolly seinen Kasten mit dem Injektionszubehör hervorzog. In ein paar Tagen hatte ich Geburtstag. Ob es mir dann schon wieder besser gehen würde? Bevor die Nadel meine Haut berührte, sah ich das schöne, immer etwas nachdenkliche, manchmal irgendwie traurige, aber dennoch leuchtende Gesicht von Leo vor mir. All meine Hoffnungen lagen jetzt auf ihm.

Wenn ihm irgendwas an mir lag, war er derjenige mit den richtigen Connections, damit ich mich wieder erinnerte.

Teil III

35. Kapitel

Dichte Qualmwolken rollten auf mich zu, zwischendrin leuchtete es dunkelrot aus ihnen. Es war heiß hier, ich schwitzte. Mir war schwindelig und schlecht. Ich bewegte mich durch zähe Masse, Schweiß rann mir vom ganzen Körper, ich sackte zusammen, wurde von dem Rauch aufgesogen. Dumpfe Geräusche drangen zu mir, das Prasseln von Feuer. Irgendwo zischte es. Mein Mund fühlte sich extrem ausgetrocknet an. Wenn es doch irgendwo nur einen Schluck Wasser gäbe! Einen Schluck nur. »Wasser!«, versuchte ich in den dicken Qualm hineinzurufen. Vielleicht hörte mich ja irgendjemand. »Wasser …«, es war unendlich mühselig, dieses Wort herauszubringen.

Dann, tatsächlich, ich spürte etwas Feuchtes an meinen Lippen. Die Rettung, man rettete mich. Langsam wichen die Qualmwolken einem einheitlichen Grau, das sich immer mehr aufhellte, bis es fast weiß war.

Wohltuende Feuchtigkeit tröpfelte in meinen Mund und löste die Zunge vom Gaumen. Gleichzeitig spürte ich, wie sie mir den Hals hinabrann. Was für eine Verschwendung, ich durfte doch keinen Tropfen verlieren!

Jemand hob ein wenig meinen Kopf an. Eine Schmerzwelle schoss durch mein Gehirn. Das Weiße vor mir begann sich zu bewegen. Es raschelte. Die Hand in meinem Nacken fühlte sich kühl an.

Schluck für Schluck rann mir die kühle Flüssigkeit die Kehle hinunter. Ein Dutzend Schlucke, das reichte schon. Die Hand ließ meinen Kopf auf das Kissen sinken. Der Schmerz wurde erträglicher. Kurz danach wischte mir jemand mit einem feuchten Tuch über die Stirn. Wie angenehm. Ich nahm ein Gemurmel wahr, welches sich langsam zu einzelnen Stimmen differenzierte.

»Das Fieber geht runter. Sie wird bald wieder ganz zu Bewusstsein kommen, aber die nächste Zeit noch sehr viel schlafen.

Sie braucht vor allem Ruhe.«

Dicht neben mir erklang ein Seufzen. Das Seufzen kannte ich. Kurz darauf hörte ich leise eine Tür zugehen. Eine kleine kühle Hand griff nach meiner. Die hellen und dunklen Flecken vor meinen Augen begannen, Konturen anzunehmen. Neben meinem Bett saß jemand. Sanftmütiges Gesicht, Pferdeschwanz, Kleid.

»Mama«, flüsterte ich. Sie drückte meine Hand.

»Grete«, antwortete sie.

»Was ist passiert?«

»Du bist wieder zu Hause. Du hast eine Meningitis durchgestanden. Aber jetzt wird alles gut.«

»Zu Hause?« Ich drehte vorsichtig meinen Kopf, um den Schmerz nicht zu verstärken.

»Na ja, fast. Sie haben dich vom Flughafen gleich hierher gebracht. Du warst ohnmächtig und hattest hohes Fieber. Der Arzt hier, Doktor Labot, scheint sehr kompetent.«

»Bin ich im Krankenhaus?«

»Krankenhaus Neukölln.«

Neukölln? Und meine Mutter war bis Neukölln gekommen?

»Wie bist du hierher …«

»Mit dem Taxi.«

»Taxi?« Aber dafür haben wir doch gar kein Geld.

»Mach dir keine Sorgen. Der erste Roman deines Vaters ist ein voller Erfolg. Wir haben keinen Geldmangel mehr.«

Wow, das waren ja mal Neuigkeiten.

»Grete, du hast zwei Monate im Koma gelegen. Erst dann sind deine Papiere aufgetaucht und sie haben mich informiert.«

»Ich bin seit zwei Monaten hier?«

Emma nickte. »Du darfst dich nicht anstrengen, du musst viel schlafen. Du bist sehr geschwächt.«

Das stimmte. Es gelang mir nicht, meine Augen weiter offenzuhalten, während es neben mir plätscherte und meine Mutter mir ein neues kühles Tuch auf die Stirn legte.

Ich versuchte, mich an irgendwas zu erinnern, die letzten zwei Monate, den Flug, aber alles war weg. Auch die Zeit davor. Hirnhautentzündung, o je. Offenbar hatte ich das meiste vergessen. Ich wusste nur noch, dass ich auf La Gomera gewesen war, mit ein paar Leuten. Ich sah das blaue Meer vor mir und mächtige Gesteinsformationen am Strand. Einige der Steine waren kunterbunt, sicher angemalt von Hippies. Dann übermannte mich der Schlaf.

***

Die nächsten Tage wachte ich hin und wieder auf, aber schlief meist gleich wieder ein. Der Kopfschmerz wurde schwächer. Das selbstständige Trinken funktionierte mit jedem Tag besser. Ernährt wurde ich jedoch weiterhin durch einen Tropf.

Der Arzt war ein sehr netter und kompetenter Typ. Ich mochte ihn und seine ruhige Art. Ich hatte Glück, dass ich ein kleines Einzelzimmer abbekommen hatte. Es war bei meiner Einlieferung kein Bett für Kassenpatienten frei gewesen. Und ich konnte wohl hier bleiben.

Dann begannen die Tage, an denen ich mehrere Stunden am Stück wach war. Meine Mutter kam täglich. Einmal lief sie vom Prenzlauer Berg bis Neukölln, weil das Wetter so schön war. Und bald fuhr sie sogar wieder U–Bahn. Etwas, was sie seit Jahren nicht mehr getan hatte. Sie wirkte viel jünger und dynamischer, als ich sie in Erinnerung hatte. Sie erzählte mir, dass unser Haus saniert worden war. Die Handwerker hatten gearbeitet wie ein ganzes Bienenvolk. An jedem neuen Morgen schien es, als wären über Nacht Heinzelmännchen da gewesen, so schnell war alles vorangegangen.

»Und wenn du erst unsere Wohnung siehst«, deutete sie eine Veränderung an, die auch dort stattgefunden hatte. War unsere Wohnung etwa auch saniert worden? Das konnte ich mir bei dem riesigen Sammelsurium von Emma überhaupt nicht vorstellen.

Bald gelang es mir, aufrecht zu sitzen, ich schaffte selbstständig den Weg zur Toilette und fühlte mich schon recht gut. Meine Kräfte kehrten zurück. Viktor kam mich besuchen. Mit gesenktem Kopf trat er an mein Bett und das Erste, was er sagte, war: »Ich werde nie wieder etwas trinken, versprochen. Ich habe alles falsch gemacht und war ein furchtbar schlechtes Vorbild, all die Jahre. An deiner Stelle wäre ich auch weggerannt.«

Ich schluckte.

»Aber, Viktor …«, brachte ich hervor. Er schaute mich an. Dann zauberte er ein Taschenbuch hinter seinem Rücken hervor. »Verkauft sich fünfzig Mal am Tag, stell dir das mal vor.«

»Gratuliere.« Ich lächelte ihn an. Er tätschelte meine Wange. »Aber ich kann es erst genießen, seit du zurück bist.«

All seine Worte machten mich verlegen. So emotional hatte ich ihn noch nie erlebt.

Ich konnte mich immer noch nicht an die vergangenen Wochen erinnern. Doktor Labot meinte, das liege an der Hirnhautentzündung und würde wahrscheinlich so bleiben. Seltsam, ein wesentlicher Abschnitt meines Lebens war ausgelöscht. Mit wem war ich überhaupt nach La Gomera geflogen, wen hatte ich dort getroffen? Unbestimmte Gesichter flackerten vor meinem inneren Auge auf und ab, aber keins wurde konkret. Und niemand wusste etwas, schließlich hatte ich niemandem davon erzählt. Und nur zwei E-Mails geschrieben, an meine Eltern und an Luisa. Luisa – erst verband ich nichts mit dem Namen. Dann kehrte jedoch langsam die Erinnerung an das Fotoprojekt zurück. Luisa ging bereits in die Zwölfte und wir hatten uns kurz vor meiner Reise angefreundet. Sie wollte vorbeikommen. Ich freute mich schon drauf.

Die sommerliche Abendsonne schimmerte bereits glitzernd und warm durch die Jalousien, als sich die Tür zu meinem Zimmer öffnete und Luisa im Türrahmen erschien.

»Hey«, rief sie, lief auf mein Bett zu und hielt mir einen großen Blumenstrauß hin. Ich saß in meinem Bademantel auf der Bettkante und nahm ihn freudig entgegen.

»Bist du noch ansteckend?«, fragte sie. Ich schüttelte den Kopf und sie umarmte mich. Der Duft ihres Haarshampoos und der Blumen stieg mir in die Nase.

»Wo sind Vasen?«

»Dort.« Ich zeigte auf den Schrank gegenüber. Es standen nur noch zwei leere Gefäße darin, weil Emma mir jeden Tag die schönsten Blumen mitbrachte.

Luisa versorgte den Strauß, dann zog sie sich einen Stuhl heran und warf mir einen komischen Blick zu.

Erst jetzt fiel mir auf, dass sie irgendwie verändert wirkte, ihre Haare waren nicht so perfekt frisiert wie sonst und auch ihre Kleidung sah nicht aus wie neu gekauft. Ging es ihr nicht gut?

»Wie geht es dir?«, fragte sie mich und knetete ihre Hände in ihrem Schoß. Verlegen hatte ich Luisa auch noch nie gesehen. Verlegen meinetwegen?

»Schon viel besser, aber es dauert wohl noch, bis ich wieder auf den Beinen bin. Die ersten drei Wochen habe ich nur geschlafen.«

»Und du … kannst dich an nichts mehr erinnern?«, fragte Luisa vorsichtig.

»Nein, irgendwie nicht. Alles weg. Was hab ich dir denn in der E-Mail geschrieben? Meine Mutter meinte, du hast eine von mir bekommen?«

»Ja ...« Sie zögerte, als müsse sie sich an den Inhalt meiner Mail erinnern. »... aber da stand leider nur sehr allgemein drin, was du schon weißt.«

Luisa senkte den Blick, als würde es ihr leidtun, dass sie mir nicht weiterhelfen konnte.

»Was soll's«, ich lächelte sie aufmunternd an, »das Leben wird schon weitergehen, auch wenn ich ein paar Sachen aus dem Gedächtnis verloren habe. Also mach dir keinen Kopf.«

Luisa versuchte auch zu lächeln, aber es gelang ihr nicht.

»Und du? Wie geht's dir? Irgendwas bedrückt dich, seh' ich dir doch an. Steht die Schule noch?«

»Ja, natürlich. Schulen fallen nicht so schnell um. Mir … geht's eigentlich gut.«

»Und, was ist *eigentlich*? Etwa ein Kerl?«

Luisa winkte ab. »Wenn's so einfach wäre, das wäre schön. Es ist schwer zu erklären. Nennen wir es eine existenzielle Krise.«

»Existenzielle Krise. Du? Denkst du etwa drüber nach, ob es einen Gott gibt, oder so was? Gibt es nicht, glaub mir. Auch keine Hexen, Zauberer oder Vampire.«

Luisa blieb bei ihrem ernsten Gesicht.

»Na ja, Hexen und Vampire vielleicht nicht, aber …« Sie vollzog mit ihrer Hand eine abwehrende Geste, als würde ihr irgendwas vor dem Gesicht herumfliegen. »Sagen wir, ich stelle gerade ziemlich viel in Frage.«

»Sieht man dir an«, antwortete ich.

»Okay, deine schonungslose Direktheit scheint noch da zu sein.«

Endlich zeigte sich ein winziges Schmunzeln um ihre Mundwinkel.

»Tut mir leid.«

»Nein, schon gut. Ich mag Freundinnen, die mich wirklich weiterbringen. Du bist so eine.« Das wiederum sagte sie viel zu feierlich.

Auch wenn mir nicht richtig einfallen wollte, wo ich Luisa denn weitergebracht hatte, fühlte ich mich geschmeichelt. Besonders weil das Kompliment von ihr, einer Bestnotenschülerin aus der zwölften Klasse, kam.

»Und unser Vortrag? Ich habe dich im Stich gelassen. Das war gemein.«

»Ach was … Lief echt gut. Die Eins plus wartet immer noch auf dich. Kommst du denn wieder zur Schule?«

»Muss ich wohl. Nächstes Jahr noch mal die zehnte. Ehrenrunde drehen.«

»Na ja, hast du dir selbst eingebrockt.«

»Das wird schon alles für irgendwas gut gewesen sein. Auch wenn ich mich an nichts erinnern kann.«

Luisa machte erneut ein grüblerisches Gesicht, als müsste sie sich jeden Satz, den sie sagte, vorher genau überlegen. Ihre Augen besaßen ein seltsames, irgendwie abwesendes Leuchten. Ein Gedanke schoss mir durch den Kopf, und ehe ich ihn vernünftigerweise zu Ende gedacht hatte, war er schon über meine Lippen.

»Aber sag mal, Luisa, du nimmst keine Drogen oder so was?«

»Ich? Quatsch. Wie kommst du denn darauf?«

»Du wirkst so …«

»Nein!«, fiel sie mir ins Wort. »Auf keinen Fall. Aber … Das vermuten die übrigens bei dir.«

»Bei mir?«

»Na, wegen des umfassenden Gedächtnisverlustes. Die Meningitis allein erklärt den nicht.«

»Ich soll Drogen genommen haben?«

»La Gomera ist bekannt für seine bekifften Hippies. Aber ich sag dir mal was: Ich bin sicher, dass du keine Drogen genommen hast.«

Luisa sah mich verschwörerisch an. Ich zuckte mit den Schultern, weil ich nicht recht wusste, ob es mir egal sein sollte, Drogen probiert zu haben, oder nicht.

Ich erhob mich und kam auf meinen Beinen ein wenig wacklig zu stehen. Luisa sprang auf und stützte mich.

»Weißt du, wer übrigens auch wieder zurück ist?«

»Wer?« Ich hatte keinen Schimmer.

»Kira!«

Kira? Hatte ich den Namen schon mal gehört?

»Du erinnerst dich nicht mehr an sie? Meine Freundin. Ist mein Jahrgang. Sie war nach Indien abgehauen vergangenen Herbst.«

Ich kramte in meinem Gedächtnis. Ein recht dünnes und unscheinbares Mädchen mit aschblondem Zopf tauchte auf.

»Ah, doch. Ihr habt in jeder Pause zusammengehockt.«

»Ja, genau!«

Luisa strahlte über das ganze Gesicht, dass ich mich an ihre Freundin erinnerte.

»Es gab eine Einweihungsparty in euerm Hof, als das neue Haus fertig wurde. Du weißt ja, deine Mutter und ich, wir sind nach deinem Verschwinden in Kontakt geblieben. Tja, und dann ist sie plötzlich in den Hof spaziert.«

»Hatte sie auch Meningitis?«, fragte ich scherzhaft, aber Luisa zuckte erschrocken zusammen, als würde Meningitis noch etwas viel Schlimmeres bedeuten, als es für sich genommen bereits war. Ich konnte mir nicht helfen, Luisa wirkte leicht neben sich stehend. Hoffentlich kam das nicht doch von irgendwelchen Substanzen. Vielleicht probierte Luisa Psychopharmaka aus, so besessen sie war von dem Psycho–Thema.

»Nein, Quatsch. Sie musste sich irgendwie finden da drüben. Jetzt ist sie jedenfalls voller neuer Energie und irgendwie auch selbstbewusster.«

Luisa schaute ernst auf das Licht, das durch die Jalousien hereinflimmerte. Mir kam es so vor, als wenn sie gerade noch dringender frische Luft brauchte als ich nach zwei Monaten in dieser Zelle.

»Weißt du was? Ich würde gerne ein wenig in die Abendsonne«, schlug ich ihr vor.

»Meinst du, du schaffst das schon?«

»Mit deiner Hilfe bestimmt.«

Luisa hakte mich unter und führte mich hinaus. Genüsslich sog ich die warmfeuchte Luft des Abends ein, während Luisa mich auf einem Rollstuhl durch die Parkanlage des Krankenhauses chauffierte. Irgendwie fand ich das Leben gar nicht mehr so furchtbar, wie es mir vorgekommen sein musste, kurz bevor ich abgehauen war. Na ja, ich musste ja auch noch nicht wieder in die Schule. Wenn ich daran dachte, schlich sich sofort ein fahles und düsteres Gefühl in meine Eingeweide.

36. Kapitel

Luisa ging und die Schwester mit dem Abendbrot betrat das Zimmer. Ich bekam inzwischen wieder leicht verdauliche Kost. Brot mit Margarine und Salat. Lustlos aß ich die Hälfte davon auf. Keine Ahnung, ob der fehlende Appetit von der langweiligen Krankenhauskost kam oder mit meinem Allgemeinzustand zu tun hatte. In ein paar Tagen durfte ich nach Hause, hatte Doktor Labot gesagt.

Das Bakterium, welches die Hirnhautentzündung verursacht hatte, war wohl sehr selten. Mein Körper hatte Antikörper dagegen gebildet, trotzdem konnte es sein, dass es sich in entlegene Stellen wie beispielsweise Gelenke verkrochen hatte und irgendwann wieder einmal aufflammte. Falls ich Grippesymptome bekäme, sollte ich sofort vorstellig werden. Aber ich sollte mich nicht sorgen, es war nicht sehr wahrscheinlich und würde wenn dann nur selten auftreten, hauptsächlich, wenn mein Immunsystem geschwächt war. Deswegen empfahl er mir Sport, regelmäßigen Schlaf und viele Vitamine. Nun, wenn es zu Hause nicht mehr nur Chinanudeln gab, ließ sich das einrichten.

Ich freute mich auf zu Hause. Gleichzeitig beunruhigte es mich. Ich schloss die Augen und rieb mir die Schläfen. Einfach nicht drüber nachdenken. Dabei fiel mir ein Traum ein, den ich letzte Nacht gehabt hatte. Darin war ein tiefer, dunkler Wald vorgekommen, der aussah wie in einem Märchen, und ein verwinkeltes Haus, das unzählige Zimmer besaß, die mit Treppchen verbunden waren und lauter schöne Dinge beherbergten. Ich hing in Gedanken den Bildern des Traumes nach. Sie waren wunderbar real gewesen. Hatte ich jemals so einen tollen Traum gehabt? Vielleicht hatte die Meningitis ja nicht nur rumgelöscht in meinem Kopf, sondern hier und da auch was hinzugefügt?

Die Schwester gab ein unzufriedenes Brummen von sich, als sie sah, wie wenig ich gegessen hatte.

»Vielleicht esse ich die zweite Stulle heute Nacht noch«, beschwichtigte ich sie und bat sie, den Teller da zu lassen.

Eine entsetzliche Müdigkeit beschlich mich, als hätte ich die letzten drei Tage durchgemacht. Okay, am besten gleich Zähne putzen und ab ins Bett.

Ich schlurfte in das Badezimmer, drückte mir Zahnpasta auf die Zahnbürste, fing an zu putzen … und wagte zum ersten Mal einen genaueren Blick in den Spiegel.

Zuerst war ich beruhigt, ich sah besser aus, als ich es nach meiner langen Umnachtung vermutet hatte. Dann jedoch kam es mir so vor, als schaute ich in das Antlitz einer Fremden. War dieses Spiegelbild wirklich ich? Ja, natürlich. Aber irgendwas sagte mir, dass ich vor meiner Krankheit anders ausgesehen hatte. Farbloser irgendwie, weniger dickes Haar. Und meine Augen, waren sie schon immer so tiefblau und leuchtend gewesen? Ich fühlte mich ein wenig wie *angemalt*, *überschminkt*. Seltsam. Na ja, vielleicht hatten mir die Wochen auf La Gomera gut getan. Dort war ich offenbar zum ersten Mal in meinem Leben braun geworden statt rot und selbst die Krankheit hatte mir danach meine gesunde Hautfarbe nicht genommen. Leise Kopfschmerzen begannen sich anzuschleichen. Immerhin war ich die letzten drei Tage nahezu kopfschmerzfrei gewesen. Am besten, ich nahm noch eine Tablette.

Mir blieb vor Schreck fast das Herz stehen, als ich nichts ahnend in mein Zimmer zurückkehrte und im Zwielicht der Dämmerung eine dunkle Gestalt vor meinem Bett stehen sah. Regungslos. War die echt? Oder hatte ich Halluzinationen?

Sie drehte sich um und fixierte mich.

Dunkelgrüne Augen – wieso konnte ich das eigentlich sofort erkennen? –, halblange schwarze Haare, schlank, groß, Röhrenjeans, schwarze Lederjacke. Ein Typ. Hatte was Interessantes an sich, war aber gleichzeitig zu hübsch. Der musste sich in der Zimmernummer geirrt haben.

»Hi Grete.«

Der kannte meinen Namen?

»Ich weiß, du erinnerst dich nicht an mich. Aber wir müssen reden.«

Ich blieb regungslos stehen, die Klinke noch in der Hand, und überlegte, ob ich nach Hilfe schreien sollte. Aber ich blieb stumm, auch als der Typ jetzt auf mich zukam. Er wirkte düster, aber nicht bedrohlich.

»Komm, leg dich besser hin. Sonst kippst du mir noch vor die Füße.«

Er nahm mich sanft am Arm und führte mich zu meinem Bett. Peinlich berührt beobachtete ich beim Laufen die dicken Socken, in denen meine Füße steckten. Und mein abgetragener blauer Bademantel war bestimmt ebenfalls kein berauschender Anblick. An irgendwen erinnerte er mich. Nur an wen?

Er setzte mich auf die Bettkante, schlug die Decke zurück, wartete, bis ich mich hingelegt hatte, und deckte mich zu. Dabei hörte er nicht auf, in meinem Gesicht nach irgendwas zu forschen. Ich tat so, als würde ich es nicht bemerken. *Hauro!*, schoss es mir plötzlich durch den Kopf. Er ähnelte Hauro, dem Zauberer aus einem meiner Lieblingsfilme. Ein Filmheld, den ich mochte, obwohl er eigentlich zu hübsch war. Ich schmunzelte bei dem Gedanken. Luisa hatte vorhin nicht angezweifelt, dass es Zauberer gab. Wie es aussah, hatte sie recht.

»Wer bist du und was willst du? Und woher sollen wir uns überhaupt kennen?«, fragte ich schroff, während der Fremde immer wieder nervös zur Tür schaute und zu lauschen schien, ob sich jemand auf dem Flur näherte. Die Besuchszeit war vorbei, klar. Er würde Ärger bekommen. Aber war das seine einzige Sorge? Irgendwie machte es nicht den Eindruck.

»Meinen Namen sage ich dir später, dann kannst du nicht verraten, dass wir Kontakt miteinander hatten.«

»Kontakt?«

Vielleicht war er ja auf Koks oder nahm irgendwelches Chemiezeug? Ich forschte in seinen Augen. Die Pupillen wirkten tatsächlich ungewöhnlich groß und so, als leuchteten von ganz tief drinnen kleine Lichtpunkte. Abgefahren. Ich versuchte mich auf meine Ellenbogen zu stützen, aber knickte weg. Ich war einfach zu erschöpft.

Mister Namenlos legte mir beschwichtigend die Hand auf die Schulter. Sie war warm und besänftigte mich, obwohl meine Alarmglocken schrillen wollten. Wieder warf er hastig einen Blick zur Tür.

»Pass auf, ich mache es kurz. Du warst nicht auf La Gomera. Sie erzählen dir Blödsinn über deine Vergangenheit. Du hattest auch keine Meningitis. Wir beide, wir kennen uns gut. Und du wirst dich wieder an alles erinnern …«

Jetzt schaffte ich es doch, mich auf meine Ellenbogen zu stützen.

»Klingt interessant. Aber ich glaube, du hast dich in der Zimmertür geirrt. Zieh am besten ab, oder ich drücke diesen Knopf hier«, ich zeigte auf den Schwesternknopf über meinem Bett.

Ich bekam es mit der Angst zu tun – verdammt, wer war das? Der Typ wusste viel zu viel über mich.

Erstaunlicherweise erhob er sich brav, während ich streng mit dem Zeigefinger auf den Notrufknopf zeigte. Ich musste mich nur ein wenig recken, dann würde ich ihn berühren können.

»Heute Nacht wird jemand zu dir kommen. Hier hast du hundert Euro dafür, dass du ihm gestattest, seine Stirn an deine zu legen. Nichts weiter.«

Ich starrte entgeistert die hundert Euro an, die auf meine Bettdecke geflattert waren, dann wieder den Typen, dann noch mal die hundert Euro. *Los, drück den Knopf!*, rief es in mir. Aber ich tat es nicht und fragte stattdessen: »Wie soll ich wissen, dass dein Typ nicht mit einem Messer ankommt?«

»Du kannst dann immer noch den Knopf drücken.«

Jetzt lächelte er auf einmal. Meine Güte, der Typ wirkte rein optisch eigentlich recht normal!

»Zehn Minuten, deine Stirn an seine. Weiter nichts.«

Was für ein abstruser Deal. Erlebte ich diese Begegnung gerade wirklich oder war sie doch nur eine Nachwirkung der überstandenen Krankheit? Ehe ich kapierte, wie mir geschah, beugte er sich zu mir, gab mir einen sehr sanften Kuss auf den Haaransatz und schaute mir danach in die Augen, als wären wir schon lange ein Liebespaar. Das glückliche Gefühl, was dieser Kuss in mir auslöste, kannte ich. Stopp, der Typ erinnerte mich nicht nur an einen Trickfilmhelden, ich kannte ihn! Auf einmal war ich mir sicher, ja, ich kannte ihn. Auch wenn ich nicht die geringste Ahnung hatte, woher.

»Wir sehen uns wieder. Bitte stell dich schlau dabei an«, sagte er, während er eiligen Schrittes zur Tür ging. Ein roter Blitz schlängelte sich von ihm zu mir herüber. Zuerst dachte ich, er schoss aus der Steckdose neben dem Eingang, ein Kurzschluss in der Wand. Aber meine Intuition verriet mir, der Blitz ging von ihm aus. *Ich hole dich zurück, Grete. Ich hole dich zurück*, wisperte es in meinem Kopf wie ein Fremdgedanke. Dann klickte die Tür ins Schloss, augenblickliche Stille umfing mich und ich hielt mir den Kopf. Meine Kopfschmerzen waren stärker geworden. War das alles eben wahr gewesen oder flunkerte mir mein lädiertes Gehirn die ganze Zeit etwas vor?

Ich ließ mich zurück in die Kissen fallen, versuchte über alles nachzudenken, aber meine grauen Zellen waren fest entschlossen, für heute den Dienst einzustellen. Ich fühlte mich ausgelaugt und befürchtete auf einmal, hier nie wieder rauszukommen.

***

Einige Stunden später wachte ich in einer seltsamen Position auf. Das fade Licht der Laterne, die direkt unter meinem Fenster stand, schimmerte durch die Jalousien. Es musste mitten in der Nacht sein. Ich saß in meinem Bett und lehnte mit der Stirn an irgendwas Hartem. Aber es war nicht die Wand. Es war etwas vor mir. Es dauerte einen Moment, bis ich realisierte, woran. Zu sehr vereinnahmten mich die wirren Bilder, die mir durch den Kopf schossen. Schlief ich? War ich wach? Nein, ich war wach und vor mir saß einer, der mich an den Schultern festhielt und seine Stirn gegen meine drückte. Langsam fiel mir alles wieder ein. Der Typ in der schwarzen Jacke, die hundert Euro und dass genau das passieren sollte, was gerade geschah.

Ich konnte nicht sehen, wer auf meiner Bettkante saß und mich im Griff hatte. Es war dunkel, der Mann war fremd, er roch fremd, wenn auch nicht übel. Eigentlich hätte ich Angst haben, ausflippen, um mich schlagen müssen. Aber es war, als würde er mich hypnotisieren, mich in einer Art Starre halten, obwohl mein Bewusstsein immer mehr Fahrt aufnahm.

Ich dachte an den Kuss des Typen. Der Kuss … Hatte er mich schon mal geküsst? Wo? Und warum? Er kam auch in den Bildern vor, die der Fremde mir rüberzufunken schien. Oder tat er das gar nicht, sondern reanimierte nur irgendwas in meinem Kopf?

Da war eine rote Katze, nein zwei waren es, nein drei. Ah, die einäugige Katze vom Hof und zwei Junge. Aber sie hatte doch nur eins gehabt? Sie tauchten hinab in einen Teich. Katzen und tauchen? Ich schwamm mit ihnen durch eine unterirdische Kristalllandschaft. Wow, das sah ja fantastisch aus und ich spürte, ich war tatsächlich einmal dort gewesen. Vor das Bild schob sich ein anderes, eine Wüstenstadt. Glitzernde Häuser bis in den Himmel auf schneeweißem Sand. War ich in Wirklichkeit nicht auf La Gomera, sondern in der Wüste gewesen? Ich hatte diese Stadt schon einmal gesehen, definitiv. Verwirrend. Eine Hexe zischte über den Himmel, mit einem viel zu kleinen, brennenden Besen. Ich wusste, dass sie existierte. Ich wusste es, aber ich konnte die Bilder in keinerlei vernünftigen Zusammenhang bringen.

Auf einmal stand ich jedoch auf einem Hochhaus, blickte in die Tiefe und schrie.

Ich schrie wirklich und riss mich aus dem Griff des Fremden, während der mir entschlossen den Mund zuhielt.

»Beruhige dich. Es sind nur Erinnerungen.«

Ich schätzte den Mann auf Anfang dreißig. Er hatte dunkle Augen, einen Dreitagebart und etwas längere braune Haare. Seltsamerweise trug er einen Anzug. Er sah aus wie ein gewöhnlicher Sesselpupser aus irgendeiner oberen Geschäftsetage. Solche Typen waren mir grundsätzlich suspekt. Aber bei diesem hier wirkte das mehr wie eine Verkleidung. Er flößte mir Respekt ein.

»Wer sind Sie?«

»Das ist nicht wichtig. Geh die Bilder durch, so oft du kannst. Sie bringen dir weitere Bilder. Das Ganze funktioniert wie ein Puzzle. Mit den ersten Teilen findest du weitere. Ich komme noch ein paarmal, bis wir das ganze Ding zusammengesetzt haben. Halt das durch. Wenn du alle Teile zusammenhast, wirst du mit einem Schlag kapieren, was los ist.«

Ich sah ihn an, als wäre er die Sphinx persönlich, die sich mitten in der Nacht aus ihrem staubigen Ägypten am Fuße der Pyramiden zu mir in ein graues Krankenhaus von Berlin aufgemacht hatte.

»Verlass dich einfach drauf, okay?! Und besser zu keinem davon ein Wort. Auch nicht zum Doc. Dein Freund hat mich gut bezahlt dafür.«

Er verließ mein Zimmer. Ich starrte den Rufknopf an. Er leuchtete beruhigend im Dunkeln. Sollte ich ihn drücken?

Unsicher stolperte ich ins Bad und klatschte mir ein paar Hände voll kaltes Wasser ins Gesicht. Die Bilder, die seit dem seltsamen Besuch in mir rasten, verschwanden dadurch nicht, im Gegenteil, sie schienen deutlicher zu werden. Doch mehr noch als die Bilder beeindruckte mich, was der Fremde am Schluss gesagt hatte: *Dein Freund hat mich gut bezahlt dafür.*

37. Kapitel

Der Mann, der seine Stirn an meine legte, kam die nächsten drei Nächte wieder. Der Typ, auf den ich jetzt täglich irgendwie wartete, nicht. Immer wieder nahm ich den Geldschein zur Hand und betrachtete ihn, als könnte er mir irgendwas über ihn verraten. Die Bilder wurden mehr und bunter in meinem Kopf. Ich kannte jedes einzelne, als hätte ich sie alle schon mehrmals in einer Ausstellung gesehen und mir genau eingeprägt.

Da war ein schwarzes Holzhaus mit roten Lampionblumen davor, die von innen leuchteten. In diesem Haus wohnte der Typ mit der Lederjacke, der mir den Hunderter dagelassen hatte. Dann gab es einen großen, hässlichen Quader mit einer riesigen Glasfront. Dort wohnte ich. Und zwar bei einer Frau mit kurzen Haaren, von der ich nicht wusste, ob ich sie mochte oder nicht. In einem der Bilder rieselten ständig Blüten durch die Luft. In einem anderen brannte ein Feld und aus der Feuerwand traten Menschen heraus oder verschwanden darin. Ein Engel flog aus einem felsigen Abgrund vor mir hoch und auf mich zu. Und in einem nächsten Bild stand dieser Engel plötzlich neben Frittenjonny im Mauerpark.

Frittenjonny? Ich saß gerade auf einer Parkbank des Krankenhausgeländes und öffnete die Augen. Auf einmal überkam mich wahnsinnige Lust, Kartoffelecken mit Quark in mich hineinzustopfen. Mein Appetit war wieder da! Juchhu. Das fühlte sich saugut an. Die Runde durch den Park schaffte ich inzwischen ohne Anstrengung und morgen sollte ich entlassen werden.

Ein paarmal hatte ich überlegt, Doktor Labot von meinen nächtlichen Begegnungen und den psychedelischen Bildern in Kenntnis zu setzen. Aber meine größte Sorge war, dass sie mich dann dabehalten würden und im schlimmsten Fall als schizophren einstuften. Klar konnte alles – inklusive Typ in Lederjacke und *Stirnflüsterer* – eingebildet sein wie bei einer Schizophrenen. Aber da war der Geldschein und zudem fand ich, dass ich mich dafür zu gut und ansonsten rundum klar fühlte.

Einige Bilder schienen kompletter Unsinn, aber es gab welche, bei denen ich sicher war, dass sie zu realen Erinnerungen gehörten.

Zum Beispiel tauchte ich in einer der letzten Sequenzen mit Luisa durch eine unterirdische Mauer und wusste, dass wir das tatsächlich irgendwann getan hatten. Ich musste sie fragen. Morgen durfte ich endlich das Krankenhaus verlassen und sie wollte mich gleich am Abend besuchen kommen.

Mit dem Typen erlebte ich ebenfalls ein paar Realbilder: wir beide durch einen Wald mit roten Bäumen laufend, wir beide in einer Höhle voller überdimensional großer Früchte … Allerdings verhielt er sich immer recht distanziert. Inzwischen zweifelte ich, dass wir irgendwann mal zusammen gewesen waren. *Dein Freund* bedeutete wahrscheinlich eher *ein* Freund. Ich versuchte, dem *Stirnflüsterer* auch etwas zu entlocken. Aber er war eine vertrocknete Zitrone. Aus ihm bekam ich nichts heraus. Inzwischen wusste ich, dass er keine Ahnung davon hatte, was ich genau in meinen Bildern sah, und nur wie ein *Aktivierer* fungierte.

***

Emma stand in ihrem Lieblingsblümchenkleid neben einem Taxi und winkte aufgeregt, als ich aus dem Haupteingang des Krankenhausgeländes auf die Straße trat.

Sie umarmte mich, reckte sich dabei hoch, weil sie einen Kopf kleiner war als ich, und nahm mir meine Tasche ab. Der Taxifahrer stieg aus und verstaute sie im Kofferraum, während Emma mir ein Zeichen gab, von der anderen Seite einzusteigen. Sie bewegte sich wie ein alter Hase, der es gewohnt war, täglich mit dem Taxi durch die Stadt chauffiert zu werden. War das wirklich meine alte gewohnte Welt oder war ich doch in ein Paralleluniversum gerutscht, in dem die Menschen um mich leicht veränderte Entwicklungswege genommen hatten?

Emma lächelte mich an und nahm meine Hand. Händchen gehalten hatte ich mit meiner Mutter bestimmt nicht mehr, seit ich zwölf gewesen war. Aber jetzt war es völlig in Ordnung und fühlte sich gut an.

»Ich bin so froh, dass du wieder gesund bist. Ich habe einen Kuchen gebacken.«

»Käsekuchen ohne Boden?«

»Genau.«

Das war mein Lieblingskuchen.

Unterwegs zeigte mir Emma alle möglichen kleinen Dinge, die sie mit ihrer neuen Bewegungslust entdeckt hatte: lustig bemalte Häuser, besondere Läden, eine Skulptur, zwei Hunde und eine Katze, die wohl täglich an der gleichen Straßenecke auf jemanden warteten. Es war wie Urlaub in einer unbekannten Stadt. Ich konnte mich nicht erinnern, ob ich vorher jemals einen Fuß nach Neukölln gesetzt hatte. Der Bezirk war mir fremd, aber seltsamerweise auch vertraut.

Als wir in die Wetterstraße einbogen, die eine Sackgasse war und sich an ihrem Ende zum Wetterplatz verbreiterte, traute ich meinen Augen kaum. Unser verfallenes, altes Haus, das eingezwängt zwischen all den sanierten, prunkvollen Altbauten drum herum immer wie ein Schmutzfleck gewirkt hatte, war jetzt die Perle des Platzes. Ein goldener Wetterhahn blitzte oben auf dem tiefroten Dach. Solche leuchtenden Dachziegel hatte ich noch nirgends in der Stadt entdeckt. Die Fassade war weiß mit lauter goldenen Glitzerpunkten, in denen sich die Sonnenstrahlen brachen. Die abgefallenen Balkone waren durch neue ersetzt worden. Das hieß, wir hatten jetzt auch einen Balkon, und Emma hatte ihn bereits wunderschön bepflanzt.

»Schön, nicht?«

Ich brachte nur ein Nicken zustande, während Emma die grünlackierte Tür zum Hausflur aufdrückte.

»Und das können wir uns leisten?«

»So oder so. Es hat gar keine Mieterhöhungen gegeben. Wir haben unerhörtes Glück mit den neuen Besitzern.«

»Wie das?«

»Es ist jemand, der die alten Mieter nicht vertreiben wollte. Und auch in die leeren Wohnungen lässt er nur ausgewählte Leute einziehen.«

Ich befühlte das wunderbare, bunte Mosaik an den Wänden, eingefasst von honigfarbenem Holz. Die Briefkästen sahen aus wie aus Gold und man schritt über einen schicken Fußboden aus Terrakottafliesen. Dann fiel mir was auf.

»Aber der Kellereingang ist weg.«

»Ja, der Keller wurde komplett zugeschüttet, sonst wäre das Haus nicht mehr zu retten gewesen und im Morast versunken. Du weißt doch, er stand zur Hälfte unter Wasser.«

Ja, ich erinnerte mich. Der Keller war unbrauchbar gewesen.

Charlie, die neue Freundin von Tom, hatte darin nach Geistern gesucht. Ich musste schmunzeln.

»Komm.« Emma zog mich die Treppen, auf denen ein roter Kokosläufer verlegt worden war, nach oben zu unserer Wohnung.

Luftige Räume mit abgezogenen Dielen erwarteten mich. Hätte ich nicht einige Dinge wie Emmas Sofa, das Bett meiner Eltern, den alten Holztisch in der Küche und die vielen Bücher wiedererkannt, wäre ich sicher gewesen, mich in einer komplett fremden Wohnung zu befinden.

»Wo sind die ganzen Sachen hin?«, rief ich verwundert. Viktor betrat kurz nach uns die Wohnung und umarmte mich. Hatte er das überhaupt schon einmal im Leben getan? Gerade hatte ich seinen total aufgeräumten Schreibtisch im Schlafzimmer bewundert. Was war nur passiert? War hier eine Bombe eingeschlagen und hatte alles in Ordnung gebracht, weil nicht noch mehr zu verwüsten gewesen wäre?

»Wir sind unsicher wegen deines Zimmers. Du kannst alles verändern, wie du es haben willst. Wir wussten nicht …« Viktor gab mich frei und tippte meine Zimmertür an, sodass sie sich öffnete. Meine Wände waren nicht mehr schwarz gestrichen, sondern die alten Tapeten abgezogen und der gesamte Raum weiß getüncht. Mein gebrechliches Bett war durch ein kunstvoll geschwungenes Eisenbett ersetzt worden. Genau so eins, wie das, mit dem das Mädchen im Lieblingsbilderbuch meiner Kindheit jede Nacht in die Wolken geflogen war, um seine schönsten Träume zu besuchen.

»Es … ist nicht schlimm, dass sie nicht mehr schwarz sind«, brachte ich hervor, dann sank ich auf den Boden, ließ mein Gesicht in meine Hände fallen und fing unerklärlicherweise an zu weinen. Hilflos standen meine Eltern neben mir.

»Grete? Was ist denn?«, flüsterte meine Mutter unsicher.

Ich wusste es nicht. Es war einfach … Es war …

»Alles ist toll. Alles ist gut.« Und dann schluchzte ich nur umso mehr.

»Das habt ihr alles nur wegen mir gemacht?«, brachte ich stockend hervor, während ich versuchte, mich wieder zu beruhigen.

Emma hockte sich zu mir, streichelte meine Schulter. Eine kleine Weile schwiegen wir einfach. Viktor trat nervös von einem Bein aufs andere. Dann schob er sich entschlossen an mir vorbei in die Küche.

»Nun kommt, der Kuchen wird sonst kalt.«

Viktors typischer Humor. Endlich ließen meine Schluchzanfälle nach und ein kleines Lächeln stahl sich auf meine Lippen.

***

Da es ein wunderbar warmer Julitag war, verabredete ich mich mit Luisa gegen Abend im Mauerpark. Und zwar mit meinem neuen Smartphone, das mir Viktor nachträglich zu meinem siebzehnten Geburtstag geschenkt hatte.

»So was braucht man jetzt doch in deinem Alter. Mit großem Display. Für Facebook und so. Oder wie heißt das mit den Fotos? Instagram?«, hatte er gefragt.

Was für ein schickes und praktisches Teil. Ich staunte es an und wusste nicht, was ich sagen sollte. Mit meinem alten Handy hatte man nichts weiter als Telefonieren gekonnt.

»Aber nicht, dass du gleich wieder losheulst. Ich weiß dann einfach nicht, was ich machen soll!«, fuhr Viktor fort, weil ich keinen Ton herausbrachte, und schnitt dabei verschämt ein paar lustige Grimassen. Ich erinnerte mich, dass ich als kleines Mädchen nie genug von seinen Fratzen bekommen und er sich unermüdlich immer neue ausgedacht hatte, bis mir der Bauch vom Lachen wehtat.

Jetzt lächelte ich. »Danke Papa.« Er begann, über das ganze Gesicht zu strahlen. Keine Ahnung, wann ich aufgehört hatte, ihn *Papa* zu nennen.

Mein Geburtstag im Mai war leider ausgefallen, weil ich zu der Zeit bereits im Koma gelegen hatte.

Und nun erschien mir mein Leben wie ausgewechselt. Als wäre ich durch ein Tor gegangen, hinter dem alles anders war. Es fühlte sich märchenhaft an und gleichzeitig ängstigte es mich. Konnte ich wirklich einfach so umschalten? War nicht vor noch nicht allzu langer Zeit alles düster und aussichtslos gewesen?

Ich erinnerte mich an furchtbar kalte Wintertage auf dem Dach und an meinen Lieblingsplatz auf dem Dachboden. Er war sogar noch da, nur war es auch hier jetzt wunderschön und hell. Jeder Mieter hatte, statt eines Kellerverschlags, eine Dachkammer erhalten und die sahen aus wie gemütliche Zimmer und besaßen sogar eine Heizung.

Charlie und Tom hatte ich kurz im Hausflur getroffen. Sie fielen mir beide um den Hals, als hätten sie mich unendlich vermisst und seien überfroh, dass ich wieder da war. Dabei kannten wir uns nun wirklich nicht besonders gut. Sie musterten mich seltsam, als wenn ich eine Reise zu den Sternen gemacht und in einer fliegenden Untertasse zurückgekehrt wäre.

»Und, nun wieder frisch für die Schule?«, fragte Tom.

Ich zuckte mit den Schultern. Daran wollte ich lieber nicht denken.

***

Luisa saß bereits auf den Steinen gegenüber des kreisförmigen Freilichttheaters, das sich in der Mitte des Parks befand. Die Wiese daneben war bunt bevölkert. Hunde rannten umher, Frisbee–Scheiben flogen durch die Luft und es duftete nach Grillfleisch.

»Gut siehst du aus, wieder richtig gesund«, bemerkte Luisa, nachdem sie mich umarmt hatte. Aber sie selbst wirkte blass und bedrückt. Ich konnte es gar nicht mit ansehen.

»Hast du Lust auf Jonnys Fritten? Ich lad' dich ein.«

Ich zog den Hunderteuroschein hervor, den ich von Mister Namenlos hatte, mein einziger Beweis, dass es ihn wirklich gab. In meiner letzten Nacht im Krankenhaus war der *Stirntyp* noch mal erschienen. Vorerst zum letzten Mal, hatte er mir versichert. Dann würde er eine Woche warten. Falls sich das Puzzle bis dahin nicht zusammenfügen würde, würde er wiederkommen. Ich fragte nicht, wie er das mitten in der Nacht anstellen wollte, in mein Zimmer zu Hause zu gelangen, ohne meine Eltern wachzuklingeln. Und ich traute mich auch nicht, mich nach seinem Freund mit der Lederjacke zu erkundigen.

Luisa starrte auf den grünen Geldschein, aber sagte nichts. Früher hätte sie sofort wissen wollen, wo ich den herhatte.

Wir schlenderten über den Rasen und ich rückte sogleich mit der Sprache raus.

»Luisa, wir waren mal tauchen zusammen. Wo war das?«

Sie zuckte zusammen und starrte mich mit erschrockenen Augen an. »Wir?« Ihre Stimme zitterte und lieferte mir den Beweis, dass ich richtig lag. Aber wieso erschreckte sie das so?

»Ja, ganz sicher! Aber ich weiß nicht mehr, wo? Wo war das denn?«

»Wir waren nie tauchen. Wirklich nicht«, antwortete sie monoton und beschleunigte ihren Schritt.

»Luisa, natürlich waren wir das. Irgendwo in ganz klarem Wasser und da war eine versunkene Ruine oder so was. Ich sehe es genau vor mir.«

»Das kann nicht sein. Das musst du geträumt haben.«

Ich blieb stehen. Sie lief einfach weiter.

»Luisa!«, rief ich.

»Komm schon, sonst macht Jonny zu!«, antwortete sie streng. Ich holte wieder auf.

»Luisa …«

»Ach, Grete. Das mit der Meningitis tut mir so leid. Ich weiß, dass da oft was durcheinanderkommt in der Erinnerung. Wir kennen uns doch erst seit Herbst. Wo sollten wir denn in der Zeit bitte tauchen gewesen sein, mh?«

Luisa sah mich besserwisserisch an. Das stimmte allerdings und verunsicherte mich. Aber …

»Hey, ihr beiden!«, rief Jonny, der gerade die Stehtische vor seiner Bude abwischte und uns entdeckt hatte.

»Hi Jonny«, rief ich, erfreut, ihn zu sehen, obwohl wir uns nicht näher kannten. Mein Vater war hier nur öfter und trank ein Bier und ich hatte mir ab und zu ein paar Fritten geholt, manchmal einen Sack Kartoffeln geschält, wenn ich kein Geld hatte, aber nie viel mit Jonny geredet. Heute kam er mir so vertraut vor, nachdem ich ihn nach so langer Zeit wiedersah.

»Zweimal große Portion, Girls?«, fragte er mit seinem englischen Akzent, der mir immer wieder gefiel.

»Hey, Lady«, wandte er sich an Luisa, »du siehst skinny aus, iss bloß alles auf, ja?!«

Luisa lächelte. Für einen Moment warfen sich beide einen rätselhaften Blick zu, als würden sie ein Geheimnis miteinander teilen. Falls sie sich näher kannten, war das eine interessante Neuigkeit.

»Zweimal große Portion, mit viel Quark«, rief er in den Wagen hinein. »Richtig, Gracy?«

Ich bejahte und staunte, als eine junge Frau mit einem roten Pferdeschwanz und Sommersprossen uns kurze Zeit später die Fritten herausreichte. Ich kannte sie! Sie war dieses engelartige Wesen aus meinen Bildern. Sie sah genauso aus!

»Alles in Ordnung?«

Jonnys Mitarbeiterin bedachte mich mit einem seltsamen Blick, weil ich ihr die Fritten nicht abnahm und sie stattdessen anstarrte.

»Ich … kenne dich«, versuchte ich zu erklären.

Sie musterte mich einen Moment, warf einen Blick hinüber zu Luisa, dann wieder zu mir.

»Das kann nicht sein«, entschied sie und begann emsig, den Tresen abzuwischen. Etwas Gepresstes lag in ihrer Stimme. Ich glaubte ihr nicht.

»Doch, ich weiß nur nicht, woher?« Ich konnte ihr schließlich nicht sagen, dass ich von ihr träumte.

»Nein, das kann wirklich nicht sein, ich bin erst seit ein paar Wochen in Berlin«, erklärte sie mit Nachdruck.

»Erst seit ein paar Wochen?« Das verwirrte mich.

»Ich komme aus dem hohen Norden …, Flensburg. Warst du da schon mal?«

Nein, war ich nicht. Abgesehen davon, dass sie sich den Ort gerade ausgedacht hatte. Sonst zögerte man doch wohl nicht, um sich an seinen Geburtsort zu erinnern.

»Ich weiß, dass ich dich kenne«, antwortete ich trotzig, wandte mich ab und begann, die Fritten in mich hineinzustopfen. Irgendwas stimmte hier nicht. *Auf einen Schlag setzten sich alle Bilder wie ein Puzzle zusammen und dann wirst du dich an alles wieder erinnern*, gingen mir die Worte meines nächtlichen Besuchers durch den Kopf.

Wenn da was dran war, wenn nichts so war, wie es schien, warum, verfluchte Höllenbewohner, spielten mir die Leute dann Theater vor?

38. Kapitel

… *und in drei Wochen fängt die Schule wieder an*, war mein letzter Gedanke kurz vor Mitternacht, während ich mich in mein schönes neues Bettchen kuschelte. Dieser Gedanke legte sich jeden Abend wie ein tiefer Schatten über alles. Nur eins tröstete mich, auch wenn das ein bisschen egoistisch war: Luisa war die letzten zwei Monate, bevor die großen Ferien begonnen hatten und während ich im Koma lag, nicht zur Schule gegangen. Ich war fassungslos, als sie mir das offenbarte. Erst dadurch begriff ich das Ausmaß ihrer *existenziellen Krise*, wie sie es genannt hatte. Ihr war es zu der Zeit wohl noch viel schlechter gegangen als jetzt. Inzwischen befand sie sich auf dem Weg der Besserung, und sie würde die zwölfte Klasse wiederholen, weil sie fast alle Prüfungen verpasst hatte. Luisa würde also noch an der Schule sein. Wir versprachen uns, uns gegenseitig durch den Schlamassel zu ziehen. Aber erst mal hatten wir noch drei Wochen Ferien …

Was dann ungefähr vier Stunden später geschah, kurz bevor es bereits wieder dämmern würde, ließ das Thema Schule zu einem überflüssigen Farbfleck in einem turbulenten Gemälde schrumpfen.

Zuerst wirbelten die üblichen Bilder durch meine Träume. Ich tauchte mit Luisa, sah einen Engel, klopfte an das Hexenhaus, in dem der Typ wohnte, lag in einem Designerbett. Neue Bilder mischten sich darunter, die ich so bisher oder noch nicht in diesem Zusammenhang gesehen hatte. Ich besuchte mit dem rothaarigen Engelwesen einen See. Lilonda nannte ich es. Und aus dem See, oder eher war es nur ein Teich mit einer Quelle, stieg eine Art Wassernymphe auf. Das war Minchin. Und der Stirnflüsterer, er hieß Riley. Ich war mir sicher, obwohl er es mir noch nie gesagt hatte. Sulannia, Jolly, Pio – weitere Namen stürmten mein Bewusstsein. Gestalten fanden sich dazu. Clara … Wer war noch mal Clara? Ich kam nicht drauf … Die Frau jedenfalls, bei der ich wohnte – im Wald, in einem magischen Wald – sie hieß Kim. Und sie unterrichtete

– nicht an meiner Schule, nein – sie unterrichtete an der Akademie der Elemente. Und dann wusste ich auf einmal, dass ich Riley bereits einmal zusammen mit dem Typen in der dunklen Jacke gesehen hatte. Aber nicht in dem schwarzen Holzhäuschen mit den roten Lampions, sondern … Er wohnte in Neukölln und er hieß … Die Leute und Bilder begannen sich zu überlagern, stürzten ineinander, ein Grummeln erhob sich und schwoll zu einem immer lauter werdenden Dröhnen an. Alles fing an, sich in Kreisen zu drehen, verschwamm, bildete einen Wirbel, der erst bunt war und dann zu einer Farbe wurde: zunächst gelb, dann orange, dann rot, dann … dunkel. Das Dröhnen ging in ein unerträgliches Donnern über. Verzweifelt hielt ich mir die Ohren zu und rief, so laut ich konnte: »LEO!«

Ich riss die Augen auf und fand mich sitzend in meinem Bett wieder, mir fest die Hände auf die Ohren drückend. Ich sah um mich. Riley … War er hier? Nein. Und Leo? Nein.

Mir war heiß, ich schnappte nach Luft. Ich sprang aus dem Bett, musste mich aber sofort wieder darauf fallen lassen, weil mir schwindlig war. *Ruhig, bleib ruhig*, versuchte ich mich zu besänftigen und schloss die Augen. Mein Atem ging stoßweise. *Ruhig bleiben! Alles ist gut. Alles hat sich wieder sortiert.*

»Psssst«, flüsterte ich in den Raum und hoffte, dass ich nicht so laut geschrien hatte, wie es mir vorgekommen war. Die magische Blase … und Leo. O Mann, alles war wieder da. Leo hat mich zurückgeholt. Er hat es geschafft. Mit Rileys Hilfe. Und er hatte ihn gut *bezahlt*, gingen mir sofort Rileys Worte durch den Kopf. Mir war klar, was der Preis nur sein konnte: Leo machte gemeinsame Sache mit ihnen. Für mich. Und ich? War bestimmt auch an Riley und Jerome *verkauft*.

Erneut versuchte ich mich langsam aufzurichten. Diesmal ging es besser. Mein Kopf fühlte sich an, als hätte es darin einen Kurzschluss gegeben. Am liebsten hätte ich ihn unter eine kalte Dusche gehalten. Aber davon würden meine Eltern wach werden. *Wir sehen uns wieder, bitte stell dich schlau dabei an*, hatte Leo gesagt, bevor er mein Krankenzimmer verließ. Das machte mir Hoffnung. Es konnte nur bedeuten, dass wir aus der Nummer mit Riley und Jerome rausmussten, sobald ich mich wieder erinnerte. Oder meinte er etwas anderes damit? Meine Eltern? Oder …?

Ich ging das Verhalten von Luisa, Lilonda und Jonny durch. Na ja, das war mit meinem reanimierten Bewusstseinsstand jetzt nicht mehr schwer. Luisa hatte sicherlich mit ihrem Vater gesprochen und er sie eingeweiht und zu ihrer eigenen Sicherheit beschworen, mir nichts zu sagen. Woher ihre Krise kam, war nun kein Geheimnis mehr. Ich war schuld daran. Vielleicht war das der größte Mist, den ich je gebaut hatte. Das Ganze hatte sie völlig durch den Wind gebracht und sie verlor ein Schuljahr dadurch. Arme Luisa, sie steckte in argen Schwierigkeiten und ich war alles andere als eine Hilfe.

Und Lilonda und Jonny? Sie wussten vielleicht Bescheid, was Leo mit mir vorhatte, hatten aber nichts sagen können vor Luisa. So würde ihr Verhalten Sinn ergeben.

Ich öffnete leise mein Fenster und sog die sommerliche Nachtluft ein. Ich musste zu Leo, am besten noch heute Nacht.

***

Fünf Minuten später hatte ich mich angezogen und auf Zehenspitzen die Wohnung verlassen. Ich tastete mich durchs Treppenhaus, ohne das Licht anzuschalten. Der neue Kokosteppich ließ mich geräuschlos die Stufen hinabsteigen. Durch mein zurückgekehrtes Bewusstsein erschien alles in einem völlig anderen Licht. Das Haus hatte der magische Rat übernommen und saniert. Im Keller befand sich der Durchgang und nur Eingeweihte wussten davon. Emma und Viktor hatten keine Ahnung, was wirklich mit mir passiert war. Es war schlimm, wie sehr ich sie in die Verzweiflung getrieben hatte, nicht nur mit meinem Verschwinden, sondern auch mit meinem Verhalten davor. Auch wenn es eine Menge verändert hatte. Und dann gab es da noch … Clara!

Wie angewurzelt blieb ich auf dem Treppenabsatz stehen. Ich hatte eine Halbschwester. Das gab meinem neu gewonnenen guten Verhältnis zu meinen Eltern plötzlich einen bitteren Geschmack – weil sie mich angelogen hatten. Nein! Jetzt nur nicht daran denken, befahl ich mir. Zunächst gab es Wichtigeres. Ich hatte Feinde. Vielleicht beobachteten mich Jerome oder Riley die ganze Zeit, warteten auf meine wiederkehrende Erinnerung. Ein Schauer lief mir über den Rücken, als mir das klar wurde.

Wie auf Kommando packte mich jemand an der Schulter, als ich in die Toreinfahrt einbog. Ich wollte schreien, aber mir wurde der Mund zugehalten.

»Sei still, ich bin's.«

»Leo«, hauchte ich durch seine Finger. Er nahm seine Hand weg und sah mich forschend an.

»Alles wieder da«, flüsterte ich.

»Gut.«

Er umarmte mich kurz. Ich entspannte mich ein wenig, spürte seine Wärme und atmete seinen Geruch ein. Waren wir nun zusammen gewesen oder nicht? Die Antwort auf diese Frage lag irgendwie noch im Nebel.

»Was sollen wir ...«

»... Nicht hier, wo jederzeit Riley auftauchen könnte, um nach dir zu sehen«, unterbrach er mich. Seine grünen Augen leuchteten mich an wie Katzenaugen. »Wir treffen uns auf dem Berg am Wasserturm, in einer halben Stunde. Lauf sicherheitshalber ein bisschen Zickzack.«

Er schob mich Richtung Ausgang und verschwand selber im Hof.

Ich trat nach draußen auf den Wetterplatz und sah mich um. Niemand zu sehen. Gemächlich schlenderte ich die Straße entlang und versuchte entspannt zu wirken, obwohl alles in mir auf Rot stand. Leos Verhalten machte mir Angst. Waren wir etwa in akuter Gefahr? Was hatte sich inzwischen alles ereignet? Meine Güte, ich war wochenlang durch das Tal der Ahnungslosen geschwebt. Und warum eigentlich so lange? Warum hatte ich zwei Monate im Koma gelegen? Von wegen seichtes Vergessen und nur leichte Grippeerscheinungen. Ich war schwer krank gewesen. Jolly hatte mich angelogen!

Leo saß bereits auf dem Rand des großen Wasserspeichers, als ich auf dem Berg ankam, der ein weitläufiges unterirdisches Gewölbe birgt und sich direkt neben dem Wasserturm befindet.

»Danke«, sagte ich, als ich vor ihm stand. Leo sah zu mir auf. »Wofür?«

»Dass ich mich wieder erinnere.«

»Setz dich, wir haben einen Haufen Probleme.«

Ich ließ mich neben Leo nieder.

»Rileys Bedingungen für meine Erinnerung sind mir klar. Er will uns auf seiner Seite.«

»Anders wär's nicht gegangen.«

»Okay, erzähl, in was für einem Schlamassel stecken wir?«

Leo strich sich eine Haarsträhne hinters Ohr, beugte sich vor, stützte die Ellenbogen auf die Knie und schaute hinüber zum Fernsehturm, der harmlos in die Nacht blinkte wie eh und je.

»Der Geheimbund ist wieder komplett aktiviert. Riley scheint die

Fähigkeit, Elementarwesen zu Menschen zu machen, wie einen Virus an Leute des Bundes weitergeben zu können, die die Rauchsäulenfähigkeit besitzen. Die Durchgänge haben kaum noch Elementarwesen. Es wird immer schwieriger, sie zu passieren.«

»Warum denn das? Es müsste doch dadurch eher leichter werden?«

»Sie wachsen zu, versanden. Sie verschwinden einfach.«

»Auch der Durchgang im Haus?«

»Nein, in Berlin ist es noch nicht so schlimm. Die Durchgänge funktionieren alle noch, aber sie beginnen zuzuwachsen. Auch hier reduzieren sich inzwischen die Elementarwesen. Aber in anderen Ländern Europas ist es bereits viel schlimmer.«

»Was ist mit Lilonda und Minchin?«

»Wenn du nichts verraten hast, weiß noch keiner aus dem Rat von ihnen.«

»Natürlich habe ich nichts verraten!«, echauffierte ich mich.

»Hey, fühl dich nicht immer gleich auf den Schlips getreten!«, fuhr er mich an. Ich wollte zurückpoltern, aber war zu erschrocken, wie angespannt Leo war.

»Wir sollten zum Rat gehen, und zwar sofort!«, verlangte ich.

Leo lachte ein hohles Lachen.

»Zum Rat? Mit dir und deinen ganzen schönen neuen Erinnerungen? Das würde ihnen bestimmt gut gefallen. Dann können sie dich gleich noch mal löschen.«

»Wieso sollten sie denn? Wir erzählen ihnen die ganze Geschichte und …«

»Der Rat weiß längst Bescheid. Zusammen mit den Räten anderer Länder sind sie im Dauereinsatz.«

»Wie, Bescheid?«

»Riley hat die Sache ziemlich groß angelegt. Und das Schlimme ist, wir hängen mit drin.«

Ich kapierte nicht ganz und sah ihn fragend an.

»Pass auf, Grete«, er wandte sich mir zu und packte mich an meinen Handgelenken.

»Wir müssen irgendwie weg, so schnell es geht. Ich danke Gott, dass du dich so schnell erinnert hast. Das verschafft uns einen kleinen Vorsprung. Riley rechnet erst in ein bis zwei Tagen damit. Er wartet, lauert, hat dich auf dem Kieker und mich, damit wir es uns nicht plötzlich anders überlegen.«

Instinktiv sah ich mich um, aber es war niemand sonst auf dem

Hügel. Drei Uhr nachts war eine ganz gute Zeit.

»Aber wie bist du dann …?«

»Ich kann immer noch in die magische Welt. Er nicht. Damit kann ich ihn irritieren. Das Rübergehen als Rauchsäule ist anstrengend und nicht beliebig oft wiederholbar. Aber es funktioniert unabhängig von den Durchgängen und er kann natürlich nicht rund um die Uhr auf mich aufpassen. Heute Nacht scheint eine wichtige Versammlung zu sein – keine Ahnung, wo sie ihr Rachelager aufgeschlagen haben, das müssen wir rausfinden – jedenfalls, hast du einen guten Zeitpunkt gewählt, um dich zu erinnern.«

Mein Hirn arbeitete auf Hochtouren, kam mir allerdings so vor, als wäre es rein mechanisch und müsste gleich knacken, scheppern und dampfen. Ich verstand immer noch nicht, warum wir uns nicht einfach an den Rat wandten.

Leo schüttelte den Kopf, als könnte er meine Gedanken lesen.

»Hey, ich wollte zum Rat, aber deine Löschung kam mir zuvor. Also habe ich lieber die Klappe gehalten und mich um deine Erinnerung gekümmert. Offiziell machen wir jetzt mit Riley, Jerome und den anderen gemeinsame Sache. Riley hat die richtigen Botschaften gestreut.«

»Wie, Botschaften gestreut?«

»Sie haben der magischen Blase den Kampf angesagt, ihm klargemacht, dass man mit ihnen rechnen muss und dass sie sich diesmal nicht unterkriegen lassen. Sie fühlen sich wieder stark genug.«

»Aber was wollen sie denn? Was genau?«

»Was sie wollen?« Leo bedachte mich mit einem langen finsteren Blick. »Wenn es die magische Welt für *sie* nicht mehr gibt, dann soll es sie gar nicht mehr geben.«

»Oh«, brachte ich nur hervor und schluckte.

»Jerome ist untergetaucht, in ihrem neuen Versteck. Ich soll ihm ein Zeichen geben und mit dir nachkommen, sobald du dich erinnerst.«

»Aber Riley …«

»Riley weiß von dieser Absprache zwischen mir und Jerome nichts. Und das soll er auch nicht. Jerome will nicht, dass mir was passiert.«

»Und du nicht, dass ihm was passiert«, ergänzte ich vorwurfsvoll.

»Darum geht es jetzt nicht.«

Leo sah mich streng an. Dann machte er eine hastige Handbewegung Richtung Büsche hinter der Bank. Ich hörte Schritte auf der Treppe, die auf den Berg führte. Lautlos schlichen wir uns in das Gestrüpp. Einige Sekunden später tauchten zwei Männer auf dem Hügel auf und sahen sich um. Waren sie zufällig hier oder suchten sie was? Es war nicht genau zu deuten. Weder Leo noch ich kannten sie, aber das musste nichts heißen.

Als sie wieder gegangen waren, flüsterte Leo:

»Okay, lass uns morgen Abend zwanzig Uhr hier treffen und dann verschwinden. Bis dahin habe ich einen Plan.«

Er kletterte fast lautlos die Böschung hinunter, ohne sich noch einmal umzudrehen, und ließ mich mit Tausend Fragen zurück.

39. Kapitel

Die restlichen Stunden dieser Nacht verbrachte ich unruhig mich von einer Seite auf die andere werfend. Ich war unbehelligt nach Hause gelangt und fragte mich, ob Leo vielleicht ein bisschen übertrieb mit der obervorsichtigen und geheimnistuerischen Agententhriller-Masche. Allerdings war es nicht das, was mich wach hielt. Es war die Sache mit Clara, meiner Halbschwester. Ich war wieder zu Hause. Hier hatte sich so viel verändert. Trotzdem kam es mir vor, als laste ein Felsbrocken auf uns und könnte jeden Moment alles zermalmen.

Unsere Familie hat seit meiner Geburt unter dem schwarzen Tuch eines Geheimnisses gelebt, das ich aus irgendeinem Grund nicht erfahren sollte. Sie hatten mich betrogen und noch viel mehr hatten sie Clara betrogen. Meine Wut darauf wuchs mit jeder Minute, die ich darum kämpfte, wieder einzuschlafen. Wie sollte ich mit diesem Wissen so tun, als wäre alles normal und würde nun mit jedem Tag besser werden? Nach meinem Treffen mit Clara in Sardinien hatte ich diese Wut verdrängt. Mein Wiedersehen mit meinen Eltern war mir dort noch viel zu weit weg erschienen. Aber jetzt …

Wie hatten Clara und ich uns eigentlich verabschiedet? Wie wollten wir die Sache angehen? Wie waren wir verblieben? Daran konnte ich mich nicht erinnern. Erst als ich beschloss, die Angelegenheit morgen beim Frühstück auf den Tisch zu bringen, fand ich endlich ein wenig Schlaf.

***

Verspannt und zerschlagen stand ich gegen neun Uhr auf und folgte dem Duft von Pancakes, der sich in der gesamten Wohnung ausbreitete. Ich liebte Pancakes, besonders, wenn Emma sie machte.

Sie saßen bereits beide in der Küche.

»Wusste ich doch, dass du sie nicht extra wecken musst, wenn es nach Pancakes riecht«, frohlockte Viktor.

»Guten Morgen«, ich versuchte ein Lächeln, aber es sah bestimmt gezwungen aus, weil die Sache mit Clara und dass ich meine Eltern heute Abend schon wieder verlassen würde, zu sehr auf mir lasteten. Nach dem Aufwachen hatte ich entschieden, das erste doch erst mal für mich zu behalten. Es war einfach nicht der richtige Zeitpunkt. Und von dem zweiten durften sie auf keinen Fall erfahren. Ich musste mich also ohne ihr Wissen verabschieden. Nur, wie sollten sie das verstehen? Sie hatten doch alles geändert, was ich mir gewünscht hatte. Neben der unfassbaren Ordnung in der Wohnung stand bei Viktor keine einzige Weinflasche mehr in der Ecke herum. Aber ich, kaum war ich heimgekehrt, verschwand nach ein paar Tagen schon wieder. Hoffentlich würde sie das nicht in eine erneute Krise stürzen.

»Grete? Schläfst du noch?«, riss mich Emma aus meinen Gedanken und hielt mir einen Teller voller Pancakes hin, während ich den Kopf in die Hände gestützt hielt.

»Oh, sorry, danke.« Ich nahm ihr den Teller ab und stellte ihn vor mich.

»Was wälzt du denn für schwere Gedanken?«, fragte Viktor.

»Nichts, ich …«

Ich griff nach Messer und Gabel und begann zu essen. »Mmh, lecker«, versuchte ich Viktor von seiner Spur abzubringen, aber er sah mich seltsam an.

»Irgendwas ist doch, ich sehe es dir an«, bohrte er weiter und beugte sich zu mir. »Komm, spuck's aus, keine Müllecken mehr in unseren heiligen vier Wänden.«

Emma atmete tief durch. Ich hörte auf zu kauen und sah ihn an. Viktor ließ seinen Blick nicht von mir ab. So hatte er schon immer alles aus mir herausbekommen.

»Noch Marmelade?«, fragte Emma und lächelte. Das Lächeln kam mir falsch vor, obwohl es ganz gewiss aufrichtig war.

»Hast du die Kiste mit den italienischen Wörterbüchern und Reiseführern eigentlich noch?«, fragte ich und meine Stimme knarrte dabei wie ein eingerostetes Schloss.

Emmas Lächeln verschwand. Ich wusste, dass es diese Kiste gab, weil ich sie vor ein paar Jahren zufällig entdeckt hatte und die Bücher anschauen wollte, aber es waren die einzigen Bücher, an die Emma mich nicht ranließ. Ich hatte es null verstanden. Sie meinte nur, Italien wäre ein blödes Land mit einem korrupten Staatsmann, die Italiener hysterisch und die Sprache irgendwie aufdringlich.

»Was willst du damit?«, fragte sie leise.

Viktor schaute von einem zum anderen. »Italienische Sprachführer?« Er warf Emma einen komischen Blick zu, der für mich eindeutig war. Dann sah er wieder zu mir.

»Willst du etwa schon wieder weg? Nach Italien? Jetzt wird aber erst mal brav zur Schule gegangen. Wenigstens die zehnte Klasse. Danach lässt sich das Thema Schule eventuell neu ausdiskutieren.« Er grinste.

Emma inspizierte ihren Teller und sagte nichts. Sie ahnte, dass etwas in der Luft lag. Sie war feinfühlig wie ein Seismograf.

»Mama …«, begann ich und schluckte gegen die Trockenheit in meinem Hals an, »Warum darf Clara ihre Mutter nicht kennenlernen? Hast du mal daran gedacht, wie sich das für sie anfühlen muss?«

Ich steckte meine Hände unter die Oberschenkel, um besseren Halt zu finden. Jetzt war es raus. Ich hatte es gesagt. Das Geheimnis war kein Geheimnis mehr. Die schwarze Decke über uns riss. Und ich wusste nicht, was nun von oben auf uns runter kam. Was Gutes? Was Schlechtes? Leichtes, Schweres, Tödliches?

Emmas Unterlippe zitterte. Viktor stand auf, schaute mich geschockt an, sagte aber nichts. Ich hielt die Luft an und merkte es erst, als mir schwindelig wurde.

»Du warst bei ihr?«, brachte Emma hervor, aber sah mich immer noch nicht an.

»Du darfst sie nicht weiter verstoßen, Mama.« Ich griff nach ihrer Hand. Sie zog sie erschrocken weg.

»Du hast keine Ahnung«, zischte sie und es klang böse. Das war bei Emma sehr selten und es schockierte mich.

»Ich weiß, dass ich keine Ahnung habe. Die ganzen Jahre nicht, mein ganzes Leben!« Ich sprang auf, meine angestaute Wut ließ sich nicht mehr zurückhalten. »Die ganze Zeit habt ihr mich angelogen!«, rief ich. »Warum habt ihr das getan?«

»Es geht nicht immer nur um dich«, wetterte Viktor.

»Das weiß ich, es geht ganz oft nicht um mich. Weil du dich nur um dich selbst drehst und sie«, ich zeigte auf meine Mutter, als wäre sie eine Fremde, »nur um sich selbst. Zumindest war es bisher so. War es doch!«

»Jetzt ist aber genug!«, Viktor schlug mit der flachen Hand auf den Tisch. Ich hasste es, wenn er so körperlich wurde. Früher war es nur passiert, wenn er betrunken war und es hatte noch nie zu ihm gepasst.

Emma beachtete Viktor überhaupt nicht.

»Es tut mir leid, Grete. So unendlich, wie du es dir nicht vorstellen kannst«, gestand sie mir und klang wieder so ruhig wie sonst immer, wenn Viktor oder ich ausrasteten. Oft hatte ich Lust, dann noch mehr auszuflippen. Aber diesmal lag etwas in ihrer Stimme, das mir erneut den Atem stocken ließ. Unendlicher Schmerz.

Emma stand auf und nahm mich bei der Hand. Niemand interessierte sich mehr für die vielen kalt werdenden Pancakes.

»Viktor, vielleicht kannst du uns einen Moment allein lassen.«

Sie zog mich vorbei an ihm ins Wohnzimmer. Mein Vater stand hilflos da und ließ uns gewähren. Ich folgte Emma widerstandslos.

Sie schloss die Tür hinter uns und holte aus der hintersten Ecke im Bücherregal eine kleine Kiste. Schweigend setzte sie sich aufs Sofa und zeigte auf den freien Platz neben sich. Ihre Hände zitterten, als sie die Kiste auf den Schoß nahm und den Deckel öffnete. Ich berührte ihre Hand, damit sie die Kiste zuließ.

»Ich weiß, dass ich euch das Leben furchtbar schwer mache.«

Emma öffnete die Kiste trotzdem.

»Nein. Es wird Zeit, dass ich auch damit aufräume. Ich bin mal wieder viel zu spät dran. Ich schaffe es immer erst, wenn es so überfällig ist, dass es anfängt, zu gären und zu explodieren. Es ist unverzeihlich, dass du es nicht zuerst von mir erfahren hast.«

Emma sah mich an und ihre Augen schimmerten feucht.

»Nein, ist es nicht. Ich habe dir längst verziehen. Ich … Ja, ich war wütend, als ich in Sardinien war und es von Clara erfahren habe, und jetzt macht mich immer noch wütend, dass … Im Gegensatz zu Clara hatte ich es total gut. Clara dagegen, sie hatte nie eine Mutter.«

»Ich weiß und ich bin kein bisschen stolz darauf, dass ich zu schwach für sie war. Ich hatte keine Kraft. Den Kontakt abzubrechen, bevor sie mich nicht mehr vergessen würde, war für mich der einzige Weg, genug Energie für dich übrig zu haben. Ich wollte so tun, als hätte es dieses dunkle Kapitel in meinem Leben nie gegeben und einfach ein neues beginnen. Ich wollte nicht wahrhaben, dass so etwas nie gelingen kann.«

Emma saß zusammengesunken da und ich legte meinen Arm um sie.

»Aber wir sind jetzt groß. Und … Ich weiß, dass Clara sehr glücklich wäre, dich kennenzulernen.«

Emma holte ein paar abgegriffene Fotos hervor. Auf dem ersten Bild war sie kurz nach der Geburt mit Clara im Arm zu sehen. Sie sah fast so aus wie ich, nur kleiner und zierlicher.

»Ich habe sie in den letzten siebzehn Jahren bestimmt hunderttausend Mal angeschaut.«

Meine Augen begannen zu brennen. Ich fuhr mir mit der Hand durchs Gesicht, damit es aufhörte. Mir wurde klar, wie sehr sie sich gequält haben musste. Vor allem glaubte ich plötzlich zu verstehen, warum ihr Leben so stagniert war. Sie hatte mit mir und Viktor neu anfangen wollen, aber man konnte seine Vergangenheit nicht einfach ungeschehen machen. Sie hatte sich vorgemacht neu zu beginnen, aber in Wirklichkeit all die Jahre den Atem angehalten, und der Stillstand hatte sich in dieser Wohnung um sie herum ausgebreitet, bis sie sich kaum noch bewegen konnte.

»Nachdem du verschwunden warst, hatte ich Filippo geschrieben. Aber er hat mir nicht verraten, dass du gar nicht auf La Gomera, sondern bei ihnen warst.«

Emma fragte nicht, wie ich darauf gekommen war, nach Sardinien zu reisen. Wahrscheinlich glaubte sie, ich hätte vor meinem Verschwinden heimlich in ihrer Kiste gestöbert. Und sie wunderte sich auch nicht, dass mich die Sache mit Clara erst seit heute zu beschäftigen schien, schob es wohl der Krankheit und meiner erst langsam wiederkehrenden Erinnerung zu.

»Ich war auch nur kurz dort, vor La Gomera. Claras Vater habe ich gar nicht kennengelernt«, versicherte ich.

»Wie ist ... sie denn so?«, fragte Emma vorsichtig.

»Oh, Clara ist klug und hübsch, so herzlich und ausgeglichen. Und so offen. Ganz anders als ich.«

»Du bist auch klug und hübsch«, versicherte mir Emma und lächelte zum ersten Mal wieder.

»Und oft ein Besen«, ergänzte ich. Emma lächelte breiter.

»Das wird sich legen.«

Sie zeigte mir weitere Fotos, die Filippo ihr geschickt hatte, bis Clara drei war. Und dann holte sie einen Packen Zettel hervor.

»Seitdem versuche ich, Clara einen Brief zu schreiben, aber ich fange immer wieder von vorn an. Es gibt einfach nicht die richtigen Worte.«

Ich schaute auf die vielen Blätter in Emmas Hand und dachte, wie glücklich Clara das machen würde. Es klopfte und Viktor steckte den Kopf zur Tür herein, mit dem Telefon in der Hand.

»Grete, für dich. Marina, aus deiner Schule. Es klingt furchtbar wichtig.«

Marina? Wieso rief mich Marina an? Das war eine aus meiner Klasse, mit der ich kaum ein Wort wechselte. In der Neunten war sie zweimal bei mir gewesen wegen eines Referats und das war's.

»Die Worte sind doch völlig unwichtig. Hauptsache du schickst ihr einen Brief«, versicherte ich Emma, während ich zu Viktor ging und ihm zögerlich den Hörer abnahm.

Von wegen Marina, am anderen Ende vernahm ich Luisa:

»Grete, du musst sofort herkommen. Nimm deine wichtigsten Sachen und komm her. Leo ist auch gleich da.«

»Was ist passiert?«

Viktor war wieder in die Küche gegangen. Emma schaute zu mir herüber.

»Frag nicht, komm. Und sag deinen Eltern nicht, wer angerufen hat und wohin du gehst.«

»Okay.«

Schon hatte Luisa aufgelegt. Ich wandte mich an Emma.

»Ich glaub, ich muss weg. Marina braucht meine Hilfe.«

»Hat sie Liebeskummer?«, fragte Emma.

Gute Idee.

»Ja, könnte sein, sie klang irgendwie … verzweifelt.«

»Dann geh' schnell.«

Das würde ich, aber ich würde danach nicht wiederkommen. Eigentlich wollte ich Emma jetzt nicht alleine lassen, das Timing war denkbar schlecht. Aber mir blieb keine Wahl. Ich lief noch einmal zu Emma, umarmte sie fest und gab ihr einen Kuss auf die Wange.

»Danke! Ich hab dich sehr lieb, Mama.«

Um Emmas Augen zuckte es. Sie merkte, dass irgendwas nicht stimmte. Aber ich konnte nichts anderes tun, als schnellstmöglich ein paar Sachen in meine Umhängetasche zu räumen, mir einen Pullover zu schnappen und loszurennen.

40. Kapitel

»Komm«, Luisa zog mich in den Flur ihrer Wohnung und schloss leise die Tür. Ich umarmte sie.

»Luisa«, sagte ich. »Es war total egoistisch von mir, dich in das alles reinzuziehen. Ich hab kein bisschen daran gedacht, was das für Folgen für dich haben könnte.«

»Quatsch Grete. Ich bin froh, dass mir endlich jemand Bescheid gegeben hat. Eher muss ich mich mies fühlen. Ich habe deine Löschung verschuldet. Ich hätte dich niemals drängen sollen, mir die magische Welt zu zeigen.«

»Quatsch, Luisa«, wollte ich abwehren, aber Luisa unterbrach mich.

»Grete! Du und Leo sollten eine Weile abtauchen, bis ein paar Dinge geklärt sind. Ich weiß über alles Bescheid und die da drinnen auch.«

Die da drinnen. Wer waren die da drinnen? Mit flauem Gefühl im Magen ließ ich mich von Luisa in ihr Zimmer ziehen.

Verdutzt schaute ich auf die Besucher, die dort auf dem Bett und dem Teppich saßen.

Leo, Kira, Tim und ihr Vater Matthias richteten ihren Blick auf mich.

»Hi«, grüßte ich unsicher.

»Ist dir irgendwas komisch vorgekommen unterwegs?«, fragte Leo.

»Nein, nichts. Keiner hat auf mich geachtet.«

»Der Rat weiß noch nicht, dass du dich wieder erinnerst«, erklärte mir Matthias. Ich erfuhr, dass Luisa ihm alles erzählt hatte. Nach der Nacht mit mir hatte sie sich für verrückt gehalten, über eine beginnende Schizophrenie nachgedacht, aber Matthias hatte sie über seine eigenen Fähigkeiten ins Vertrauen gezogen. Luisa verstand, warum Matthias ihr und ihrer Mutter gegenüber nie etwas hatte sagen können. Trotzdem war sie erst mal ausgeflippt. Ein ähnlicher

Konflikt, den ich mit Emma hatte. Luisa hatte eine schwere Zeit durchgemacht, aber nun schien sie wieder auf die Beine zu kommen, ihre neue Realität integriert zu haben und die Zügel – ganz die alte Luisa – in die Hand zu nehmen. Nachdem sie ihre Geschichte erzählt hatte, bat sie Leo zu berichten.

Leo hatte sich erst an Matthias und dann an Kira gewandt und sie hatten ihm vertraut, dass er eine klare Position vertrat und sich, trotz seiner Schwäche für Jerome, niemals wieder in seine Machenschaften verwickeln lassen würde. Tim hielt Kiras Hand. Sie waren ein verdammt schönes Paar und an seinen Augen sah ich, dass er immer zu ihr halten würde. Kira strahlte eine beeindruckende Energie aus und Tim Mut und Gelassenheit.

»Erzähl ihr, was du über Riley herausgefunden hast«, forderte Luisa Leo auf.

»Vor ungefähr zehn Jahren wurde Riley in der magischen Blase von London ausgebildet. Da war er Anfang zwanzig. Er war wohl schon immer ein ziemlicher Lebemann und Draufgänger.«

»Welches Element?«, fragte ich dazwischen.

»Äther, aber benommen hat er sich eher wie Feuer und Wasser zugleich.« Leo sah mich vieldeutig an und sofort musste ich an mich und ihn denken.

»Jedenfalls, er hat, nachdem er seine Ausbildung in der magischen Blase abgeschlossen und in London Physik studiert hat, kein Geheimnis um die magische Welt gemacht, hat rumerzählt davon, sich interessant gemacht damit. Und als er anfing, Freunden die Durchgänge zu zeigen, versuchte, sie irgendwie durchzuschleusen, und es ihm sogar drei Mal gelungen ist, haben sie ihn gelöscht.«

Verschämt sah ich zu Boden. »Ich hab Luisa auch einfach in die magische Welt gebracht«, rutschte es mir heraus.

»Du hast dich einsam gefühlt, das ist was anderes«, verteidigte mich Leo. In den Gesichtern der anderen las ich Zustimmung.

Matthias ergriff das Wort. »Jedenfalls hat die Löschung bei ihm aus irgendeinem Grund nicht funktioniert und er begann, sich wieder zu erinnern. Gleichzeitig bildete sich die Rauchsäulenfähigkeit bei ihm aus. Nicht die gewöhnliche, sondern die, mit der man Elementarwesen zu Menschen machen kann. Wie das alles passieren konnte, ist noch unklar. Aber er scheint die Quelle all dieser Entwicklungen in Europa zu sein.«

»Die Quelle?«

»Bevor er Jerome aufgesucht hat, ist er schon mehrfach durch andere Länder gereist. Überall, wo er seine Spuren hinterlassen hat, hat es angefangen, dass Gelöschte sich erinnern, Elementarwesen verschwinden, Durchgänge unzugänglich werden. Es gibt die ersten Blasen, die evakuiert werden mussten, weil sie gefährlich geschrumpft sind und keiner der Durchgänge mehr funktioniert.«

»Zur Hölle. Wissen die Räte Bescheid?«

»Natürlich. Sie schließen sich zusammen«, antwortete Matthias.

»Wir müssen unseren Rat endlich …«

»Es gibt ein Treffen, heute Abend«, besänftigte Leo mich. »Matthias und Kira werden die Ratsmitglieder über alles aufklären, was sie noch nicht wissen.«

Jetzt ergriff Luisa das Wort.

»Und da wir erst sicherstellen wollen, dass auch der Rat euch vollstes Vertrauen schenkt, haben wir beschlossen, dass ihr euch solange versteckt.«

»Werdet ihr ihnen erzählen, dass ich mich wieder erinnere?«, fragte ich.

»Wir werden ihnen alles erzählen«, antwortete Matthias. »Die gesamte Wahrheit. Das ist der einzige vernünftige Weg.

»Auch, dass Luisa Bescheid weiß?«

»Auch das.«

»Aber …«

»Sie gehört zu uns und warum sollte sie anders behandelt werden als Tim?«

»Aber Tim wollten sie auch …«

»Ja, sie wollten ihn löschen, aber das war vor dem Ausnahmezustand. Die Situation, die wir jetzt haben, ist ernst. Unsere althergebrachten Gesetze, die sicher alle ihre Richtigkeit hatten, sollten angesichts dessen, was geschieht, erst mal zurückgestellt werden. Ich halte es bereits für fahrlässig, dass sie dich gelöscht haben, Grete. Meiner Meinung nach zählt derzeit einfach jede Erinnerung.«

Das fand ich auch. Und deshalb wollte ich am liebsten dabei sein und selbst mit den Ratsmitgliedern reden. Einfach untertauchen kam mir feige vor. Leo erläuterte jedoch, warum das nicht ging:

»Der Rat ist dabei das kleinere Problem. Riley und Jerome sind heute Vormittag von ihrer Versammlung zurückgekehrt. Sie haben mir nichts Genaues gesagt, aber irgendwie sind sie unter Druck. Ich befürchte, dass sie vorhaben, dich heute Nacht schon in ihr Versteck zu bringen, auch wenn du dich noch nicht erinnerst, wovon sie ausgehen.«

»Aber was wollen sie eigentlich von mir?«

»Sie brauchen meine Fähigkeit, Elementarwesen zu verwandeln, und sie gehen davon aus, dass diese Fähigkeit auch bei dir wieder funktionieren wird. Genau wie bei Riley. Er hat die Rauchsäulenfähigkeit nie verloren und seine Ätherfähigkeiten sind ebenfalls wiedergekehrt.«

»Tatsächlich?« Das hieß, meine Elementarfähigkeiten kehrten vielleicht ebenfalls zurück!

»Passiert das, weil man sich wieder erinnert?«

»Möglich. Wir wissen es noch nicht.«

»Wo sollen wir hin?«

»Darüber haben wir gerade gesprochen, bevor du angekommen bist.«

»Vielleicht ins Ausland. Bei mir klappt das bereits mit dem Reisen«, schlug ich vor.

»Nein. Wir sind zu dem Entschluss gekommen, dass ihr am besten *im Auge des Taifuns* bleibt. Dort werden sie euch am wenigsten vermuten«, erklärte Matthias.

Ich sah ihn fragend an.

»Mein Wunschort«, erklärte Leo. »Niemand weiß, dass ich einen habe.«

»Wie das?«

»Ganz einfach: Indem ich nie jemandem davon erzählt habe.«

»Und du hast ihn auch nie jemandem gezeigt?«

»Nein, er ist privat.« Leos Miene verschloss sich und ich kapierte, dass es ihm nicht leichtfiel, mich dorthin mitzunehmen.

»Vielleicht ist es nicht für lange. Zunächst schauen wir, wie das Gespräch mit dem Rat verläuft«, sagte Matthias, der zu merken schien, was mir durch den Kopf ging.

Kira gab zu bedenken: »Aber ich erinnere noch mal dran: Die Leute aus Jeromes magischem Geheimbund, sie können zwar nicht mehr in die magische Welt, aber die mit der Rauchsäulenfähigkeit haben Zugang zu den Wunschorten, sobald sie davon wissen. Ich weiß nicht, ob jeder, aber damals hat Jerome seinen geheimen Bund Gelöschter an seinem Lieblingsort versteckt.« Tim nickte. Soweit ich wusste, waren beide einmal, als Tim in die magische Welt gelangt war und Kira Tim aus dem Grünen Raum befreit hatte, von Jerome dorthin gebracht worden und später geflüchtet.

»Jerome und Riley wissen nichts von dem Wunschort, den Leo

besitzt. Für eine Nacht wird der Unterschlupf hoffentlich reichen«, antwortete Matthias.

»Jerome hat mich sogar einmal gefragt, ob ich mir so einen Ort geschaffen habe, und ich habe verneint«, bestätigte Leo.

Das erstaunte mich. Es hatte also bei dem engen Verhältnis zwischen Leo und Jerome trotz allem immer eine Sache gegeben, in der Leo ihn nicht ins Vertrauen gezogen hatte.

»Wie kommen wir dorthin?«, fragte ich.

»Nicht durch die Durchgänge. Sie sind alle bewacht. Ihr werdet Leos Rauchsäule nutzen. Er hüllt dich ein und nimmt dich mit. Sicher habt ihr das schon mal geübt.«

»Äh, ja, allerdings …« Ich wollte Matthias aufklären, dass Leos Versuch, mich einzuhüllen, aus irgendeinem Grund gescheitert war. Aber Leo unterbrach mich und sagte: »Haben wir, es klappt sehr gut.«

Ich warf Leo einen irritierten Blick zu, aber seine Miene verriet mir, dass ich den Mund halten sollte. Kira fasste meine Reaktion wohl als Ängstlichkeit auf und versuchte, mich aufzumuntern:

»Du brauchst keine Angst zu haben, er hat das gut drauf.«

Leo lächelte verschmitzt und mir ging ein Licht auf. Wie es aussah, war der Schuft damals einfach nur genauso schüchtern gewesen wie ich! Schnell stellte ich eine sachliche Frage, damit mir niemand anmerkte, wie sich ein aufgeregtes Kribbeln in meinem Körper ausbreitete:

»Und wann wird Jerome anfangen, dich zu vermissen?«, fragte ich Leo.

»Ich habe ihm gesagt, dass ich um neunzehn Uhr bei ihnen aufkreuze und wir dich zusammen holen.«

Okay, das war die gleiche Uhrzeit wie das Treffen mit dem Rat. Ich schaute auf mein Handy. In circa fünf Stunden.

»Und wann gehen wir?« Ich suchte Leos Blick.

»Sofort.«

41. Kapitel

»Aus dem Fenster? Niemals!«, rief ich, als Matthias es öffnete, nachdem Kira und Tim sich verabschiedet hatten, und hinunter in den Hof sah.

»Ich habe Sorge, dass sie euch längst auf der Spur sind. Es ist am sichersten«, erklärte er mit ruhiger Stimme.

»Aber ... das geht nicht. Ich habe furchtbare Höhenangst!«

»Du wirst nichts sehen und kaum was spüren. Es wird gehen!«, bestimmte Leo und begann, sich in eine Qualmwolke aufzulösen.

Luisa wurde fahl im Gesicht, als Leo verschwunden war und stattdessen eine Rauchsäule aus dem Teppich zu steigen schien. Der vernünftige Teil in ihr wollte sicher sofort die Feuerwehr anrufen. Und der vernünftige Teil in mir wollte zur Tür stürzen und abhauen. Aber die versperrte Matthias und nickte mir aufmunternd zu. Luisa griff nach der Hand ihres Vaters.

Mir blieb nur die letzte Hoffnung, dass Leo wieder einen Rückzieher machte. Doch seine Rauchgestalt kam immer näher.

Kurz bevor er mich erreichte, stürzte Luisa noch einmal auf mich zu und umarmte mich. »Alles wird gut gehen!«

Ich spürte ein Zittern und wusste nicht, ob es von ihrem Körper ausging oder von meinem. Ihr Vater zog sie sanft zurück.

Schon vernebelte mir Leo die Sicht. Der Qualm roch wie er selbst. Mein Herz wummerte, während er mich vollständig einhüllte. Leo war nun überall, bedeckte jeden Zentimeter von mir. Er roch wunderbar nach Wald, trockenem Holz und irgendwie nach Rosen. Sein Duft beruhigte mich.

»Lass dich fallen«, raunte seine düster verzerrte Stimme an meinem Ohr. Okay, meinetwegen. Ich konnte mich selbst und was sich um mich herum befand nicht mehr sehen – gut so. Ich war in Leo, aber das war total abstrakt. Ich spürte, wie sich meine Füße vom Fußboden abhoben – bloß nicht drauf achten. Es kam mir vor, als würde ich auf einer sehr weichen Matratze liegen oder an ihr lehnen.

Schnell wusste ich nicht mehr, wo oben oder unten war.

Befanden wir uns überhaupt noch in Luisas Zimmer oder flogen wir bereits draußen durch die Luft? Ich merkte, wie die Luft wärmer wurde. Es war wieder ein heißer Tag.

»Sind wir schon über den Häusern?«

»Stell es dir lieber nicht vor«, empfahl mir Leo. Wow, ich fühlte mich viel besser als gedacht. Es war abstrakt wie in einem Flugzeug. Ich war erst einmal geflogen, aber darin hatte ich auch keine Höhenangst gehabt.

»Du riechst gut«, gestand ich Leo erleichtert.

Er antwortete nichts. Hatte er mich nicht gehört? Doch dann flüsterte es an meinem Ohr: »Du auch.«

Uff, daran hatte ich gar nicht gedacht, dass er mich jetzt auch ziemlich genau beschnuppern konnte.

»Nicht rot werden. Ich sehe das zwar nicht, aber ich spüre, wenn deine Haut warm wird«, klärte er mich auf.

»Alles klar, danke für den Hinweis! Und übrigens: Dein Rauch erwärmt sich auch.«

Er lachte.

»Es klingt krass, wenn Darth Vader versucht zu lachen.«

»Nenn mich nicht so!«, grummelte er. Natürlich, sofort hatte er wieder Angst, als Bad–Boy gesehen zu werden. Aber war er das nicht auch, solange er Jerome in Schutz nahm? Ich verkniff es mir, die Vermutung laut auszusprechen. Immerhin war ich Leo gerade komplett ausgeliefert und er konnte mich jederzeit aus den Wolken fallen lassen wie eine heiße Kartoffel.

Es ging auf und ab und um Kurven, die Höhenunterschiede schienen teilweise gewaltig zu sein. Ich sah immer noch nichts, war gefangen wie in einem weißen Traum. Mir wurde übel und ich hoffte, dass wir bald da sein würden.

»Kotz mich bitte nicht voll, wir haben es gleich geschafft. Ich sehe unter mir bereits die Baumwipfel des magischen Waldes.«

Leo schien meine Gedanken lesen zu können, oder zumindest voll im Bilde über meine Empfindungen zu sein.

»Okay, meinen Mageninhalt behalte ich für mich. Es reicht mir aus, dass du komplett Herr über meine Empfindungen zu sein scheinst.«

»Schön wär's«, antwortete Leo. Ich hätte zu gern gewusst, was genau er damit meinte, aber mir blieb keine Zeit, darüber nachzudenken. Im Sturzflug ging es nach unten. Wir landeten unsanft auf hartem Stein. Leo warf mich ab wie einen schweren Sack. Ich schürfte mir die Knie auf und verstauchte mir einen Ellenbogen. Das tat höllisch weh.

»Tut mir leid«, sagte Leo, beugte sich zu mir und reichte mir seine Hand. »Komm, ich helfe dir hoch.« Ich staunte mal wieder, wie schnell er sich zurückverwandelt hatte. Letzte Rauchschwaden verzogen sich in den Himmel. Mehr war von seiner Verwandlung nicht übrig und nur ein geübtes Auge würde diese Schwaden noch einer besonderen Fähigkeit zuordnen können.

Ich stöhnte, während ich nach Leos Hand griff. »Hattest du etwa Angst, dass ich mich im letzten Moment doch noch übergebe?«, blaffte ich ihn an.

»Nein, abgesehen davon, dass du ziemlich lebensgefährlich aus allen Qualmwolken fallen würdest, wenn du deinen Magen nicht im Griff behalten kannst, … ich bin einfach nur nervös.«

Leo wollte mich hochziehen, aber ich blieb sitzen. Alles tat mir weh.

Er hockte sich zu mir. »Zeig mal her.«

Leo besah sich meine aufgeschlagenen Knie und zog ein Taschentuch aus seiner Hosentasche. Ich beobachtete ihn dabei. Hochkonzentriert und sehr behutsam tupfte er mir das hervorquellende Blut ab.

»Drinnen haben wir Wasser. Dort sehe ich es mir noch einmal an. Sorry, ich bin gelandet wie ein Anfänger. Das hätte nicht sein müssen.«

»Schon gut. Macht nichts.«

Die Schmerzen ließen nach und auch mein gestauchter Ellenbogen ließ sich wieder bewegen. Diesmal schaffte ich es mit Leos Hilfe auf die Beine und sah mich um.

Wir befanden uns auf einer Zugbrücke zu einer Burgruine. Zerfallen und düster ragte sie auf. Über uns kreisten ein paar Greifvögel.

»Das ist dein Lieblingsort?«, fragte ich Leo ungläubig.

»Er muss dir nicht gefallen«, antwortete er. O Mann, er war aber auch empfindlich. Ich hielt lieber meinen Mund.

Wir schritten durch das erste, riesige Burgtor, passierten einen düsteren Gang bis zu einem zweiten Burgtor, dessen Türangeln mörderisch quietschten, und kamen in einen mit groben Feldsteinen gepflasterten Innenhof. Hier stand allerlei mittelalterlicher Kram herum, als hätten die Bewohner ihre Burg gerade erst fluchtartig verlassen. Ich sagte besser nichts dazu.

Leo führte mich zu dem Wohnhaus in der Mitte, dessen Turm die gesamte Burg überragte. Ich hatte ihn bereits von außen gesehen. Irgendwo da oben mussten die Greifvögel ihr Nest haben. Wir betraten einen Saal mit einem riesigen Kamin und stiegen eine Wendeltreppe hinauf. Auf dem letzten Absatz angelangt öffnete er die Tür zu einem geräumigen Zimmer mit schmalen hohen Fenstern in alle Himmelsrichtungen. Ich sah als Erstes aus einem der Fenster. Überall erstreckte sich der magische Wald bis zum Horizont wie dichter Amazonasdschungel. Auch wenn mein Haus seiner Burg ansonsten überhaupt nicht ähnelte, hatte Leo sich einen *Adlerhorst* ausgesucht, genau wie ich.

Das Zimmer war, im Gegensatz zu der abweisenden und düsteren Kühle des ruinenhaften Anwesens, sehr gemütlich eingerichtet mit einem dicken, geknüpften Teppich auf dem Steinfußboden, schweren roten Brokatvorhängen vor den Fenstern, einem großen, verzierten Kamin und einem Himmelbett aus aufwendig geschnitztem dunklen Holz.

Dorthin führte Leo mich und ließ mich Platz nehmen.

»Warte hier«, sagte er.

Bevor er das Zimmer verließ, pustete er in den Kamin und schon prasselte dort ein großes Feuer auf klobigen Holzscheiten.

Kurze Zeit später kam Leo mit einem Tablett wieder, auf dem sich ein Krug Wein, zwei Silberkelche, ein Laib Brot und eine Keule abgehangenes Fleisch befanden.

»Puuh, stilecht«, sagte ich und fühlte mich ein wenig beklommen in Leos intimstem Reich, in das er noch nie jemanden gelassen hatte und ganz sicher auch nicht mich mitgenommen hätte, hätten es die Umstände nicht erfordert.

»Du weißt ja, Essen gibt es in einem Lieblingsort nur, wenn es auch zum Ort passt.«

»Ja, so clever war ich bei der Wahl meines Ortes nicht gewesen. Ich muss mir immer was mitbringen.«

Er nickte, fragte aber nicht, wie es an meinem Ort aussah.

»Zeig noch mal her.«

Wie ein Ritter kniete sich Leo vor mich hin, nahm ein feuchtes Tuch von dem Tablett und tupfte noch einmal frisches Blut von meinen Knien.

Verlegen sah ich aus dem Fenster und entdeckte einige kleinere Türme um uns herum. Die Burg war verwinkelter, als ich zuerst gedacht hatte. Leo folgte meinem Blick.

»Falls jemand herkommt, weiß er nicht gleich, in welchem der Türme ich mich aufhalte.«

Hm, das würde in meinem Haus auch so sein, aber ich hatte diesen Umstand bei der *Planung* nie bedacht. Leo dagegen schien immerzu auf der Hut.

»Du stehst also auf Mittelalterkram«, sagte ich, während wir jeder ein Stück Fleisch von der Keule kauten und uns dazu große Stücke von dem frischen Brot abbrachen.

»Nein«, antwortete Leo nur.

»Worauf dann?«

»Auf die Atmo.«

Die Atmo? Hier oben in dem Zimmer war es schön, ja … und mit dem prasselnden Kamin sogar gemütlich. Aber ansonsten verbreitete diese Ruine Verlassenheit und Trostlosigkeit. Sah es in Leo etwa so aus? Ich dachte an Hauro, wenn er als gefiederter Riesenvogel aus dem Krieg zurückkehrte, erschöpft, überfordert von seinem Kampf und trotzdem irgendwie so rein und schön. Genau so eine Ruine könnte es sein, die er bewohnte, wenn er nicht heimkehrte in das wandelnde Schloss.

Eine Weile aßen wir, ohne etwas zu sagen.

Als wir fertig waren, ließ sich Leo, der neben mir saß, rücklings auf das Bett fallen und schaute hinauf zum Betthimmel. Dann drehte er den Kopf zu mir und bedachte mich mit einem intensiven Blick. Seine Augen faszinierten mich immer wieder aufs Neue. Sie waren abgründig, gleichzeitig licht und besaßen ein geheimnisvolles Blitzen.

»Wie lange werden wir hier bleiben?«, fragte ich, um irgendwas zu sagen und die bedeutungsschwere Stimmung zwischen uns zu vertreiben. Etwas lag in der Luft und besonders in Leos Blick, was mir ein flaues Gefühl in der Magengegend bereitete.

»Lange genug«, antwortete er, griff auf einmal nach meiner Hand und zog mich entschlossen zu sich. Einen Moment lang kam ich auf seiner Brust zu liegen, riss mich aber wieder los und sprang auf.

»Hey, was soll das?«

Leo verdrehte die Augen und stöhnte entnervt. »Komm schon, du stehst genauso auf mich wie ich auf dich.«

Das klang irgendwie von oben herab, abgeklärt, cool und ließ alles in mir auf Abwehr gehen. Gleichzeitig hatte er mir soeben gestanden, dass ich ihm gefiel, und ein mächtiges Glücksgefühl breitete sich in mir aus, gegen das ich machtlos war, obwohl er sich gerade wie ein schmieriger Macho aufführte.

»Vollidiot«, presste ich hervor.

Leo setzte sich auf und fuhr sich durch die Haare.

»Ich weiß. Ich bin furchtbar angespannt. Und ich war in so was noch nie gut.«

Jetzt verdrehte ich die Augen.

»Hey, ich bin ein Vollidiot, du hast recht. Geht's dir jetzt besser?«

Das sagte er schnoddrig, aber seine Augen sprachen eine andere Sprache, sahen mich flehend und voller Liebe an. Leo war gerade dabei, mich in sein Innerstes blicken zu lassen, auf mehreren Ebenen. O Mann, ich weiß, wie er sich fühlen musste … Während ich mich bockig umdrehte und zur Tür marschierte, um erhobenen Hauptes und in meinem unendlichen Stolz den Raum zu verlassen, wurde mir klar, dass ich es keinen Deut besser gekonnt hätte und dass ich mich genauso albern verhielt wie er.

Statt die Klinke zu packen, drehte ich mich um, ging auf Leo zu, schaltete meinen Kopf mit seinen tausend Abwehrmechanismen aus, sprang auf seinen Schoß und sorgte dafür, dass wir beide hinterrücks in das weiche Bett fielen.

Ganz von allein fanden sich unsere Lippen. Wir küssten uns zärtlich und gleichzeitig leidenschaftlich. Wir umarmten uns, drängten uns aneinander, ich fuhr durch seine Haare und er durch meine, aber alles war fließend, harmonisch, als hätten wir die Choreografie bereits lange geübt. Es hielt keinem Vergleich mit meinen bisherigen Erfahrungen stand. Fast hatte ich geglaubt, das ganze Gewese um Verliebtsein und Liebe wurde überall gnadenlos übertrieben. Doch jetzt, wo ich Leo küsste – meine Güte, ich lag mit ihm in einem Himmelbett und wir fielen übereinander her! –, kapierte ich, warum sich Bibliotheken und Videotheken mit Liebesgeschichten füllen ließen bis unters Dach. Es war so wundervoll, hier mit Leo zu sein, so nah bei ihm, ihn zu spüren, das Schönste, was ich je erlebt hatte. Ich wollte mehr, viel mehr, dass es nie aufhörte, dass wir für immer in dieser Ruine blieben, weit über der Welt und umgeben von Magie.

»Grete«, flüsterte er, »lass noch etwas übrig von mir, sonst hast du morgen nichts mehr.« Ich hielt inne und blickte in Leos lächelndes Gesicht, dicht vor meinem.

»Selber«, gab ich peinlich berührt zurück.

Er gab mir einen Kuss auf die Nasenspitze und zog mich an sich.

»Du und ich …«

»Das ist wie Feuer und Wasser«, vollendete ich den Satz.

»Aber wenn man mit den Elementen umgehen kann, dann vielleicht …«, fuhr Leo fort.

»Vielleicht«, bestätigte ich und strich ihm eine Haarsträhne aus dem Gesicht.

»Du bist eigentlich zu schön«, überlegte ich.

»Und du zu blond«, gab er zurück.

Ich kniff ihn in die Seite und er kitzelte mich. Bald rollten wir als ein wild quietschendes Knäuel über das Bett, als hätten wir keine Probleme.

Draußen brach langsam die magische Nacht herein und der aufgehende orangefarbene Mond begann hereinzuscheinen.

»Hast du schon mal mit jemandem geschlafen?«, fragte Leo mich.

»Klar«, sagte ich spontan, obwohl es nicht stimmte. Meine wenigen Partyerfahrungen konnte man darunter nicht verbuchen, aber ich wollte vor Leo nicht unerfahren wirken.

»Und du?«

Sicher mit Kim, schoss es mir durch den Kopf. Hoffentlich sagte er jetzt nicht ihren Namen.

»Ja, aber ich glaube, es war nicht, wie es sein könnte.«

Seine Antwort gab mir ein wohliges Gefühl, während ich gleichmütig mit den Schultern zuckte.

»Wie hieß er?«, fragte Leo, und wenn ich mich nicht täuschte, schwang ein bisschen Misstrauen mit.

»Er hieß Gordon«, behauptete ich und dachte an einen Bekannten, der mir irgendwann ziemlich betrunken weismachen wollte, wie man küsste.

Leo stützte sich auf seine Ellenbogen und sah mir in die Augen. »Gordon …«, wiederholte er nachdenklich.

»Aber er ist nicht mehr wichtig«, beeilte ich mich zu sagen, damit ich mich nicht weiter in meine kleine Spontanlüge verstricken musste.

»Weil du jetzt mit Fabian zusammen bist?«

Uff, diese dumme Lüge hatte ich total vergessen. Ich musste Leo gestehen, dass ich ihn angeschwindelt hatte. Aber stattdessen brachte ich nur ein gelangweiltes »Ach, der …« heraus, schmiegte mich an Leo und küsste ihn. Leo ließ dabei die Augen offen und erwiderte den Kuss nicht richtig.

Er strich mir eine Haarsträhne aus dem Gesicht und forschte in meinen Augen. Dann veränderte sich sein skeptischer Gesichtsausdruck plötzlich: »Hey, deine Augen geben Licht ab, obwohl du gelöscht bist!«

»Dachte ich mir schon, weil ich dich so gut sehen kann.«

»Dann sind deine Fähigkeiten vielleicht wieder da. Wir müssen das ausprobieren«, rief er aufgeregt und machte Anstalten aufzustehen.

»Reicht das nicht morgen?«, sagte ich und hielt ihn am Arm zurück. Ich wollte gerade auf keinen Fall das Bett verlassen.

Leo zögerte. Ich bemerkte einen leichten Widerstand, als er sich von mir zurück auf die Matratze ziehen ließ. Aber dann schien er sich entschieden zu haben und fiel über mich her, als bräche die Leidenschaft aus ihm heraus wie ein mächtiges Feuer in einem Dachstuhl.

Leos Mund und seine Hände waren überall. Im Nu lagen wir nackt unter der dicken Daunendecke. Ich wollte sie abwerfen, aber traute mich nicht. Mein Herz hämmerte wie wild und ich hatte auf einmal ein bisschen Angst, obwohl sich mit Leo alles viel wundervoller anfühlte als in meinen kühnsten Träumen. Es war total aufregend und total unglaublich – Leo und ich!

»Nicht so schnell!«, bat ich und meine Stimme zitterte ein wenig. Leo hielt inne, nahm etwas Abstand und befreite uns von der viel zu heißen Decke.

»Tut mir leid«, flüsterte er.

»Schon okay.« Ich zog ihn wieder zu mir, aber wieder war ein Widerstand da. Hatte ich ihn jetzt verschreckt?

»Alles ist gut. Ich möchte nur … Zeit«, versuchte ich zu erklären.

»Schon okay«, wiederholte er meine Worte und legte sich auf den Rücken, ohne mich weiter zu liebkosen. Ich drehte mich zu ihm und fuhr ihm mit den Fingern über sein Schlüsselbein, die Brust hinunter bis zu seinem flachen Bauch.

»Hey, du hast ein richtiges Sixpack«, sagte ich.

Er hielt die Augen geschlossen und lächelte.

»Habe ich irgendwas falsch gemacht?«, fragte ich.

Er schüttelte den Kopf, sah dabei aber ernst aus. Vielleicht sollte ich seine Reaktion nicht auf mich beziehen, wahrscheinlich schlug die Situation, in der wir uns befanden, gerade wieder in sein Bewusstsein.

»Egal, was kommt, das ist unsere Nacht und wird es immer sein und niemand kann sie uns wegnehmen«, versuchte ich ihm Mut zu machen und mir selbst auch.

»Mh«, machte Leo, aber klang dabei traurig, während er mich in seinen Arm zog.

Die Zeit, die wir auf dem Rücken lagen, die Decke wieder bis ans Kinn gezogen, und schwiegen, kam mir ewig vor.

Erst dachte ich, Leo wäre eingeschlafen, weil sein Atem regelmäßig klang, während bei mir nicht an Schlaf zu denken war. Doch dann sprach er plötzlich in die Stille hinein:

»Ich habe meinen Vater im Stich gelassen und deshalb darf ich es mit Jerome nicht wieder tun, verstehst du?«

Ich streichelte sanft seine Hand, die in meiner lag.

»Erzähl es mir«, forderte ich ihn auf und er tat es.

»Mein Vater ist krank geworden, ziemlich krank. Da war ich zehn Jahre alt. Seine Diagnose lautete Multiple Sklerose.«

O je, das war eine schreckliche Krankheit. Ich wusste, dass über die Jahre immer mehr Lähmungen auftraten, bis am Ende die Atemmuskulatur ihren Dienst einstellte, falls man nicht vorher an einer Folgekrankheit starb.

»Kurz nach der Diagnose ging es ziemlich schnell bergab mit ihm. Schon ein halbes Jahr später saß er im Rollstuhl. Meine Mutter liebte es aber, Besuch zu haben, zu feiern und zu tanzen. Sie war mit einem kranken Mann völlig überfordert. Sie versuchte es zu verbergen, man merkte es an jeder Kleinigkeit. Ständig war sie gereizt. Und manchmal hat sie ihm die Krankheit sogar vorgeworfen, als wäre er schuld daran.«

»Das muss schlimm für ihn gewesen sein.«

»Ja, meinem Vater war klar, dass meine Mutter mit der Situation nicht klarkam. Wir haben ihm dann sein Schlafzimmer unten im Erdgeschoss eingerichtet. Und meine Mutter ist in der ersten Etage geblieben. Angeblich war es praktischer so, behaupteten sie vor mir. Aber ich sah ja, dass sie sich nicht mehr anfassten oder küssten.«

Ich spürte, wie Leos Hand meine immer fester drückte, aber ich sagte nichts, auch wenn es ein bisschen wehtat.

»Hat sie sich denn trotzdem noch um ihn gekümmert?«

»Kaum. Nur, wenn es gar nicht anders ging. Eine Krankenschwester und eine Pflegerin kamen morgens und abends ins Haus. Und irgendwann eine Freundin, Bettina, die er in einem MS–Forum im Internet kennengelernt hatte. Sie wohnte in der gleichen Stadt – in Luzern. Sie saß ebenfalls im Rollstuhl und die beiden verstanden sich sehr gut, unternahmen Ausflüge zusammen und fassten in Bezug auf ihre Krankheit neuen Mut und Lebenswillen.«

»Das klingt gut.«

»Wie man es nimmt. Die Stimmung war jetzt viel besser zu

Hause. Aber meine Mutter gab vor, eifersüchtig zu sein und nahm Bettina zum Anlass, sich von meinem Vater zu trennen.«

»Was?«

»Ja. *Du hast jetzt eine andere, du gehst fremd. Du brauchst mich nicht mehr. Du betrügst mich.* Solche Dinge warf sie meinem Vater vor, dabei stimmte nichts davon. Sie war ihm nie eine Hilfe gewesen. Und mein Vater hätte sie niemals betrogen. Bettina und er waren nur befreundet, sonst nichts.«

Leo brauste auf. Ich schmiegte mich an ihn, damit er sich beruhigte.

»Wenn du dir so sicher bist, wird es so sein«, bestärkte ich ihn und er fuhr fort.

»Bettina kam ihr gerade recht, um sich scheiden zu lassen und dabei kein schlechtes Gewissen zu haben. Sie hat es eiskalt durchgezogen. Und dann ist sie zurück nach Berlin, da, wo sie geboren wurde.«

»Mit dir«, ergänzte ich.

»Ich hätte niemals mit ihr gehen dürfen. Ich hätte bleiben sollen!«

»Wie alt warst du?«

»Vierzehn.«

»Und wer hatte das Sorgerecht?«

»Beide! Aber mein Vater war doch zu krank, um sich um mich zu kümmern.« Leo klang wütend, weil ich nicht gleich verstand.

»Verzeihung, ich …«, versuchte ich mich zu entschuldigen.

»Nein, tut mir leid. Ich darf nicht immer so ausflippen.«

Er gab mir einen Kuss auf die Stirn.

»Dabei, hey, ich war vierzehn. Mit vierzehn hätte ich mich um mich selbst kümmern können! Ich hätte bleiben sollen, egal, was sie sagten!«

»Nein, du warst zu jung«, versuchte ich ihm sein Schuldgefühl zu nehmen. Das war ein dünnes Argument, bestimmt hatte er sich das selbst bereits tausend Mal gesagt.

»Nein, ich hätte mich wehren, abhauen, bei ihm bleiben müssen.«

Mir wurde klar, warum er sein starkes Verantwortungsgefühl nun auf Jerome übertrug.

»Jetzt, wo du einige Jahre älter bist, lässt sich das leicht sagen.«

»Ich weiß.« Er klang resigniert und sagte eine Weile nichts. Der Mond verließ das eine Fenster und begann, durch das daneben auf unser Bett zu scheinen.

»Wie geht es ihm inzwischen?«, fragte ich vorsichtig und hoffte inständig, dass das nicht die falsche Frage war.

Leo begann, mir geistesabwesend den Arm entlangzustreichen.

»Wenn ich das wüsste! Meine Mutter hat den Kontakt komplett abgebrochen, als wir nach Berlin gingen, und verlangte dasselbe von mir. Bestimmt hat er mir geschrieben, aber bei mir kamen keine Briefe an. Und dann gingen irgendwann meine magischen Symptome los.«

Leo erzählte mir, wie die Zeit verrann und er es mit jedem Tag weniger wagte, sich nach seinem Vater zu erkundigen. Einmal hatte er die alte Telefonnummer ausprobiert, aber die gab es nicht mehr. Sein Vater war umgezogen. Er hatte herausgefunden, wohin, und zwar in eine Wohnanlage mit betreutem Wohnen, aber sich dann noch weniger getraut, ihn anzurufen oder gar zu besuchen.

»Und dann habe ich mich plötzlich wie meine Mutter verhalten und selbst versucht, ihn aus meinem Leben zu streichen. Es kam mir einfacher vor, als herauszufinden, dass er vielleicht inzwischen vollständig gelähmt oder gar schon tot war.« Das *tot* hauchte er nur.

Bald lernte Leo dann Jerome kennen, der seinem Vater optisch irgendwie ähnelte, auch vom Temperament her, so wie sein Vater früher gewesen war. Und Leo hatte sich ganz in die Sache mit Jerome hineinbegeben und war damit auf Abwege geraten. Er war zutiefst dankbar, dass der Rat ihn nicht gelöscht hatte, damals. Und das hatte er Kira zu verdanken.

»Du warst mal in Kira verliebt, stimmt's?«

»Warum denkst du das?«

»Die Blitze zwischen euch.«

»Ach ja, du bist ja eine Gefühlsleserin. Dann musst du doch schon lange gewusst haben, dass ich …«

»Nein, leider nicht. Ich habe am Anfang nicht kapiert, was die Blitze bedeuten. Sie gingen kreuz und quer und in allen Farben zwischen dir und Kira und Kim und vielleicht auch mir hin und her.«

»Ziemlich vorteilhaft, wenn man die Beziehungen zwischen Menschen einfach an Blitzen ablesen kann«, sinnierte Leo.

»Der Blitz zwischen dir und Kira war hellrot und durchscheinend wie Brause. Und der zwischen Kim und dir wie erkaltende Lava, dunkelgrau mit dunkelroten Flecken.«

»Ich habe Kim sehr verletzt und danach hat Kira mich verletzt. Aber ich glaube, Kim ist drüber hinweg. Und ich weiß inzwischen, dass Kira dazu da war, mich wieder zurück auf meinen Weg zu bringen. Die Anziehung beruhte darauf, weil sie meine seelische

Retterin war, weißt du. Inzwischen mag ich sie einfach nur noch wie eine wichtige Freundin.«

»Ich glaube, ich verstehe. Und Kim?«

»Ehrlich gesagt, ich habe keine Ahnung, was hinter ihrer Fassade steckt. Wir hatten eine Affäre, die nur ein Wochenende ging. Sie war irgendwie eine Herausforderung für mich, eben weil sie ein Ratsmitglied war. Aber auch durch ihre Unnahbarkeit. Doch als ich sie geknackt hatte, da war es mir auf einmal egal. Ihr aber nicht. Ich habe mich mies benommen, ich war so weit weg von mir, bis Kira kam, war ich ein aufgeblasener Arsch.«

Arme Kim.

»Das glaube ich gern. Davon scheint manchmal eine Art Hintergrundstrahlung übrig.«

Leo kniff mich in den Arm.

»Au!«

»Du hast recht. Es war diese Zeit mit Jerome und dem Geheimbund.«

»Und du hast ihm das alles verziehen?«

»Jerome hat mich aus einem ziemlichen Loch gezogen und jetzt werde ich mich um ihn kümmern. Ich will ihn zurück auf den rechten Weg bringen. Das bin ich ihm schuldig.«

Leo klang sehr entschlossen. Ich unterdrückte einen Seufzer. Ich war mir sicher, dass das nicht möglich sein würde. Aber in dieser Nacht hoffte ich, dass ich mich täuschte.

42. Kapitel

Etwas rüttelte an mir, dann wurde ich geblendet. Gegenstände flogen in mein Gesicht, die weich bis mittelweich waren.

»Schnell, zieh dich an, wir müssen weg! Sofort!«

Ich brauchte einige Augenblicke, um zu registrieren, wo ich war. Die Ruine, Leo … Leo! Ein vollkommenes Glücksgefühl durchströmte mich. Wenn mich nicht alles täuschte, hatte ich die Nacht eng an Leo geschmiegt in einem Himmelbett verbracht.

Aber jetzt wirkte er gar nicht freundlich. Sein Gesichtsausdruck stand auf höchster Alarmstufe.

»Komm schon, Grete, werd wach!« Er zerrte an meinem Arm. Ich hielt mir angestrengt die Decke fest. Darunter hatte ich nichts an. Leo schien zu kapieren und drehte sich weg.

»Was ist?«, stöhnte ich verschlafen, während ich mir hastig mein Shirt überzog, das er mir hingeworfen hatte.

»Da drüben hat sich was bewegt. Jemand ist in der Burg.« Er zeigte hinaus aus dem Fenster auf einen der Türme. »Ich bin mir ziemlich sicher.«

»Vielleicht ist es Matthias?«

»Nein, Matthias kennt meinen Wunschort nicht.«

Ich sprang aus dem Bett und zerrte mir hastig meine Hosen über.

»Am besten, wir hauen sofort ab!«

»Schlaues Mädchen.«

Meine Güte, ja, am frühen Morgen arbeitete mein Hirn nun mal im Supersparmodus. Leo kam auf mich zu. Würde er mir gleich einen Gutenmorgenkuss geben?

Doch er verschwamm vor mir, und kurz bevor er mich erreichte, hatte er einer dicken Wolke aus Qualm Platz gemacht – die allerdings sehr nach ihm duftete, als sie mich einhüllte.

Ich ließ mich in die Wolke hineinfallen. Im ersten Moment fühlte es sich wunderbar an, doch dann begann Leo von einem Fenster zum nächsten zu wabern. Mir wurde auf nüchternen Magen ziemlich schwindelig davon. Außerdem spürte ich, wie kurz die Nacht gewesen war. Es hatte bereits gedämmert, als wir doch noch eingeschlafen waren.

Mist, dass ich überhaupt nichts sehen konnte. Ich hätte Leo gern dabei geholfen, das richtige Fenster auszuwählen, durch das wir uns verdünnisieren konnten, ohne dass uns jemand sah. Ich stolperte über irgendwas und hatte Sorge, aus der Wolke zu fallen.

»Schieb das alles unter das Bett«, raunte mir Leo mit seiner Automatenstimme zu.

»In welche Richtung denn?«

»Rechts, nach rechts.«

Ich tat wie geheißen. Das war das Tablett mit unseren Essensresten. Hoffentlich hatte ich nicht zu viel davon breit getreten.

»Gut so«, versicherte mir Leo. Wie es aussah, wollte er unsere Spuren verwischen, damit sie nicht sicher sein konnten, ob wir hier gewesen waren.

Es gab einen Ruck und ich kam ein wenig in die Schräge.

»Sind wir draußen?«

»Ja, in der Luft. Ich sehe niemanden.«

»Vielleicht hast du dich geirrt?«

»Nein, ich glaube nicht. Da war jemand, ganz sicher.«

»Leute vom Rat oder von Riley.«

»Vermutlich.«

»Aber woher sollte Riley plötzlich wissen ...?«

»Keine Ahnung, wir müssen auf jeden Fall mit allem rechnen ...«

Leo schien vor Aufregung ziemlich durch die Luft zu schlingern. Mein Magen sandte mir Übelkeit in Wellen hoch. Ich presste die Lippen zusammen.

»Hey, jetzt nicht kotzen! Sonst endest du als dunkler Fleck da unten auf dem Boden«, rief Leo. Ich antwortete nicht, weil ich mir sicher war, wenn ich den Mund aufmachte, würde mein Mageninhalt schneller sein, als meine Worte. Leo schien das zum Anlass zu nehmen, lieber sofort zu landen.

Ich fiel relativ weich, aber verfing mich in irgendwas, was samtig und klebrig zugleich war. Der Rauch wich zurück. Leo lag ebenfalls am Boden, der sich feucht anfühlte. Wir hatten uns in irgendwelchen Schlingpflanzen verfangen, die riesige Blätter besaßen.

Emsig versuchten wir, uns von dem Blattwerk zu befreien. Das Zeug war hartnäckig wie Sekundenkleber. Leo zupfte mir ein Stück Blatt von der Wange. Am liebsten wollte ich sein Gesicht zu mir heranziehen und ihn küssen. Aber mit der Anspannung und dem kühlen Morgenlicht war wieder Fremdheit zwischen uns getreten und ich traute mich nicht. Also sagte ich stattdessen: »Guten Morgen.«

»Du hast die Ruhe weg, oder?«, tadelte Leo mich.

»Wo sind wir?«

»Irgendwo im magischen Wald. Auf der anderen Seite des Sees. Ich dachte schon, du schaffst es nicht und wir würden in den See fallen. Das wäre ziemlich auffällig gewesen.«

»Ich kann nichts dafür, wenn du so rumschlingerst«, gab ich zurück und stand auf. Mein Hintern und alle Stellen, die sonst noch den Boden berührt hatten, waren durchnässt. Leo ging es genauso.

»Wir müssen hier weg. Hier finden sie uns viel zu leicht. Zumindest der Rat hat verschiedene Möglichkeiten, Leute im Wald aufzuspüren.«

»Sollten wir nicht besser zurück nach Berlin?«, fragte ich vorsichtig und schwankte, weil der Schwindel und die Übelkeit nur langsam nachließen.

»So war der Plan. Aber du brauchst eine Pause. Es ist zu gefährlich, wenn dein Körper so rebelliert.«

Leo blieb stehen und lauschte. Ich strengte mich ebenfalls an. Aber bis auf das übliche Singen der herabsegelnden Blüten und sonstige Waldgeräusche hörte ich nichts. Plötzlich kam mir eine Idee.

»Lass uns reisen.«

Leo sah mich an, dann hellte sich seine Miene auf.

»Stimmt, es hat ja bereits geklappt bei dir. Darauf hätte ich eher kommen müssen.«

»Ich bin darauf gekommen. Reicht das nicht auch?«

Leo lächelte, wurde aber sofort wieder ernst.

»Ich nehme mal an, du trägst dein magisches Buch mit dem Reise–Almanach nicht ständig bei dir?«

»Nein, der ist für mich ja noch nicht freigeschaltet … Aber ich könnte das Kraut nach Sardinien wiedererkennen. Korsische Nieswurz.«

Wir würden zu Clara reisen. O ja, das war ein guter Plan. Clara würde uns sicher helfen.

»Du weißt aber, dass man jedes Kraut mit einem sehr ähnlichen Kraut verwechseln kann?«

»Ist mir klar.«

»Dann weißt du auch, dass das der Tarnung dient und dass man vom falschen Kraut unerträgliche Bauchschmerzen oder Schlimmeres bekommt?«

Wieder nickte ich.

»Du hast es also bereits voll drauf und kannst die Korsische Nießwurz von giftigen Pflanzen unterscheiden?«

»Natürlich«, behauptete ich. Leo beäugte mich misstrauisch.

»Du hast keine Ahnung«, stellte er fest und grinste.

»Dann schlag du was vor.«

»Ich bin in Kräuterkunde leider eine Niete … und gebe es offen zu.«

»Du bist eben selbstbewusster als ich.«

Warum stichelten wir jetzt wieder einander, wie vor der letzten Nacht? War ihm seine Offenheit von letzter Nacht bei Tageslicht unangenehm?

Ich begann mit der Suche und inspizierte die Pflanzen um uns herum. Leo ließ sich erklären, wie Korsische Nieswurz aussah, und half beim Suchen. Wir mussten uns beeilen. Falls das gestrige Gespräch mit dem Rat so verlaufen sein sollte, dass sie uns finden wollten, war Pio sicher längst beauftragt, mit seinen besonderen Antennen den Wald zu scannen, um uns auf die Spur zu kommen.

Leider fanden wir nichts, was dem Kraut auch nur irgendwie ähnlich sah, und ich hatte keinen Schimmer, wo sich die Lichtung befand, auf der mich damals Clara überrascht hatte. Allerdings beobachtete ich Leo dabei, wie er immer wieder ein bestimmtes Kraut etwas länger anschaute. Irgendwann kam mir ein Verdacht.

»Du weißt, dass das irgendwo hinführt. Wohin? Los, spuck's aus.«

Er fuhr zusammen, weil ich mich von hinten angeschlichen hatte, als er eine dieser Pflanzen erneut hin und her wendete. Sie war großblättrig wie Bärlauch, hatte aber viel längere Stiele und schimmerte dunkelblau. An der Spitze der Blätter wuchs jeweils eine kleine pinkfarbene Blüte.

Leo warf das Blatt, was er gerade gepflückt hatte, hastig weg, sodass ich noch sicherer war.

»Nein, keine Ahnung.«

Aber ich hatte eine Ahnung, beugte mich hinab und pflückte ebenfalls ein blühendes Blatt. Und dann ging ich aufs Ganze.

»Schweiz. Sie führt in die Schweiz, stimmt's?«

Leos Blick sagte mir alles. Natürlich hatte ich recht.

»Ich bin nicht sicher«, log er.

»Doch, bist du.«

»Aber die Pflanze, mit der man sie verwechseln kann, ist …«

»Du bist dir sicher«, unterbrach ich ihn und nahm seine Hand. »Es ist gut, wenn wir in die Schweiz reisen. Nicht einmal jemand, der dich ein bisschen näher kennt, wird dich dort vermuten.«

»Nein. Das werden wir nicht tun.« Leo entzog mir seine Hand wieder.

»Ich habe dir nicht gesagt, dass Kim bereits von Clara und meiner Reise zu ihr weiß. Also wäre es von Vorteil, wenn wir unsere Reisepläne ändern.«

Leo antwortete nicht darauf und starrte auf die Pflanzen. Ich hätte viel drum gegeben, mal wieder einen Blitz von ihm zu erhalten, aber er gab nichts preis.

Ich bückte mich und strich darüber.

»Nur die Blüten oder auch die Blätter?«, fragte ich.

»Nur die Blüten«, flüsterte Leo, und dann machte er sich entschlossen mit mir daran, für jeden eine Handvoll zu pflücken.

Kurz bevor wir sie in den Mund steckten, sagte er: »Es verschafft uns nur einen kleinen Vorsprung. Pio kann, soweit ich weiß, auch herausfinden, wie wir die Blase verlassen haben, sobald er unsere Fährte bis hier aufgenommen hat.«

»Dann lass uns den Vorsprung nutzen«, antwortete ich fest und schüttete mir die Blüten in den Mund.

43. Kapitel

Das Reisen klappte problemlos. Wir landeten auf einer Almwiese an einem glasklaren Bergsee. Rundherum erhob sich eine mächtige Berglandschaft mit Schnee auf den Gipfeln. Der Unterschied zu einer realen Alpenlandschaft bestand darin, dass nicht nur eine oder zwei Almhütten aus dunkel gebeiztem Holz in der Landschaft standen, sondern ein ganzes Dorf davon. Drei Stege führten in die Mitte des Sees, aus dem sich ein gläsernes Gebäude erhob, das in der Sonne blitzte. Augenscheinlich die magische Akademie. Das Gesamtbild wurde von einem leichten Schneefall verzaubert. Die Schneeflocken waren handtellergroß, jede besaß eine andere Struktur und sie tauten nicht, wenn man eine mit der Hand auffing. Sie fühlten sich warm und weich an, so warm wie die Luft, die uns umgab, lösten sich jedoch in Luft auf, sobald sie die saftige Wiese berührten. Ich schaute mich um und fühlte mich wie in einer Schneekugel aus Glas.

»Welche Stadt befindet sich in der Nähe?«, fragte ich Leo.

»Luzern.«

»Da, wo dein Vater …?«

»Ja, dort bin ich aufgewachsen.«

Ohne zu überlegen, tat ich ein paar Schritte Richtung Akademie. Doch Leo hielt mich am Arm zurück.

»Möchtest du da etwa reinspazieren und erst mal dem Rat guten Tag sagen, oder was?«

Ich blieb stehen und kam mir ein bisschen blöd vor. Natürlich nicht! Wo war bloß meine Konzentration abgeblieben? Das lag alles an Leo, und mir fiel wieder ein, warum mich das Frischverliebtsein von anderen immer so genervt hatte: weil sie sich dann wie hirnfreie Smileys benahmen. Immerhin behielt Leo einen kühlen Kopf – verdammt, hoffentlich war ich nicht dabei, mich zu verrennen, was ihn anbelangte.

»Lass uns rüber in den Wald. Dort befinden sich die Durchgänge.« Leo wies auf die hohen Tannen, die sich wie ein

Gürtel um das Tal erstreckten und vereinzelt bis in die Berge hinaufwuchsen.

»Warst du schon einmal hier?«, fragte ich ihn, während wir eiligen Schrittes auf die Bäume zugingen.

Leo schüttelte den Kopf, verriet mir aber nicht, warum er sich auskannte. Vielleicht hatte er alles genau recherchiert und seine Reise in die Schweiz bereits viele Male geplant, sich dann aber doch nie dazu überwinden können?

Kurz bevor wir die Bäume erreichten, drehte ich mich noch einmal um und blickte zurück ins Tal. Hatte uns auch niemand gesehen? Seltsam, ich entdeckte keine Menschenseele. Nirgendwo vor den Häusern oder auf den Wegen regte sich etwas. Auch auf den Stegen zu dem gläsernen Gebäude war niemand unterwegs. Vielleicht fand gerade eine große Versammlung statt? Das konnte natürlich sein und käme uns sehr entgegen.

Hier im Schatten des Waldes verschwanden die Schneeflocken nicht, sondern bedeckten den Boden wie weiße Wolken. Viele von ihnen blieben in den Ästen und Zweigen der Bäume hängen und erhellten mit ihrem Glitzern die Dunkelheit unter dem dichten Blätterdach. Das sah wunderhübsch aus.

Wir näherten uns einem Rauschen.

»Was ist das?«

»Der Wasserfall. Dein Durchgang.«

Stimmt, wir würden jeder unseren eigenen Weg benutzen.

Leo erklärte weiter: »Daneben befindet sich gleich der Eingang zu einer Höhle. Sie hat zwei Gänge. Einer führt hinunter in ein Feuerbecken, der andere ein Stück geradeaus zum Erddurchgang. Von oberhalb des Wasserdurchgangs fliegt Äther in eine Schlucht. Und Luft steigt genau vom selben Vorsprung auf.«

Leo hatte seine Hausaufgaben gut gemacht.

»Wo treffen wir uns drüben?«, fragte ich.

»Auf der Kapellbrücke beim Wasserturm, mitten in der Stadt. Du wirst dort in der Nähe herauskommen.«

»Ich muss erst probieren, ob ich's wieder draufhab.«

Vor uns öffnete sich der Wald und gab den Blick auf einen gigantischen Wasserfall frei, der in ein natürliches Becken aus Felsen fiel. Das Tosen war so laut, dass ich versucht war, mir die Ohren zuzuhalten.

Einen Moment blieben wir andächtig stehen und betrachteten das Spektakel. Ich hatte Lust, nach seiner Hand zu greifen, aber die

Stimmung zwischen uns erlaubte es nicht. Leo ging es nicht gut, das war deutlich zu spüren. Ich hoffte, es hatte mit unserer Situation zu tun und nicht mit mir.

Zielsicher lief ich auf das Wasser zu und stieg hinein. Es war überraschend warm. Leo verschränkte die Arme und beobachtete mich. Ich tauchte unter. Wenn ich jetzt versuchte zu atmen, würde es entweder funktionieren oder ich würde mich ziemlich verschlucken. Ich schloss die Augen und versuchte es. Spuckend und hustend schoss ich wieder aus dem Wasser und rang erschrocken nach Luft. Leo stürzte auf mich zu und wollte ins Wasser springen, aber ich machte eine abwehrende Geste mit den Händen, während wieder Luft in meine Lungen strömte.

»Schon gut«, japste ich.

»Es klappt nicht«, deutete er.

»Doch, es muss. Ich darf es nur nicht durch den Mund versuchen.«

Leo sah mich skeptisch an. Ehe er noch etwas sagen konnte, nahm ich einen tiefen Atemzug und tauchte erneut unter. Jetzt ruhig bleiben, keine Panik haben, dass es nicht klappt, und das Wasser ganz normal durch die Nase ziehen. Wenn meine Lungen das nicht mitmachten, würde Leo es hoffentlich schnell genug mitkriegen.

Ich schloss die Augen und sog das Wasser ein, spürte, wie es die Kehle hinabfloss … In meinem Brustkorb blieb es still. Ich ließ das Wasser wieder hinaus und sog neues ein. Ein und aus und ein und aus. Ein Glücksgefühl machte sich in mir breit. Es war so schön, Wasser zu atmen. Ich war wieder magisch.

Ich tauchte auf und strahlte Leo an. Erleichtert lächelte er zurück. »Alles gut. Jetzt muss ich sehen, ob die Undinen mich hier passieren lassen oder nicht.«

»Okay. Ich warte zehn Minuten, wenn du nicht zurückkehrst, mach ich mich auf den Weg.«

»Okay.«

Ich wollte sofort wieder abtauchen, doch Leo rief: »Warte!«

Er kletterte an den Rand des Beckens und streckte seine Hand nach mir aus. Ich nahm sie und er zog mich heran.

»Pass gut auf dich auf, hörst du!«

Er klang streng.

Ich zog ihn einfach zu mir herab und küsste ihn. Leo wehrte sich gegen den Kuss und machte sich los. In seinem Blick lagen Abwehr und so was wie Verzweiflung.

»Ich weiß nicht, ob wir ein Paar sein können!«, stieß er hervor.

»Du, ich auch nicht«, parierte ich sofort und versuchte dabei, möglichst abgeklärt zu klingen, obwohl ich mich gerade fühlte, als hätte mir jemand ins Herz gestochen. Was sollte denn diese Ansage jetzt? Hatte er nun, da er das Gefühl hatte, mich haben zu können, die Lust verloren, genauso wie bei Kim? Dann hatte er einfach eine ganz schön große Macke. Na toll!

Blitzschnell drehte ich mich um und schoss in die Tiefe, Richtung Wasserfall. Die Undinen waren mir gerade total egal. Sollten sie nur versuchen, mich aufzuhalten.

Aber es waren keine Undinen, die mich daran hinderten, in den Durchgang zu tauchen. Es war eine Unmenge von Schlingpflanzen, dünne, lange, grüne Arme, die nach mir griffen. Ich erinnerte mich, dass mir genau diese Pflanzen auch bei meinem letzten Tauchgang im Teich aufgefallen waren. Nur hier traten sie in Massen auf. Ich sah weit hinten das blaue Licht, aber ich verfing mich in den Unterwasserlianen. Sie schlangen sich um meine Arme und Beine, als wären sie Tentakeln eines Riesenkraken. Panisch trat ich den Rückzug an und versuchte, an die Wasseroberfläche zu kommen. Doch je mehr ich strampelte, desto mehr schien ich mich zu verfangen. Dann verschluckte ich mich auch noch beim Atmen und bekam Panik.

Kontrolle behalten!, befahl ich mir. Ich ließ mich treiben und befreite mich nach und nach mit ruhiger Hand von den Pflanzen. Mit einem kräftigen Stoß bewegte ich mich nach oben und gelangte zwischen dem herabtosenden Wasser und der Felswand an die Oberfläche. Die Pflanzen bildeten an der Luft Blüten wie Seerosen, nur dass ihre Blüten nicht gelb, weiß oder rosa waren, sondern lila und purpurfarben bis schwarz.

Atemlos hielt ich mich am nächstbesten Felsvorsprung fest und zog mich hinauf.

Leo machte ein alarmiertes Gesicht, als er mich hinter dem Wasservorhang hervorklettern sah, und eilte auf mich zu.

»Undinen?«, rief er.

»Nein, keine Undinen. Aber der Durchgang ist komplett mit Wasserpflanzen verstopft. Man kann nicht durchkommen, ohne erwürgt zu werden.«

Ich sammelte mir einige verbliebene Stängel, die ich abgerissen hatte, von der Kleidung.

»Verdammt!«

Ich schlug ihm vor, dass wir was zu essen auftreiben könnten, und mit gefülltem Magen würde mir ganz sicher nicht so schlecht werden, wenn wir es noch einmal mit der Rauchsäule versuchten.

Aber Leo hörte nicht auf mich, sondern betrat die Höhle, die sich neben dem Wasserfall befand. Ich folgte ihm. Nach einigen Schritten war das Tageslicht verschwunden und die Wände schimmerten rot. Aus der Tiefe war ein Knacken und Knistern zu hören.

»Das hört sich nicht gut an«, kommentierte Leo. Wir stiegen hinab und gelangten in eine Gruft, deren hintere Seite vollständig zugewachsen war. Die gleichen Schlingpflanzen bildeten hier kompliziert verknotet eine undurchdringliche Wand. An manchen Stellen wies sie kleine Brandstellen auf oder qualmte.

»Alles dicht.«

Leo trat auf die Wand zu und befühlte sie. Sofort schien eine Schlingpflanze nach ihm zu greifen. Er zuckte zurück.

»Keine Salamander«, analysierte er tonlos, drehte sich um und rannte den Gang wieder hinauf. Ich eilte ihm hinterher. Sicher dachten wir beide das Gleiche. Wie sahen die anderen Durchgänge aus und wie stand es um ihre Elementarwesen?

Die schlimmsten Befürchtungen bestätigten sich. Der Erd–Durchgang war dick überwuchert. Wir kletterten den steilen Weg auf den Felsen hinauf, auf dem sich die Durchgänge für Äther und Wind befanden. Hier sah es nicht anders aus. Schlingpflanzen drängten sich aus der Schlucht und bedeckten den gesamten Fels. Nirgendwo waren Elementarwesen zu finden. Alles schien wie ausgestorben.

Mir fiel die seltsame Ruhe im Tal unten ein und dann wurde mir klar, was sie bedeutete: »Die Blase ist bereits verlassen.«

»Wir müssen hier raus – sofort!« Leo starrte entsetzt über meinen Kopf hinweg. Ich folgte seinem Blick. Von hier konnte man den See unten mit dem runden Dach des Glasgebäudes erkennen. Dahinter verlor die Wiese zusehends an Farbe. Man konnte mit dem bloßen Auge dabei zusehen. Die Berge dahinter, die wir vorhin noch gesehen hatten, waren bereits verschwunden. Alles versank in einem einheitlichen Weiß, als würde es von einer Tafel gelöscht.

»O Himmel und Hölle zusammen«, rief ich entsetzt und schlug mir die Hand vor den Mund, als sich das Weiß direkt vor meine Augen schob und ich nichts mehr sehen konnte. Ich schrie.

»Cool bleiben, Grete. Du brauchst deine Kräfte noch, damit wir es hier rausschaffen«, vernahm ich die blecherne Rauchsäulenstimme von Leo. Es war nicht das Weiß, das in null Komma nichts herangerast war, um uns zu verschlingen, sondern nur Leo, der mich in seine Rauchwolke einhüllte. Schon hoben wir ab.

Leo schien eine enorme Geschwindigkeit aufzunehmen. Ich schloss die Augen, das half gegen die sofort wieder aufkommende Übelkeit. Allerdings nicht lange. Ich rang mit mir, damit mein Magen die Klappe hielt, meine gesamte Konzentration lag darauf.

»Grete … Grete!«, drang Leos Stimme zu mir durch.

»Du musst dich auch in Rauch verwandeln. Sonst schaffen wir es nicht! Los! Versuch es!«

Er klang, als würde er sich immer weiter von mir entfernen. In meinen Ohren begann es zu piepen. Hilfe, verlor ich mein Bewusstsein? *Konzentrieren! Konzentrieren!*, befahl ich mir. Es begann in meinen Füßen zu kribbeln, dann in meinen Beinen, in den Armen und dann der gesamte Rumpf. Es gelang! Ich fühlte mich leichter und leichter. Die Übelkeit verschwand. Stattdessen lichtete sich das undurchdringliche Weiß vor meinen Augen und ich konnte wieder etwas sehen.

»Dein Rauch ist heller als meiner«, hörte ich Leo neben mir.

»Muss auch, sonst kriegen wir das hier nachher nicht mehr auseinander«, antwortete ich und blickte in sein aus Rauch imitiertes Gesicht.

»Sehe ich eigentlich genauso dämlich aus wie du?«, fragte ich ihn.

»Dämlicher«, antwortete er erleichtert.

Wie blöd, vielleicht hatte meine Rauchsäulenfähigkeit bereits bei unserer Flucht aus Leos Burg wieder funktioniert, wir hatten beide nicht dran gedacht, es zu probieren.

Über uns sah ich eine große helle Fläche immer kleiner werden, als hätte jemand ein Loch in den nächtlichen Himmel von Luzern gerissen. Unter uns blinkten die Lichter der Stadt, während wir wie eine verirrte Dampfwolke aus einem Wasserkraftwerk darauf zurasten. Meine Höhenangst war wie weggeblasen.

»Werd langsamer«, ermahnte Leo mich ungeduldig. »Sonst bist du unten wirklich nur noch ein nasser Fleck aus Wasserdampf.«

Er half mir mich abzubremsen. Das alles war ein seltsames Gefühl. Diese unglaublichen Dinge geschahen mit mir, aber kamen nicht wirklich bei mir an.

Wir landeten am Ufer des Flusses, da, wo gerade keine Menschenseele in Sicht war. Ich war noch nicht besonders fit im Navigieren und stolperte über Leo, ehe ich neben ihm auf den Boden fiel. Er sah mir zu, wie ich meine Gestalt annahm, während er längst in seinem natürlichen Körper am Boden hockte, als hätte er die ganze Zeit nichts anderes getan.

»Das muss noch schneller gehen«, verlangte er.

»Das ist kein Seminar«, fuhr ich ihn an. »Warum behandelst du mich so oberlehrerhaft? Wir können das Himmelbett ruhig vergessen. Ich hab da kein Problem mit. Auf einer einsamen Insel kommen bekanntlich die größten Feinde miteinander klar. Also, vergiss es einfach, okay? Und lass uns lieber sehen, wie wir heil aus dem Schlamassel rauskommen.«

Leos Blick verfinsterte sich. Er schniefte missbilligend, sagte aber nichts. Ich hatte keine Lust mehr, ihn weiter mit Samthandschuhen anzufassen und in dieser abwartenden Position zu verharren. Das war überhaupt nicht meine Rolle.

»Und nun mach nicht schon wieder so ein tragisches Gesicht und spuck die Adresse aus, wo dein Vater wohnt. Wir müssen schließlich irgendwo die Nacht verbringen.«

Leo zuckte zusammen und bedachte mich mit einem vernichtenden Blick. Obwohl ich selbstbewusst geklungen hatte, pochte mein Herz wie wild. Er verunsicherte mich nach wie vor, aber immerhin befand ich mich nicht mehr in der Defensive.

Leo richtete sich auf und kletterte die Böschung hinauf zur Straße. Ich folgte ihm. Zielsicher schlug er einen Weg ein, bog nach rechts ab, dann wieder nach links, dann noch mal nach links, als wäre er die Strecke bereits Hunderte Male in seinem Leben gegangen.

Eine halbe Stunde später, es war inzwischen kurz nach Mitternacht, kamen wir an einem lang gezogenen Neubau mit drei Etagen an. Das Haus war sonnengelb gestrichen und besaß einen gepflegten Vorgarten mit kleinen Hecken und Bäumen. Der Haupteingang befand sich in der Mitte. Die meisten Fenster blickten dunkel in die Nacht, nur noch in wenigen brannte Licht.

Leo stieg die zwei Stufen zum Eingang hinauf und inspizierte das Klingelbrett. An seinem Gesicht sah ich, dass er den Namen gefunden hatte, den er suchte. Trotzdem kam er wieder herunter.

»Es ist zu spät. Wir …«

»… klingeln.« Ich schob mich an ihm vorbei und nahm selbst die Namensschilder in Augenschein. *Jakob Frey* las ich. Leo stand zwar mit verschränkten Armen da, aber er widersprach nicht. Also drückte ich auf den Klingelknopf.

»Wer da?«, ertönte eine tiefe Stimme aus der Sprechanlage.

»Leo«, sagte ich, »Leo und …« – wie sollte ich mich vorstellen? –

»Leo und ich.« Einen Moment herrschte Stille. Dann summte die Eingangstür. Und ich drückte sie auf.

Die Tür am hinteren Ende in der dritten Etage stand bereits offen. Ich lief darauf zu und Leo folgte mir.

Im Türrahmen wartete ein Mann in einem Rollstuhl. Er besaß trotz seines Alters – ich schätzte ihn auf Anfang fünfzig – dichtes, schwarzes Haar, hatte ein markantes Gesicht und dieselben intensiv grünen Augen wie Leo.

Für Sekunden schien die Welt aufzuhören sich zu drehen, während Leo und sein Vater sich in die Augen sahen.

»Ich bin's«, brachte Leo leise hervor.

Sein Vater hob zur Antwort die Arme für eine Umarmung. Leo ging ihm entgegen, beugte sich zu ihm und sie umarmten sich. Ich schloss leise die Tür des Apartments hinter uns.

Sie lösten sich voneinander und Leos Vater reichte mir die Hand.

»Grete«, stellte ich mich vor.

»Freut mich sehr. Kommt.«

Er wendete geschickt seinen Rollstuhl und fuhr den Flur voran in eine recht geräumige und geschmackvoll eingerichtete Stube mit einem Balkon. Von hier ging noch eine Tür ab, wahrscheinlich zum Schlafzimmer.

Ich beobachtete, wie Leo alles ungläubig betrachtete. Er war sich sicher gewesen, es würde seinem Vater viel schlechter gehen oder er sei inzwischen schon tot. Aber danach sah es keineswegs aus.

»Tut mir leid, dass wir so spät …«, wollte ich mich entschuldigen.

»Aber, nein«, unterbrach mich Leos Vater. »Um die Zeit werde ich doch erst wach. Setzt euch.« Er zeigte auf das Sofa neben dem Panoramafenster. Mir fiel auf, dass bereits zwei Gläser dort standen. Doch ehe ich darüber nachdenken konnte, vernahm ich ein Schluchzen neben mir.

Leo war auf die Knie gegangen, hatte den Kopf in den Schoß seines Vaters gelegt und umklammerte seine Arme.

»Ich habe dich im Stich gelassen! Ich kann das nie wiedergutmachen.«

Leos Vater hob hilflos die Hände und schaute auf seinen Sohn. Dann strich er ihm übers Haar.

»Mein Junge. Das hast du nicht. Du warst doch noch ein Kind. Dich trifft keinerlei Schuld.«

»Aber das ist lange her. Inzwischen … Ich hätte … Ich hätte längst …«

»Du hast Angst gehabt«, unterbrach er ihn. »Das ist verständlich.«

Leo weinte. Ich stand beklommen daneben und fühlte mich total fehl am Platz.

»Ich dachte …«

»… ich wäre längst tot oder würde mindestens an einem Beatmungsgerät hängen«, ergänzte Leos Vater. Seine Worte beeindruckten mich. Er schien viel über alles nachgedacht zu haben. Er wirkte so reif und gelassen.

»Was ist mit …?« Leo schaffte es nicht, den Satz zu Ende zu führen.

»Martina? Sie hatte weniger Glück als ich. Sie ist jetzt frei von ihrem Körper.« Leos Schultern begannen zu beben. Leos Vater legte seine Hände darauf und er beruhigte sich wieder.

»Und nun komm, steh schon auf. Was soll deine Freundin denken?«

Sein Vater nahm Leos Hände und zog ein wenig daran. Leo richtete sich langsam auf, wischte sich mit dem Ärmel über das Gesicht und steckte fahrig ein paar Haarsträhnen hinter seine Ohren. Er vermied Augenkontakt zu mir. Ich kämpfte die ganze Zeit damit, selbst die Fassung zu bewahren und hätte am liebsten auch losgeheult. Ich sah Leo und seinen Vater vor mir und dachte dabei an Clara und all den Kummer meiner Mutter – und sicher hatte auch Viktor unter alldem gelitten. Manchmal kam mir die Welt wie ein einziges riesengroßes Tal aus Jammer und Schmerz vor.

»Hey, und nun setzt euch. Alle beide. Heute ist heute und ihr seid da.«

Leo blieb stehen und ich auch, wie angenagelt.

Leos Vater beugte sich vor und strich Leo über den Arm.

»Ich wusste, dass du irgendwann kommst. Und nun ist der Tag da. Es ist so schön.«

Endlich setzte sich Leo und ich sah ein flüchtiges Lächeln auf seinem verheulten Gesicht. Gott sei Dank. Der Bann war gebrochen.

»Ohne Grete hätte ich es nicht geschafft. Und auch nur, weil wir …«, er stockte, »Wir brauchen Hilfe.«

»Natürlich hast du einen Auslöser gebraucht, das ist doch ganz normal. Außerdem …«, Leos Vater hielt inne.

»Ich hätte dir genauso schreiben können, aber … ich hatte ebenfalls keinen Mut. Ich hatte ihn einfach nicht.«

»Aber, Papa …«, wollte Leo aufbegehren, als sich eine Tür im Flur öffnete.

»Ich weiß bereits alles«, unterbrach ihn sein Vater. »Eure Hilfe ist schon da. Ich bin froh, dass du in so guten Händen warst. Alles ist gut, mein Sohn. Glaube mir. Ich bin so glücklich, dass du …«

Vor uns stand Jerome und grinste breit.

»O nein«, Leo sprang erschrocken von seinem Sessel auf. Instinktiv griff er nach meiner Hand und wollte mich an Jerome vorbeiziehen, während sich auf dem Gesicht seines Vaters blankes Unverständnis breitmachte. Er tat mir so leid, er war so gut, viel zu gut. Dieser Jerome, das Arschloch, hatte ihn reingelegt. Ausgerechnet jetzt.

»Wir müssen weg!«, erklärte Leo.

»Aber … Leo!«, rief sein Vater.

Ich entzog Leo meine Hand, obwohl ich wusste, dass jede Sekunde zählte. Aber wir konnten doch seinen Vater nicht ohne irgendeine Erklärung zurücklassen, jetzt, wo er und Leo sich gerade erst wiedergefunden hatten.

»Sie trifft keine Schuld, überhaupt keine. Sie haben alles richtig gemacht. Sie konnten ja nicht wissen …«, ich suchte verzweifelt nach den richtigen Worten und wusste, dass ich sie nicht fand.

In die Miene von Leos Vater mischte sich Entsetzen, sein Blick ging an mir vorbei nach hinten in den Flur. Aus dem Badezimmer quoll plötzlich dicker, dunkler, stinkender Rauch.

»Feuer«, rief Leos Vater, doch niemand reagierte auf ihn.

»Verwandel dich!«, schrie Leo mich an und riss auf dem Weg zur Balkontür fast den Rollstuhl seines Vaters um. Vier Rauchsäulen quollen auf mich und Leo zu, umgingen gekonnt Leos Vater, dem der Mund offenstand. Leo wurde zu weißem Rauch, während er an dem Türgriff herumzerrte. Ich rang um Konzentration, schaffte es nicht mich zu verwandeln, und sah nur noch schwarz. Der Gestank war entsetzlich. »Leo«, rief ich verzweifelt. »Leo!« Keine Antwort. War er ihnen entkommen oder nicht? Der stinkende Rauch riss mich wie ein Tsunami mit sich fort, während ich mich steuerlos fühlte.

44. Kapitel

»Dass du mir in den Rücken fallen würdest, das hätte ich nie gedacht von dir, Leo.« Jeromes Enttäuschung klang echt.

Er stand hochaufgerichtet vor uns, während wir gefesselt und gegen eine Wand gelehnt auf dem Boden saßen. Irgendwelche magischen Fasern verhinderten, dass wir uns in Rauch auflösen konnten. Ich hatte keine Ahnung, wo wir waren. In einem provisorischen Lager des geheimen Bundes, nahm ich an. Es musste eine Garage oder eine kleine Lagerhalle sein. Der Ort wirkte nicht so, als würde er sich in einer magischen Blase befinden. Dazu war er zu blass. Das wie eine bunte Lichterkette leuchtende Zeug, wegen dem wir uns nicht bewegen konnten, war so dünn wie Zwirn, schnitt aber überall entsetzlich ein und schien vollkommen reißfest.

»Woher wusstest du, dass wir bei meinem Vater …?«

»Dein Mädchen …«, antwortete Jerome ihm überlegen und zeigte auf mich. »Schon, als ich es das erste Mal gesehen habe, dachte ich mir, dass es dir den Kopf vernebeln würde.«

Ich erntete einen verächtlichen Blick von Jerome. Spätestens jetzt musste Leo doch merken, wie sein *Vaterersatz* in Wahrheit drauf war. Was er jedoch antwortete, schlug allem, was ich bisher an Verrat in meinem Leben erlebt hatte, den Boden aus:

»Ich hatte sie fast so weit gehabt, freiwillig auf unserer Seite zu sein, aber auf die Art erreicht ihr bei ihr gar nichts.«

Hatte ich richtig gehört? Hatte ich wirklich richtig gehört? Fassungslos bäumte ich mich in meinen Fesseln auf, und da mir die Hände gebunden waren und ich keine andere Möglichkeit sah, schnellte ich vor und rammte meine Stirn gegen Leos. Einfach, um ihm wehzutun, ihn zu bestrafen, auch wenn ich mich selbst dabei verletzte.

Das hätte ich jedoch nicht tun sollen. Gleichzeitig traf mich ein dunkelroter Blitz, der aus Leos Herzgegend genau in meine schoss. Die Scham, die seine Botschaft in mir auslöste, tat noch viel mehr weh, als die Beule an meiner Stirn, die sich gerade zu bilden begann: *Vertrau mir!*

Die Botschaft allein hätte mich vielleicht nicht sofort wieder umgestimmt, wenn der Blitz nicht eine enorme Hitze in mir erzeugt hätte. Leos Emotionen trafen mich wie ein ganzer Stromkasten. Er tat nur so cool, aber war es keineswegs. Er bereute unsere gemeinsame Nacht nicht, er hatte mir sein Herz geöffnet und konnte es nicht wieder verschließen. Und das machte ihm Angst. All das sagte mir der Blitz. Aus irgendeinem Grund wollte er seine Gefühle vor mir verbergen. Doch in dieser Situation hatte er keine andere Möglichkeit mehr gesehen, als sich zu offenbaren. Was um aller Götter und Teufel willen war denn nur los mit ihm?

Vor Jerome spielte ich meine Wut weiter, damit er keinen Verdacht schöpfte, dass wir auf einer anderen Ebene kommunizierten.

»Sie werden es nicht schaffen, alles kaputtzumachen, nur weil Sie nicht mehr mitspielen dürfen«, kotzte ich mich vor ihm aus und siezte ihn, um die unüberbrückbare Kluft zwischen uns deutlich zu machen.

Er blieb erstaunlich ruhig, setzte sich zwischen uns und sagte sanft und väterlich: »Du weißt einfach zu wenig, Grete. Hast du eine Ahnung, warum die Löschung bei dir nicht mehr richtig funktioniert hat und deine Fähigkeiten wiederkehren? Nein? Ich werde es dir sagen: Das funktioniert nur, weil meine Leute bereits vor einer Weile begonnen haben, mit den magischen Blasen aufzuräumen.«

Seine Leute! Vor nicht allzu langer Zeit war er nur ein elendes Häufchen in einem Krankenhaus gewesen, das froh sein konnte, dass sich ein paar mächtige Freunde überhaupt noch an ihn erinnerten. Einmal mehr ärgerte ich mich, dass ich den Rat nicht viel früher über alles informiert hatte, was ich herausgefunden hatte. Durch meine Sturheit, aber auch durch Leos Sturheit, hatte ich es komplett versemmelt, dass diese miesen Verräter rechtzeitig aufgehalten werden konnten.

»Und haben sie dich nicht auch gelöscht und dir das Wichtigste genommen, was einen Menschen ausmacht: deine Erinnerung?«, fuhr Jerome besserwisserisch fort. »Du kannst mir nicht erzählen, dass dich das nicht wütend gemacht hat, als es dir wieder eingefallen ist. Sicher weißt du noch, durch wen du dich wieder erinnert hast?«

Ich würde Jerome die Augen auskratzen, sobald ich meine Hände freihätte, weil er mit mir wie mit einem kleinen Kind redete.

»Durch Riley. Riley hat dir ein wesentliches Stück deiner Vergangenheit zurückgegeben. Findest du nicht, dafür müsstest du ein wenig dankbar sein?«

»Auf Hilfe, für die man im Nachhinein blechen soll, pfeife ich.«

»So?« Er zog theatralisch eine Augenbraue hoch. »Kannst du das? Sollte man in die Hand beißen, aus der man frisst? Ich denke, eine Löschung ist für Riley um Einiges einfacher als jemandem zu helfen, sich wieder zu erinnern.«

Ich zuckte zusammen und er sah es. Keine Ahnung, ob Riley Leute auch löschen konnte oder ob Jerome nur bluffte, aber im Moment sollte ich tatsächlich nicht so auf den Putz hauen. *Stell dich schlauer an, Grete, benutze deinen Kopf,* ermahnte ich mich. Darin herrschte allerdings nur ausuferndes Nichts neben großer Reue darüber, Leo überredet zu haben, zu seinem Vater in die Schweiz zu flüchten. Ich hatte die Rechnung ohne Jerome gemacht und er schien ein schlauer Mann, wenn er mich bereits derart durchschaut hatte. Andererseits, vielleicht machte er uns auch hier nur etwas vor. Vielleicht hatten sie einfach systematisch alle Orte gecheckt, an denen Leo sein konnte, und es war ein Zufall, dass sie gerade dabei gewesen waren, Leos Vater auszuquetschen, als wir aufkreuzten.

»Was habt ihr meinem Vater erzählt?«, fuhr Leo Jerome so zornig an, dass eine Ader auf seiner Stirn hervortrat.

»Leo«, Jerome legte beschwichtigend seine Hand auf seinen Arm, doch Leo versuchte auszuweichen. »Du weißt, dass ich vor deinem Vater großen Respekt habe. Du darfst mich nicht plötzlich als deinen Feind sehen. Ich bin dein Freund und werde es immer sein. Ich werde nie vergessen, was du alles für mich getan hast. Du warst wie ein Sohn zu mir, auch wenn ich weder dein Vater noch dein Onkel bin. Ich beneide deinen Vater fast darum. Er ist ein guter Mann, ein sehr guter Mann. Du kannst stolz auf ihn sein.«

Ich schluckte, als ich in Jeromes Augen Tränen sah. O Mann, er liebte Leo. Er liebte ihn wirklich. Auf einmal verstand ich, dass Liebe nicht ausschloss, das komplett Falsche zu tun. Auf einmal verstand ich, warum Leo ihn so schwer loslassen konnte.

»Das wäre ich auch gern auf dich«, antwortete Leo und warf Jerome einen feurigen Blick zu, dessen Zorn sofort verrauchte, als er auf Jeromes feuchte Augen traf. Leo senkte die Lider und fragte matt:

»Warum? Was habt ihr vor, Jerome? Warum muss denn alles auf diese Weise laufen?«

Jerome reckte das Kinn höher und starrte aus dem einzigen, sich weit oben befindenden, länglichen Fenster in eine unbestimmte Ferne.

»Es ist ein Umbruch. Und Umbrüche tun weh, treffen oft viele Falsche und Unschuldige. Alles könnte viel weniger radikal laufen, wären die Räte der magischen Blasen dieser Welt nicht so steif und verbohrt! Früher habe ich versucht, Gesetze zu ändern und es hat nicht geklappt. Ohne Riley wüsste ich nicht einmal mehr davon. Meine Fähigkeiten allerdings sind für immer verloren. Zu meiner Zeit haben die Löschungen ja leider noch hundertprozentig funktioniert.« In seinem Gesicht zeigte sich, wie wütend ihn das machte. »*Jetzt* versuche ich nicht mehr, die Welt mit Samthandschuhen anzufassen und alles *demokratisch* zu lösen.«

Das *demokratisch* spuckte er aus wie eine verfaulte Pflaume. »Es ist sinnlos! Man muss das Alte abschaffen und die Welt neu ordnen! Und dabei muss man radikal sein!«

O je, dieser Jerome klang fanatisch.

»Aber die magischen Blasen gehen kaputt und Elementarwesen rennen wie Zombies durch die Straßen«, wetterte ich.

»Es ist besser, wenn es sie nicht mehr gibt.«

»Heißt im Klartext: Sie sind sauer, dass Sie nicht mehr *mitzaubern* können, und deshalb sollen es alle anderen auch nicht mehr.«

Jerome zeigte ein schmieriges Lächeln, als wäre ich klein und dumm und nicht seine Motive primitiv.

»Die magische Welt ist eine elitäre Welt. Niemand braucht sie. Und die Elementarwesen – sie sind eine verschwindend kleine Zahl im Vergleich zur Menschheit. Die Gesellschaft wird mit ihnen verfahren wie mit normalen Menschen. Man wird sie einsperren in Gefängnissen oder Psychiatrien, so wie alle Menschen, die der Gesellschaft bereits geschadet haben oder schaden könnten. So einfach ist das.«

So einfach war das? Ich war fassungslos, was dieser Mann von sich gab. Fassungslos, wie scheinbar logisch und mühelos es rüberkam, obwohl jedes Gefühl in mir sich gegen solch eine Weltsicht sträubte.

Also suchte ich nach vernünftigen Gegenargumenten, warum es die magische Welt weiter geben musste. Ja, warum? Weil sie neue Hoffnung gab und den Mut zum Träumen? Ich stellte mir vor, ich säße im Bundestag und würde das laut von mir geben. Von allen Seiten würden mir nachsichtige Lächler zufliegen. Trotzdem wusste ich, dass ich recht hatte.

»Was hast du meinem Vater gesagt?«, nahm Leo den Faden etwas ruhiger wieder auf. In seiner Stimme vibrierte jedoch immer noch der Zorn. Wahrscheinlich hatte Jerome ihm gar nicht richtig zugehört.

»Deinem Vater geht es sehr gut. Mach dir keine Sorgen. Die Krankheit ist aus unerfindlichen Gründen zum Stillstand gekommen. Er wird den Rollstuhl zwar nicht mehr verlassen können, aber sein Zustand wird sich auch nicht verschlimmern.«

Leo schloss die Augen und ich sah, wie er darum rang, die Fassung zu bewahren.

»Ich habe deinen Vater nicht mit unseren derzeitigen kleinen Differenzen beunruhigt, ich habe ihm nur die Wahrheit gesagt, dass du bei mir wohnst, dass es dir gut geht, dass ich mir aber Sorgen mache, wo du steckst, Angst habe, du würdest in die falschen Kreise geraten ...«

Was für ein Hohn! Jerome hatte Leos gutmütigen Vater spielend leicht um den Finger gewickelt. Eine gefährliche Fähigkeit, gefährlicher als so manche Magie. Konnte man so was nicht auch einfach löschen?

»Nachdem du nicht nach Hause gekommen bist und auch Grete verschwunden war, haben wir uns auf die Suche nach dir gemacht. Und ich bin froh, dass ich euch so schnell gefunden habe.« Dieser Jerome schaute uns an, als müssten wir darüber genauso froh sein.

»Was wollt ihr von uns?« Leo klang nur noch müde.

»Nichts, Leo. Nichts. Nur ... Ich möchte nicht, dass deine Fähigkeiten, und auch die deiner Freundin, denn sie gehört zu dir, von den falschen Leuten genutzt werden, während du gerade unsicher bist, was das Richtige ist. Du warst es schon einmal und damals hat der Rat dich auf seine Seite gezogen, indem er dich nicht gelöscht hat. Aber du hast weiter zu mir gehalten und dafür bin ich dir dankbar. Außerdem denke ich, es war nicht ohne Grund. Etwas in dir …«

»Nichts ist in mir. Nichts. Jerome, du bist völlig auf dem Holzweg! Ich wünschte, dass du es merkst. Aber … Ich glaube, zum ersten Mal …« Leo drehte sich von Jerome weg und schloss die Augen. »… verstehe ich, warum sie dich gelöscht haben: Weil du *immer* ein furchtbar hässliches Gesicht zeigen wirst, wenn du nicht bekommst, was du möchtest.«

Für einige Momente herrschte Totenstille. Jerome starrte Leo enttäuscht an, während Leo konsequent die Augen geschlossen hielt.

Leo hatte Jerome aufgegeben, ich tat einen tiefen Atemzug.

Jerome wandte sich ruckartig ab und ging zur Tür. Bevor er sie hinter sich schloss, drehte er sich noch einmal um und sagte betont gelassen und mit einem gekünstelten Lächeln: »In der Jugend setzt man auf so viele falsche Pferde. Ihr werdet mir noch dankbar sein.«

Es klang so herablassend, dass ich ihm am liebsten ins Gesicht gespuckt hätte.

***

»Warum wolltest du die ganze Zeit nicht wahrhaben, was das für ein Arsch ist?«, fuhr ich Leo entrüstet an, als Jerome den Raum verlassen hatte, und begann wie wild an meinen Fesseln zu zerren. Aber ich ließ es gleich wieder sein, weil es höllisch wehtat.

Leo antwortete nicht und verdrehte stattdessen nur genervt die Augen. Meine Güte, ja, ich hackte ständig auf derselben Sache herum. Dabei hatte ich ganz andere Dinge sagen wollen, aber das Benehmen von diesem Jerome war einfach so frustrierend!

»Es tut mir leid! Ich …«

Unsere Blicke trafen sich. Ohne zu überlegen, gab ich mir Schwung, rollte mich zu ihm und kam mit meinem Kopf an seiner Schulter und meinem Körper halb auf seiner Seite zu liegen.

Leo wich zurück oder versuchte es zumindest, aber die Fesseln hinderten ihn.

»Hey … warum verhältst du dich so? Du magst mich doch! Warum dieses Theater? Warum … Ich weiß, dass ich dir nicht egal bin.«

»Bilde dir nichts auf den Blitz ein. Dass ich dir vertraue, heißt nicht …«

»Mann Leo, wovor hast du Schiss? Spuck's aus! Vor mir etwa? Bist du einer dieser gestörten Typen, die heute Karl heißen und morgen Horst sind?«

Ich hatte keine Ahnung, woher ich die Selbstsicherheit nahm, so mit ihm zu reden. Wahrscheinlich lag es an der Situation, die mir das Gefühl gab, sowieso nichts mehr verlieren zu können.

»Leo … guck mich an und sag mir bitte, was los ist.«

Leo lehnte halb an der Wand und schaute weiter stur geradeaus, während ich es irgendwie schaffte, mich ein wenig an ihm hochzuziehen.

»Leo …«, flehte ich.

»Was willst du von mir?« Leo klang fast panisch und wäre er nicht gefesselt, hätte er jetzt sicher die entlegenste Ecke des Raumes aufgesucht. Ich kapierte überhaupt nichts. Und dann hörte ich mich auf einmal sagen:

»Sorry, du bist nun mal der Typ meiner Träume.«

Ich spürte, wie mir Feuer in die Wangen stieg, und war verblüfft über meine eigenen Worte. Hatte ich Leo etwa gerade eine Liebeserklärung gemacht? Ich dachte immer, so was Kitschiges würde ich niemals tun. Leo öffnete den Mund, aber nichts kam raus.

Hastig fuhr ich fort:

»Du kannst mir einen Korb geben, dafür bist du ja bekannt. Und dann ist die Sache erledigt. Aber ich muss wissen, woran ich bin.«

Endlich drehte sich Leo zu mir und bedachte mich schweigsam mit einem Blick, den ich nicht zu deuten verstand.

»Was ist mit Fabian? Und sei bitte ehrlich«, fragte er geradeheraus. Und endlich begriff ich! Leo hatte Angst, dass ich schon jemanden hatte, so wie Kira damals Tim. Ich Trottel! Ich war schuld an der komischen Stimmung zwischen uns, weil ich das nicht gleich aufgeklärt hatte.

»O Mann, Fabian, das war doch nur eine Ausrede. Eine Notlüge, verstehst du?«

Leo zog fragend eine Augenbraue hoch.

»Also, im Akademie-Café, das war nur ein Fake-Kuss. Ich hoffe, Fabian macht sich seitdem keine Hoffnungen ...«

Ich spürte, wie ich noch röter wurde, weil ich so eine kindische Masche abgezogen hatte, nur um Leo eifersüchtig zu machen. Leos Mundwinkel begannen sich nach oben zu ziehen.

»Du warst aber auch echt ...« Ich unterbrach den Satz, weil ich hyperventilierte vor Aufregung.

»So? Wie war ich denn?«

»Na, dicht wie ein Tresor eben!«

Leos Grinsen wurde breiter.

»Und Gordon, ist der etwa auch erfunden?«

»Pff …« Leos blöde grüne Augen sollten weggucken! Aber ich wollte keine Lüge mehr zwischen uns haben. Also sagte ich: »Na ja, zur Hälfte zumindest. Okay, ich bin noch … nicht so erfahren wie du. Geht's dir nun besser?«

Jetzt war ich bestimmt so rot wie der Blitz, der hin und wieder zwischen mir und Leo aufzuckte.

Leo beugte sich zu mir und küsste mich sanft auf den Mund. Das war intensiver als alle Blitze, die er mir bisher gesandt hatte.

»Gut, dann geb ich's auch zu. Weißt du, ich hatte einfach keinen Bock, mir einen weiteren Korb einzuhandeln. Schon gar nicht, von der Frau meiner Träume. Oder sollte ich eher *von meinem Traumbesen* sagen?«

Ich konnte nichts dagegen tun, dass meine Mundwinkel sich bis zu den Ohren auseinanderzogen. Ich war also doch nicht nur ein Abenteuer für Leo gewesen. Für Leo, meinen Hauro. Am liebsten hätte ich ihn umarmt und so fest gedrückt, dass er keine Luft mehr bekam. Offenbar war es gut, dass mir die Hände gebunden waren. Sofort fühlte ich ein schlechtes Gewissen, so glücklich zu sein, obwohl gerade der wichtigste Teil der Welt unterging. Leo schienen ähnliche Gedanken durch den Kopf zu gehen.

»Wir müssen uns dringend was einfallen lassen«, sagte er.

Wie auf Kommando flog die Tür auf und krachte gegen die Wand. Leo fuhr genauso erschrocken zusammen wie ich.

»Hüllt sie ein«, schrie Jerome panisch und stürzte auf uns zu. Zwei Männer und eine Frau erschienen hinter ihm und verwandelten sich bereits im Laufen in diesen schwarzen, stinkenden Rauch. Augenscheinlich wurden sie verfolgt.

»Nein!«, rief ich und wehrte mich mit Händen und Füßen gegen meine straff gespannten Fesseln.

Leo warf mir einen intensiven Blick zu, ehe er vor mir im dicken schwarzen Qualm verschwand.

»Nein«, schrie ich noch einmal, aber es war zwecklos. Ich starrte auf Jerome, der die Fensterscheibe mit einem Besenstiel zerschlug, und dabei bereits eingehüllt wurde. Dann wurde auch um mich herum alles schwarz. Meine Augen begannen zu tränen, ich nieste. Ich spürte, wie ich vom Boden abhob und sich der schwarze Rauch schnell mit mir drehte. Dadurch wurde mir so was von schlecht … Erst riss ich mich zusammen und zwang meinen Magen, Ruhe zu geben. Aber sogleich fragte ich mich: warum eigentlich? Das war meine einzige Chance. Diesmal starteten wir nicht in der dritten Etage, sondern mussten gerade durch das Fenster entwichen sein. Wahrscheinlich flogen wir noch nicht hoch. Außerdem schien ihnen der Rat auf den Fersen zu sein. Die würden mich finden. Ohne weiter darüber nachzudenken, ließ ich meinen Magen gewähren.

Ein ungeheurer Ruck ging durch meinen Körper. Der ekelhafte Rauch wich von mir. Gleichzeitig sauste ich in die Tiefe. Dann schlug ich auf. Ich beobachtete es nur, es tat nicht weh, weil der Schock mich schützte und ich, bevor der Schmerz im Gehirn ankam, das Bewusstsein verlor.

45. Kapitel

Irgendwas dicht an meinem Ohr ratterte. Es war nicht unangenehm. Kein Auto, keine Maschine, eher etwas … ich kam nicht drauf. Was war es? Mein Kopf arbeitete nicht richtig, die Synapsen schienen in einer zähen Masse zu kleben. Aber langsam wurde es besser. Und dann hatte ich es: Das war ein Schnurren. Neben mir schnurrte eine Katze!

Ich öffnete die Augen, drehte den Kopf und schaute in das eine, grüne Auge von Mini, die mich interessiert beobachtete und ein Miau von sich gab. Mini war hier. Das konnte nur etwas Gutes bedeuten und beruhigte mich ungemein.

Ich sah mich um und fand mich auf einem altmodischen Eisenbett liegend, auf dem weiche Kissen drapiert waren. Das Zimmer war klein, ein alter weißer Kleiderschrank stand neben dem Bett und eine leichte warme Brise wehte vom Fenster herein und bewegte den weißen Vorhang. Ich erhaschte einen Blick auf den Fernsehturm. Ich war also wieder in Berlin, hatte allerdings keinerlei Erinnerung an die Rückreise.

Mini erhob sich von meinem Kopfkissen und trollte sich an mein Fußende, wo sie sich zusammenrollte. Jemand öffnete leise die Tür und betrat das Zimmer. Kim!

Ich lächelte sie an und freute mich, sie zu sehen; wie eine alte Freundin, die ich vermisst hatte.

»Ich weiß, ich habe alles falsch gemacht«, gestand ich ihr sofort und fühlte eine schmerzliche Reue.

»Ich bin froh, dass du ihnen entkommen bist«, antwortete sie, nahm sich den Stuhl, der in der Ecke stand, und setzte sich mir gegenüber.

»Was ist mit Leo?«, stellte ich die dringlichste Frage.

»Wir konnten nichts machen. Sie haben ihn mitgenommen.«

»Ich werde mir nie verzeihen, dass ich den Rat nicht gleich informiert habe. Eigentlich sollte man mich sofort wieder löschen.«

Ich versuchte mich aufzurichten, aber mir tat alles weh.

»Bleib liegen, Grete. Du hast eine Menge blauer Flecken und Prellungen und ein paar entzündete Striemen von deinen Fesseln auf der Haut. Es war nicht leicht, die abzubekommen. Das war übrigens ziemlich draufgängerisch, aus der Rauchsäule zu springen.«

Kim sah mich vorwurfsvoll an, aber in ihrem Blick lag Anerkennung. Sie war in schwarz gekleidet wie immer, schwarzes Shirt und schwarze Stoffhosen. Allerdings trug sie keinen strengen Kurzhaarschnitt mehr. Ihre Haare waren länger geworden, reichten ihr über die Ohren und gaben ihr etwas Weiches.

»Was passiert jetzt? Leo hat sich losgesagt von Jerome. Das muss der Rat glauben. Wir müssen ihn …« Wieder versuchte ich vor Aufregung hochzukommen, aber es gelang mir nicht.

»Pssst«, machte Kim. »Der Rat weiß Bescheid, wie die Dinge stehen.« Sie erhob sich und ging zum Fenster. »Und es war falsch, dich zu löschen«, nahm sie mir zuerst meine größte Angst. »Du hattest bereits angedeutet, dass du wichtige Informationen hast. Darauf hätte der Rat eingehen müssen.«

»Na ja, ich wollte den Rat erpressen. Das hat ihm nicht gefallen.«

»Das stimmt, aber … du bist sehr krank geworden. Du hast im Koma gelegen, wochenlang!«

»Ja, da hat mich Jolly schön beschwindelt, von wegen leichte Grippesymptome! Er dachte wahrscheinlich, er tut mir damit was Gutes, weil ich mich sowieso nicht mehr erinnern kann, aber …«

»Nein, so ist es nicht. Niemand im Rat konnte wissen, dass es so einen schweren Verlauf gibt. Die Wirkung des Löschmittels hat eingesetzt, aber deine Fähigkeiten haben dagegen angekämpft.«

Überrascht sah ich Kim an.

»Ach, deshalb … Und ich dachte …«

»Nein, niemand hat dich angelogen. Es ist nur, weil alles außer Kontrolle gerät. Ich hätte einfach besser nachdenken und dagegen stimmen sollen. Ich wusste natürlich nicht, was die Löschung für Folgen haben würde, aber das ist doch auch egal. In deiner Lage hätte ich schließlich genau dasselbe getan«, gab Kim zu. Erstaunt sah ich sie an.

»Wirklich?«

Sie drehte sich um und breitete die Arme aus.

»Hey, ich bin auch nur ein Mensch. Alle im Rat sind nur Menschen. Menschen mit Schwächen, das ist genau wie mit Stars, Politikern oder Königshäusern. Du glaubst nicht, was es für ein

Stress ist, immer so viel Verantwortung zu tragen!«, schoss es aus Kim heraus und ich begriff, worunter sie litt. Nicht nur, dass es diesen Druck von außen gab. Sie hatte ihn auch sich selbst auferlegt. Und nun entglitt die Situation, ich sah es an der Hilflosigkeit in ihrem Gesicht.

»Ich hätte …«, fing ich wieder an.

»Nein, Grete … Ich glaube nicht«, unterbrach sie mich.

»Doch!«, beharrte ich. Und richtete mich auf. An mehreren Stellen meines Körpers schienen mich kleine Messer zu stechen, aber ich ignorierte es. Ich erzählte Kim von meinen Problemen mit Leo, wie wir uns gegenseitig zum Schweigen verdammt hatten. Leo, der das Ding mit Jerome alleine lösen wollte, und ich, die ihm nachspioniert hatte und die Sache mit Riley dabei entdeckte. Kim hörte mir interessiert zu.

»Aber Leo hat jetzt verstanden, dass aus Jerome kein besserer Mensch mehr wird«, verteidigte ich ihn.

»Ihr beiden seid gleich dickköpfig«, stellte Kim fest und lächelte.

»Ich komme nicht darüber hinweg, dass ich dich mit der Leo–Sache aufgezogen habe. Ich bin wirklich ein emotionaler Trampel«, polterte ich heraus und fixierte die nichtssagende Zimmerdecke.

»Das bist du wohl«, pflichtete sie mir bei und setzte sich zu mir auf die Bettkante.

»Aber hey, Grete … Das mit Leo und mir, das ist lange her. Fast zwei Jahre. Ich habe immer gezweifelt, ob ich wirklich in den Rat gehöre. Ob ich nicht zu jung bin und überhaupt, ob ich …… Leo war wie ein Rückfall. Es war ein Glück für mich, dass er mich fallen gelassen hat. Es wäre niemals gut gegangen.«

»Ein Rückfall?« Was meinte sie damit? Ich sah sie fragend an und Kim fuhr sich nervös durch die Haare.

»Wie soll ich es erklären … Weißt du, in Wirklichkeit verstehe ich dich sehr gut. Als ich so alt war wie du, da war ich, glaube ich, noch schlimmer. Noch verschlossener, verbockter, aufmüpfiger.«

Na, Kim hatte ja eine prima Meinung von mir. Ich musste schmunzeln. Mir gefiel, dass sie so aufrichtig mit mir sprach. Im Grunde hatte ich ihre Ehrlichkeit schon immer geschätzt. Ich mochte es einfach, wenn Leute sagten, was sie dachten.

»Als du so alt warst wie ich? Warst du nicht sogar noch bis vor kurzem ein eiskalter, verschlossener Äther–Engel?«, konterte ich lächelnd und Kim erwiderte mein Lächeln entwaffnet. Einige Momente herrschte Stille zwischen uns.

Und dann sagte sie plötzlich:

»Meine Eltern waren drogenabhängig, weißt du. Sie haben phasenweise auf der Straße gelebt … Waren im Entzug … dann wieder auf der Straße. Wären meine magischen Fähigkeiten nicht erwacht und hätten mich aus dem Schlamassel rausgeholt … würde ich jetzt wahrscheinlich … auch an der Nadel hängen.«

Ihre Worte brachte sie stockend hervor. Sie durchschnitten die Luft im Raum wie Klingen.

»Oh«, entfuhr es mir und ich schaute Kim erschrocken an. Ihre Miene schien wie versteinert, aber sie sprach weiter:

»Ja, ich hab keine hübsche Vergangenheit in einem Kinderzimmer mit buntem Spielzeug. Ich hab in runtergekommenen Absteigen geschlafen, in vollgesprayten und nach Pisse stinkenden Unterführungen, bei Fremden oder …« Ihre Stimme versagte, sie ließ den Kopf in ihre Hände fallen und dann schien ein ganzer Damm zu brechen. Kim fing an zu weinen und am ganzen Körper zu beben.

»Kim!«, flüsterte ich und nahm sie in meine Arme, in denen sie zitterte wie Espenlaub. Sie lehnte sich an mich und ließ den Tränen ihren Lauf. Mir fiel ein, dass sie sich um mein Geheule beneidet hatte. Nun kam alles wie ein Sturzbach aus ihr heraus, wahrscheinlich angesammelt in vielen Jahren. Ich dachte an die vollgesprayte Wand in meinem Zimmer und alles setzte sich zusammen. Kims Strukturiertheit und Überaufgeräumtheit, das war also eine Art Gegengift zu ihrer Vergangenheit. Und ich aufmüpfiges Huhn hätte sie vorher fragen sollen, ob ich die Wand besprühen durfte! Auch wenn ich nicht ahnen konnte, dass … Au Mann!

Wir saßen eine Weile zusammengekauert auf dem Bett, bis Kim sich langsam wieder beruhigte. Meine Schmerzen verschwanden hinter Kims Schmerz. Ich suchte nach Worten, wollte irgendwas Tröstendes sagen, aber wusste nicht, was. Dann fand Kim ihre Stimme wieder und erklärte:

»Und weißt du, deshalb ist es gut, dass es mit Leo nicht geklappt hat. Leo war zu unserer Zeit ein Aufschneider, der als Erstes herausgefunden hatte, welches Kraut im magischen Wald man gut rauchen konnte. Wahrscheinlich wäre ohne die Kifferei nie etwas zwischen uns passiert. Aber ich befand mich in einer ziemlichen Krise. Da ich die Quantenkommunikationsfähigkeit besaß, hatten die damaligen Ratsmitglieder beschlossen, mich trotz meiner Vergangenheit in den Rat aufzunehmen. Aber ich zweifelte daran, so stark sein zu können, wie es die Aufgabe eines Ratsmitgliedes verlangt. Ich hatte große Lust, einfach nur mit Leo abzuhängen und zu rauchen und an nichts mehr zu denken. Bestimmt gab es noch viel aufregendere Kräuter im Wald … Zum Glück hat er dem einen Riegel vorgeschoben, indem er mich fallen gelassen hatte. Damals konnte ich das natürlich nicht so sehen, aber inzwischen bin ich dankbar dafür.«

Kims Worte rückten das Bild zurecht, was ich mir bisher zu machen versucht hatte, und ließen alles in einem neuen Licht erscheinen.

»Aber du zweifelst, dass Leo es ebenfalls packt, auf die richtige Bahn zu kommen.«

»Vielleicht immer noch ein bisschen. Doch wahrscheinlich tue ich ihm unrecht. Mit dir, da hat er jetzt auf jeden Fall jemanden, der ihm den Kopf zurechtrücken kann.«

»Ich? Aber ich bin doch …«

»Du bist aus dem richtigen Holz, auch wenn es hart ist.«

Ein Schmunzeln stahl sich auf meine Lippen.

»Ach Kim, ich hätte nicht einfach die Zimmerwand besprayen dürfen, ich bin so ein Idiot. Und auch, dass ich die Sachen zerschnitten habe …«, bekannte ich reumütig.

»Natürlich hättest du das nicht. Du bist furchtbar ungezogen!«, wetterte sie im Scherz, während ihre Stimme immer noch gegen ein paar Schluchzer ankämpfte, »aber die braven Blusen sind natürlich wirklich was für Streber. Trotzdem kaufe ich sie, weil sie mich beruhigen, sie stehen für ein ordentliches Leben.«

»Jetzt verstehe ich das total.«

Kim löste sich ein wenig von mir und begutachtete meine Schulter.

»O je, wie peinlich, ich hab dich ganz nass geheult. Dabei ist das alles doch schon so lange her.«

»Hat sich eben angesammelt«, erwiderte ich schulterzuckend. Sie wischte sich mit dem Ärmel über die Augen. »Ein Blitz von dir hat mir gesagt, dass du schon lange mal wieder heulen wolltest«, ergänzte ich und schmunzelte. Kim sah mich bedeutungsvoll an:

»Grete, die Blitzfähigkeit ist was Besonderes, denn viel da draußen geht schief, weil man die Menschen nicht einschätzen kann. Du musst lernen, mit ihr umzugehen. Jolly besitzt sie auch und er trainiert Begabte, bis sie sie gut beherrschen.«

»Jolly? Ausgerechnet Jolly?«

»Ja, man verschätzt sich leicht in ihm. Er war übrigens gegen deine Löschung.«

Puuh, das hätte ich niemals gedacht. Nichts hatte ich an der Stelle richtig eingeschätzt. Meine Blitzfähigkeit steckte total in den Kinderschuhen.

Kim erhob sich und erfrischte sich das Gesicht mit Wasser aus einer Schüssel auf der Anrichte. Damit hatten sie mir zuvor wohl meine Stirn gekühlt.

Ich verzog das Gesicht, als ich mich wieder zurück in die Kissen fallen ließ. Kim wrang einen Lappen in dem Wasser aus und legte ihn auf meinen geschwollenen linken Arm.

»Ich bin froh, dass du mir nicht nur die Tür zur Bäckerei aufhältst!«, sagte ich.

»Und ich bin froh, dass Ranja damals verlangt hat, dass du bei mir wohnst. Sie wusste mal wieder genau, was sie tat.«

Wir lächelten uns an. Kim sah auf einmal so anders aus. Irgendwie gelöst.

»Ranja ist eben so eine richtige Hexe«, scherzte ich.

Wie auf Kommando öffnete sich die Zimmertür und Ranja trat ein.

»Ah, sie lebt! Dein Sprung hätte dich Kopf und Kragen kosten können!«, schalt sie mich sogleich mit ihrer rauen, aber warmen Stimme.

»Hat er aber nicht«, verteidigte ich mich.

»Ich sehe, sie ist schon wieder fast die Alte.«

***

Nachdem sie mir Milchreis mit Zimt und ein Glas Wasser gebracht hatten, begannen Ranja und Kim mich über alles auszufragen, was ich wusste oder beobachtet hatte. Von ihnen erfuhr ich, dass Riley schon einige Zeit vor Jeromes Löschung aktiv gewesen war. Nach seiner Löschung in London hatte man zu lange nicht bemerkt, dass er sich wieder erinnerte und langsam und unauffällig begann, gegen die magische Welt vorzugehen. Er hatte im Süden von Europa, weit weg von London, Gelöschten ihre Erinnerungen wiedergegeben und Elementarwesen in Menschen verwandelt. Jerome und den Geheimbund hatte er erst aufgesucht, als er sich sicher war, dass ihn zusammen mit dieser Macht niemand mehr aufhalten konnte, um zum endgültigen Schlag auszuholen und die magischen Blasen zu vernichten. Mein gesamter Körper überzog sich mit einer Gänsehaut, als sie mir berichteten, dass die Blasen in Athen, Sofia und Barcelona und seit gestern auch in Sardinien vollständig zerstört waren. Sofort dachte ich an Clara.

»Sardinien auch? Aber was ist mit den Bewohnern, Studenten, Räten dort?«

»Sie sind in andere Blasen, außerhalb von Europa, geflüchtet, in die Realwelt oder in die Europäische Urblase auf den Kanaren«, sagte Ranja und Kim ergänzte: »Es gibt ein paar Vermisste. Man weiß nicht, ob sie Opfer der Implosionen der Blasen geworden sind oder sich weiter in magischen Zwischenräumen aufhalten. Man geht davon aus, dass irgend so etwas übrig bleibt, aber eventuell ist das nur eine letzte sinnlose Hoffnung.«

»Und Clara, hat jemand was von Clara gehört?«, fragte ich besorgt.

»Nein, aber unter den Vermissten ist sie nicht«, versuchte Ranja mich zu beruhigen.

»Und unsere Berliner Blase? ... Wie habt ihr mich überhaupt gefunden?«, fragte ich weiter.

Ich erfuhr, dass Leos Vater jemanden aus dem magischen Rat der Schweiz informiert hatte, und war erstaunt. Sie hatten ihn aufgeklärt, wie die Dinge sich verhielten. Aber woher wusste er überhaupt von der magischen Welt? Wer hatte magische Fähigkeiten in Leos Ahnenreihe besessen? Das konnte Ranja mir nicht beantworten.

Marco und Jolly begaben sich sofort auf den Weg nach Luzern. Es gelang ihnen, Restspuren des stinkenden Qualms in der Luft zu analysieren und so das Versteck ausfindig zu machen. Jerome und seine Leute konnten ihnen jedoch im letzten Moment entwischen. Marco sah, wie ich aus der stinkenden Qualmwolke fiel, konnte aber meinen Aufprall nicht verhindern. Jolly hüllte mich in seine Rauchsäule ein und brachte mich weg. Sie versorgten meine Prellungen und verabreichten mir ein starkes Schlafmittel, damit ich schmerzfrei die Reise überstand.

Dann waren wir von Luzern nach Zürich mit dem Auto und dann von der magischen Blase von Zürich via Reisekraut nach Berlin gereist. Dort hatte uns Pio empfangen und sofort rausgeschickt in die reale Welt, weil die Durchgänge gänzlich verstopft waren und die Blase begann, instabil zu werden.

»Bis auf Pio sind alle, die dort gelebt haben, inzwischen drüben in der Urblase. Die Studenten, die einen Abschluss besitzen, sind nach Hause zurückgekehrt. Sogar Fabian. Er meinte, du hättest ihm klargemacht, dass er sich nur selbst blockiert, obwohl er längst so weit ist«, berichtete Ranja.

»Tatsächlich?« Ich lächelte. Wir hatten uns also gegenseitig geholfen.

»Kay und Marie waren noch nicht so weit und wurden rechtzeitig via Reisekraut in die Urblase geschickt«, fuhr Ranja fort.

»Kay und Marie?« Ich dachte sofort an den pinkfarbenen Blitz, den ich zwischen ihnen gesehen hatte. »Sind sie zusammen?«

»Ja, sind sie, ziemlich frisch.« Kim schien sich im ersten Moment zu wundern, warum mich das interessierte, dann hellte sich ihre Miene auf. »Hast du etwa Blitze zwischen ihnen gesehen?«

»Ja, einen in Knallpink.« Ich lächelte.

»Dann siehst du auch starke Emotionen zwischen anderen Menschen.«, analysierte Kim. Ranja sah mich nachdenklich an und bemerkte: »Allerhand, ich habe in den letzten fünfhundert Jahren niemanden getroffen, der das kann. Jolly wird dich darin ausbilden.«

Das hatte mir Kim bereits angedeutet und ich sah diesen Seminaren mit einem Gemisch aus Spannung und Unruhe wegen Jolly, dem alten Feldwebel, entgegen.

»Und Pio ist noch drüben?«

»Pio berichtet, was geschieht. Seine letzte Information war, dass die Blüten nicht mehr rieseln und die Farben anfangen zu verblassen.«

»Pio bleibt in der Blase?«

»Pio verlässt sein Zimmer in der Akademie und seine Murmelsammlung nicht. Niemals«, erklärte Ranja traurig.

»Aber dann muss man ihn zwingen!«

»Er lässt sich zu gar nichts zwingen. Versucht man irgendwas, hält er die Luft an, bis er ohnmächtig wird. In fünf Minuten wäre er sozusagen tot.«

»Was für ein Dreck«, fluchte ich. »Man muss doch irgendwas tun können!«

»Marco und Jolly sind Rileys Helfern, die Leo mitgenommen haben, gefolgt. Sulannia hat Lilonda und Minchin in Gewahrsam genommen.«

Verflucht, sie hatten Lilonda und Minchin aufgespürt!

»O nein, das darf sie nicht! Sie haben nichts getan! Sie sind nicht wie die anderen.«

Ich versuchte, aus dem Bett zu steigen, Mini sprang erschrocken vom Fußende auf die Dielen und verkroch sich unter dem Bett, während Kim mich am Arm zurückhielt und Ranja erklärte:

»Das wissen wir, Grete. Am Anfang haben wir geglaubt, du arbeitest Riley und seinen Leuten mit deiner Fähigkeit, die du uns verschwiegen hast, zu. Aber Matthias hat seine Hand für dich ins Feuer gelegt und Lilonda und Minchin haben es bestätigt. Trotzdem mussten wir natürlich prüfen, wie sie drauf sind.«

Das hieß, es war dann wohl nicht der Rat, sondern Rileys Leute mussten es gewesen sein, die uns an Leos Wunschort aufgetrieben hatten. Von wegen Jerome und seine großen psychologischen Fähigkeiten in Bezug auf *Leos Mädchen*! Keinen Schimmer hatte Jerome gehabt. Sie mussten uns schlicht und ergreifend gefolgt sein, wahrscheinlich schon zu der Wohnung von Matthias und Luisa. Und dann hatten sie eine Möglichkeit gefunden, in Leos Lieblingsort einzudringen. Auch wenn das bisher unmöglich gewesen war, die instabiler werdende Blase war ihnen dabei sicher zu Hilfe gekommen.

»Wo sind Lilonda und Minchin? Und in wessen Wohnung befinden wir uns eigentlich?«

»Sie gehört dem magischen Rat. Von hier kann man alle magischen Orte gleich gut erreichen. Lilonda ist zurück bei ihrem Freund Jonny. Er scheint eine besondere Antenne für Dinge mit erweiterten Dimensionen zu haben.«

»So wie Kiras Freund«, ergänzte ich.

Ranja und Kim nickten. »Sie wollen uns über die Elementarmenschen auf dem Laufenden halten. Die zwei, die täglich bei ihnen auftauchen und sich benehmen, als würde ihnen die Frittenbude gehören, scheinen irgendwo in der Nähe untergekommen zu sein und ansonsten nicht groß aufzufallen.«

»Und Minchin?«

»Minchin hat nebenan ein Zimmer, ihr geht es gut«, beschwichtigte Ranja mich, hockte sich vor mich und sah mich ernst an. Dann hatte Minchin Berlin also aus irgendeinem Grund noch gar nicht verlassen gehabt, als der Rat aufgetaucht war.

»Was wir vielleicht brauchen, Grete, ist deine Fähigkeit. Es besteht eine nicht geringe Wahrscheinlichkeit, dass du menschgewordene Elementarwesen auch wieder zurückverwandeln kannst.«

»Aber ich werde es niemals an Lilonda oder Minchin versuchen!«, rief ich entschlossen.

»Keiner verlangt das. Wir befinden uns in einer Ausnahmesituation. Könntest du dir vorstellen, uns zu vertrauen?«

Bei Ranjas Frage zog bei mir sofort ein schlechtes Gewissen auf. Natürlich wollte ich dem Rat endlich vertrauen und mit ihm zusammenarbeiten. Ich hatte es schon viel zu lange versäumt. Aber eine Frage bedrängte mich noch.

»Und was wird mit Luisa geschehen?«

»Genauso wenig wie mit Lilonda oder Minchin.« Die Antwort kam von Sulannia, die unbemerkt das Zimmer betreten hatte und mich freundlich anlächelte. Ihre Stimme beruhigte mich.

»Leo hat die Fähigkeit, Elementarwesen in Menschen zu verwandeln, bestimmt auch«, gab ich preis. »Sie scheint wie ein ansteckender Virus zu sein. Riley hat sie auf Jerome übertragen und Jerome muss sie ihm weitergegeben haben.«

»Das haben wir uns bereits gedacht«, sagte Sulannia. »Wir vermuten jedoch, dass Jerome die Fähigkeit zwar übertragen, sie aber nicht selbst entfalten kann. Die Rauchsäulenfähigkeit scheint Voraussetzung dafür, trotzdem scheinen nur sehr wenige sie zu entwickeln.«

Endlich begriff ich, warum wir für Jerome und Riley so wichtig waren. Sie brauchten Leute, die Elementarwesen in Menschen verwandeln konnten, weil sie nicht genug davon hatten.

»Nur wo hat Riley diese Fähigkeit her? Wie konnten seine Fähigkeiten nach einer Löschung überhaupt zurückkehren? Bevor er sich wieder erinnerte, hatte es doch nie Instabilitäten in der magischen Welt gegeben, die das erklären könnten?«

»Das ist die große Frage, die alle bewegt. Bisher tappen wir alle im Dunkeln. Aber wir werden das rausfinden. Und jetzt ruh dich noch ein wenig aus. In ein paar Tagen gehen unsere Flüge nach La Palma. Ich kann mir gut vorstellen, dass Riley nur auf eine Gelegenheit wartet, dich in seine Hände zu kriegen. Hier bist du vorerst sicher.«

»Heißt das Stubenarrest?«

»Na ja, so würde ich es nicht nennen. Aber wir wissen nicht, wozu sie noch so fähig sind. Unter freiem Himmel können wir dich vielleicht nicht schützen.«

O je, hier drinnen bleiben zu müssen und nichts tun zu können als warten …, deprimierender konnten die Aussichten nicht sein. Und dann nach La Palma? Niemals würde ich ohne Leo dort hinfliegen! Er musste freikommen, musste!

46. Kapitel

Am nächsten Tag schon fühlte ich mich weniger zerschlagen und brauchte auch keine Schmerzmittel mehr, obwohl ich nachts fast kein Auge zugetan hatte. Die ganze Zeit hatten mich Fragen wachgehalten, die sich nicht beantworten ließen, und das machte mich verrückt.

Wo war Leo? Was taten sie mit ihm? Würde dieser Riley irgendwas Fieses machen, vielleicht sogar ihn löschen, wenn er sich stur stellte? Alles Mögliche konnten sie ihm antun. Es ließ mir keine Ruhe. Gleichzeitig besaß ich keinerlei Ansatzpunkt, ihm zu Hilfe zu kommen.

Ich bat Kim, mich auf dem Laufenden zu halten, aber sie musste mich enttäuschen. Die Quantenkommunikation zwischen den Ratsmitgliedern funktionierte seit Neuestem nicht mehr. Niemand wusste, ob Jolly und Marco ihnen noch auf der Spur waren, ob sie die Spur verloren hatten oder gar selbst in Gefahr geraten waren.

Die Anspannung, die in der großen Wohnung herrschte, ließ sich mit Händen greifen. Sie umfasste das gesamte Dachgeschoss, das sieben oder acht Zimmer und eine große verglaste Loggia mit einem schönen Blick auf die Stadt umfasste. Dort begegnete ich in den frühen Morgenstunden, als alle schliefen, Minchin, die nachdenklich in die Ferne sah und mich zuerst gar nicht bemerkte.

»Hey, Minchin!«, rief ich.

Sie drehte sich um und umarmte mich sofort.

»Es ist so schrecklich, was geschieht.«

»Warum bist du noch hier? Wie haben sie dich und Lilonda …?«

Minchins Gesicht war schmerzerfüllt.

»Ich konnte einfach nicht abreisen. Ich bin jeden Tag zum Durchgang. Die Zeitungsmeldungen. Hast du die Zeitungsmeldungen gelesen?«

Ich schüttelte den Kopf.

»Überall diese Artikel von seelenlosen Menschen. Sie stecken sie in Psychiatrien, Krankhäuser, nehmen Untersuchungen vor. Ich muss wissen, was mit meinem Vater ist und meinen Schwestern. Ich wollte sie warnen … Ich … Aber niemanden von ihnen konnte ich erreichen. Und ich halte ja nicht mal mehr eine Minute unter Wasser durch, es ist so übel, wenn einem das Wasser in der Nase brennt. Ich werde nie verstehen, was man als Mensch überhaupt im Wasser zu suchen hat.« Minchin rümpfte die Nase und schüttelte den Kopf.

»Wie haben sie dich und Lilonda gefunden?«

»Sie haben uns nicht gefunden. Ich war es, die Sulannia gesehen hat, wie sie nachts durch den Durchgang an der Spree kam, ich war verzweifelt und dann habe ich sie einfach angesprochen.«

»Du hast dich ihr gestellt?«

»Ja. Aber mir wird nichts geschehen und auch Lilonda nicht.«

»Dann wissen sie von dir, dass ich euch zu Menschen …«

»Es tut mir leid.«

»Nein, schon okay, die Umstände haben für uns gearbeitet, auch wenn sie entsetzlich sind. Konnte Sulannia dir denn etwas über die anderen Undinen sagen, deine Familie?«

»Beim letzten Mal waren wohl nur noch wenige da, ich weiß nicht, ob alle meine Schwestern. Aber Sulannia sprach mit meinem Vater.« Minchin machte eine kleine Pause und ich sah sie erwartungsvoll an.

»Mein Vater sagte zu Sulannia: *Minchins neues Undinenherz konnte sie nicht von ihren Träumen befreien, weil sie eine menschliche Seele hat.*«

»Oh, das klingt so, als würde er dich verstehen.«

»Vielleicht. Zuerst war er wohl sehr wütend, aber jetzt ist er erleichtert, weil es bedeutet, dass man mich nicht in eine gefühllose Kreatur verwandeln kann.«

»Wenn er so denkt, dann liebt er dich«, versicherte ich Minchin und ein Lächeln stahl sich auf ihre Lippen.

»Aber wie tun sie es? Wie holen sie die Elementarwesen? Hast du Sulannia danach gefragt?«

»Ja, sie sagt, es ist sehr überraschend. Du siehst sie nicht kommen. Auf einmal wird nur alles grau oder schwarz um dich herum, und dann verschleppen sie sie. Kaum auf der anderen Seite in der Realwelt angekommen, werden sie von dem Rauch ausgespuckt und laufen los.«

»Aber dort muss die Rauchsäulen doch jemand aufhalten können!«

»In Berlin konnte bisher keiner gefasst werden. Es ist erst

aufgefallen, als sich die Elementarwesen bereits rapide dezimiert hatten. Sie sind ja nicht wie Menschen. Sie existieren so nebeneinander her. Sie sind meist nicht sozial, verstehst du. Nur hin und wieder gibt es kleinere Gruppierungen oder eine Art Familie, so wie bei uns.«

»Aber irgendwas muss man doch tun können.« Ich drehte mich nervös einmal im Kreis.

»Wir sollten auf die Räte vertrauen und vor allem auf die Urblase. Dort herrschen noch etwas andere Gesetze, die dieser Riley und wer noch alles dahintersteckt, bisher nicht aushebeln konnten.«

»Was heißt das?«

»Die Ur–Elementarwesen lassen sich nicht einhüllen und verwandeln. Sie unterscheiden sich optisch auch nicht wie die Elementarwesen in den Blasen. Aus ihnen sind die verschiedenen Wesenheiten für Erde, Wasser, Feuer, Luft, Äther erst hervorgegangen. Hast du im Unterricht schon mal ein Bild von ihnen gesehen?«

»Nein, keine Ahnung.«

»Sie sehen ganz süß aus, sind sehr feingliedrig und irgendwie wie Pflanzen, sie sind auch so aufgebaut, haben Körper von durchscheinend grün bis dunkelgrün und tragen eine Art Kleidung aus Blütenstaub.«

»Dann liegt auf ihnen die letzte Hoffnung.«

»Und auf den Räten aus Europa und der Hilfe aus dem Rest der Welt.«

»Es betrifft also bis jetzt nur Europa?«

»Augenscheinlich ja.«

Das beruhigte mich ein wenig, auch wenn das immer noch beunruhigend genug war.

»Wenn ich nur wüsste, wo Leo ist!«

»Sie haben ihn mitgenommen, soviel ich weiß, und es tut mir leid.« Minchin sah mich forschend an. »Bist du in ihn verliebt?«

Ihre naive Frage zauberte mir Röte ins Gesicht.

»Du bist es!« Sie lächelte. »Ich möchte das auch mal sein. Ich freu mich schon so darauf!«

Jetzt funkelten ihre Augen, als wären sie immer noch magisch.

»Das wirst du. Ganz bestimmt!«

»Wir müssen daran glauben, dass alles wieder in Ordnung kommt, nicht wahr? Aber zunächst helfen nur Geduld und Abwarten.«

Das war leider wahr, auch wenn es für mich nichts Schrecklicheres gab als warten.

***

Zu Mittag saßen alle, die hier waren, an dem großen langen Tisch in der Mitte der Küche – Minchin, Sulannia, Kim, Ranja und ich – und aßen schweigend. Ranja hatte Kartoffelsuppe gekocht.

»Ich hätte euch viel früher informieren müssen, hätte ich das doch nur getan!«, entfuhr es mir in die Stille hinein.

»Hör auf, Grete. Kein Satz mit *hätte*, *wäre* oder *wenn* hat jemals irgendwas verbessert!«, dröhnte Kim. Dem ersten Impuls folgend wäre ich am liebsten auf sie losgegangen, aber stattdessen kaute ich verlegen auf meiner Lippe herum. Wir waren uns schon sehr ähnlich in unserer Art, o ja. Durch sie merkte ich, wie ich oft selber war und daran würde ich arbeiten.

»Sorry«, gab Kim hinterher. Auch sie wusste, woran sie zu arbeiten hatte.

Alle aßen schweigend weiter, nur die Löffel klapperten und Mini strich um die Stühle und passte genau auf, wer ein Stückchen Wiener für sie fallen ließ. Ihre beiden Jungen waren inzwischen selbstständig und wohnten in unserem Haus am Wetterplatz. Kira hatte sie dort hingebracht.

Plötzlich erscholl das Geräusch, auf das alle warteten. Der Schlüssel drehte sich in der Wohnungstür. Irgendjemand kam. Jemand, der einen Schlüssel hatte!

Ich sprang als Erste auf und eilte in den Flur. Zuerst betrat Jolly die Wohnung. Marco folgte ihm … und schloss die Tür hinter sich. Ich sackte innerlich zusammen, sie waren nur zu zweit.

»Wo ist Leo? Wo haben sie ihn hingebracht?«, bestürmte ich sie sogleich mit meinen Fragen.

»Wenn das die dringendste Frage wäre, junge Dame, selbst dann würde ich sie nicht zwischen Tür und Angel beantworten«, krächzte Jolly. *So ein krötiger Brummbär!* Sogleich schämte ich mich für den Gedanken, schließlich war Jolly es, der meine Löschung nicht gewollt hatte.

Marco warf mir einen mitleidigen Blick zu, der alles sagte. Sie hatten schlechte Nachrichten oder im besten Fall, gar keine Nachrichten, was Leo anbelangte.

Erschöpft ließen sie sich jeder auf einen Stuhl in der Küche fallen. Ranja stellte ihnen dampfende Teller hin.

Angespannt zählte ich die Löffel Suppe, die sie in sich hineinschaufelten. Sie wirkten sehr hungrig und schienen ohne Pause unterwegs gewesen zu sein.

»Rileys Leute scheinen gut vernetzt, sehr gut vernetzt. Und das Netz ist größer als gedacht«, begann Jolly und legte seinen Löffel beiseite. »Wir vermuten, dass es irgendwie dezentral organisiert ist.«

»Wie, was heißt dezentral?«, platzte ich dazwischen und fing mir einen ungehaltenen Blick von Jolly ein. Aber er sagte nichts, sondern fuhr fort:

»Sie können den Rauchzustand ziemlich lange halten. Wir sind ihnen mühelos gefolgt, aber plötzlich mussten wir feststellen, dass wir einer realen Wolke auf der Spur waren, während die eigentliche Rauchsäule verschwunden war.«

Jolly teilte ein Brötchen in zwei Hälften und biss in die eine Hälfte hinein.

Marco fuhr fort:

»Geniales Ablenkungsmanöver. Wir haben es nicht durchschaut. Es macht den Eindruck, als würde es tatsächlich eine Art Zwischenwelt geben, in der sie sich verstecken können, auch wenn die magischen Blasen implodieren.«

»Ihr wart sehr lange weg«, bemerkte Kim.

»Wir haben gewartet, da wo wir sie verloren haben. Einfach gewartet. Aber … nichts«, erklärte Jolly.

»Heißt das, sie haben Leo und Jerome in ihr Versteck mitgenommen?«

»Vermutlich ja. Es kann aber auch eine Täuschung jeglicher Form sein. Irgendwann sind wir zu den Berliner Durchgängen. Sie werden jetzt auch von seerosenähnlichen Schlingpflanzen komplett überwuchert. Leute und Reporter tummeln sich davor und jede Menge Touristen.«

Jolly aß den zweiten Teil seines Brötchens, indem er den leeren Teller damit auswischte. Marco berichtete, dass sie Rauchsäulen dabei beobachtet hätten, wie sie Elementarwesen verwandelt haben.

»Am Wasserdurchgang?«, fragte Minchin und ihre Stimme versagte ihr den Dienst.

»Ja, es müssen die letzten gewesen sein. Wir sind ihnen gefolgt, aber wieder nichts. Man kann die Täuschung nicht durchschauen. Man sieht einfach nicht, wann man einer echten Rauchsäule folgt und wann sie sich in eine Täuschung verwandelt.« Jolly schwieg und starrte nachdenklich auf seinen leeren Teller.

Minchin begann zu weinen. Ich ging um den Tisch herum und legte den Arm um sie.

»Hey, das wird wieder in Ordnung kommen. Du darfst jetzt nicht die Hoffnung verlieren«, versuchte ich sie zu trösten und kämpfte damit gegen meine eigene Mutlosigkeit an.

»Ich hätte das Fest nicht verpassen dürfen«, jammerte sie.

»Das hätte nichts geändert. Du wirst deinen Vater wiedersehen, ganz bestimmt.«

»Man darf nie etwas versprechen, wenn man nicht vollkommen sicher ist, dass man es auch halten kann«, dozierte Jolly streng.

»Manchmal spricht halt das Herz und nicht der Kopf. Kopf und Herz sind nun mal total unterschiedlich drauf!«, gab ich trotzig zurück und fing ein Schmunzeln von Ranja ein.

»Ich werde ihn suchen gehen! Er darf nicht im Knast oder in irgendeinem Versuchslabor enden. Und meine Schwestern auch nicht. Ich werde sie finden«, sagte Minchin bestimmt, wischte sich die Tränen aus dem Gesicht, erhob sich und ging entschlossen zur Tür. Sulannia wollte sie zurückhalten, doch Ranja hielt sie am Arm fest.

»Vielleicht bringt es sogar was. Wir sollten sie gehen lassen.«

Ich sah, dass Jolly fast unmerklich nickte, und die Sache war entschieden. Einen Moment später fiel die Wohnungstür ins Schloss.

Ich wollte auch aufspringen und losrennen, Leo suchen, irgendwas tun! Aber ich durfte nicht.

Also blieb ich sitzen und meine Anspannung begann auf anderen Wegen zu entweichen, ich spürte was Nasses auf meinen Wangen. O je, ich begann vor allen Anwesenden zu heulen. So was hasste ich ja.

Ich verbarg das Gesicht in meinen Händen.

Wer als Erstes den Arm über den Tisch schnellen ließ und mir die Hand streichelte, war niemand Geringeres als Jolly.

»He, he, Mädchen. Es ist gut, dass Leo dir begegnet ist. So ein stures Ding hat er gebraucht und ihr werdet euch wiedersehen.«

»Ist das ein Versprechen?«, zog ich ihn schniefend hoch.

»Natürlich nicht«, antwortete er streng, aber zum ersten Mal spürte ich, dass sein Herz trotz seiner Sperrigkeit recht geräumig sein musste.

47. Kapitel

Sie hatten nicht an meine Rauchsäulenfähigkeit gedacht, oder eher hatten sie wohl auf meine Vernunft vertraut. Aber meine Vernunft und ich – wir redeten gerade nicht miteinander. Ich musste raus, was tun, mir wenigstens Bewegung verschaffen. In der Nacht war der Drang, nach Hause zu gehen, übermächtig geworden. Ich hatte Sehnsucht nach meinen Eltern. Ich wollte Emma und Viktor noch einmal wiedersehen, bevor wir nach La Palma abreisten. Das war ich ihnen schuldig. Außerdem wollte ich, dass sie wussten, was los war.

Mit jeder Minute hatte ich mich mehr in den Gedanken hineingesteigert. Dann hatte ich mich ins Bad geschlichen und leise das Fenster einen Spaltbreit geöffnet, während ich die Klospülung betätigte. Kurze Zeit später glitt ich als Rauchwolke über die Dächer und ließ mich in einem Park nieder. Es dämmerte bereits und mein Aufzug passte gut zu den Dunstbänken, die über der feuchten Wiese hingen. Ein Penner auf einer Bank blinzelte zu mir herüber, aber störte sich nicht weiter an meiner Verwandlung.

Ich schritt über die Wiese Richtung Wetterplatz, sah mich immer wieder um – die Furcht vor Riley spannte meine Nerven. Gleichzeitig erwischte ich mich bei dem Gedanken, dass ich so zu Leo gelangen könnte, wenn sie mir tatsächlich auflauerten und mich in ihre Fänge bekämen. Das war draufgängerisch und dumm, das war wieder ein unüberlegter Schachzug. Und wenn schon: Vielleicht gab es Dinge in der eigenen Natur, die sich einfach nicht ändern ließen.

Kurz bevor die Wetterstraße in Sicht kam, überkamen mich erneut Zweifel. Und wenn es doch falsch war, Emma und Viktor alles zu erzählen?

Meine Unentschiedenheit ließ mich nicht in die Wetterstraße einbiegen, sondern lenkte meine Schritte erst mal Richtung Süden. Ich wollte sehen, was mit den Durchgängen geschehen war, mit eigenen Augen.

Obwohl es noch früh am Morgen war, kam mir die Stadt

unruhiger, lauter und gleichzeitig bedrückt vor. Die U–Bahn–Linien fuhren nur bis jeweils eine Station vor Alexanderplatz. Die U–Bahnausgänge auf dem Platz selbst hatte man abgesperrt und mit Bauzäunen umstellt. Aus einem Boden–Gitter über einem Belüftungsschacht der U–Bahn sah ich einige Pflanzenstiele ragen. Unten in den Schächten musste es aussehen wie im Dschungel. Hier und da lagen einige zertretene Blütenblätter herum. Eifrig liefen Leute in Gärtnerkleidung durch die Gegend und sammelten sie emsig ein. Wahrscheinlich, um ihre weitere Vermehrung zu verhindern. Ich bekam einen Schreck, als eine recht große Seerosen–Blüte direkt vor meinen Füßen landete. Erschrocken schaute ich erst nach oben, dann um mich. Es war unklar, wo sie hergekommen war, – aus den Wolken oder hatte sie jemand aus einem Fenster oder vom Hochbahnhof der S–Bahn geworfen?

Die Antwort stand in einer großen Schlagzeile der Tageszeitung, die ich an einem Kiosk neben den Treppen zur S–Bahn sah:

Achtung Killerseerosen! Gehen Sie nicht ohne Kopfbedeckung aus dem Haus.

Okay, dann fielen sie sicher aus dem Ätherdurchgang. Ich blinzelte zum Fernsehturm hinauf. Irgendwo dort oben musste er sein, auch wenn sich der Himmel gleichmäßig blassblau bis zum Horizont erstreckte.

Der Anblick an der Friedrichsbrücke war mehr als unwirklich. Da, wo sich der Wasserdurchgang befand, wucherten Seerosen aus dem Fluss herauf und bedeckten die alte, breite Brücke, als befände sie sich in einem hundertjährigen Dornröschenschlaf. Träge floss das brackige Wasser um die aus der schwarzen Tiefe aufsteigenden Pflanzen herum, als wäre es der Amazonas.

Einige Filmemacher und Fotografen waren bereits auf und machten Aufnahmen mit einfachen Kameras oder teurem Equipment. In der Nähe stand eine Streife und passte auf, dass niemand dem Phänomen zu nahe kam.

Ich wandte mich ab und lief weiter nach Süden, immer weiter und weiter. In Kreuzberg an der Gneisenaustraße nahm ich die U–Bahn und fuhr bis Ruhleben. Das Abteil wurde leerer, ich ließ die Stadt hinter mir und beruhigte mich, doch der Anblick der Müllverbrennungsanlage hier draußen wühlte mich erneut auf.

Ungläubig spähte ich durch die provisorische Absperrung aus Bauzäunen auf ein apokalyptisches Szenario. Das gesamte Gelände sah aus, als hätte sich ein rußiger Schleier darübergelegt. Bei genauerem Hinsehen erkannte ich, dass er aus verkokelten Schlingpflanzen bestand. Einige Blüten wirkten sogar noch intakt, nur dass sie kohlrabenschwarz waren.

Das Pförtnerhäuschen und das große kantige Gebäude mit den Fließbändern, alles schwarz. Eine Silhouette vor einem blassblauen Himmel. Mich fröstelte bei dem Anblick, obwohl es inzwischen schon warm war. Zwei Leute in Chemieschutzanzügen traten aus dem Hauptgebäude und schienen Proben zu nehmen. Hier war Leo also früher oft durchgegangen, um in die magische Blase zu gelangen. Unvorstellbar.

Ich wandte mich ab und lief zurück auf die Einfallstraße nach Berlin. Meine Füße taten mir weh. Ich wollte eigentlich nach Hause, einfach nur nach Hause, zu meiner Mutter, aber fürchtete mich davor, – weil ich nach wie vor nicht wusste, was ich ihr sagen und was ich ihr nicht sagen sollte. Die Angst vor Riley und seinen Leuten war in den Hintergrund getreten. Niemand schien mir irgendwo aufzulauern oder es auf mich abgesehen zu haben.

Während ich die müden Gesichter in der U–Bahn beobachtete, die in die Innenstadt zur Arbeit fuhren, wünschte ich mir auf einmal, mich von allem zurückziehen zu können. Eine Weile Ruhe haben, so tun, als hätte es Leo und die magische Welt nicht gegeben, damit es nicht so wehtat. Gleichzeitig wusste ich, dass es unmöglich war. Es gab keinen Ort, an dem ich mich jetzt verkriechen konnte. Wenn ich, so wie der Rat glaubte, einen wichtigen Beitrag leisten konnte, um die Katastrophe zu stoppen, dann war es an mir, es zu tun. Auch wenn … Leo nicht da war, nicht … ich musste vor allem für Leo kämpfen!

Und wenn nicht … hatte ich trotzdem keine Wahl.

Ich befand mich noch in der Ausbildung. Ich musste mit nach La Palma. Hier, in der Realwelt, würde ich jetzt, da meine Erinnerung wieder hergestellt und auch meine Fähigkeiten wieder da waren, erneut an meinen magischen Symptomen leiden. Sulannia hatte mir erklärt, dass sich Schweißausbrüche, Hitzewallungen, Heißhunger auf Fisch und verwirrende Träume einstellen und sogar bedrohlich verstärken konnten, solange ich meine Talente nicht vollständig beherrschte und Herr meines Elements geworden war.

Ich beschloss, mir auf der Fahrt zu meinen Eltern, irgendeine Geschichte auszudenken, die sie so wenig wie möglich enttäuschte, auch wenn das doch kaum machbar schien.

Eine Station vor dem Alexanderplatz warteten Ersatzbusse, aber ich entschied mich zu laufen. Ich konnte nicht länger still sitzen.

Außerdem beunruhigten mich die Gesprächsfetzen, die ich in der U-Bahn aufschnappte. Und die Meldungen des Tages, die über die Bildschirme am Kopfende des Wagens flimmerten. Der plötzliche Seerosenbewuchs mitten in der Stadt bewegte die Gemüter seit Tagen. Es wurden Bilder aus anderen Städten in Europa gezeigt.

Biologen und Geologen stellten verschiedene Hypothesen auf, warum der Bewuchs überwiegend Großstädte betraf. Niemand fand darauf eine Antwort, die auch nur entfernt plausibel klang.

Jugendliche zeigten sich Fotos auf ihren Smartphones und redeten mit leuchtenden Augen von einer Apokalypse. Eindeutig hatten sie zu viele Computerspiele gespielt und kapierten nicht, dass man dort vorkommende Weltuntergangsszenarien lieber nicht in der Realität haben sollte.

Gut eine halbe Stunde später erreichte ich die Wetterstraße. Sie wirkte mit der mir so vertrauten großen alten Kastanie am Ende, die sich genau vor unserem jetzt in der Sonne funkelnden Haus befand, friedlich und wie immer.

Ich eilte auf unser Haus zu, als käme es plötzlich auf jede Minute an.

Das Tor zum Hausflur stand weit offen. Wie war es eigentlich um den geheimen Gang im Keller bestellt?

Ich befühlte die Wand an der Stelle, wo sich einmal der Eingang befunden hatte. Sie zeigte keine Spuren, dass es hier je eine Tür nach unten gegeben hatte. Ich spähte auf den Hof. Auch die Kellerfenster hatte der Rat zumauern lassen. Alles wirkte normal, keine Schlingpflanzen, die aggressiv durch das Mauerwerk brachen. Immerhin. Für ein paar Sekunden hatte ich Angst um mein Zuhause gehabt.

Ich stieg auf dem roten Kokosläufer die Treppen hinauf. Wahrscheinlich würde ich mich nie daran gewöhnen, dass unser schäbiges Haus ein Palast geworden war.

Vor der Wohnungstür angekommen zögerte ich einen Moment. Alles kam mir so fremd vor und gleichzeitig so vertraut.

Gerade, als ich den Finger auf den Klingelknopf legte, öffnete sich die Tür von allein und Viktor stand vor mir. Ich hatte mir tausend Mal zurechtgelegt, was ich sagen würde, wie ich alles erklären würde. In dem Augenblick erinnerte ich mich an nichts, fiel Viktor in die Arme, hielt mich fest an ihm, und sagte nur atemlos:

»Ich kann es nicht erklären … ich … kann es wirklich nicht erklären, aber ich bin nur kurz hier, weil …«

»Komm schon, hol erst mal Luft!«

Mein Vater klopfte mir auf den Rücken, dann hielt er mich ein Stück von sich. Er sah kein bisschen böse aus, viel mehr besorgt.

»Geht's dir gut? Bist du gesund? Wir haben uns …«

»Sorgen, ich weiß, aber … Es wird alles wieder in Ordnung kommen.«

»Grete ist gekommen!«, hörte ich eine Stimme aus dem Wohnzimmer, aber es war nicht Emmas Stimme.

Aufgeregt lief ich den Flur entlang und da saß sie, neben Emma, meiner Mutter: Clara. Clara war da! Clara war bei meiner Mutter, und sie hielten sich die Hände.

»Ihr … seht euch ähnlich«, war das Erste, was ich hervorbrachte. »Ziemlich«, gab ich hinterher, und es stimmte. Sie sahen sich verdammt ähnlich, wenn sie so nebeneinandersaßen. Sie hatten die gleichen Augen, die gleiche Gesichtsform.

Beide standen gleichzeitig auf und umarmten mich. Wir drei, in einer Umarmung, ich und Emma und meine Schwester. Da war wieder das Gefühl eines Paralleluniversums, in dem alles anders gelaufen war.

Meine Augen schmerzten, schon wieder wollten Tränen raus. Ich spannte alle Muskeln im Gesicht an, ich konnte doch nicht dauernd heulen. Aber dann liefen mir die Tränen einfach über die Wangen.

Clara löste sich von uns. Emma tätschelte mir den Rücken.

»Ich wollte nicht schon wieder einfach abhauen, aber …«

»Schon gut«, beruhigte Emma mich und strich mir mit ihrer kleinen, zarten Hand eine Träne vom Kinn. »Clara hat mir alles erzählt.«

Wie, alles? Ich schaute Clara mit großen Augen an. Clara nickte und ich deutete es so, dass Emma Bescheid wusste, über die magische Welt, mich, darüber, was passiert war … Und auch Viktor schien im Bilde zu sein. Er stand dicht hinter mir und legte mir tröstend eine Hand auf die Schulter.

»Nun ja, es kommt alles nicht völlig überraschend für mich«, begann Emma, »das schimmernde Wasser im Keller damals … Ich habe mir immer vorgestellt, dass es dahinter eine geheimnisvolle Welt gibt. Und dann diese neuen Besitzer, die Frau mit den fließenden, langen Haaren, ich habe es in ihren Augen gesehen. All die Dinge, die passiert sind, mit unserem Haus, mit uns, solche Dinge geschehen nicht ohne Zauberei. Das ist doch klar. Und als du im Krankenhaus warst, ich hätte dich so gerne gefragt, wo du wirklich herkommst, aber ich wusste, dass du es mir nicht sagen konntest. Und es war auch nicht unbedingt nötig. Deine Augen, das Leuchten darin – wie das Licht im Keller und in den Augen der neuen Besitzer.«

Als Kind hatte ich Viktor und Emmas Märchen toll gefunden und konnte nie genug davon kriegen. Die letzten Jahre hatten mich Emmas Verträumtheit und Weltabgewandtheit allerdings total genervt. Jetzt jedoch erkannte ich, dass sie schon immer sehr feine Antennen und eine besondere Auffassungsgabe besaß für die Dinge in der Welt, die sie überstiegen, Dimensionen, zu denen die meisten Menschen keinen Zugang hatten.

Emma nahm meine Hand und führte mich zum Sofa, damit ich mich neben sie setzte. Clara nahm auf der anderen Seite Platz und Viktor in dem Sessel gegenüber.

Ich erfuhr, dass Emma endlich einen Brief an Clara geschrieben hatte. Clara hatte ihn gefühlte hundert Mal gelesen und ihn die ganze Zeit bei sich getragen. In Sardinien sah es nicht gut aus. Es gab keinen Zugang mehr zur magischen Blase. Der Höhleneingang am Meer war überwuchert wie bei uns. Die gesamte Ostküste blühte, die Seerosen breiteten sich wie ein undurchdringlicher Teppich aus.

Die Bewohner feierten das Phänomen, weil es so wunderschön aussah, und wie sollte man es ihnen auch verübeln? Sie konnten nicht ahnen, dass das leider überhaupt nichts Gutes bedeutete. Wie sollte man ihnen erklären, dass gerade eine magische Parallelwelt am Untergehen war, ohne dabei einen Arzt empfohlen zu bekommen?

Irgendwo in der Inselmitte gab es eine Gruppierung von Leuten, die sich in einem bergigen Gebiet verschanzte und einen Agriturismo–Betrieb belagerte. Die Besitzer waren geflohen. Clara vermutete, dass es sich bei den Eindringlingen um Elementarmenschen handelte, wusste aber nicht, ob die Polizei oder das Militär die Sache inzwischen in den Griff bekommen hatte.

Der Elementarmensch auf ihrem Landgut war noch ein paarmal wiedergekommen. Clara hatte ihn sich nehmen lassen, was er brauchte, und versucht, mit ihm zu reden, ihn gefragt, wo er herkam, wie er hieß, ob sie ihm helfen konnte. Aber er hatte immer nur mit denselben zwei Sätzen geantwortet: »Ich muss essen, ich muss trinken, dann gehe ich wieder. Ich komme wieder, wenn ich geschlafen habe.«

Die Elementarwesen waren zu bedauern. Im Grunde strebten sie ihrer Urbestimmung zu, ein Element in seiner Reinform zu verkörpern – Erde, Feuer, Wasser, Erde oder Äther – und waren nun in einem seltsamen Halbmenschsein gefangen.

Clara probierte lieber nicht aus, ob er Gewalt anwenden würde, wenn sie ihn daran hinderte, sich aus dem Gemüsegarten und der Küche zu bedienen.

»Wirst du morgen mit nach La Palma fliegen?«, fragte ich sie.

»Das werde ich, aber zuerst wollte ich …«

Clara sprach den Satz nicht zu Ende und lächelte Emma an. Die beiden waren glücklich und ihr Glück steckte mich an.

»Aber Grete, warum bist du abgehauen? Ich hatte solche Angst, als ich vor ein paar Stunden in der Wohnung des Rates ankam, und du nicht da warst!«

»Sind sie sauer auf mich?«

»Sie finden, dass du ein hoffnungsloser Fall bist und sie machen sich Sorgen.«

»Wirklich?«

»Ich denke schon, aber man merkt, wie sie dich mögen.«

Ich lächelte in mich hinein.

»Du sollst dich melden.«

Clara zog ihr Handy hervor und suchte den Kontakt heraus.

Auf dem Display erschien Kims Name mit ihrer Nummer.

Ich nahm das Handy, aber wählte nicht gleich, sondern berichtete von den Durchgängen, und dass ich bis an den südlichsten Zipfel der Stadt nach Ruhleben rausgefahren war, zum Feuerdurchgang, als könnte ich Leo dadurch näher sein.

Emma wollte sofort alles über Leo wissen.

»Er wird zurückkommen, er wird es schaffen«, versuchte sie mich zu trösten.

»Das sagst du nur so dahin, dabei kannst du es überhaupt nicht wissen!«, brauste ich auf, aber entschuldigte mich sofort dafür.

Viktor erhob sich seufzend.

»Massenpsychose durch Handystrahlung wäre mir vielleicht doch lieber gewesen, als der Untergang von magischen Blasen«, bemerkte er ironisch und ging zur Tür. »Ich koche ein paar Spaghetti.«

Emma und Viktor akzeptierten, dass ich jetzt Wichtigeres zu tun hatte, als mich um die Schule zu kümmern.

»Na ja, einen Hauptschulabschluss hat sie ja immerhin und den Rest kann sie auch noch später erledigen, wenn es nötig ist«, überlegte Viktor, während er die Spaghetti auf unsere Teller verteilte. »Aber dass so eine Stubenhockerin wie du, Emma, solch eine

Abenteuerin hervorbringen kann?«, scherzte Viktor mit liebevollem Blick auf meine Mutter.

»Irgendwann mache ich auch eine Weltreise. Ich meine das ernst, Viktor. Du wirst sehen«, antwortete Emma mit einem Funkeln in den Augen, und ich glaubte es ihr.

Plötzlich klingelte es an der Wohnungstür. Emma stand auf und fragte, wer unten sei.

Kurz darauf stand Ranja in der Küche.

»Sag jetzt nicht schon wieder, dass es dir leidtut!«, rief sie und bedachte mich mit einem feurigen Blick.

»Niemand hat sich unterwegs für mich interessiert, vielleicht ist es ja ein gutes Zeichen«, versuchte ich mich zu verteidigen.

»Nun ja, ich habe die Erklärung dafür gleich mitgebracht.«

Ich traute meinen Augen nicht und mein Herz machte einen Aussetzer, als Leo im Türrahmen erschien.

»Leo«, brachte ich fast tonlos hervor. Meine Stimme versagte ihren Dienst. Stocksteif saß ich da, als hätte mich jemand mit einem Fluch belegt. Leo, unversehrt, nur die ungekämmten Haare hingen ihm in die Stirn, aber seine grünen Augen trafen mich wie warme Blitze.

»Hey«, sagte er nur. Ich sah, dass er genauso auf mich zustürmen wollte wie ich auf ihn. Aber dieses ganze Publikum …

48. Kapitel

»Ein wunderschöner Ort«, sagte Leo, während wir auf dem alten Eisenbett lagen, das auf dem Dachboden stehen geblieben war. Er hielt mich fest in seinen Armen und wir blickten durch das große halbrunde Fenster hinaus auf die Kastanie am Wetterplatz. Sie war üppig grün und ließ hier und da ein paar Strahlen der Abendsonne hindurch.

»Früher war hier alles düster, kalt und verstaubt. Es ist so ein Glück, dass der Rat das Haus in die Finger bekommen hat.«

»Ja, das ist wohl wahr, sonst würde sich jetzt hier eine Luxuswohnung für irgendeinen reichen Sack befinden, der sowieso nur zweimal im Jahr nach Berlin kommt.«

»So ist es. Die Stadt behandelt ihre Ureinwohner total mies.«

»Meine Rebellin«, gestand Leo und strich mir liebevoll eine Haarsträhne aus dem Gesicht.

»Du bist nicht besser«, gab ich zurück.

»Ich weiß.«

Leo küsste mich noch einmal und ich konnte immer noch nicht fassen, dass er wieder da war.

Vorhin in der Küche war Leo schließlich an den Esstisch gekommen und hatte mir einen flüchtigen Kuss auf die Wange gegeben. Sofort stieg mir Röte ins Gesicht. Meine Eltern hatten das Phänomen bestimmt zum allerersten Mal an mir bewundern dürfen.

Ranja und Leo setzten sich mit an den Tisch und berichteten, was geschehen war. Als ich erfuhr, dass Jerome und Leo gemeinsam an der Wohnung im Scheunenviertel aufgetaucht waren, reagierte ich geschockt.

»Was? Du bist mit Jerome gekommen? Das kann doch nur eine Falle sein!«, rief ich und fing mir einen verletzten Blick von Leo ein.

»Wenn es eine Falle ist, wüssten wir nicht, wie sie funktionieren sollte«, sagte Ranja.

War sie nicht mal in Jerome verknallt gewesen? Hatte mir Kira so was nicht erzählt? Also war sie voreingenommen, genau wie Leo.

Allerdings wollte mir ebenfalls nicht einleuchten, warum sich Jerome freiwillig dem Rat stellen sollte.

»Er hat mir das Leben gerettet«, sagte Leo.

»Das Leben gerettet? Jerome?«

Leo berichtete, dass Riley irgendwann ausgeflippt war, weil Leo sich nicht dazu bewegen ließ, Elementarwesen in Menschen zu verwandeln. Zuerst hatte er auf Jeromes Überzeugungskraft gedrungen, dann hatte er ihm Vorwürfe gemacht und am Ende hatte er damit gedroht, Jeromes bockigen Schützling dem ewigen Nirwana zu übergeben, falls er nicht bald spuren sollte.

Das war zu viel für Jerome gewesen. In der Nacht war er zu Leo gekommen und hatte gesagt: »Leo, es wird dich überraschen und ich weiß, dass du mir vielleicht nie wieder vertrauen wirst, aber ich bin bereit, die Seiten zu wechseln. Nichts läuft so, wie ich es mir vorgestellt habe. Nichts. Und nun ist dein Leben in Gefahr, weil bei Riley die Sicherungen durchzubrennen scheinen. Was auch immer du gerade denkst, ob du mir glaubst oder nicht, lass uns später darüber reden. Denn gerade ist ein guter Moment, um sich abzuseilen. Bist du bereit?«

Leo hatte ihn mit großen Augen angesehen und nicht weiter nachgefragt, sondern nur genickt. Und dann hatte Jerome ihn tatsächlich raus und zum Rat gebracht. Ob Leos Leben tatsächlich in Gefahr gewesen war oder nicht, oder ob Jerome das nur als Deckmantel für einen neuen Plan (mit oder ohne Riley) vorgab – dass Jerome Leo wirklich liebte, hatte ich schließlich gespürt. Trotzdem würde ich Jerome niemals vertrauen, aber ich hoffte für Leo, dass seine Motive wenigstens einen Bruchteil mit seinem Zugehörigkeitsgefühl zu Leo zu tun hatten.

Der Rat nahm Jerome sofort in Gewahrsam. Jerome ließ es geschehen und beantwortete bereitwillig jede Frage, die ihm die Mitglieder des Rates stellten. Es gab tatsächlich eine Zwischenwelt, die nach der Implosion der Blasen zu verbleiben schien wie ein Echo, und in der Riley sich versteckte. Angeblich war es eine verschwommene Welt ohne Konturen, bestehend aus Rauch und einem vielfältigen Kaleidoskop aus Grautönen.

Allerdings schwor Jerome, keine Ahnung zu haben, wie man Zugang zu dieser Zwischenwelt fand. Riley hatte ihn dorthin gebracht wie jeden anderen auch, in einer Rauchwolke, die die eigene Wahrnehmung signifikant einschränkte.

»Ich glaube ihm kein Wort!«, platzte es aus mir heraus. Doch Ranja beschwichtigte mich. Sie würden Jerome nicht von der Leine lassen und dabei alles unternehmen, um so viel aus ihm herausbekommen wie möglich. Zwar sprach es für ihn, dass er Leo nicht nur in Sicherheit gebracht, sondern sich selbst dem Rat ausgeliefert und ihm bedeutende Informationen gegeben hatte, dennoch musste man bei einem wie ihm damit rechnen, dass sich der Wind jederzeit wieder drehen konnte.

»Der Wind wird sich nicht drehen«, warf Leo sofort ein. Jerome hatte zusammen mit ihm einen Brief an Leos Vater verfasst und ihm darin alles erklärt und ihn um Vergebung für die Fehler, die er begangen und die Leo geschadet hatten, gebeten. Es war Jerome sehr wichtig gewesen und damit hatte er Leos Herz natürlich erneut erobert. Ich hielt meine Klappe, um Leo nicht gegen mich aufzubringen. Es war nicht nötig, hier und jetzt darauf zu pochen, dass ich Jerome einfach nicht für wandlungsfähig hielt.

»Komm«, sagte ich zu Leo, als Ranja sich verabschiedet und unsere Wohnung verlassen hatte. Wir würden uns morgen am Flughafen sehen und sie mahnte uns noch einmal, unbedingt pünktlich zu sein.

Ich stand vom Esstisch auf, ergriff Leos Hand und zog ihn aus der Wohnung.

Leo schaute immer noch ein bisschen sauer drein, aber folgte mir, ohne zu fragen, bis auf den Dachboden. Dort schloss ich die Tür, wir sahen uns an – die Welt um uns rückte in die Ferne – umarmten uns, er hob mich hoch und dann fielen wir auf das weiche Bett. Das war vor ungefähr einer Stunde gewesen.

»Meinst du, alles wird wieder in Ordnung kommen?«, fragte ich Leo, der vorsichtig die Bettdecke unter uns hervorgezogen und über uns gelegt hatte.

»Meinst du, es wird jemand hier hochkommen?«, stellte er mir eine Gegenfrage und begann mich zu liebkosen.

»Leo, ich hab dich zuerst was gefragt …«

»Antworte du mir zuerst«, verlangte er.

»Mit dir kann man sich immer nur streiten«, beschwerte ich mich.

»Das gefällt dir, gib es zu.«

Ich kniff ihn in die Seite.

»Ja, tut es. Aber dir auch!«

»Richtig! Aber nun beantworte endlich meine Frage, wie oft kommt hier einer hoch?«

»Nie«, sagte ich, »solange wir Tom und Charlie unter uns nicht zu sehr auf dem Kopf herumtrampeln.«

»Gut. Dann wird auch alles wieder in Ordnung kommen.«

»Das sagst du jetzt nur so.«

»Nein, tue ich nicht. Wir müssen einfach zusammenbleiben, das ist alles.«

Ich rückte näher an Leo, so nah es ging. Was er sagte, klang so schön, auch wenn wir beide nicht wussten, ob es stimmte. Aber irgendwie war ich zuversichtlich. Gemeinsam zogen wir uns die Bettdecke über den Kopf. Unsere magischen Augen leuchteten sich in der Dunkelheit unserer Deckenhöhle an. Die zweite Nacht, die wir uns einfach aus dem Weltgeschehen stahlen, und die nur uns gehören würde. Früher hätte ich das Wort *Zukunft* am liebsten aus dem Duden gestrichen, aber jetzt, und obwohl dunkle Wolken über allem hingen, freute ich mich auf das Zusammensein mit Leo und überhaupt, auf mein Leben.

Epilog

Vorsichtig linste Mini mit ihrem Auge aus meiner Tasche, die ich im Flugzeug fest auf meinem Schoß hielt. Wir schienen in der Luft zu stehen, obwohl wir mit achthundertvierzig Stundenkilometern über Europa hinwegrasten, über uns azurblauer Himmel und unter uns ein watteweiches Wolkenmeer. Ich sah mich um, keine Stewardess in Sicht.

Heimlich gab ich Mini ein paar Leckerlis, die ich in der Tasche mitgenommen hatte. Danach tröpfelte ich aus meinem Wasserbecher immer wieder einige Schlucke auf meine Hand, die Mini gierig abschleckte.

Eigentlich hatten wir vorgehabt, sie in Berlin zu lassen. Doch Mini sprang immer wieder in unsere Reisetaschen und maunzte melodramatisch, als wir sie zurücklassen wollten.

»Das hat etwas zu bedeuten«, entschied Sulannia. »Wir sollten sie mitnehmen«, überlegte Ranja. »Es gibt jemanden in der Abfertigung am Flughafen mit magischen Fähigkeiten, den wir einweihen können, damit wir Mini in der Tasche durch die Kontrollen kriegen.«

Die restlichen Ratsmitglieder stimmten zu und dann suchte sich Mini meine Reisetasche aus.

Nervös drückte ich mich vor den Schleusen herum, die man passieren musste, während Handgepäck, Jacken und Gürtel auf schwarzen Laufbändern durchleuchtet wurden. Die anderen waren alle schon durchgegangen und warteten auf der anderen Seite, dass ich Mini zurückbrachte. Wir würden sie nicht mitnehmen können. Der eingeweihte Mitarbeiter mit magischen Fähigkeiten kontrollierte heute leider die Flugtickets und Pässe vorne an der Glastür und nicht, wie geplant, an einer der Schleusen. Doch ich war irgendwie nicht bereit dazu und versuchte trotzdem eine Möglichkeit zu finden. Gerade als ich einsehen wollte, dass es zwecklos war, und mich umdrehte, sah ich, wie der Mitarbeiter drei Frauen durchließ, die mir sehr bekannt vorkamen: Neve, Lilonda und Luisa. Lilonda stürmte auf mich zu und fiel mir um den Hals.

»Puuh, beinahe wären wir zu spät gekommen. Wie gut, dass ich dich noch entdeckt habe und Neve den Kontrolleur kannte. Stell dir vor, sie ist immer noch unsere Freundin, obwohl wir sie angelogen haben! Ich bin ja so froh!«

Neve lächelte und umarmte mich. »Ich hab ihr versichert, dass Lügen okay ist, wenn man sich oder andere mit der Wahrheit sonst in Schwierigkeiten bringt.«

»Ja, ich weiß ja«, versicherte Lilonda. »Aber ich werde dich trotzdem nie wieder anlügen!«, schwor sie und bedachte Neve mit einem liebevollen Blick.

Luisa umarmte mich ebenfalls. »Pass auf dich auf da drüben.«

»Ach, Luisa …«

Mir wurde schwer ums Herz und ich seufzte.

»Hey, alles ist gut. Kira und du lassen mich zwar schon wieder sitzen, aber diesmal weiß ich wenigstens, was ihr so treibt.«

»Mist, leider hast du Kira um ein paar Minuten verpasst. Sie ist schon durch die Schleuse. Aber sie steht dahinten noch.«

Ich zeigte Luisa wo. Kira winkte herüber und Luisa winkte zurück.

»Das macht nichts. Wir haben uns ja gestern gesehen und verabschiedet. Kira war es, die uns gebeten hatte, dass wir sicherheitshalber kommen sollten, falls ...«

»Pssst«, zischte Lilonda und sah Luisa durchdringend an.

»Okay, wir müssen jetzt gehen, durften ja nur ganz kurz rein.« Luisa zwinkerte mir zu. Was ging hier vor?

Plötzlich rief Lilonda mit einem hohen Ton: »Huch?!«

Sie hatte ihre knallrote Handtasche auf das Fließband gestellt, die nun kurz davor war, in eine der Durchleuchtungskammern zu verschwinden. Lilonda eilte hinterher und warf mir dabei einen vielsagenden Blick zu.

Erst stand ich auf der Leitung, aber dann war klar, dass Lilonda das keineswegs aus Versehen getan hatte.

Fröhlich sprudelte sie auf die Kontrolleure an der Schleuse ein, dass sie doch gar nicht wegfliegen wollte, viel zu große Angst hatte vorm Fliegen. Aber ob sie schon mal so ein süßes Stofftier mit so großen Glupschaugen, wie sie bei sich trug, gesehen hatten? Lilonda griff nach ihrer Tasche und holte es raus.

»Ein Lemur. Sieht fast echt aus, oder? Kann ich mal sehen, wie der durchleuchtet aussieht?«, fragte sie. Der Bearbeiter am Gerät fand nicht nur den Plüsch–Lemur süß, sondern auch Lilonda, und schob ihre Tasche sogar zweimal durch das Gerät, damit sie ihren Lemur auf dem Monitor bestaunen konnte. Alle anderen Mitarbeiter an dieser Schleuse waren ausreichend abgelenkt und bemerkten nicht, wie ich zwischen Transportband und Schleuse hindurchhuschte. Mini verhielt sich in meiner Tasche ruhig wie ein Profi. Kurz, bevor mich die anderen in ihre Mitte nahmen, drehte ich mich noch einmal um und sah, wie zwei Mitarbeiter meine drei Freundinnen aus dem Sicherheitsbereich führten und eine Diskussion mit dem Mitarbeiter an der Passkontrolle begannen. Lilonda, ihre rote Tasche im Arm, warf mir eine Kusshand zu, sie würden schon klarkommen.

»Hey«, flüsterte es leise an meinem Ohr. »Wo bist du mit deinen Gedanken?«

Leo nahm meine Hand, während Mini sich in die Tasche verkroch, als die Stewardess zum Mülleinsammeln vorbeikam.

»Ach, nirgends.«

Leo strich mir sanft mit seinen Fingern über die Handfläche.

Neben ihm saß Marco, hinter uns Ranja, Sulannia und Jerome und in der Reihe vor uns Kim, Jolly und Kira. Seltsam, dass niemand der anderen Passagiere ahnen konnte, was für eine illustre Gesellschaft wir waren, wohin wir reisten, und wie viel auf dem Spiel stand.

Jerome hatte alle Passagiere beim Check–in genau gemustert. Angeblich war uns niemand von Rileys Leuten auf der Spur. Das konnte sogar stimmen. Wie sollten sie ahnen, dass wir ein ganz normales Flugzeug benutzen würden, schließlich gab es immer noch Blasen in Europa, die funktionierten und niemand, der magisch begabt war, wählte ein herkömmliches Reisemittel, um von A nach B zu gelangen, oder? Aber vielleicht hatten sie auch einfach etwas Besseres zu tun?

»Du ziehst deine Stirn kraus, Grete. Du grübelst doch über irgendwas nach«, bemerkte Leo, beugte sich zu mir und küsste mich kurz über der rechten Augenbraue.

»Tue ich überhaupt nicht.«

»Gut, dann eben nicht.«

»Hui, hast du etwa keine Lust auf einen kleinen Streit?«

»Vielleicht wird es ja doch irgendwann langweilig.«

Wir lächelten uns an. Ich lehnte meinen Kopf an seine Schulter und er seinen Kopf gegen meinen.

Mein Blick wanderte zu der kleinen Fensterscheibe, in der sich Kiras Gesicht spiegelte. Ihr Ausdruck war ernst und von einer Schwere, die mir eine Gänsehaut verursachte.

Sie hatte mit sich gerungen, erneut von Tim getrennt zu sein, wieder die zwölfte Klasse zu schmeißen – die Schule hatte diese Woche begonnen – und stattdessen mit uns in die Urblase zu reisen. Auch wenn ich nichts langweiliger fand, als auf der Schulbank zu sitzen, Kira wollte unbedingt ihr Abi machen und wünschte sich eine akademische Karriere zur Medizinerin. Sie hatte sich so auf ein ganz normales Leben mit Tim gefreut, aber während die Last der Verantwortung von mir genommen war, lagen zu viele Hoffnungen jetzt auf ihr. Denn Kira war mit den fünf Elementen begabt und der Ur–Rat hatte kurz vor der Abreise um ihren Besuch gebeten.

Zauber der Elemente-Reihe

Himmelstiefe (Zauber der Elemente 1)

Schattenmelodie (Zauber der Elemente 2)

Seerosennacht (Zauber der Elemente 3)

Blütendämmerung (Zauber der Elemente 4)
der letzte Band der Reihe erscheint im Frühling 2015

Zauber der Elemente – Flammenspiel
(kostenloses Prequel zur Reihe)

Daphne Unruh wurde in Berlin geboren und studierte dort Kunst, Kreatives Schreiben und Drehbuch. Sie illustriert Bücher, zeigt ihre bunten Wimmelbilder in diversen Ausstellungen in Berlin und Brandenburg und denkt sich fantastische Geschichten aus. Die Ideen dazu begegnen ihr in Catlantis. Das ist ein magischer Ort in der realen Märkischen Schweiz, wo die Autorin mit ihrer Familie zu Hause ist.

www.daphneunruh.de

Weitere Bücher

Daphne Unruh schreibt auch unter dem Pseudonym Merelie Weit Liebesromane mit einem Schuss Fantastik.

Emilia wünscht sich nur eins: einen Traummann. Wann ist egal. Hauptsache er schneit überhaupt in ihr Leben. Ihr Wunsch wird erhört. Eine Wahrsagerin verrät ihr, dass ein Traummann für sie vorgesehen ist. Und sie verrät noch mehr, nämlich wie er aussieht und wo er wohnt.

Allerdings, wann die Zeit reif ist für eine Begegnung, das verrät sie Emilia nicht.

"Traummann aus der Zukunft" ist ein Liebesmärchen vom Mut, sein Glück in die Hand zu nehmen, von echter Freundschaft und dem Vertrauen in eine ungewisse Zukunft, auch wenn sie noch so gewiss scheint …

Liebe will riskiert werden!

Eigentlich sehnt sich Helena nach dem Mann fürs Leben. Aber aus Angst, sich falsch zu entscheiden, bleibt sie lieber allein. Dann mischen sich ihre besten Freundinnen ein, und plötzlich steht ihr Leben Kopf. So viele Verabredungen hatte sie noch nie! Doch wer ist jetzt der richtige Mr. Right?

Und kommt die Liebe nicht eigentlich immer dann, wenn man nicht mit ihr rechnet?

Ein zauberhaftes modernes Märchen über die Suche nach dem Traummann, dem richtigen.

Magst du Katzen?
Dann besuche die einäugige rote Katze aus der *Zauber der Elemente-Reihe* auf Facebook.

Ja, sie gibt es wirklich! Ihr Name ist Mini. Von ihr erfährst du alle Neuigkeiten zu meinen Büchern, und sie veranstaltet jede Woche Gewinnspiele, bei denen du tolle E-Books, Taschenbücher oder Hörbücher von mir und anderen Autoren gewinnen kannst.

facebook.com/ mini.unruh

Übrigens, wenn dir die Zauber der Elemente Reihe gefällt, schreibe mir gern eine Rezension auf Amazon. Ich freue mich, sie zu lesen!

4485559R00212

Printed in Germany
by Amazon Distribution
GmbH, Leipzig